CORAÇÃO PERVERSO

Leisa Rayven

CORAÇÃO PERVERSO

Leisa Rayven

Tradução
Fal Azevedo

Alt

Copyright © 2016 by Leisa Rayven
Copyright da tradução © 2016 by Editora Globo S.A.

Todos os direitos reservados. Nenhuma parte desta obra pode ser apropriada e estocada em sistema de banco de dados ou processo similar, em qualquer forma ou meio, seja eletrônico, de fotocópia, gravação etc., sem a permissão dos detentores dos *copyrights*.

Título original: *Wicked Heart*

Editora responsável **Eugenia Ribas-Vieira**
Editora assistente **Sarah Czapski Simoni**
Capa **Renata Zucchini**
Imagens da capa **Master1305/Shutterstock (frente)
bezikus/Shutterstock (atrás)**
Diagramação **Diego Lima**
Projeto gráfico original **Laboratório Secreto**
Preparação **Jane Pessoa**
Revisão **Huendel Viana e Milena Martins**

Texto fixado conforme as regras do Acordo Ortográfico da Língua Portuguesa (Decreto Legislativo nº 54, de 1995).

CIP-BRASIL. CATALOGAÇÃO NA PUBLICAÇÃO
SINDICATO NACIONAL DOS EDITORES DE LIVROS, RJ

R217c

Rayven, Leisa
    Coração perverso / Leisa Rayven ; tradução Fal Azevedo. - 1. ed. - São Paulo : Globo Alt, 2016.
    360 p. ; 23 cm.

    Tradução de: Wicked Heart
    ISBN 978-85-250-6043-3

    1. Ficção infantojuvenil americana. I. Azevedo, Fal. II. Título.

16-33075   CDD: 028.5
                                  CDU: 087.5

1ª edição, 2016 - 3ª reimpressão, 2020

Direitos de edição em língua portuguesa para o Brasil adquiridos por Editora Globo S.A.
R. Marquês de Pombal, 2520.230-240 — Rio de Janeiro — RJ — Brasil
www.globolivros.com.br

Este livro é para todos aqueles que têm sido arrasados pelo amor, mas que se recuperam e tentam mais uma vez. Que seus corações frágeis sejam aquecidos pelo sol e acariciados pela brisa suave, e que vocês possam um dia esconder-se atrás de uma árvore estrategicamente posicionada, que lhes permita, como ninjas furiosos, atacar o amor de surpresa e acertá-lo bem nas bolas.

*Ó Senhor, livrai-me dos homens de louváveis intenções
e coração impuro, pois o coração sobre todas as coisas se
engana e em desespero se revela iníquo.*

T. S. Eliot
(Tradução de Ivan Junqueira)

capítulo um
ENGANE-ME UMA VEZ...

Hoje
Salas de ensaio do Píer 23
Nova York

Arrepios subindo e descendo pela minha espinha. Sangue correndo quente e rápido sob a pele.

Que droga. Essa sensação não é nada boa.

Por que isso ainda acontece comigo depois de todos esses anos?

Não sou uma garota que se deixa abalar com facilidade. Não mesmo. Se eu fosse me descrever, diria que sou passional, mas lógica; tempestuosa, mas metódica; espontânea, mas organizada. Todas essas qualidades podem soar contraditórias, mas fazem com que eu seja uma profissional incrível, e não sou tão humilde a ponto de não confessar que, aos vinte e cinco anos, sou uma das mais respeitadas diretoras de palco da Broadway. Os produtores sabem que podem confiar em mim para manter a calma em uma situação de crise. Conduzo minhas peças com precisão militar, e exijo um rigoroso profissionalismo de todo mundo, especialmente de mim.

Minhas regras para um ambiente de trabalho sem estresse são inegociáveis: trate todo mundo com respeito; seja firme, mas justa; e *nun-*

ca se envolva romanticamente com alguém em uma peça que eu esteja dirigindo. Na maior parte da minha carreira, não tive problema algum em seguir minhas próprias regras, mas existe uma coisa que consegue fazer todo o meu equilíbrio descer pelo ralo.

Bem, não exatamente uma *coisa*, mas uma *pessoa*.

Liam Quinn.

Enquanto estou sentada num cinema particular com a minha equipe de produção e assisto a um sujeito sem camisa na tela matar um número absurdo de inimigos, fico envergonhada pela forma como minha pele está quente. Por como minha respiração está ofegante, e minhas coxas, pressionadas uma contra a outra. Como me absorvo em cada ângulo do seu rosto e do seu corpo. Como vibro com o movimento de cada músculo perfeitamente tonificado.

Porém, mais do que isso, estou envergonhada pela forma como a paixão de sua performance me leva a fantasiar sobre fazer coisas passionais com ele. Não só sexuais, mas as sexuais certamente estão no topo da lista.

Em termos bem simples, ele sabe muito bem como me desarmar.

É o único homem capaz de me afetar dessa forma, e posso dizer que uso isso contra ele. É inconveniente e grosseiro.

Na tela, Liam corre na direção de uma ruiva deslumbrante, e a puxa para um abraço apaixonado. A ruiva é Angel Bell — capa recente da edição de "Mulheres Mais Lindas do Universo" da revista *People* e deusa de todos. Corpo perfeito. Peitos perfeitos. Rosto perfeito. Ela faz o papel de uma princesa celestial. Liam é seu escravo-demônio-gostosão. Eles acabaram de destruir o mundo tentando ficar juntos, e agora Liam está beijando-a como se fosse morrer se não o fizesse.

Puta que pariu, o homem sabe beijar.

Cruzo minhas pernas e suspiro. Isso é loucura.

Não tenho nada contra ficar excitada, mas ficar excitada por esse homem em particular é a receita para o desastre. Da última vez em que me deixei levar por esses sentimentos, não acabou nada bem.

Sinto a mão de alguém em meu braço e me viro para ver um dos diretores mais respeitados da Broadway, Marco Fiori, se inclinando.

Seus olhos estão brilhando de entusiasmo, e é óbvio que não sou a única pessoa que notou os... recursos de Liam.

— Belo exemplar, não? — sussurra Marco.

Dou de ombros.

— Se você gosta desse tipo de coisa, acho que sim. — Meus hormônios enfurecidos gritam que gostamos, sim, desse tipo de coisa. E gostamos muito.

O único problema é que não podemos gostar, porque Liam é um ator, e nós não namoramos atores. Além do mais, em algumas semanas, serei sua diretora de palco. E mais, ele está noivo da linda coadjuvante.

Ah, e talvez a razão mais importante seja que há muito, muito tempo, tivemos uma relação curta e intensa, infernal, da qual nunca me recuperei.

De alguma forma, consegui sufocar a mágoa que ele causou, provavelmente por me culpar tanto quanto o culpo. Mas e o desejo? Está correndo solto, atropelando minha compostura como um elefante numa loja de louças.

É.

Esse projeto vai ser interessante. Será um milagre se meu profissionalismo e eu sobrevivermos.

Meia hora depois, após um clímax estrondoso, no qual Liam salva o mundo e, em seguida, faz sexo com a atriz principal de um jeito que deixaria qualquer mulher com a calcinha molhada, o filme acaba.

Graças a Deus.

Quando as luzes se acendem, vamos todos para a sala de reuniões ao lado. Nosso time de produção é pequeno e composto por nossa produtora, Ava Weinstein; nosso diretor, Marco; o designer e o gerente de produção; e, finalmente, meu assistente de direção de palco e melhor amigo, Joshua Kane.

— Tudo bem? — pergunta Josh, enquanto nos sentamos à mesa.

— Você está vermelha.

— Estou bem — respondo. — É só calor. Estava quente lá dentro, não?

Josh dá de ombros.

— Ficou bem quente quando Angel tirou a blusa no banheiro, mas, fora isso, minhas bolas estavam congelando. Acho que o ar-condicionado estava na temperatura "nevasca no ártico".

Apanho o panfleto que está na minha frente e me abano. Apesar das bolas congeladas do Josh, a minha temperatura está programada para "mais quente do que o sol".

Josh dá uma risadinha.

— O que foi? — pergunto, na defensiva.

— Nada. Só achei engraçado que, depois de todos esses anos, uma olhada em Liam Quinn ainda te deixa tão vermelha quanto a minha fatura do cartão de crédito.

— Cala a boca.

— Percebo que isso não foi uma negação.

— Cala a boca de novo. E se você deixar escapar alguma palavra sobre isso para o Marco, arranco suas bolas congeladas e as transformo em brincos.

Ele ri.

— Marco não sabe que vocês dois... "se conhecem"?

— Não.

— Ou que todas as suas fantasias sexuais dos últimos seis anos giraram em torno dele?

Eu o fuzilo com o olhar.

Josh ergue as mãos em rendição.

— Tudo bem. Bico fechado. Mas se você agarrá-lo durante os ensaios e se esfregar nas coxas dele, espero ser absolvido de qualquer responsabilidade.

— Se eu chegar perto dele o suficiente para me esfregar, você falhou como meu parceiro de vida platônico. Lembre-se disso.

— Pelo amor de Deus, garota — diz ele, com um suspiro de frustração. — Manter você na linha é realmente um trabalho em tempo integral.

Mesmo quando os meus níveis de ansiedade estão mais alterados do que James Franco, adoro perceber que Josh ainda consegue me fazer sorrir. É por isso que ele é meu melhor amigo desde o nosso segundo ano do ensino médio. Como não poderia deixar de ser, nós nos conhecemos na turma de teatro. Ele era um dos poucos garotos héteros ali, e ainda que amássemos o teatro, não éramos bons no palco. Depois de nossa "estreia" medíocre, em que interpretamos o que sem dúvida figurará para sempre como o mais esquisito casal do mundo, decidimos trilhar o caminho menos glorioso do trabalho nos bastidores. Acontece que meu talento para organização e comando geral é uma imensa qualidade no teatro, e não demorou muito para me tornar a diretora de palco mais jovem da escola.

Por alguma razão, Josh se contentou em ser o Robin do meu Batman nos bastidores, e somos uma dupla dinâmica desde então. As pessoas sempre ficam confusas porque somos amigos e não amantes, mas é assim entre nós. Melhores amigos até o fim.

— Tudo bem, equipe — diz Marco, quando estamos todos acomodados. — Esse foi o último filme da série *Rageheart*, estrelado por Liam Quinn e Angel Bell, o futuro casal principal da minha fabulosa releitura de *A megera domada*, de Shakespeare.

Adoro o conceito que Marco bolou para atualizar a comédia clássica de Shakespeare. Seu trabalho é inteligente e atual, e sou sua fã desde que trabalhei em seu mais recente sucesso da Broadway. O espetáculo, por acaso, era estrelado por meu irmão, Ethan, e a linda noiva dele, Cassie Taylor. Depois que a peça já estava havia alguns meses em cartaz, Marco me recrutou para executar esse projeto. Claro que, na época, eu não tinha ideia de que seria estrelado pelo "Senhor das Minhas Calcinhas", Liam Quinn. Se eu tivesse essa pequena informação, teria corrido na direção oposta. Trabalhar com um homem que ilumina a minha libido como a Strip de Las Vegas não é a minha ideia de diversão.

— Agora — diz Marco —, a menos que vocês tenham vivido numa caverna nos últimos anos, saberão que Liam e Angel são o atual casal de ouro de Hollywood. Eles namoraram durante alguns anos, depois ficaram noivos e, a julgar pelas frequentes demonstrações públicas de afeto, estão enjoativamente apaixonados.

Lembro do dia em que descobri que eles estavam namorando. Nunca me senti tão idiota em toda a minha vida. Ou tão desiludida. Pensei que tivéssemos algo especial, mas aquelas fotos foram a prova de que mesmo os homens tão espetaculares quanto Liam Quinn podem ser canalhas inconstantes.

Marco aponta para as pastas à nossa frente.

— Esses clippings irão familiarizá-los com as nossas estrelas. Eles contêm seus currículos oficiais, assim como fatos peculiares, gostos e desgostos.

Como se eu precisasse disso. Tenho *stalkeado* Liam durante anos, e não tenho orgulho disso.

— Na parte de trás do clipping — diz Marco — há uma cópia dos *riders* de produção de Liam e Angel. Um *rider* de produção é uma lista de coisas que as empresas são solicitadas a fornecer para deixar as estrelas felizes, e podem variar desde as mais simples até o que há de mais ridículo.

— Por favor, tenham em mente que eles não são atores de teatro comuns — continua Marco. — São estrelas de cinema, então são pessoas acostumadas a ter todas as suas exigências ridículas atendidas. Vamos tentar não decepcioná-los.

Eu dou uma olhadinha na lista de Angel.

Meu Deus, isso é sério?

Ao que parece, a felicidade da srta. Bell depende de seu camarim ser completamente branco — carpete, móveis, cortinas e flores. Suas exigências de alimentos e bebidas saíram diretamente do pouco conhecido best-seller *Merda gourmet que vai te deixar falido*.

Pulo para o *rider* de Liam. Só tem quatro itens:

Halteres;
Wi-fi;
Biscoitos de chocolate;
Leite.

Sorrio. Me lembro de sua predileção por biscoitos e leite. Ele ficava delicioso depois de comê-los. Biscoitos e leite ainda são os meus sabores preferidos.

Josh faz uma careta.

— Vamos realmente ter que arrumar tudo que está no *rider* da Angel? Eu nem saberia onde procurar um "lírio-de-um-dia".

Marco ri.

— Claro que não. O nosso orçamento mal dá conta de pagar garrafas de água, imagine um chef particular ou um personal trainer.

Nossa produtora, Ava, limpa a garganta.

— Atualmente estou em negociações com Anthony Kent, que é o agente de Liam e Angel, e pretendo vetar as exigências mais ridículas. Anthony precisa gerenciar as expectativas de seus clientes, explicando sobre a diferença entre trabalhar no teatro e no cinema. As estrelas de cinema não têm ideia de como os orçamentos de teatro são modestos. Temo que Angel e Liam em breve sofrerão um choque de realidade.

— Liam já fez teatro antes — digo, sem pensar.

Ava ergue a sobrancelha.

— Jura?

— Ah… sim. Está aqui no currículo dele. Seis anos atrás. *Romeu e Julieta*. Festival Tribeca Shakespeare.

Marco estreita os olhos.

— Essa não foi a mesma produção em que você e seu irmão estavam trabalhando? Foi seu primeiro espetáculo profissional, certo? Você tinha só dezenove anos.

Maldito homem com memória de elefante.

— Ah. Sim… sim. Foi.

— Então você conhece Liam Quinn? — pergunta Ava, surpresa.

— Um pouco.

Pelo menos eu pensei que sim. O homem que eu conhecia era diferente do moleque mal-humorado que agora aparece nas colunas de fofocas quase toda semana.

— Será que ele vai nos causar algum problema? — pergunta Marco.

Eu dou de ombros.

— Ele foi muito profissional como o nosso Romeu, mas isso foi antes de se tornar o sr. figurão de Hollywood. Agora, ele tem um histórico de agressão contra paparazzi. Não ouvi comentários sobre ser difícil de conviver com ele profissionalmente, mas não seria surpresa para mim.

Marco assente.

— Concordo. Por outro lado, a noiva dele parece ser tão doce nas entrevistas que chega a fazer meus dentes doer. Acho que devemos estar preparados para lidar com algumas atitudes complicadas.

Até o fim da reunião, mantenho apenas um ouvido na conversa enquanto penso no Liam de antigamente. Ele costumava ser um sujeito apaixonado, atencioso e quente como o inferno, e despertou uma parte da minha sexualidade que eu nunca soube que existia. Eu deveria ter percebido que era bom demais para durar. Não há um homem na Terra tão perfeito quanto ele fingia ser.

Mesmo depois de todo esse tempo, odeio a forma como ele me manipulou. E ainda me pergunto por que fez isso. Para provar que podia? Para se certificar de que eu tinha os dois pés firmes no tapete antes de puxá-lo debaixo de mim?

Qualquer que seja a razão, o que está feito está feito. Não posso voltar ao passado e mudar as coisas. Mas posso garantir que Liam Quinn não tenha a chance de me enganar novamente.

capítulo dois
O SR. QUINN

Três semanas depois
Salas de ensaio do Píer 23
Nova York

Ouço uma onda de gritos. Liam e Angel acabaram de chegar, ou centenas de pessoas estão sendo torturadas do lado de fora do prédio.

Meu pulso acelera, e respiro fundo enquanto me lembro de manter a calma. Só preciso desconectar as minhas emoções. Compartimentalizar. Geralmente é a minha especialidade.

Hoje não.

Sabendo que ele está próximo, minhas fantasias românticas adormecidas faíscam como fogos de artifício meio acesos, ameaçando incendiar mais uma vez.

Os gritos lá embaixo ficam mais altos. Eles não ajudam em nada para levantar o meu estado de espírito.

Atravesso a sala de ensaio e olho pela janela para a rua lá embaixo. Exatamente como eu esperava, a calçada está tomada por uma enorme multidão de mulheres salivando e alguns homens. Diante deles, saindo de um carro, um Escalade preto, está o objeto de milhões de fantasias sexuais. Minha frequência cardíaca acelera enquanto o homem alto, com físico perfeito, sorri e acena para os fãs. Ele está lindo. Mais do que tem o direito de estar.

Seu cabelo loiro-escuro está engenhosamente despenteado, e apesar de vários homens passarem horas tentando imitá-lo, o que eles não percebem é que Liam já acorda assim. É só mais uma característica de seu apelo. Qualquer homem que naturalmente pareça ter acabado de enfrentar dez rodadas na cama recebe o primeiro lugar no medidor de gostosura. Suas maçãs do rosto altas e seu queixo quadrado só melhoram o quadro geral ainda mais, e isso antes mesmo de chegar aos lábios e olhos. Agradeço aos deuses por seus lindos olhos azul-esverdeados estarem escondidos atrás de óculos de sol, e por eu estar muito longe para ser atingida com toda a força pela beleza de seu rosto.

Pena não poder dizer o mesmo de seu corpo.

Nunca conheci ninguém com um corpo como o de Liam. É a minha definição de perfeição. Cada músculo é definido e esculpido, mas não enorme ou volumoso. Ombros largos e uma cintura estreita. A melhor bunda em que já pus os olhos.

Não sabia que eu tinha uma queda por músculos antes de conhecer Liam, mas, cara, agora sei.

Sua camiseta se ajusta perfeitamente a seus ombros quando ele se inclina para o Escalade e ajuda uma ruiva escultural a sair do carro.

Angel Bell. Rainha da beleza, socialite, fashionista e princesa de Hollywood. Filha do senador Cyrus Bell e irmã da premiada jornalista Tori Bell.

Josh surge ao meu lado.

— Angeeeeeel — sussurra ele em tom reverente. — Largue esse babaca musculoso e me deixe te amar. Faríamos bebês lindos.

— Eca, que nojo — digo.

Josh inclina-se mais na janela para enxergar melhor.

— Ué, quer dizer que você pode se derreter toda pelo sr. Gostosão Sarado, mas eu não posso ter uma paixão inocente pela adorável Pernuda McRuiva?

— Josh, nenhuma de suas paixões é inocente.

Ele ri.

— Certo, tudo bem. Eu quero fazer coisas impróprias com ela. Mas você pode me culpar? Quero enrolar aquelas pernas longas em volta de mim e fazê-la miar como um gatinho.

— Ela não é doce demais para o seu gosto?

— Não sei do que você está falando. Ela parece ser uma garota superfofa.

— Exato. Você não namora garotas fofas.

Josh tem uma queda por atrizes. Mais especificamente por atrizes muito ambiciosas que estão a duas neuroses de serem completamente loucas. Suas namoradas tendem a ter muita coisa em comum com as peças da Broadway: são sempre caras e cheias de drama.

— Você tem razão — diz ele. — Geralmente prefiro garotas que me desafiem.

— Você diz "desafio" e eu ouço "me mata de medo com suas psicoses".

— Isso me faz lembrar... Por favor, explique de novo por que foi que nunca namoramos?

— Porque nós ficamos uma vez no segundo ano e achamos que foi a coisa mais esquisita que fizemos.

— Bom, você achou. Eu gostei.

— Ah, por favor.

Ele cruza os braços sobre o peito.

— Elissa, não sei se você sabe disso, mas você é um espécime feminino gostosíssimo. Sim, eu sou seu melhor amigo, mas também sou um homem. Beijar uma mulher que parece a irmã mais nova da Scarlett Johansson vai me fazer ficar excitado. Não tenha dúvidas.

Rio. Realmente não quero ouvir sobre suas excitações. Josh é como meu irmão. Bom, um irmão com quem me dou bem.

Dou tapinhas no braço dele.

— Certo, esqueça esse assunto. Estamos no expediente agora. Sejamos profissionais, por favor.

Ele acena.

— Mas só para deixar claro, eu posso te contar minhas fantasias pornográficas quando chegarmos em casa, certo?

— Se você precisar...

Viro novamente para a janela e vejo Angel tropeçar nos saltos. Quando Liam a segura, apertando-a contra o peito, com um olhar de preocupação, a multidão toda faz *"ooooowwnn"* antes de retomar sua empenhada gritaria.

— *Liam, eu te amo!*
— *Autografa meu braço?*
— *Casa comigo, pelo amor de Deus!*
— *Angel, você é linda!*

Eles estão certos. Ela é realmente linda. Enquanto meço um metro e sessenta de altura e sou curvilínea, ela é alta, esbelta e elegante. Meu cabelo é loiro, na altura dos ombros; o dela é longo, acobreado, e Angel parece viver em um eterno comercial de xampu. Meus olhos são de um azul sem graça, os dela são de um verde vibrante. A única coisa em que ganho dela é no quesito peitos. Os dela podem desafiar a gravidade, mas os meus são reais.

Relutantemente admito que entendo o que Liam vê nela. Ela está bem mais próxima do nível dele do que eu jamais estive. Os filhos deles serão tão geneticamente abençoados que é bem possível que desenvolvam superpoderes.

Vejo Liam e Angel continuarem a dar autógrafos e posar para fotos. Cada ação é acompanhada por um frenesi de guinchos. Eu me pergunto como deve ser estrelar algo do calibre de *Rageheart* e ter milhões de fãs em todo o mundo. A interpretação de Liam do demônio apaixonado e quase sempre sem camisa Zan, que lidera um levante de escravos e se apaixona pela filha do rei dos anjos, incendiou incontáveis calcinhas. Acho seguro dizer que ele é, atualmente, a maior estrela de cinema mundial.

— Merda — diz Josh. — O Adônis esculpido precisa realmente sujar os lábios da minha futura esposa desse jeito? Que nojo.

Ele se refere ao beijinho na boca de Angel que Liam dá quando ela se apoia nele. O bando de paparazzi que já está plantado ali batendo uma montanha de fotos vai ao delírio. Nada vende mais revistas ou mais cliques em sites do que fotos de Liam e Angel demonstrando seu amor épico. Sem dúvida uma explosão de cifrões acabou de passar pelos olhos dos paparazzi.

Marco para ao meu outro lado e dá uma olhada para baixo.

— É com esse "nojo", Joshua querido, que estamos contando para ganhar dinheiro. A base de fãs alucinados de Liam e Angel fará com que nossa produção tenha o ingresso mais procurado da Broadway durante meses. Escreva o que estou dizendo.

Josh assente.

— A menos, claro, que ela reconheça sua atração desmedida por mim durante os ensaios e termine com ele antes da estreia.

Marco parece um vampiro que acabou de se queimar com água benta.

— Nem brinque com isso. Qualquer briguinha entre esses dois pode ser um desastre para nossas vendas, e esse é justamente o motivo pelo qual devemos tratá-los com muito cuidado. Lembrem-se, esses dois estão acostumados com todo mundo puxando o saco deles, então se preparem, crianças.

Suspiro. Me lembro de uma noite em que fiquei com Liam e o beijei inteiro, atrás, na frente, todas as partes de seu corpo. A memória é tão vívida que parece ter sido ontem.

Considero seriamente se ainda dá tempo de me demitir.

Marco me abraça.

— Sentiu isso, Elissa?

Sim. Náusea. Ansiedade. Um desejo incontrolável de comprar uma passagem só de ida para o Nepal.

Finjo um sorriso.

— Ah, sim.

— Grandeza teatral, minha querida. Estamos prestes a criá-la. Obrigado por ser meu braço direito. Eu não conseguiria sem você.

Acho que não vou para o Nepal, então.

Abraço-o e volto para a mesa de produção. Minha parte está impecavelmente organizada. Texto. Lápis. Um arco-íris de marcadores de texto.

Estou pronta.

Estou pronta.

Estou pronta.

Ponho as mãos na cintura e suspiro.

Não. Não convenceu. Foda-se o pensamento positivo. Com tantos dias para ele me decepcionar.

Quando ouço vozes no corredor, fico tensa. A voz grave de Liam atravessa cada uma das paredes e ressoa pelo meu corpo.

— Lissa? — Me viro para ver Josh me olhando com preocupação. — Você sabe que não respirar faz mal à saúde, certo? Por favor, se acalme.

Solto a respiração e assinto.

— Claro. — Giro meu pescoço e ele estala. — Estou bem, manda ver.

— É isso aí.

Quando nossa minúscula publicitária de cabelos longos, Mary, entra na sala com as estrelas, meio que me escondo atrás de Josh. Submeter apenas parte do meu corpo à força máxima da presença de Liam parece ser a coisa mais sensata a fazer.

— E essa é nossa equipe de produção — diz Mary. — Claro que vocês conhecem nosso diretor, Marco. Acredito que tenham se falado por telefone.

Marco sorri e aperta a mão de Liam e Angel.

— Prazer em conhecê-los pessoalmente. Bem-vindos.

Mary aponta para a moça negra e trêmula ao lado das janelas.

— Aquela é nossa estagiária de produção, Denise.

Denise derrete-se pelo assoalho quando Liam sorri para ela. Acho que sua paixão por ele é tão forte quanto a minha.

— E este é Martin, nosso coreógrafo.

— É um prazer — diz Martin, mal olhando para Angel, antes de segurar a mão de Liam por vários segundos a mais do que seria normal.

— E não menos importante, nossa ilustre equipe de direção de palco, Joshua Kane e...

— Elissa Holt. — Liam pronuncia meu nome como se eu fosse algum tipo de ser mítico que ele jamais esperava encontrar. Tento manter meu sorriso estável enquanto ele pisca surpreso. — Você é nossa diretora de palco?

Assinto.

— Sim, sr. Quinn. Bom vê-lo novamente. E é um prazer conhecê-la, srta. Bell. — Estendo a mão para Angel. — Por favor, se precisarem de alguma coisa, avisem a mim ou a Josh.

Angel segura minha mão e inclina a cabeça em minha direção.

— Você e Liam se conhecem?

Suas suspeitas são claras. Procuro manobras evasivas.

— Não muito. Josh e eu trabalhamos na primeira peça do sr. Quinn na Broadway, há muitos anos. Ele só tem uma boa memória.

Ela relaxa um pouco e sorri.

— Ele tem mesmo. Às vezes o invejo. Principalmente por sua habilidade em decorar as falas.

Olho para Liam e o vejo me encarando. Não consigo descrever sua expressão. Raiva? Surpresa? Um pouco de ambos? Há um fogo em seu olhar que faz com que eu pense que ele não está totalmente infeliz em me ver, e hesito em decidir se isso é bom ou não.

Josh vem para o meu lado.

— Olá, sr. Quinn — diz ele, enquanto agarra a mão de Liam. — Bem-vindo de volta a Nova York.

Liam dá um sorriso rápido.

— Josh, oi, como você está, cara?

— Não tão bem quanto você, sr. Hollywood. Parabéns pelo estrelato e pela bajulação, cara.

Um sorriso irônico ergue os lábios de Liam.

— É, bem, não é tão divertido quanto parece. Acredite em mim.

Liam olha para mim enquanto Josh se afasta para falar com Angel. Ofereço minha mão. Liam me olha por um momento antes de segurá-la. Então ele se aproxima e se inclina, e seus dedos encostam de leve nos meus, quentes e quase soltando faíscas. Tento esconder o arrepio que percorre meu corpo. Ninguém precisa saber o que um simples toque desse homem pode causar em mim. Especialmente ele.

Forço um sorriso enquanto o calor de sua pele atinge os meus ossos.

— Estamos extasiados em ter você e sua noiva como estrelas de nossa peça, sr. Quinn. Tenho certeza de que será um sucesso.

— Meu Deus, Elissa, eu... — Seus dedos apertam os meus e estremeço quando ele acaricia o nó dos meus dedos com o polegar. Ele olha para nossas mãos, e novamente para meu rosto. — Estou meio sem palavras. Ver você novamente é...

Espero que termine a frase, mas ele parece estar lutando para se expressar.

Agora minha mão está queimando, então a puxo de volta e tento engolir minha saliva com dificuldade.

— Deve ser ótimo estar de volta a Nova York. Acredito que você esteja longe de casa há algum tempo.

Ele me olha com aqueles incríveis olhos azuis. Sua expressão parece íntima demais considerando o tanto de tempo que não nos vemos, sem mencionar que sua noiva está bem ao seu lado. Ele percebe que está me encarando e pigarreia.

— Ah... não. Não volto para casa há bastante tempo. Tempo demais. Senti saudades todos os dias.

Ele parece prestes a dizer alguma coisa quando o restante do elenco chega.

Graças a Deus.

Uso a distração para me afastar. Não é fácil. Pareço uma nave espacial escapando da atração implacável de um buraco negro.

Enquanto as pessoas enchem a sala, entro em piloto automático. Preencho fichas, entrego informativos e calendários de ensaio, e me ocupo lidando com qualquer um que não seja Liam.

Não escapa à minha atenção que uma hora depois, quando estamos para iniciar os ensaios, Liam ainda parece chocado com a minha presença.

Há um ar de excitação na sala enquanto Marco explica ao elenco suas ideias para a peça. Todos ouvem e assentem, e boa parte faz anotações em seus roteiros. Liam, entretanto, não está segurando um texto, mas inclinado e franzindo a testa, concentrado.

Agora há uma energia nova nele. Certa agressividade, como se houvesse uma nuvem negra perseguindo-o, puxando suas sobrancelhas para baixo e lhe trincando os dentes. Eu sei que isso se tornou parte do seu apelo, mas estou curiosa em saber como essa história começou.

Liam está sentado ao lado de Angel, sem tocá-la. Na verdade, quando ela se inclina para sussurrar algo em seu ouvido, um flash de irritação atravessa seu rosto antes que ele a afaste. Angel observa o entorno para ver se alguém notou. Quando ela olha em minha direção, eu diplomaticamente volto a fazer anotações no meu laptop.

É reconfortante saber que eles não são sempre tão abençoados quanto aparentam em suas fotos. Isso faz com que pareçam mais humanos.

Não posso nem imaginar como é ser noiva do homem mais desejado do mundo. Não é segredo que Angel recebe ameaças de morte regulares, e é alvo de desaforos e xingamentos nas redes sociais por parte das fãs mais raivosas de Liam. Se fosse comigo, eu estaria completamente paranoica, mas ela sempre parece animada e otimista. Deve ser exaustivo permanecer positiva e centrada como Angel faz. Mesmo que esteja deixando uma aula de spinning, ela parece recém-saída das páginas de uma revista glamurosa de boa forma.

Boa forma é só mais uma coisa que ela e Liam têm em comum. Eu sei que o negócio deles é ser bonito, mas, honestamente, ninguém precisa se esforçar tanto quanto eles. É errado e artificial. Minha ideia de ginástica envolve calças de ioga, sem a ioga de fato. Na verdade, minhas calças de ioga deveriam ser chamadas "calças de ficar sentada e comer queijo". Um nome mais longo, claro, porém mais preciso.

— Meu comentário final é... — diz Marco — mesmo que *A megera domada* seja uma peça facilmente vista como sexista, temos o objetivo de desfazer essa percepção. Angel fará uma Catarina cuja amargura vem de sua falta de vontade de se conformar com a definição do papel da mulher pela sociedade, assim como uma reação ao favoritismo óbvio do pai pela irmã. Petruchio não será seu domador, mas seu parceiro no crime. Meu objetivo é mostrar à plateia um casal que traz o melhor um do outro, que se alimenta dos desejos sexuais inusitados um do outro e que consegue fazer graça com aqueles que tentam fazê-los ser o que não são.

Ele junta as mãos e sorri.

— Então, com tudo isso em mente, vamos ver o que criamos juntos. Vamos fazer a primeira cena. Em suas marcas!

Pelas próximas horas, ensaiamos as três primeiras cenas do primeiro ato.

A princípio, Angel é boazinha demais como Catarina. Depois que Marco lhe pede que seja mais forte, ela exagera e, aos berros, faz as cenas de Catarina com a irmã e com o pai como um Mensageiro da Morte que os partirá em pedaços. Tipo uma Lizzie Borden.

Não sou a diretora-geral, mas acho que Marco vai insistir que ela tenha um pouco mais de sutileza.

Liam, por outro lado, é excelente de primeira. Seu Petruchio é apaixonado e carismático, e ele tem ótima química com os atores que fazem seus servos e amigos.

Estar novamente com ele na sala de ensaios me lembra o quão hipnotizador Liam é de perto. Tenho vergonha de dizer que assisti à série *Rageheart* vezes demais para contar. Mas por mais poderoso e intenso que Liam pareça ser na tela, ele é ainda mais ao vivo. É revigorante vê-lo fazer um papel tão diferente daquele demônio inquietante e violento. Sua versão de Petruchio é um malandro adorável, e quase havia me esquecido como é lindo quando sorri. Ele não fez isso muitas vezes quando massacrava aqueles lordes-anjos-sádicos.

Olho em volta e vejo que todas as pessoas têm os olhos grudados em Liam, e é por isso que ele é uma estrela. Liam é um desses atores que têm *alguma coisa*. É parte talento e parte confiança, e mais um toque de uma vulnerabilidade muito sincera que faz com que você queira transar com ele e abraçá-lo com ternura ao mesmo tempo. Pelo menos é assim que ele afeta a maior parte das mulheres.

Apesar de Liam ser uma parede de músculos de um metro e noventa que poderia transformar qualquer um que mexesse com ele em uma massa sanguinolenta, ele faz com que todo mundo queira cuidar dele.

— Você sabia que ele era tão talentoso? — pergunta Marco quando libero o elenco para um intervalo.

— Ele foi um Romeu excelente — digo. — Não tinha certeza de como ele faria esse papel, mas parece lhe cair como uma luva.

Marco assente.

— Eu só queria que Angel também fosse tão boa. Esperava que ela fosse trazer algum nível de complexidade a Catarina. Mas ela a está fazendo como uma chorona bidimensional.

— A arte imitando a vida — resmunga Denise, nossa estagiária de produção, ao meu lado.

— Olha lá como você fala da minha mulher — diz Josh. — Odiá-la só porque ela é bonita e rica não é nem um pouco legal.

— Ah, para com isso — diz Denise. — Mesmo que ela comesse alguém vivo você a defenderia porque ela causa uma ereção em você, não é, Josh?

Josh abre a boca para protestar, mas pensa melhor.

— Não vou me dar ao trabalho de responder.

Denise revira os olhos.

— Josh, eu te adoro, mas olhe para você e olhe para Liam Quinn. Quem você acha que ela escolheria para ser pai dos filhos dela?

Quando Josh solta um "vai se foder" e mostra o dedo médio para ela, sou obrigada a rir. Não que ele não seja atraente, porque ele é, de uma forma geek-sexy. Ele tem um metro e oitenta e três, cabelo castanho ondulado, olhos castanhos, rosto bonito. Seus ombros são largos o suficiente para ficar bem nas roupas sem precisar malhar, e as moças parecem achar seus óculos hipster de armação de chifre sexy. Mas a dura realidade é que se ele e Liam fossem escalados para um filme juntos, Liam seria o super-herói e Josh seu melhor amigo.

— Duvidem o quanto quiserem — diz Josh, dando de ombros. — Mas aquela mulher vai estar em cima de mim em poucas semanas. Escrevam minhas palavras.

— Claro. — Dou um tapinha no ombro dele e vou para o corredor para reunir o elenco após o intervalo. Quando encontro Liam junto ao bebedouro, tento não olhar diretamente em seus olhos. — Estamos recomeçando, sr. Quinn.

Ele resmunga baixinho um "Obrigado, Liss", e eu me afasto antes que ele diga mais alguma coisa.

Assim que todos retornam, continuamos de onde paramos, e fora Angel berrando as falas dela como se fosse uma mercadora de peixe medieval, quando chega a hora do almoço estamos todos satisfeitos com o rumo que as coisas estão tomando.

Como sempre, almoço na minha mesa.

Tenho um escritoriozinho no corredor da sala de ensaios. Não é o Ritz, mas serve. Quando não estou ensaiando, geralmente fico lá, revendo a papelada enquanto todo mundo relaxa.

Ah, a vida glamurosa de uma diretora de palco.

Estou fazendo ajustes no cronograma de ensaios quando Josh entra correndo. As bochechas e orelhas dele estão vermelhíssimas. Isso só acontece quando ele está muito bravo ou muito excitado.

— Ei, o que foi?

— Nada. Preciso de dinheiro. Angel precisa de outra coisa para comer.

Transformamos a sala de reuniões em uma área de alimentação privada para Angel e Liam não precisarem enfrentar os fãs e paparazzi na hora do almoço. Alguns dos melhores restaurantes de Nova York entregam as refeições deles, mas Josh e Denise têm o prazer de serem os garçons.

Sorrio.

— Por que você está vermelho? O que Angel fez?

— Nada, ela está bem. — Ergo minha sobrancelha para ele, e Josh enfia as mãos nos bolsos. — Ela usou esse tom de flerte sexy para me explicar que esta semana não come glúten, e no final passou a mão no meu braço e sorriu.

— Aquela *vaca*.

— Nem vem. Sério. Não estou a fim. Essa mulher poderia flertar comigo enquanto comete um assassinato, eu não tenho nenhuma dúvida. Agora, me dê dinheiro. Vou buscar outro almoço para ela. — Ele estende a mão.

Pego a caixinha de lata e lhe dou uma nota de cinquenta dólares. Com certeza isso dá para o que Angel quer. Ele pega uma segunda nota de cinquenta e enfia o dinheiro no bolso.

— Já volto.

Merda, nosso orçamento está ferrado.

Ponho a caixinha de volta no lugar, e quando estou prestes a retornar ao meu cronograma de ensaios, alguém bate na porta.

— Entre.

A porta se abre para revelar Liam. Em segundos, as palmas de minhas mãos ficam úmidas.

Levanto para encará-lo.

— Sr. Quinn, precisa de alguma coisa? Seu almoço está aceitável? Se não estiver, posso conseguir outra coisa.

Liam se demora por um instante no batente da porta antes de entrar no escritório apertado e fechá-la atrás de si. Ele parece grande demais para a sala tão pequena. Seus ombros aparentam ser mais largos do que eu me lembrava, e traços de tatuagem surgem por baixo da manga direita da sua camiseta. Ele não tinha isso da última vez em que o vi de perto e sem camisa.

Liam olha ao redor da sala antes de voltar a me olhar.

Ele me encara por alguns segundos e, que merda, não acredito que depois de todos esses anos o efeito dele sobre mim não diminuiu. O tempo deveria curar tudo, certo? Bom, ele não ensinou meu coração a parar de desejar um homem que não me quer.

Limpo a garganta.

— Sr. Quinn?

Ele dá um passo a frente, e experimento um momento de pânico, porque nesse espaço confinado minha tática habitual de me esquivar e ignorar é impossível.

— Elissa...

— Sr. Quinn, se há algo de que precisa, eu...

— Pare de me chamar assim.

— É o seu nome, senhor.

— Meu Deus, Liss. — Ele suspira e me olha de cima a baixo. — Não acredito que você está aqui.

— É o meu escritório. Não é difícil de acreditar.

— Eu digo na peça.

— Marco me pediu para fazer a direção de palco.

— Achei que assim que ouvisse meu nome, você sairia correndo até o infinito.

Não confesso que o pensamento me passou pela cabeça.

— Quando aceitei o trabalho, não sabia quem seria a estrela.

Os músculos de sua mandíbula estão tensos.

— Claro que não. Faz sentido. — Ele dá uma risada amarga e passa a mão na parte de trás do pescoço. — Se soubesse, você não teria aceitado o trabalho, não é?

Tento encontrar uma maneira agradável de dizer o que deve ser dito, mas não existe uma.

— Não.

Liam assente. Eu diria que ele parece magoado, mas por quê? Liam está vivendo sua fabulosa vida em Hollywood, sem qualquer contato comigo. Duvido que tenha pensado em mim duas vezes sequer nos últimos seis anos.

— Bem, no entanto você chegou aqui, sou grato por isso. — Ele olha para as mãos. — Senti saudades de você. Mais do que você pensa.

Quase rio. *Claro que sim. Entre fazer filmes de altíssimo orçamento, ganhar milhões de dólares e transar com uma das mulheres mais desejadas do planeta, você teve muito tempo para se lembrar da diretora de palco baixinha e obcecada por queijo com quem teve um caso. Faz todo o sentido.*

Ele vê algo em meu rosto e franze a testa.

— O que foi?

— Nada.

— Você não acredita em mim?

Dou de ombros.

— Eu não ousaria questioná-lo, sr. Quinn. Seria muito antiprofissional.

Lá está aquela cara de novo. Dor ou desapontamento... Não consigo me decidir.

—Acho que não te dei muitos motivos para acreditar no que eu falo, não é? Só mais uma coisa da qual me arrependo sobre nós. — Risadas

ecoam no corredor, e ele olha sobre os ombros antes de se voltar para mim. — Falando em nós, alguém aqui sabe sobre a nossa... história?
— Não.
— Nem o Josh?
— Ele sabe que tivemos... intimidade. E só.
— Intimidade — diz ele, como se aquilo fosse divertido. — Não faz jus ao que tivemos, não é?

Essa conversa está tomando um rumo desconfortável.
— Sr. Quinn...
— Sr. Quinn é o meu pai.
— Seu agente solicitou que nos dirigíssemos ao senhor e a srta. Bell de maneira formal.
— Meu agente gosta de fazer com que as pessoas pensem que somos mais importantes do que realmente somos. É o trabalho dele. Não dê ouvidos a ele, jamais. Especialmente em relação a mim e Angel.

Deus, só de ouvir essa frase meu estômago dá um nó. "A mim e Angel."
— Liss, quanto a Angel...
— Se você está preocupado que o nosso passado possa lhe causar algum desconforto, tanto profissional como pessoalmente, fique tranquilo, farei tudo que estiver ao meu alcance para que essa experiência seja o menos estressante possível. Tanto para o senhor quanto para sua... noiva.

Quase engasgo com a palavra. Descobrir que Liam estava noivo não apagou a minúscula chama de esperança de que ficaríamos juntos de alguma maneira, algum dia. Só a inflamou, da forma mais dolorosa.
— Sei que a situação não é a ideal — continuo. — E se me disser o que o incomoda, com certeza resolverei.
— Meu Deus. — Ele passa os dedos pelo cabelo. — Você poderia, *por favor*, parar de falar comigo como se fosse minha gerente do banco? Como se não nos conhecêssemos?
— Eu não conheço mais você.
— Você é a *única* que *sempre* me conheceu. Que merda, Liss...
— Prefiro que me chame de Elissa.

Ele é a única pessoa no mundo que me chama de Liss, e isso é muito íntimo na situação atual.

Liam avança, e eu não tenho mais espaço para recuar. Ele está tão próximo que posso sentir seu cheiro. Todo o espaço entre nós está carregado de uma energia tão intensa que faz meu coração saltar descompassado contra minhas costelas.

— Elissa, me perdoe. Aquele dia... a última vez em que eu te vi. Eu te magoei, e odeio isso.

Não posso suportar que ele esteja tão perto, mas trinco os dentes e me forço a soar mais calma do que estou.

— Houve culpa em ambos os lados. Não estávamos nem namorando.

— Nós dois sabemos que isso não é verdade. O que compartilhamos...

— Foi há muito tempo. Éramos jovens e bobos. Tudo parece ser de vida ou morte naquela idade, e nós nos deixamos levar. Eu sabia naquela época, e sei agora. Superei isso.

Os olhos dele estão fixos em mim.

— Isso?

Corrijo minha postura.

— Você. — Ele pisca algumas vezes, e eu ignoro sua expressão conflituosa. — Agora você está noivo de uma das mulheres mais lindas do mundo e eu... — *Vamos lá, Elissa, diga. Mesmo que não queira.* — Eu não poderia estar mais feliz por você.

Se eu fosse o Pinóquio, meu nariz estaria dentro do olho dele nesse momento. Bem, certo, sou muito baixa para acertar o olho, mas o peito dele estaria machucado.

— Não importa como aconteceu, estou feliz que tenham se encontrado. É óbvio que você a ama. — Me arrisco a olhar para ele. — Certo?

Assim que as palavras deixam minha boca, me arrependo. Realmente espero que ele diga que não e me tome em seus braços? Como sempre, minhas expectativas românticas irreais estão longe de serem alcançadas.

— Sim, eu a amo — ele diz baixinho. — Tenho sorte de me casar com minha melhor amiga. Nem todo mundo tem essa chance.

Um nó de tensão se forma em meu estômago. Realmente não estava preparada para o quanto essas palavras me feririam.

— E você? — pergunta ele, com a voz calma. — Você está... com alguém?

Parece que ele está perguntando se tenho alguma doença terminal. Se solteirice persistente é uma doença, sou um caso crônico.

O que digo a ele? Que desde que estivemos juntos nunca mais saí com um homem por mais de duas semanas? Em geral os homens me desapontam. Outra coisa pela qual culpo Liam Quinn.

— Estou saindo com uma pessoa — digo. *Várias pessoas, na verdade. Nenhuma digna de nota.*

Seu olhar é intenso. Como se estivesse tentando ver minha alma.

— Ele te trata bem?

Quase cedo e digo a verdade, mas meu orgulho fala por mim.

— Como uma rainha.

A tensão nele dá lugar a alguma outra coisa. Alívio, talvez.

— Ótimo. Você merece ser feliz. Você merece... tudo.

Quando ele me encara novamente, há uma saudade tão crua que todo o ar da sala se esvai, e pela primeira vez na minha vida me sinto claustrofóbica. Encosto na parede, rezando para que ele não veja.

— Mais alguma coisa, sr. Quinn?

— Sim. Pare de me chamar de sr. Quinn. Todos os demais podem me chamar da merda que quiserem, mas você não. Por favor, Elissa.

— Tudo bem, senhor... — Respiro fundo. — Desculpe. Liam.

No segundo em que digo seu nome, algo muda na atmosfera da sala. Naquele momento, ele não é uma estrela de cinema, e eu não sou sua diretora de palco. Somos as mesmas duas pessoas desesperadamente ligadas uma à outra que caíram no buraco do coelho anos atrás e saíram dele completamente mudadas.

Liam dá um passo à frente, e por um minuto acho que ele vai me tocar. Mas após me olhar longamente, por vários segundos, ele se vira, abre a porta e sai pelo corredor.

Quando Liam está fora da minha vista, desabo na cadeira e baixo minha cabeça na mesa.

Então, pronto.

Correu tudo bem.

capítulo três
PASSADO

Se ficar sentada no sofá comendo queijo fosse um esporte, eu seria campeã olímpica agora mesmo.

Nosso primeiro dia de ensaios me deixou esgotada. A ideia de ter de aguentar mais alguns meses controlando minhas reações à mera presença de Liam fez com que eu acabasse aqui, só com a camisa do pijama, sem as calças, devorando uma fatia de queijo Jarlsberg.

— Vinho? — pergunta Josh lá da cozinha.

— Se você precisa fazer essa pergunta depois do dia que tivemos, então não somos mais amigos.

Ergo os olhos para vê-lo na porta segurando uma taça de vinho tão grande que poderia ser vista do espaço. Desconfio que ele tenha na mão uma garrafa cheia de vinho.

— Estava sendo educado, idiota. Eu já sabia a resposta. — Josh tem um pacote com seis cervejas na outra mão. — Quando a gente terminar estes aqui, sugiro que passemos para o conhaque. — Ele me passa o vinho, desaba do meu lado enquanto abre uma cerveja. Dá um longo gole antes de soltar o mais barulhento arroto do mundo.

Resmungo de nojo.

— Você tem classe. Sabia?

Ele ergue o punho fechado.

— É o que dizem.

— Ainda chateado por bancar o bobo na frente da Angel?

— Não tenho a menor ideia do que você está falando.

— Ah, por favor. Você fala macio quando está tentando levar uma garota para a cama, mas assim que conhece alguém por quem sente alguma coisa de verdade, fica perturbado. Foi exatamente assim ano passado com aquela garota, Lara, e agora está agindo da mesma forma com Angel.

Ele se recosta no sofá e enfia a mão no cós da calça.

— Continue falando enquanto vou pegar um pouco de papel higiênico, porque o que está saindo de sua boca agora é merda pura.

— Sem problemas, tudo bem. Viva em negação. Mas você ainda se masturba com as fotos dela, certo?

Ele dá de ombros.

— Provavelmente. Mike é totalmente promíscuo com ruivas de pernas longas. — Então Josh apanha o controle remoto e começa a mudar os canais.

— Refresque minha memória, por favor: por que foi mesmo que você batizou seu pênis de Mike?

— Não fui eu quem fez isso. Foi você quem começou a chamá-lo assim.

Faço uma careta.

— Eu não. Não tenho o hábito de dar nome ao pênis de ninguém. Especialmente ao que pertence ao meu melhor amigo.

— Errado. Uma vez você se referiu ao meu pau como "mágico". Logo, Magic Mike.

Eu rio antes de beber um gole gigantesco de vinho.

— Meu Deus, você se lembra disso? Eu estava brincando.

— Claro que estava.

Sorrio e coloco meu pé sobre a perna dele. Ele me faz uma massagem, distraído.

Josh e eu moramos juntos há um ano, e nunca esperei gostar tanto de viver com um cara hétero. Depois de morar com meu irmão por tanto tempo, fiquei aliviada por estar longe dele. Quer dizer, eu amo o Ethan, mas ele dava muito trabalho. Tenho a impressão de que ele está mais suportável agora que resolveu a vida dele e está junto com seu verdadeiro amor, mas ainda assim...

Josh e eu ficamos ali, largados no sofá, afogando nossas mágoas por quase uma hora, até que peço desculpas e vou para o quarto. Minha cabeça está dispersa agora, por isso decido encerrar o dia e espero que amanhã seja melhor.

Depois de me arrastar até a cama e fechar os olhos, meus pensamentos se voltam para Liam.

Por mais que hoje eu acredite que tudo o que aconteceu são águas passadas, está claro pela nossa conversa no meu escritório que existem coisas que ainda precisam ser resolvidas entre nós.

Me sentindo nostálgica, pego o celular e encontro a foto da noite em que nos conhecemos. A mão de Liam está no meu rosto, e ele está me beijando tão intensamente que só de olhar me dá arrepios. Essa foi a primeira vez que pus os olhos nele. A primeira vez que o beijei. A primeira vez que minha voz interior me avisou para ficar longe dele.

Uma batidinha na porta, e Josh diz:

— Você está vestida? Está vendo pornografia? Está depilando alguma coisa interessante?

Eu sorrio.

— Nada disso, pervertido. Entre.

Quando ele abre a porta, dá uma olhada no quarto.

— Droga. Pelo menos uma vez eu gostaria de ver alguma calcinha jogada por aí. Especialmente as vermelhinhas com laços na parte de trás.

— Josh, quantas vezes te pedi para você ficar longe da minha gaveta de calcinhas?

— Vinte e três vezes, por enquanto.

— Bem, esta é a vigésima quarta.

— Anotado e ignorado.
— Tudo bem, então.
Ele me enxota com a mão.
— Chega pra lá, garota. — Quando me arrasto para o outro lado da cama, Josh entra debaixo das cobertas, perto de mim.
Rapidamente, desligo meu celular antes que ele possa ver a foto.
— Então — diz ele, enquanto apoia a cabeça nas mãos. — E aí?
— Nada. Por quê?
— Bem, você assistiu à maior parte de um episódio de *Dance Moms* sem gritar com a televisão. Isso nunca aconteceu antes.
— Só estou cansada, eu acho.
— Sei. Talvez você esteja preocupada por causa de uma certa ex--paixão.
Tiro um fiapo imaginário da fronha.
— Não.
— Certo. — Ele segura meu queixo e me obriga a olhar para ele. — Alguma vez você vai me contar o que aconteceu entre você e o Quinn? Tinha a impressão de que o que havia entre vocês era só sexo selvagem, mas você realmente gostava dele, não gostava?
— Eu não queria.
— Mas você gostou.
Dou de ombros.
— Lissa, converse comigo. Você tem mantido seus sentimentos pelo Quinn muito bem escondidos por anos. Por quê?
Esfrego os olhos. Esse é um assunto que não me sinto confortável em discutir. O que dividi com Liam é como um segredo precioso, e se eu falar sobre isso as coisas das quais me lembro como brilhantes e reluzentes vão se manchar.
Josh vira de costas e fecha os olhos.
— Faça como preferir. Eu vou só descansar aqui um pouco. Se você quiser me contar uma história de amor e perdas, ótimo. Se não, sem problemas. Terei um tempo extra para redobrar toda a sua gaveta de calcinhas.
Sorrio e o empurro com tanta força que ele quase cai da cama.

— O.k. — digo, enquanto ele dá uma risadinha e se ajeita de modo confortável novamente. — Certa vez, em uma sexta-feira à noite, eu e meu afoito melhor amigo tivemos um encontro na Times Square.

Seis anos antes
Times Square
Nova York

— Ei, gracinha. Aonde você está indo?
Um sujeito bêbado e idiota para bem na minha frente, e eu dirijo a ele um olhar fulminante.
— Estou esperando meu namorado especialista em caratê, por isso saia da frente ou corra o risco de ser destroçado com um golpe.
— Ah, claro. Você está querendo se livrar de mim? Ou tem realmente um namorado?
Reviro os olhos.
— Olha pra mim. Sou bonita pra caramba. Claro que tenho um namorado. Ele está bem ali.
Passo por ele, mas posso senti-lo olhando para mim enquanto subo a enorme escadaria vermelha em que Josh está esperando por mim.
— Oi, querida — diz ele antes de se inclinar e dar um beijinho nos meus lábios. — Estou ansioso pra levar você pra casa pra gente poder fazer muito sexo. — Ele diz isso alto o bastante pra o Sujeito Bêbado e Idiota ouvir.
— Eu também — respondo, falando tão alto quanto ele. — Adoro fazer sexo com você. Seu pênis é mágico. E, depois, você pode praticar seu golpe mortal de caratê nas pessoas que derem em cima de mim.
O Sujeito Bêbado e Idiota fecha a cara e nos dá as costas, e eu sento e suspiro. É ridículo como a gente sempre tem de fazer esse tipo de coisa.
— A fala do Pênis Mágico é nova — diz Josh, enquanto casualmente põe o braço nos meus ombros. — Gosto disso. É bom para o meu ego.
— Fico feliz. Mas saiba que se você falar alguma coisa sobre a minha vagina, eu vou te machucar, certo?

— Tudo bem. Eu não me esqueci da última vez. Nem o meu saco.
Sorrio e me encosto no ombro dele.

Ter um garoto como melhor amigo pode ser ao mesmo tempo uma bênção e uma maldição. Por um lado, sempre tenho um jeito de me desviar de atenções masculinas indesejadas quando é preciso, mas, por outro, garotos que eu *quero* que me notem olham para Josh e pensam que estamos juntos, então claramente me evitam. Isso pode ser frustrante.

Eu não namoro ninguém pra valer desde a escola, e apesar de a maioria das vezes ficar feliz com isso já que homens são uma distração que eu não preciso agora, algumas vezes sinto uma pontada de desejo. Um desejo melancólico por alguma coisa a mais.

Pelo menos tenho Josh. Esta noite estamos fazendo uma de nossas atividades favoritas, que é sentar no meio da Times Square e jogar "Transar, Casar, Matar" com as pessoas que passam.

— Tudo bem, vamos lá — diz Josh, e aponta para as pessoas que vão passando na nossa frente.

— Chapéu de Caubói, Jeans Apertado e Terno Grande.

— Hummm. Difícil. Todos são muito ruins.

— Desculpe, madame, mas preciso de uma decisão.

— Certo. Mato o Jeans Apertado porque assim ele não pode criar filhos que vão seguir seu ridículo estilo hipster, caso com o Terno Grande porque é obvio que ele tem um trabalho e pode pagar pelo meu vício em queijos, e transo com o Senhor Chapéu de Caubói porque ele parece que sabe montar num potro, se é que você me entende.

Josh torce o nariz.

— Você vai transar com ele porque ele sabe andar a cavalo? Não entendo.

Dou um tapinha nele.

— Para com isso. Você sabe que o Senhor Literal é a sua persona da qual eu menos gosto.

— Uau, eu me rendo. Tudo bem, sua vez.

— Pele Falsa Cor-de-rosa — digo, e aponto para a garota com salto sete e meio e cabelo de vinte centímetros.

Josh faz uma careta.

— Ai, credo. Não. Mato.

Aponto para uma garota que eu estava achando que gastou o equivalente a um ano de salário em cirurgias plásticas.

— Putinha dos Seios Postiços.

Josh inclina a cabeça e encolhe os ombros.

— Transo, mas com as luzes acesas.

Uma garota usando meia-arrastão e chapéu-coco passa por ali distribuindo panfletos às pessoas na fila do estande do TKTS, que lutam para conseguir lugares de última hora para as peças de hoje à noite.

— Imitação de Liza Minnelli.

Josh tem um jeito no olhar que conheço muito bem. Garotas de teatro dão o maior tesão a ele.

— Caso — diz ele, e sua voz treme um pouquinho. — Meu Deus, olhe para ela. "Venha para o Papai, baby." Ela podia usar toda essa roupa no quarto.

— Não. Se você casar, não vai poder transar com ela.

Ele vira para mim, sobrancelhas franzidas.

— O quê? Desde quando pessoas casadas não têm relações sexuais?

— Humm, desde que o jogo foi inventado.

— Besteira.

— Josh, como você não sabe como isso funciona? Você transa com alguém uma vez, casa com ela para sempre, *mas* sem sexo, ou os dois morrem.

— De jeito nenhum! Sempre foi transar com alguém uma vez, casar com ele para transar para sempre, ou matá-los depois de ter transado porque o sexo foi muito ruim.

— Você está de brincadeira? De todas as vezes em que você esteve errado desde que te conheço, esta é a mais *erradésima* de todas.

Josh me olha desconfiado.

— Mas *erradésima* nem sequer é uma palavra.

— Eu sei, mas precisava dizer alguma coisa para expressar plenamente o quanto você está errado neste momento.

Sinto um calor nas minhas costas antes mesmo que a voz profunda diga:

— Sua namorada está certa, cara. Você está fazendo errado. Você não consegue transar quando está casado. Todo mundo sabe disso.

Eu me viro, e bem atrás de nós, inclinado em nossa direção, está o homem mais atraente que eu já vi.

Nossa, uau.

É como se houvesse um concurso de rosto perfeito em algum lugar e esse cara tivesse recebido o maior prêmio. Cabelo castanho-dourado, grosso e ondulado, inacreditáveis olhos azul-esverdeados, lábios carnudos curvados em um sorriso irônico.

Parabéns pelo seu rosto, senhor.

Dou uma olhada no bíceps que salta de sua camiseta.

E seu corpo. Parabéns por tudo.

Ele seria *Transar*. Definitivamente.

Josh deve ter percebido minha reação, porque diz, no mesmo instante:

— Ah, ela não é minha namorada. Quer dizer, a gente costumava ficar junto, mas não conseguia acompanhá-la na cama. Ela é insaciável. O dia inteiro, todos os dias. Nunca conheci uma mulher capaz de aguentar tanto...

Belisco a coxa de Josh até ele se contorcer.

— Por favor, desculpe meu amigo. Ele sabe que vou matá-lo agora, e tem medo de que a vida depois da morte o faça dar com a língua nos dentes.

O Senhor Transar sorri para mim. Bem, ele sorri para nós dois, mas digo isso porque seu olhar está grudado em mim. Tenho certeza de que ele está conferindo meus peitos, e isso me dá arrepios. Não tinha arrepios tão intensos há... bem, nunca.

O gostosão deve ter aprovado o que viu, porque seu tom de voz é certamente de flerte.

— Então se seu amigo é o cara que vai ser morto, com quem você vai transar e com quem vai se casar?

O jeito com que ele fala não deixa dúvidas qual ele quer ser.

Ele estende a mão para mim.

— Sou Liam, a propósito. Liam Quinn.

Aceito a mão que Liam oferece e tento manter minha expressão impassível enquanto o contato com a pele dele me acende mais que os outdoors gigantes ao nosso redor.

— Sou Elissa. Holt.

— Prazer em conhecer você, Elissa. — Ele me olha descaradamente enquanto continua segurando a minha mão.

Uau, ele é bom. Sem dúvida usa essa técnica o tempo todo para transformar meninas em organismos unicelulares. Estou um pouco irritada por isso funcionar comigo. Pensei que estava imune a esse tipo de autorreferência presunçosa.

Liam. Até o nome dele é sexy.

Josh pigarreia.

— Tudo bem, vocês estão apertando as mãos por tempo demais, e agora estou me sentindo superdesconfortável. Sou Josh, a propósito. Caso a informação lhe interesse.

Liam sorri e aperta a mão de Josh.

— Prazer em conhecer você também, Josh.

Josh assente de forma desconfiada.

— Claro que sim. Elissa, podemos convidar nosso novo amigo para jantar conosco?

Aquilo me faz desviar os olhos daquele belo rosto. Para mim, uma coisa é cobiçar um estranho bonito. Outra é fazer algo a respeito.

— Huummm… Tenho certeza de que Liam tem coisa melhor para fazer.

Liam dá de ombros.

— Na verdade, não. Vou assistir ao *Rei Lear* às oito, mas considerando que fui dispensado pela minha namorada, tenho um tempo até lá.

Josh zomba.

— *Você* foi dispensado pela sua namorada?

— Bem, "levei um fora" seria a melhor descrição. Da garota com quem estive por um ano.

CORAÇÃO PERVERSO **43**

— Como assim? — Josh parece mais chateado com isso do que Liam. — Mas você parece um daqueles modelos masculinos de revistas elegantes. Ela era exigente, a sua ex?

Liam dá de ombros.

— Ela gostava de mim, mas odiava a minha conta bancária. Agora ela está namorando algum idiota rico de Wall Street.

— Recuperação rápida.

Liam dá um sorriso amargo.

— É. Não foi tanto uma recuperação, foi meio que ao mesmo tempo, mas tanto faz.

Há um instante de silêncio desconfortável, antes de Josh dizer:

— Sabe, Elissa foi dispensada também. Que coincidência, não? Dois solteiros atraentes e abandonados como vocês tendo esse encontro aleatório. É como se fosse o destino.

Liam sorri para Josh e olha para mim.

— Eu acredito inteiramente no destino.

Olho para as minhas mãos. Destino ou não, eu não sei se estou preparada para as emoções que esse homem desperta em mim.

Nos últimos quatro anos tive três namorados, e todos os três me trocaram por outra mulher. Dizer que minha confiança nos homens sofreu um abalo seriíssimo seria um eufemismo.

Quando meu último relacionamento terminou em um esplendor de humilhações infames, decidi que bastava de homens na minha vida, pelo menos em um futuro próximo. Tenho um projeto bem específico para os próximos cinco anos, e ser destruída de novo não faz parte dele. Josh continua me pressionando para mergulhar fundo na piscina dos relacionamentos, mas estou satisfeita em caminhar na parte rasa. Pode ser frustrante nunca poder mergulhar, mas não há nenhuma chance de se afogar.

— Então, o convite para jantar ainda está de pé? — pergunta Liam, enquanto me fulmina com aquele olhar estonteante. — Porque estou faminto.

Eu também. Não tinha percebido o quanto até vê-lo.

Como nunca deixa uma oportunidade passar, Josh responde:

— Claro, Liam. Elissa vai adorar que você venha conosco. — Ele sorri com a própria gracinha.

Puxo sua manga.

— Huummm, Joshua? Posso falar com você por um momento, por favor? Desculpe, Liam.

Levo Josh para o topo da escadaria.

— O que você está fazendo?

— Arrumando um encontro pra você.

— Não quero um encontro.

— Sim, você quer. Apenas não quer admitir. Eu te amo, mas sou o único homem que você viu pelado nos últimos meses, e isso só porque lhe enviei, por acidente, as fotos do meu pau, que eram destinadas a outra pessoa.

Como dizer a ele que todos os meus alarmes estão se desligando com Liam? Que alguma parte de mim pensa que ele é mais do que apenas gostoso, e por isso perigoso? Mas não posso sequer pensar em como estou me sentindo, quanto mais me expressar em palavras.

Josh está olhando para mim com preocupação.

— Ei, estou apenas seguindo seu exemplo. Quando seu queixo cai por um cara, eu fico de copiloto. Não é isso que está acontecendo aqui?

Passo os dedos pelo cabelo.

— Você é o melhor, Josh, sério. Tirando o envio das fotos do seu pau, claro. Mas não tenho certeza se estou pronta para isso esta noite.

Josh olha de relance para Liam.

— Bem, vamos pelo menos jantar. Depois disso, Liam pode ir assistir à peça e você vai voltar para casa, e se vocês se esbarrarem no futuro, pode dar o seu número de celular a ele. Que tal?

Concordo. Acho que não há mal nenhum nisso.

Conforme caminhamos de volta para a escadaria, Liam e Josh começam uma conversa vaga sobre esportes. Eles parecem se conhecer há anos.

De certa forma, acho que é o que está me atraindo em Liam. Acabamos de nos conhecer, mas uma parte de mim sente como se o conhecesse desde sempre. E essa parte está me deixando completamente apavorada.

Dez minutos mais tarde, estamos sentados no Gino, na rua 42, resolvendo qual pizza pedir.

Liam franze a testa encarando o cardápio.

— Ah... Vocês escolhem. Não sou muito exigente. Eu como qualquer coisa.

— Isso é ótimo — diz Josh. — Porque Elissa é tão exigente que só fica feliz se a deixarem ir para a cozinha fazer a própria massa.

Mantenho os olhos na lista de opções do cardápio.

— Só porque gosto que as coisas sejam feitas de certa maneira não quer dizer que sou exigente, Joshua Kane.

— Na verdade — diz Josh —, gostar das coisas feitas de certa maneira é exatamente a definição de exigente. Mas, vamos lá, seja honesta. Você leva o termo *exigente* a um outro nível com as suas porções alimentares.

— Porções? — pergunta Liam, e cutuca meu pé debaixo da mesa. — Estou intrigado. Conte mais.

Balanço a cabeça.

— Não.

— Ah, vamos lá.

Josh ri.

— Acho que ela está preocupada que, se falar sobre a obsessão dela pelas porções de comida, você saia correndo sem olhar para trás.

Meu rosto queima. *Sim, provavelmente ele faria isso.*

— Não, é pouco provável. Estou com muita fome para sair correndo por aí. — Liam tenta fazer com que eu o encare. Quando o fito, ele sorri. — Por favor. Eu quero saber.

Suspiro e largo meu cardápio sobre a mesa.

— Quando eu como, gosto que as porções de todos os alimentos sejam idênticas. Então, se há quatro tipos diferentes de comida no prato, digamos, carne e três vegetais, preciso de quantidades iguais de cada um deles em cada garfada.

— Ela chama isso de "teoria da gostosura" — diz Josh. — É fascinante de assistir. Ela escava cada montinho de alimento com precisão cirúrgica. Em seguida, transfere as pequenas porções para o garfo. Seria um lance bem artístico se não fosse tão incrivelmente esquisito.

Liam dá de ombros.

— Eu não acho esquisito. Acho que é legal. Faço uma coisa parecida com batatas fritas e molhos. Preciso ter exatamente a proporção exata de molho para mergulhar a batata, caso contrário, acho que elas não terão o mesmo sabor.

— Isso! — comemoro e chego mais para a ponta da cadeira. — É disso que estou falando. A coisa toda é sobre combinações sutis. Por que pôr alguma coisa na boca a menos que realmente vá apreciá-la, certo?

O modo como Liam arregala os olhos me faz perceber que minha afirmação pode ser interpretada de outra forma.

Ele me dá um sorriso lento.

— Concordo totalmente.

Tomo um gole de água para disfarçar meu embaraço e, felizmente, Josh trata de mudar de assunto.

— Então, Liam, a questão que realmente precisamos que você responda agora é: você é um cara maior?

Liam volta sua atenção para Josh.

— E por "maior" você está falando de…?

— Tem mais de vinte e um anos?

— Ah… sim. Claro. Por quê?

— Porque preciso que você peça cerveja para todos nós, enquanto vou rapidinho ao banheiro. Tenho certeza de que todos nós precisamos de uma bebida — murmura baixinho —, antes que engasguemos com a tensão sexual.

Quando Josh se levanta e se encaminha para a parte dos fundos do restaurante, Liam olha para mim parecendo muito surpreso.

— Espere um minuto. Vocês não podem comprar cerveja?

— Em dois anos, poderemos — digo.

— Dois anos?! — Um casal na mesa vizinha se vira para olhar para ele, e Liam se inclina e sussurra:

— Você tem só dezenove anos?
— Sim.

Liam esfrega o rosto.

— Ai, meu Deus. Eu sou mau. Eu sou um homem mau.
— Por quê?
— Pensei que você fosse mais velha.
— Mais velha... quanto?
— Bom, uma idade em que você não fosse considerada uma "adolescente" pela Organização Mundial de Saúde, porra. Quando vi você esta noite, pensei que fosse... — Ele me olha de cima a baixo, e o calor de seu olhar me obriga a usar o cardápio como leque. — Bem, você parecia muito mais madura do que alguém de dezenove anos.

— Para sua informação — digo, com uma ponta de petulância que ironicamente me faz parecer muito mais jovem —, sempre fui muito madura para minha idade. Quantos anos você tem, então, Senhor do Tempo?

Liam se recosta na cadeira, e não me escapa a forma como a camiseta se estica em seu peito impressionante.

— Eu sou um adulto de verdade, garotinha. Tenho vinte e dois anos. Quase, quase vinte e três.

Eu finjo espanto.

— Nossa, que horror! Você parecia muito mais jovem. Não posso acreditar que venho tendo pensamentos impuros por um homem idoso.

Ele sorri.

— Você está dizendo isso só para me mostrar como sou estúpido por me importar com a nossa diferença de idade? Ou realmente tem fantasiado algo comigo? — Ele se aproxima. — Porque desejo do fundo do coração que seja a segunda explicação.

Eu olho para o meu copo de água e dou um sorriso.

— Tenho a impressão de que fantasiar algo com você não acabaria bem.

— Sério? — pergunta ele. Eu posso senti-lo olhando para mim. — Porque eu nunca recebi nenhuma reclamação. Bem, teve aquela vez com a minha ex-namorada, mas foi um incidente isolado e eu tinha bebido demais.

Dou uma risada e olho para ele. Ele ri também.

Ótimo. A risada dele é tão sexy quanto o resto de seu corpo. Isso não é nada bom.

Ainda estamos sorrindo um para o outro quando a garçonete chega com as nossas cervejas.

— Três cervejas — diz Liam olhando para mim. — Espere, devolva isso. Duas cervejas e uma coca-cola. Preciso ter certeza de que estarei em grande forma esta noite. — Quando ele me encara, sinto uma pontada de frustração ao constatar mais uma vez que a sua arrogância realmente me excita.

Quando a garçonete se afasta, dou um gole em meu copo de água e olho para ele. Liam me examina sem qualquer constrangimento.

— Você tem certeza de que vai se dar bem esta noite, não é?

Ele dá de ombros.

— Imagino que você não me chamaria para jantar se não estivesse interessada.

— Foi Josh quem convidou você, e odeio decepcioná-lo, mas ele é hétero.

— Ã-hã, mas ficou claro que ele estava armando uma jogada. Eu vi como você olhou para mim. E eu gostei.

Eu me afasto um pouco e inclino a cabeça.

— Você não acabou de terminar um namoro com alguém?

— Sim. É por isso que você deve me levar para a cama e restaurar meu ego despedaçado.

Isso me faz rir.

— Tenho a impressão de que seu ego vai muito bem, obrigado.

— Talvez. Mas um pouco de afago extra nunca é demais.

Um arrepio de antecipação percorre minha coluna. Tudo bem, isso não é bom. Tenho como regra geral nunca dormir com um cara em um primeiro encontro, mas Liam está rapidamente jogando por terra a minha determinação.

O problema é que não tenho nenhuma dúvida de que transar com ele despertaria todo tipo de confusão emocional, e eu não estou preparada para lidar com isso neste momento.

Quando encaro Liam, ele está olhando para mim com uma expressão pensativa. Não consigo descobrir se está interessado ou confuso.

— Você está bem? — pergunto.

Ele balança a cabeça.

— Não estou certo. Tenho esse impulso irresistível de passar mais tempo com você esta noite, mas não quero parecer carente ou desesperado.

— Hum. Você está em um dilema. O que vai fazer?

Ele enfia a mão no bolso.

— Convidá-la para assistir ao *Rei Lear* comigo, que tal? Graças à minha ex, que preferiu ficar com um cara que usa ternos de mil dólares a ir ao teatro comigo, tenho aqui um ingresso sobrando. Será uma vergonha se ele for para o lixo.

Ele põe os ingressos sobre a mesa e eu olho para eles.

— Ah, uau. A Lowbridge Shakespeare Company? Minha mãe levava eu e meu irmão para assistirmos às produções deles quando éramos crianças. Acho que é por isso que Ethan e eu escolhemos as carreiras que escolhemos.

— Ah, é? Vocês trabalham em teatro?

— Sim. Nós dois estamos nos candidatando para estudar na Grove, em Westchester.

Liam parece impressionado.

— Uau. Boa escola. Então você é uma atriz? Eu deveria saber. Uma mulher tão linda como você, faz sentido que esteja no palco.

Com esse tipo de conversa, meu rubor não desaparecerá tão cedo.

— Na verdade, prefiro os bastidores. Sou diretora de palco.

A expressão de Liam se intensifica.

— Uau. Não tenho certeza de por que acho que isso é muito mais sexy do que ser uma atriz, mas acho. Esquisito.

Esse cara tem uma lábia e tanto, isso é certo. Eu me pergunto que gosto teria a boca que diz essas palavras.

— E você? — pergunto. — Você não é um ator, é?

Liam sorri.

— Ops. Não gosta de atores, hein?

— Por que diz isso?

— Porque você parece prestes a me queimar com sua visão de raio X se eu disser que sou. Se importa de explicar?

— Na verdade, sim. É uma longa história. — Minha aversão a atores é forte, mas não sabia que eu era tão transparente. — Só não saio com atores, isso é tudo.

Ele me olha por alguns segundos e, em seguida, diz:

— Bem, não estamos exatamente saindo, não é? Então não importa o que eu sou. No entanto, se você for ao teatro comigo... Bem, isso é outra história.

Olho para os ingressos. Os lugares são fantásticos, e eu realmente quero ver essa produção.

Liam percebe minha hesitação.

— Para roubar uma frase de Josh, eu adoraria que você viesse comigo. — Ele me lança mais um daqueles olhares que me fazem derreter. — Entenda isso como quiser, contanto que você diga sim.

A insinuação sexual é muito mais eficaz vinda dele.

— Tudo bem. Posso pelo menos pagar pelo ingresso? Esses lugares são caros.

— De jeito nenhum — diz ele. — Mas você pode pagar pela pizza. Combinado?

— Você paga centenas de dólares pelos ingressos e eu pago vinte dólares pela pizza? Não parece justo.

— Três centenas de dólares pelo prazer da sua companhia, bela Elissa? Parece ser uma pechincha, se você quer saber.

Meu Deus. Essa gentileza está me matando.

Como regra geral, arrogância costuma me deixar totalmente desinteressada, mas não esta noite. Há uma sinceridade na abordagem dele que liga todos os meus botões.

Uma hora mais tarde, quando deixamos o restaurante rindo como bobos, estou ainda mais cheia de conflitos. Nunca pensei que encontraria alguém que se encaixasse na dinâmica especial que Josh e eu compartilhamos, mas Liam consegue. Facilmente.

— Tudo bem, gente — diz Josh, enquanto olha para o fim da rua. — Tenho um encontro com a garota que está interpretando Elphaba em *Wicked*, e se eu tiver sorte, antes da meia-noite terei a tinta verde do rosto dela espalhada nos lugares mais estranhos e incomuns do meu corpo. — Liam estende a mão, e Josh a sacode. — Foi um prazer conhecê-lo, Liam. Espero que possamos nos ver novamente. Por favor, tenha em mente que, ainda que você possa esmagar minha cabeça com as mãos, preciso insistir para que trate Elissa com respeito ou terá de enfrentar as consequências.

— Quais consequências?

— Minha cabeça golpeando seu punho de novo e de novo. Bem, considere-se avisado. Eu tenho uma cabeça dura. Suas juntas nunca mais serão as mesmas.

Liam lhe dá um sorriso.

— Não me esquecerei disso. Prometo me comportar.

— Elissa, telefono para você amanhã. — Josh me abraça e sussurra no meu ouvido. — Comporte-se como uma mocinha. E se resolver não se comportar, trate de se cuidar. Escondi um preservativo na sua bolsa para o caso de você decidir quebrar a sua regra de ouro. Não tenha medo de usá-lo.

Eu o abraço com força.

— Você é o melhor. E o pior.

Depois de me beijar no rosto, Josh desaparece no meio da multidão noturna e, então, meu porto seguro desaparece. Estar a sós com Liam aumenta ainda mais a tensão entre nós.

Encaramos um ao outro por uns poucos segundos, antes de Liam pigarrear.

— Bom, ouvi dizer que o Rei Lear é um filho da mãe. Nós provavelmente não deveríamos deixá-lo esperando. — Ele me oferece o braço. — Vamos?

O gesto é tão antiquado e galante que rio.

— Bem, acho que sim. Vamos.

Assim que lhe dou o braço, Liam respira fundo.

— Você está bem?

Ele baixa o olhar até nossos braços enlaçados e assente, de olhos vidrados.

— Sim. Só estou preocupado por ter mentido ao Josh quanto a garantir que me comportaria.

Seguimos na direção do teatro, e passo o tempo todo bastante consciente da sensação de sua pele macia sob meus dedos.

— Melhoraria um pouco as coisas se eu te dissesse que não durmo com caras que acabo de conhecer?

— Não, não mesmo. Geralmente também não durmo com garotas que acabo de conhecer, mas você está me fazendo querer assassinar essa regra e dissolvê-la em ácido.

Dou uma gargalhada.

— Bom, temos três horas de Shakespeare pela frente, e tudo vai girar em torno de loucura, violência e monarquia misógina. Tenho certeza de que, quando a peça acabar, sexo vai ser a última coisa a passar pela nossa cabeça.

Ele me dá uma olhada cheia de ceticismo.

— Se você diz...

Quando deixamos o teatro três horas depois, é bem evidente que o ceticismo de Liam tinha razão de ser.

Meu corpo inteiro vibra de tanta energia. Não apenas a produção era inacreditável, mas ficar sentada próxima a ele por todo aquele tempo, em uma sala de espetáculos às escuras, foi como uma eletrocussão em baixa voltagem.

Eu jamais reagi de forma tão intensa a um homem.

— Então — diz ele. — Isso foi incrível.

— Foi mesmo. Obrigada pelo convite.

— Obrigado pela companhia.

Escuto nossa conversa casual, mas não há nada de casual no que está acontecendo entre nós. Há tanta adrenalina correndo em minhas veias que sinto como se pudesse, a qualquer minuto, pular no meio do trânsito como se fosse o incrível Hulk e virar um táxi de cabeça para baixo.

Liam olha em volta e se balança, quase imperceptivelmente, sobre os calcanhares.

— Não sei você, mas eu estou agitado demais para conseguir ir para casa tão cedo.

— Ah, eu também.

— Eu esperava que você dissesse isso. Venha comigo.

À medida que abrimos caminho em meio à multidão que sai do teatro e seguimos na direção da Times Square, Liam pousa a mão nas minhas costas para que não nos percamos um do outro. O gesto adiciona mais uma camada de tensão às minhas já sobrecarregadas glândulas adrenais.

A essa hora da noite, a atmosfera na região da Broadway é elétrica. Há milhares de pessoas deixando os teatros, rindo, encantadas, tomadas pela magia que só o teatro é capaz de transmitir a alguém. Liam e eu nos esquivamos e serpenteamos através da multidão, mas não tenho ideia de para onde estamos indo. Depois de um tempo, ele desiste de tentar me orientar tocando minhas costas e segura a minha mão para me mostrar o caminho. Seus dedos são quentes e ásperos, e a sensação da minha mão na dele é tão familiar que chega a ser bizarro.

— Aonde estamos indo? — pergunto.

Ele olha para mim e sorri.

— Isso importa?

Racionalmente, entendo que deveria ser cautelosa porque sei tão pouco sobre ele, mas por alguma razão me sinto segura. Tudo sobre ele é novo e conhecido ao mesmo tempo. É como se uma melodia tivesse soado na minha cabeça durante toda a minha vida e, graças a ele, agora ela tivesse letra.

Depois que passamos pela confusão da praça principal, descemos alguns poucos quarteirões e seguimos na direção do rio. Por fim, ele para em frente a uma porta em formato de calçadeira, que fica entre um brechó e uma tinturaria.

— Eu moro neste prédio — diz ele, e acaricia a palma da minha mão com o polegar. — Meu apartamento é pequeno e antigo, mas... quer subir?

Encaro a porta encardida.

— Eu preciso?

Ele ri.

— Claro que não. Eu só... — Ele dá um passo na minha direção e eu prendo a respiração. — Ainda não quero dizer boa noite. Não tenho álcool no meu apartamento, mas tenho leite e biscoitos. E se você for boazinha, levo você ao meu jardim no telhado.

— Isso é um eufemismo? — Estou surpresa com a rouquidão da minha voz.

Pela forma como Liam parece hipnotizado pelos meus lábios, acho que ele gosta desse tom. Ele se inclina na minha direção e eu pressiono meu corpo contra a porta.

— É o que você disser que é. — A voz dele faz minha pele se arrepiar.

— Ainda que eu suba com você, Liam, mantenho minha afirmação sobre não dormirmos juntos.

O canto de sua boca se contorce, mas ele não sorri.

— Sem problemas.

Ponho minha mão em seu peito.

— Estou falando sério.

Ele olha para a minha mão e, em seguida, a cobre com a dele, pressionando-a em seu peito. Minha respiração acelera. A dele também.

— Não vou levá-la lá para cima para seduzi-la, Elissa — diz Liam, enquanto acaricia levemente meus dedos. — Apesar de ter certeza de que conseguiria.

— Uau. Quanta arrogância. — Ele me dá um sorriso sensual, e eu estreito meus olhos. — Você não acha que posso resistir a você?

Liam põe a mão na parede ao lado da minha cabeça e se aproxima. Ponho minha outra mão em seu peito. Não para impedi-lo. Só para sentir mais seu corpo.

Ele fecha os olhos e respira fundo antes de olhar para mim novamente.

— Se você estiver sentindo só a metade da atração que estou sentindo por você, então, não, eu não acho que você possa resistir. Na verdade, acho que se a beijasse agora, nós mal teríamos tempo de atravessar essa porta antes de rasgar as roupas um do outro e transar como se não houvesse amanhã. Mas prometo que se você vier comigo, vou me comportar. E talvez você devesse prometer fazer o mesmo. A maneira como você está me tocando... faz com que eu pense no quanto você quer estar sobre mim, no quanto você quer acalmar o meu desejo. Devo te lembrar de que sou apenas um homem, Elissa. Não um brinquedo sexual.

A respiração se congela dentro de meus pulmões quando observo a sua boca. Ele devia ir para o inferno por me fazer pensar em meu corpo sobre o dele.

— Entendi. — Relutante, afasto minhas mãos de seu corpo. Estou tentando manter a calma, mas sua proximidade faz meu coração disparar. — Liam, juro pela vida do meu hamster não usá-lo como meu brinquedo sexual.

Ele parece abatido.

— Nem mesmo se eu pedir?

Sorrio.

— Nem mesmo assim.

— Então, vamos recapitular — diz Liam quando se inclina para sussurrar no meu ouvido. — Se você implorar para ser *meu* brinquedo sexual, isso vai acontecer em tempo recorde. Mais de uma vez, se necessário.

— Ah, você é tão altruísta.

— Eu realmente sou. — Ele me dá um sorriso sexy antes de recuar para abrir a porta. Eu o sigo, e subimos cinco lances de escadas para ir até o seu apartamento. No momento em que chegamos lá, meu desejo por ele parece queimar meus pulmões.

— Você está bem? — pergunta Liam e, gentilmente, toca meu ombro.

— Sim. Apenas tentando disfarçar minha incrível aptidão física para não intimidá-lo.

— Bom trabalho. Você teria me enganado completamente.

— Não é? Talvez eu devesse ter sido atriz, afinal de contas. — Respiro fundo e tento recuperar o fôlego. Meu Deus do céu, como estou fora de forma.

Ao entrarmos, percebo que ele não estava brincando sobre o tamanho de seu apartamento. É um estúdio com uma pequena cozinha de um lado e o que parece ser um pequeno banheiro do outro. No meio, há espaço suficiente apenas para um sofá-cama.

— Então — diz Liam —, permita que eu te leve a um tour especial. — Ele não se move. — Eeeeeee, pronto! Você já conhece tudo.

Posso ver que ele está envergonhado, mas não precisa estar. Em Nova York há uma porção de microapartamentos exatamente como este. Na verdade, eu já vi piores.

O que distingue o dele dos demais é que está imaculado. Os móveis e os eletrodomésticos são antigos, mas estão impecáveis. Não há uma única coisa fora do lugar. Até a cama está arrumada.

Estreito os olhos.

— Você pretendia trazer alguém aqui esta noite?

— Não. Por quê?

— Porque está tudo tão limpo e arrumado. E sua cama está feita. Pelo que vejo da vida do meu irmão, posso afirmar que a maioria dos homens vem sem o gene da arrumação de cama como opcional de fábrica.

Ele se inclina, e sinto sua respiração quente em minha orelha.

— Você ainda não me conhece bem o suficiente para ter percebido que não sou como a maioria dos homens. Mas se isso te faz se sentir mais confortável, poderíamos desfazer a cama. Basta dizer uma palavra.

Um estremecimento de prazer percorre minha espinha.

— Ah, nem em sonho eu destruiria tal perfeição. Você prende os cantos dos lençóis com a técnica de hotéis cinco estrelas?

— Se você achar isso sexy, sim.

Deixo escapar um gemido.

— Ah, sim. Isso me deixa maluca. — Ele ri, pensando que eu estou brincando, mas não estou, não. Sou uma assumida maníaca por limpeza e arrumação, e saber que ele mantém a casa assim, impecável, realmente me deixa excitada.

— Bem, chega de falar sobre a minha cama — diz ele. — Tenho outra coisa para te mostrar.

— Se for um banheiro incrivelmente limpo, sério, não acho que meu corpo esteja pronto.

Liam solta um muxoxo.

— Ah, droga. Eu sabia que deveria ter esfregado a banheira hoje pela manhã.

Liam se espreme para passar por mim e segue na direção da cozinha. Em um segundo, apanha um saco de biscoitos de chocolate, dois copos e uma garrafa de leite da geladeira.

— Vem comigo. Se o apartamento deixou você louca por mim, espere até ver meu jardim no telhado.

Ele me leva para fora do apartamento e subimos mais dois lances de escadas. Droga. Não admira que ele seja tão sarado. Se eu precisasse subir tantas escadas todo santo dia, poderia esmigalhar tijolos entre as coxas.

No topo da escada, ele liga um interruptor antes de abrir a porta para o telhado. Quando saio, o que vejo quase me tira o fôlego.

O lugar é como um oásis tropical. Dezenas de palmeiras em vasos de vários tamanhos estão por toda parte, e no meio deles há uma pérgula de madeira trabalhada, envolvida por centenas de pequenas luzes.

— Uau. Isso é simplesmente... — Meu Deus do céu. Eu raramente fico sem palavras, mas esse é um desses momentos.

— Construí a pérgula para o aniversário de casamento dos meus pais no ano passado. E depois eles venderam a casa onde cresci para se mudarem para um apartamento, e não tinham nenhum lugar para deixá-la, então eu a trouxe para cá.

— É linda. — A madeira escura tinha sido cuidadosamente esculpida com videiras e flores. — Aposto que eles adoraram.

— Sim, minha mãe chorou. Meu pai me deu um tapinha no ombro e ficou em silêncio por um tempo, o que, para ele, é o equivalente a chorar.

Sorrio.

— Um presente bem incrível para dar aos pais. Tentando ganhar o prêmio de melhor filho do mundo?

Liam baixa os olhos e não posso deixar de notar uma mudança sutil em sua postura.

— Bem, eles passaram por momentos difíceis ao longo dos últimos anos. Eu queria fazer algo bonito pra eles.

Vejo nomes esculpidos na madeira do topo da pérgula.

— Angus e Eileen. Excelentes nomes irlandeses.

— Sim.

Vejo outro nome e aperto os olhos para tentar entender.

— E ali está escrito... James?

Liam pisca algumas vezes.

— Sim. Meu irmão gêmeo.

Eu praticamente engasgo com a minha própria língua.

— Gêmeo? Gêmeo idêntico?

Senhor, não sei se eu posso lidar com dois homens tão perfeitos neste mundo.

Liam respira fundo.

— Sim. Nós éramos idênticos.

— Eram?

— Ele... ele está... — Liam baixa os olhos. — Ele morreu.

— Ah. Liam...

— Dois anos atrás.

Meu coração dói por ele. Perder um irmão já seria ruim, mas sempre ouvi dizer que gêmeos compartilham um vínculo especialmente forte.

— Meu Deus, sinto muito.

A forma como Liam encolhe os ombros e gesticula deixa claro que ele não quer falar sobre isso.

Antes que eu possa dizer qualquer outra coisa, ele muda de assunto.

— Ah, vamos lá. Não te trouxe aqui pra você me ver choramingando. Faço isso quando estou sozinho.

Embaixo da pérgula, dois sofás antigos e uma mesinha de centro esperam por nós. Desabamos cada um em um sofá, e ele coloca o leite e os biscoitos sobre a mesa e enche nossos copos.

Liam ainda parece tenso e procuro desanuviar o clima.

— Adoro leite, mas acho que uma cerveja seria mais legal.

— Nada disso, senhorita — diz ele, a boca formando uma linha apertada. — Você é menor de idade, mocinha, e eu me recuso a contribuir ainda mais para a corrupção de um menor. Agora, beba o seu leite como uma boa menina.

Ele me dá um meio sorriso.

— Sim, vovô.

Ficamos em silêncio por alguns momentos enquanto mastigamos nossos biscoitos. Quando acabamos, Liam se levanta e gesticula para que eu o siga.

— Vamos lá. Eu ainda não te mostrei a melhor parte.

Ele me leva até a mureta do telhado e sobe na borda.

— Isso é seguro? — pergunto, tentando espiar sem me aproximar demais. Em momentos como esse, odeio ser baixinha.

Ele me oferece a mão.

— Confie em mim.

Por mais estranho que pareça, confio mesmo, e assim que aceito, Liam me puxa para cima com tão pouco esforço que chega a ser surreal. Por um momento, entro em pânico e me agarro aos seus braços, mas então vejo que a borda não é tão estreita quanto parecia à primeira vista. Além disso, há uma escada de incêndio abaixo de nós.

— Tudo bem aí? — pergunta ele, com as mãos plantadas bem firmes na minha cintura.

— Ah... sim.

— Tente olhar para cima. A escada de incêndio é legal e tudo, mas não é o que eu queria que você visse.

Quando ergo os olhos, entendo o que ele quer dizer. Do outro lado da rua há um prédio de apartamentos. Ele é novinho e a estrutura é coberta de vidro reflexivo. Alguma espécie de milagre da tecnologia permite que eu possa ver a cacofonia visual que é a Times Square piscando para nós.

Fico boquiaberta.

— Para o que estou olhando?

— Transmissão ao vivo — diz Liam. — Inacreditável, não é? Quem projetou o edifício percebeu que uma das melhores coisas de se viver nesta área é poder experimentar a emoção da Times Square, portanto, incorporou-a ao design. É uma transmissão ao vivo do que está acontecendo a seis quarteirões de distância.

Estou atônita, a projeção é espetacular.

— Você já descobriu onde a câmera está?

— Não, mas procuro por ela de vez em quando. Do ângulo que vemos, acho que está instalada em um poste de luz. Olhe ali, você pode ver a escadaria onde nos conhecemos hoje.

Ele tem razão. A escadaria agora está repleta de pessoas.

Há um velho ditado que diz que não importa de onde você vem, se você ficar parado no meio da Times Square por quinze minutos, vai encontrar alguém que conhece. Não sei se é verdade, mas eu deveria tentar um dia. Não há outro lugar no planeta como a Times Square. O ambiente, a energia, a conexão com todas as coisas da Broadway. Sinto como se fosse uma parte de mim.

— Eu poderia olhar pra isso a noite toda.

— Bem, assim o meu plano maligno de passar mais tempo com você seria bem-sucedido. Excelente. — Liam se senta na borda e me puxa para que eu o acompanhe. Quando nos ajeitamos, nossas pernas ficam penduradas e nossas coxas se encontram.

Aquilo quase me faz esquecer da vista.

Liam recua para se apoiar nas próprias mãos.

— É por isso que passo tanto tempo aqui no telhado. Posso sentar aqui e assistir a todas essas pessoas, sem ter de sair de casa. Legal, não é?

— Muito legal.

Invejo a vida que Liam tem aqui, praticamente no meio do mundo. A casa geminada de meus pais na rua 64 parece estar a quilômetros de distância. E ser tediosa como o inferno.

Como se pudesse ouvir meus pensamentos, Liam pergunta:

— De onde você é, Elissa? Manhattan?

— Sim. Upper East Side. Ainda moro com meus pais.

— Claro que mora. Você é uma criança.

Dou uma cotovelada nele, e ele ri.

— Se eu for aceita na Grove, vou precisar me mudar para Westchester. Não vou mentir: não vejo a hora de poder viver por conta própria. Bem, vou ter de morar com meu irmão mais velho, mas ainda assim…

Liam fica em silêncio por um instante e depois diz:

— Westchester, não é? Acho que não é tão longe... — diz ele, tão baixinho que não consigo saber se está falando sozinho ou comigo. — Então seus pais ainda estão juntos?

— Aham.

— Os meus também. Quais são as chances? De todas as pessoas que conheço, sou a única cujos pais não se divorciaram. Não apenas isso, meus pais ainda se amam, o que é muito constrangedor. Isso me dá esperança, sabe, de que o amor ainda existe.

— Muito romantismo vindo de um homem que acaba de ter o coração partido.

Ele dá uma risada seca.

— Ah, não, não estou com o coração partido. Não me entenda mal, eu gostava de Leanne, mas não a amava.

— Mas vocês não ficaram juntos por um ano?

— Sim.

— E, ainda assim, você não a amava?

Ele dá de ombros.

— Nós nos dávamos bem. O sexo era ótimo. E isso era suficiente pra mim. — Ele se vira para me encarar, e as luzes da projeção do outro lado da rua fazem seus olhos brilharem. — Imagino que quando meu verdadeiro amor chegar, eu saberei. Quero dizer, veja meu pai e minha mãe. Eles se conheceram no metrô há quarenta e cinco anos. E apesar de ter sido amor à primeira vista para os dois, continuaram seus caminhos até o fim da linha, separados, e não se viram de novo por mais *seis* anos. Depois disso, eles literalmente trombaram um com o outro no meio do Central Park. De todas as pessoas em Nova York, acabaram encontrando um ao outro. Se isso não for o destino, eu não sei o que é.

— Sim, mas você mesmo disse: seus pais são a exceção. Não é assim que acontece com a maioria das pessoas.

— Ah, eu não sei — diz ele, olhando nos meus olhos. — Veja o que aconteceu esta noite. De todas as mulheres em Nova York, encontrei você.

Dou uma olhada descrente para ele.

— Por que estou com a impressão de que não sou a primeira mulher em quem você passa essa cantada?

— Você está errada — diz ele. — Eu nunca passei essa cantada antes. E ainda não tenho certeza de por que estou dizendo essas coisas a você. — Há um brilho travesso em seus olhos e, por isso, não faço ideia se ele está dizendo a verdade ou não.

— Entendo — digo. — Então, o que você está dizendo é que se apaixonou por mim à primeira vista, é isso?

Ele se inclina.

— Talvez. Me encontre no meio do Central Park daqui a seis anos e poderemos confirmar isso.

Encaramos um ao outro por longos segundos e meu desejo de beijá-lo é incrivelmente forte.

— Você tem a boca mais linda que eu já vi — sussurra ele. Meus lábios latejam quando ouço essas palavras. Ponho a mão sobre eles para fazer com que aquilo pare. Meu gesto o faz sorrir. — E achei muito sexy perceber que toda vez que eu disse alguma coisa legal para você durante a noite, seu rosto ficou vermelho. Isso me fez ficar imaginando por que elogios te deixam tão constrangida. Tenho certeza que recebe elogios a todo momento.

Pressiono a mão no meu rosto, que se aquece rapidamente. Estaria mentindo se negasse que sempre recebo elogios e que, em geral, sou confiante o suficiente para aceitá-los com graça. Mas Liam tem o poder de me transformar em uma esquisitona vermelha de vergonha, e eu acho isso muito pouco atraente.

— Será que podemos, por favor, mudar de assunto? — pergunto.

— Ficar vermelha não é a coisa que mais gosto de fazer, e se você continuar a falar da minha boca, isso não vai parar.

— Por mim, tudo bem. — Quando o encaro, ele dá uma risadinha. — Certo, então vamos falar sobre o motivo de você não acreditar no destino. Ou em amor à primeira vista. Ou nas coisas românticas que a maioria das garotas adora. Qual é a história? — Mudando de assunto ou não, ele ainda está com os olhos fixos nos meus lábios.

CORAÇÃO PERVERSO **63**

— Não tem história. As estatísticas nos dizem que o tal amor romântico é um mito, e eu nunca vi nada que provasse o contrário.

Ele me encara e eu não posso acreditar em como os olhos dele são lindos. Azul-esverdeados, delimitados por um círculo azul-marinho. Nunca vi nada como os olhos dele.

— Parece razoável, mas acho que há mais coisa. Então, não tente me desafiar, ou serei obrigado a obter a informação que desejo através de meios menos cavalheirescos. E confie em mim quando digo que *realmente* vou gostar disso.

Tudo bem, agora ele está mesmo tentando destruir minha compostura e, para meu horror, está funcionando.

— Olha, não é mesmo tão interessante — digo, olhando para minhas mãos. — Vamos apenas dizer que se eu tivesse um cartão de visitas, você poderia ler nele: *Elissa Holt, Preparadora de Homens para Outras Mulheres*.

— O que isso significa?

— Significa que tive vários namorados e todos eles me chutaram por outra garota. Todos eles fizeram a mesma coisa. Provavelmente sou amaldiçoada.

Ergo os olhos e o pego me observando atentamente.

— Entendi. E onde você conheceu esses idiotas com problemas mentais?

— Nas aulas de teatro — digo, sorrindo. — Todos eram atores, e todos me deixaram pelas atrizes com quem contracenavam.

— Ah, isso explica a reação que teve na pizzaria. Então você acha que todos os atores são uns desgraçados?

A lembrança das dores de amor passadas atravessa meu peito.

— Não. Só aqueles por quem me apaixono. E agora tenho essa regra que diz: "Nada de atores". Até agora, funcionou muito bem.

Liam fica em silêncio por um instante, e então diz:

— Tudo bem, entendi. — Dito isso, ele se vira para assistir à transmissão.

Ficamos ali, quietos por algum tempo e, então, o ombro dele roça o meu, e eu fecho os olhos e suspiro.

Tudo bem, ótimo. Liam é lindo, arrogante e gasta centenas de dólares em ingressos para ver Shakespeare — claro que ele é ator. E acabo de destruir a possibilidade de qualquer coisa acontecer entre nós.

Balanço a cabeça, frustrada por estar, mais uma vez, atraída pelo mesmo tipo de homem que tento evitar.

Por que ele não podia ser um policial? Ou empregado da construção civil? Ou um caubói?

Espere aí, acabo de desejar que Liam fosse membro do Village People?

O ombro de Liam roça o meu mais uma vez. O contato faz meu corpo todo formigar, e suspeito que ele esteja fazendo de propósito.

Eu realmente preciso sair daqui porque quanto mais fico, mas sou tentada a mandar meu bom senso para o inferno e a me entregar à meia dúzia de fantasias eróticas que estão se desenrolando ao mesmo tempo em minha mente.

Antes que eu possa me mover, Liam diz:

— Você está indo embora, não é?

Eu me viro para ele.

— Como você sabe?

— Você ficou mais e mais tensa nos últimos minutos. Imaginei que ou estava pensando em ir embora, ou em arrancar minha camiseta. Considerando que minha camiseta infelizmente ainda está inteirinha, imagino que você esteja pensando em ir embora.

Sorrio para Liam, grata por ele não estar tornando a situação mais difícil do que o necessário.

— Você é muito sensível. Terei um grande dia amanhã; realmente devo ir para casa e para a cama.

Ele se inclina ligeiramente na minha direção, maldito seja, olhando para os meus lábios.

— Tenho uma cama lá embaixo. Seria mais rápido se você ficasse por lá.

Tento me concentrar em minha respiração, apesar de ele continuar se aproximando de mim.

— Sim, mas preciso mesmo descansar, e acho que se formos juntos para a cama agora, não vai haver descanso para nenhum de nós.

Ele está tão perto agora que tem de inclinar o rosto para que nossos narizes não se toquem.

— Você está certa. Realmente não haveria descanso.

Ai, meu Deus, como ele cheira bem. E, não tenho a menor dúvida, o gosto dele também deve ser delicioso. Mas mais do que qualquer coisa, estou certa de que ele parece ser tão maravilhoso que apenas um beijo me deixaria completamente enfeitiçada. Considerando que não tenho tempo ou vocação para morrer de amores por um ator a essa altura da minha vida, jogo minhas pernas para dentro do jardim e ordeno ao meu corpo insatisfeito que siga em frente.

— E é por isso que preciso ir embora — digo, tentando me convencer ao mesmo tempo em que procuro convencer Liam. — Além do mais, você mentiu quando disse que não ia tentar me seduzir.

Ele franze a testa.

— Isso estava acontecendo? Porque juro que foi exatamente o contrário. Tudo o que eu fiz foi olhar pra você.

— Exatamente.

Com um suspiro resignado, ele pula para fora da mureta e estende os braços para mim. Apoio as mãos em seus ombros, então ele me agarra pela cintura e lentamente me põe no chão.

Nossa, ele é forte. Ele me toma nos braços como se eu não pesasse coisa alguma. E não é verdade, porque, apesar de baixinha, sou cheia de curvas. Não é como se eu fosse uma pluma.

Quando estou no chão, Liam não me solta; na verdade, as mãos apertam mais minha cintura, depois relaxam, depois tornam a apertar, seguindo um ritmo particular. E eu não largo os seus ombros. São ombros incríveis, firmes e arredondados, mais musculosos do que os de qualquer outro homem com quem eu já tenha estado.

— Ainda há tempo para a alternativa "roupas arrancadas" — diz Liam baixinho, com os olhos presos aos meus. — Prometo que não vou julgá-la.

Enfrento um momento de fraqueza e desvio os olhos para minhas mãos nos ombros dele, observando os seus tríceps, cotovelos e antebraços. A pele dele é tão macia e quente que me sinto tentada a descobrir como o peito dele realmente é por baixo da camiseta. Mas se eu tomar esse caminho, não haverá outra alternativa a não ser passar a noite aqui.

Nesse exato momento, estou tão excitada que quase desmaio.

— Talvez da próxima vez.

Liam trinca os dentes e eu percebo que ele está um pouco mais ofegante do que alguns momentos atrás.

— Então vou torcer por isso.

Descemos as escadas cheios de tensão, e quando ele deixa nossos copos, a garrafa de leite e o saco vazio de biscoitos sobre a pia, dou uma última olhada naquele corpo perfeito próximo àquela cama perfeita antes de aceitar sua oferta de me acompanhar até a estação de metrô.

Poucos minutos depois, chegamos à escadaria que leva até a rua.

Paro por um instante para encará-lo.

— Bem, aqui estamos. Estou tentando disfarçar o fato de que não quero ir embora, mas acho que não está dando certo.

Ele assente, e posso vê-lo consternado.

— Acho que não está mesmo. Esta noite foi... especial. Conhecer você. Tocar você. Tudo. — Ele inclina a cabeça. — Mas tenho a terrível sensação de que você não vai me dar o número do seu celular, vai?

Se você não fosse um ator, com certeza, pode apostar que sim. Mas tenho quase certeza de que você é, então, não.

Balanço a cabeça.

— Mas quem sabe eu não te veja por aí?

Ele dá uma risada seca.

— Nesta cidade? Pouco provável.

— A não ser que o destino resolva ser bonzinho, certo?

Minha intenção era fazer uma piada, mas Liam está sério.

— Ah, sim. O destino. Claro.

Ele me encara por alguns segundos, depois enfia as mãos nos bolsos e me dá um sorriso frio.

— Claro que, agora, você sabe onde eu moro. Então, se algum dia sentir um enorme desejo espiritual de sexo amigável e apaixonado, apareça, a qualquer hora. Dia ou noite. Ou dia *e* noite se estiver se sentindo tensa. Além de ser um arrumador de camas competente, também sou especializado em uma massagem erótica incrivelmente eficiente.

Reprimo uma risada enquanto uma nuvem de borboletinhas dá voos rasantes no meu estômago.

— Não duvido disso nem por um segundo. Pode deixar, eu apareço.

Ele balança a cabeça.

— Você é mesmo uma atriz terrível, não é? Não dava para fingir um pouquinho melhor, só para poupar meu ego, não?

— Acho que seu ego vai ficar bem. Boa noite, Liam Quinn.

Estendo a mão no mesmo instante em que ele abre os braços para um abraço. Então, nós dois rimos e damos um passo para trás. Quando ele estende a mão, eu a aperto.

Ai meu Deus, é o momento mais estranho da minha vida. E fica ainda mais estranho quando paramos de rir e nenhum dos dois se distancia. Continuamos ali de mãos dadas.

Liam suspira.

— Tudo bem... Então é agora que você se afasta e vai embora.

— Ah, sim, eu sei, eu só... — Minhas costas atingem a parede atrás de mim quando Liam dá um passo na minha direção. Ele é tão alto e seus ombros tão largos que bloqueia a luz. Nas sombras, sua expressão parece voraz. Já tive homens olhando com desejo para mim antes, mas nada como isso. Posso senti-lo lutando para se controlar. Todos os seus músculos estão tensos, ainda que o toque de sua mão sobre a minha seja gentil.

— Elissa. — Liam se aproxima e toma meu rosto. Quando nossos narizes se tocam, não posso evitar e me agarro à sua camiseta.

— Talvez você não tenha que ir embora agora.

Minha pressão não para de subir.

— Preciso sim, de verdade. — Quase posso ouvir cada batida de meu coração acelerado.

— Ou talvez você possa simplesmente ficar aí bem quieta por mais alguns minutos e me deixar fazer isso.

Paro de respirar quando ele, com delicadeza, cobre meus lábios com os dele.

Ah. Merda.

Não.

Não, não, *não.*

Que erro gigantesco.

Minha mente se congela. Nunca beijei lábios tão macios. Ele faz isso de novo, e todo o meu corpo superaquece, dentro e fora.

— Tudo bem? — pergunta ele, com a voz rouca.

Puxo ainda mais a camiseta dele. *Na verdade, não.*

Tentei resistir a ele a noite inteira, mas agora que senti sua boca, não querer mais é impossível.

— Eu quis te beijar desde o momento em que te vi — sussurra Liam, e toma meus lábios mais uma vez. — Você nem mesmo sabe o quanto é linda.

Acaricio seu peito com ambas as mãos quando ele me beija de novo, mais profundamente dessa vez. Ele suga meus lábios, respirando fundo.

Droga.

A realidade derrete em meio a uma neblina de desejo, e sou fisicamente incapaz de não corresponder ao seu beijo. Sugo os lábios dele quando fico na ponta dos pés. Liam geme em resposta e pressiona seu corpo contra o meu, seu corpo tonificado e forte. Quando nossas bocas abertas se unem e nossas línguas deslizam uma sobre a outra, a última gota de minha resistência é consumida e desaparece. A boca dele é o céu, e eu quero viver lá.

— Inacreditável — murmura ele antes de me beijar com mais intensidade ainda.

Me deixo levar. Perdida em seu toque, e cheiro, e em seu doce, doce sabor. Não há volta a partir desse momento.

Certa vez li uma citação de Oscar Wilde que dizia: "Um beijo pode arruinar uma vida humana". As palavras me deixaram perplexa, porque até aquele momento eu sempre acreditei que beijos eram doces, mas que não tinham importância alguma. Mas esse beijo? Ele já me arruinou. Esse é o tipo de beijo que eu nunca soube que existia. É como cair e voar, tudo ao mesmo tempo.

Os dedos dele deslizam pelo meu cabelo, e eu me agarro aos seus ombros, desesperada para me aproximar ainda mais. Sinto que há pessoas passando por nós, e até mesmo ouço algumas delas murmurando: "Vão para o quarto", mas realmente não me importo.

Liam me beija como se tivesse nascido para fazer isso. Como se tivesse inventado o conceito, e faz isso melhor do que qualquer outro homem no planeta. Sua boca se move sobre a minha com uma facilidade instintiva, e em pouco tempo nossas mãos estão sob as roupas.

Quando as mãos de Liam deslizam por baixo da minha camiseta, um sinal de alerta no meu cérebro me lembra de que estou me agarrando no meio da rua com um ator realmente sexy e provavelmente volúvel.

Até onde vou permitir que essa situação chegue antes de voltar a ter bom senso?

Mãos enormes agarram minha bunda e, então, Liam me puxa, pressionando meu corpo contra o seu. Sentir a ereção dele na minha barriga me faz gemer.

Tudo bem, então. Vou permitir que a coisa avance um pouco mais, aparentemente.

Estou a cerca de meio segundo de distância de explorar exatamente o quanto Liam está duro quando meu bom senso, aos gritos, manda que eu pare com aquilo.

Arfando, interrompo meu movimento e me afasto.

— Espera aí, só um instantinho. — Respiro fundo algumas vezes. — Preciso fazer uma pergunta e você precisa me dar uma resposta direta e franca.

Liam está ofegante e com as pupilas dilatadas.

— Sei o que você vai me perguntar e, sim, tenho preservativos comigo. Além disso, vou me sentir mais do que feliz em arriscar ir para a prisão transando com você aqui e agora, contra essa parede.

— Não é isso.

— Tem certeza que não? Essa era a vibe que eu estava captando.

— Sei que você evitou falar disso antes, mas... o que você faz para viver?

Liam recua. Uma sensação de pânico se instala no meu estômago, porque sei que não vou gostar da resposta.

— Bem, se eu disser que sou ator, o que você vai fazer? Vai embora?

— Sim, é o que eu vou ter que fazer. Você sabe o motivo.

Por favor, por favor, por favor, não diga isso. Eu realmente gosto de você e quero mais, mas não se você confirmar as minhas suspeitas.

Ele suspira.

— O.k., tudo bem. Eu entendo o motivo de você estar hesitante. Depois de Leanne, acho que não vou namorar morenas de Nova Jersey por um bom tempo.

— Agora imagine que você namorou Leanne três vezes seguidas e que ela terminou com você todas as vezes. Depois, outra Leanne aparece. Será que você não se sentiria um idiota por aceitar ficar com ela mais uma vez? Eu simplesmente não posso fazer isso.

Vejo piedade em sua expressão quando Liam acaricia meu rosto.

— Eu entendo. E, felizmente, posso dizer sem uma pitada de mentira que nunca coloquei os pés em um palco na minha vida. Eu trabalho na construção civil com o meu pai. Desde o dia em que deixei a escola.

Por um momento, posso jurar que ouvi errado.

— Espera um minuto. Você é realmente um... trabalhador da construção civil?

— Sim.

Preciso me controlar para não rir.

— Você não tem amigos que são policiais, caubóis e índios americanos, não é?

Ele faz uma careta.

— Não. Por quê?

— Não é importante. Por que você não me disse isso antes? Talvez eu tivesse arrancado sua camiseta no telhado, afinal de contas.

Ele dá de ombros.

— Minha namorada acaba de terminar comigo por eu ser um pé-rapado, um pedreiro. Acho que você não é a única que tem medo de rejeição.

Estou radiante.

— Bem, essa Leanne é uma idiota. Eu não poderia estar mais feliz por saber que você é um trabalhador da construção civil. Melhor trabalho do mundo.

— Bem, acho que se está realmente feliz com isso, você deveria me beijar de novo.

Na ponta dos pés, beijo-o na boca mais uma vez. Liam dá um gemido que mais parece um rosnado e que reverbera em seu tórax. Então, ele me pressiona contra a parede e assume o comando novamente. Senhor, ele sabe mesmo como beijar. E como se isso não bastasse, ele tem um gosto incrível. Leite e biscoitos agora são os meus sabores preferidos.

Depois de mais alguns minutos frenéticos, eu realmente não consigo mais respirar, então me afasto e acaricio o seu peito.

— Tudo bem. Poderíamos fazer isso durante toda a noite, mas são quase três horas da madrugada, e eu não estava mentindo sobre ter um dia importante amanhã.

Ainda ofegante, Liam encosta sua testa na minha.

— O que você vai fazer amanhã? E, por favor, diga que me ver de novo é uma de suas tarefas.

— Não posso. Estou fazendo a direção de palco de *Romeu e Julieta* para o festival Tribeca Shakespeare e os testes para o papel de Romeu estão marcados para amanhã.

Por alguns segundos, ele parece aturdido. Em seguida, sorri e balança a cabeça.

— Isso é... Ah, bem... Isso é ótimo. Testes para o papel de Romeu. É um trabalho importante. Então... Ah... Como é que eles vão decidir quem fica com o papel?

— A diretora está procurando por um Romeu forte e apaixonado. Geralmente ele é interpretado por um garoto magricelo, mas para a nossa montagem ela quer um homem.

Ele me estuda por alguns momentos.

— Parece razoável. Posso ir assistir quando estrear?

Eu o puxo para um beijo suave.

— Talvez.

Ele se afasta de mim e passa os dedos pelo cabelo.

— Vou tomar isso como um sim. Agora, você provavelmente deve ir enquanto tenho forças para deixá-la. Mas, primeiro, me dê seu celular.

— Para quê?

— Vamos tirar uma selfie para registrar este momento.

Enfio a mão no bolso e entrego meu celular a ele. Liam respira fundo e confere como acionar a câmera.

— Venha aqui. — Ele coloca o braço em volta de mim e me puxa para seu lado. — Pronta?

Ele afasta o celular, mas antes que eu possa encarar a lente, toma meu rosto com uma das mãos e me beija longa e lentamente. Por entre a explosão dos meus hormônios sobrecarregados, estou vagamente ciente do obturador clicando ao fundo.

Quando Liam se afasta, ele me mostra a foto. Fico excitada só de olhar para ela. Parecemos incríveis juntos. Como se estivéssemos em uma campanha publicitária de um milhão de dólares, e não em uma selfie.

Ele me beija mais uma vez.

— Isso é para você não se esquecer de mim enquanto estivermos longe um do outro.

Como se isso fosse mesmo remotamente possível.

Ele enfia o celular no meu bolso de trás, e não tão sutilmente acaricia minha bunda no processo.

— Nós nos vemos em breve, Liss.

Ninguém nunca me chamou de Liss. Lissa, sim, mas não Liss. Vindo dele, é perfeito.

Ele se vira para se afastar, mas eu agarro seu braço.

— Espere, você não tem o meu número.

— Você se recusou a me contar, lembra?

— É que eu pensei que você fosse um ator. Mas, Liam, o pedreiro pode ter o número do meu celular *e* o meu endereço. Caramba, você pode ter meu número de segurança social também, se quiser.

Ele sorri e se inclina para um suave beijo de despedida.

— Não vou precisar de nada disso. Vou encontrar você de novo. — Ele recua e se afasta.

— Você parece muito certo disso — respondo, enquanto o observo se afastar.

Ele se vira e dá um sorriso de satisfação.

— Estou, sim. É o destino.

capítulo quatro
UMA AUDIÇÃO INFERNAL

Esfrego meus olhos.
Hoje é um daqueles dias longos, intermináveis. Se eu nunca mais ouvir outro verso em pentâmetro iâmbico, ainda assim será cedo demais. Assistimos aos testes de trinta e dois Romeus hoje, e a maioria não tinha ideia do que estava fazendo. Se audições fossem pessoas, essa seria Charlie Sheen. Um completo desastre.

Ao meu lado, nossa diretora, Miriam, esfrega as têmporas.

— Como é possível? — pergunta, em tom de lamento. — Nesta cidade enorme onde metade dos garçons é uma porra de um ator, como podemos ter *zero* atores bons de verdade para viver nosso Romeu? Eu não entendo.

— Talvez tenhamos de ampliar um pouco mais a nossa busca. Tente alguns dos alunos da Grove, quem sabe?

— E o seu irmão? — pergunta Miriam. — Sei que ele fez o teste para Mercúcio, mas se eu não conseguir encontrar alguém para fazer Romeu, talvez tenha de escalar Ethan para esse papel.

— Ah, não — digo, balançando a cabeça. — Ethan não é romântico nem um pouco. — O histórico de relacionamentos dele é ainda pior do que o meu. — Além disso, ele despreza Romeu. Acho que seria bem complicado transformá-lo em um Romeu.

Miriam faz um som em discordância.

— Bem, a menos que este último candidato me arrebate, talvez eu não tenha outra alternativa a não ser encarar seu irmão. — Ela consulta sua prancheta. — Ai, meu Deus. O próximo garoto não tem agente. Nem experiência. Ele nem mesmo tem uma foto para publicidade, minha santa mãe de Deus. — Ela baixa a prancheta e suspira. — Vá buscá-lo, certo? Vamos acabar logo com isso, assim eu posso abrir uma garrafa de vinho e afogar minhas mágoas.

Dou um tapinha de consolo em suas costas e vou até a sala de espera. Só há uma pessoa lá, e não é um ator.

— Liam?

Como ele soube onde me encontrar?

Liam tira os fones de ouvido e olha para mim. Parece mais sexy à luz do dia do que estava na noite passada. Como isso é possível?

— Ei, Liss. — Ele se levanta e caminha em minha direção, e eu não posso deixar de perceber como o seu olhar percorre todo o meu corpo, de cima a baixo. — Eu meio que esperava não encontrar você hoje. A noite passada foi tão incrível que comecei a acreditar que não passou de um sonho. — Ele estuda meu rosto. — Estou contente de ver que você realmente existe. E é ainda mais bonita do que eu me lembrava.

Estou pensando no que responder quando Miriam chama:

— Elissa? Algum problema?

— Não. Espere um pouco, por favor! — Encosto a porta e baixo o tom de voz quando volto minha atenção para Liam. — Olha, estou feliz em ver que você também existe, mas você não pode vir aqui. Estou trabalhando.

— Eu sei. Estou na lista.

— Você está brincando.

— Não, não estou. Confira.

Olho para a prancheta na minha mão e, com certeza, o último nome da lista é "Liam Quinn".

Eu o encaro. Ele me dá um sorriso que deixaria qualquer calcinha molhada.

— Elissa, posso não ter sido inteiramente honesto com você na noite passada, mas juro que foi pelas razões certas.

Ele passa por mim, abre a porta e entra na sala.

— Oi, Miriam. Sou Liam Quinn, e vou fazer o teste para o papel de Romeu.

Assim que Miriam põe os olhos nele, fica boquiaberta. Leva alguns segundo até que consiga articular alguma palavra novamente. Sei como ela se sente.

— Ah, oi, Liam. É ótimo conhecê-lo. Você precisa do texto?

Ele deixa o celular e os fones de ouvido numa cadeira e lhe dá um sorriso.

— Não, obrigado. Tenho tudo memorizado.

— Tudo bem, então. Leve o tempo que for preciso, e comece quando estiver pronto.

Ainda em transe, volto para meu lugar enquanto Liam respira fundo para se preparar.

Ao meu lado, Miriam sussurra para si mesma:

— Queridos Deuses Todo-Poderosos do Teatro, eu nunca mais vou pedir coisa alguma enquanto viver, mas, por favor, por favor, *por favor*, permitam que esse homem seja capaz de atuar. Eu estou implorando.

Eu ainda estou chocada demais com a presença de Liam para conseguir rir.

Ele faz movimentos circulares com o pescoço e sacode as mãos, depois fecha os olhos por alguns segundos.

Quando ele os abre novamente, nos surpreende com a mais inacreditável interpretação de Romeu que já vi na minha vida.

Filho da mãe.

Miriam está em estado de graça. Eu nunca a vi assim. Na maioria das vezes ela é concisa e bastante direta, mas agora está despejando elogios sobre Liam.

Não posso dizer que a culpo. Não apenas ele deu um show de interpretação como também foi sexy pra caramba. Quando acabou, Miriam aplaudiu. Ela pediu que ele lesse um pouco mais, mas Liam disse que não tinha trazido os óculos e não podia ler o texto sem eles.

Não importava. Àquela altura do campeonato, o papel já era dele.

Eu ainda estou chocada por ele estar aqui. Espere, chocada não é a palavra certa. "Furiosa" é mais parecido com o que eu sinto. Estou muito enfurecida, estou tremendo.

Que espécie de idiota mente na cara de outra pessoa dessa forma? Ah, é claro, um *ator* imbecil. Eu realmente tenho o pior gosto do mundo para homens.

— Elissa. — Miriam se aproxima de mim. — Você pode, por favor, acertar os detalhes com Liam e tirar as medidas dele? Preciso correr. Certifique-se de que ele estará de volta aqui na segunda-feira para bater o texto com as nossas Julietas. Precisamos ver qual delas tem mais química com ele.

Não tenho dúvidas de que Liam poderia ter química com uma parede de tijolos se tentasse. Ela dá um tapinha no meu braço.

— Vejo vocês dois em breve. Grande trabalho hoje, Liam!

Liam acena enquanto ela deixa a sala, então se vira para mim. Ele parece tão satisfeito consigo mesmo que só desejo bater nele.

Me aproximo dele com a minha prancheta e uma fita métrica.

— Que droga foi aquilo?

— De acordo com a diretora, a mistura perfeita entre paixão romântica e poder masculino.

— Você mentiu pra mim na noite passada!

— Não, eu te disse a verdade. Eu trabalho na construção civil com o meu pai e nunca pus os pés em um palco. Esta é a minha primeira audição. Tecnicamente, eu não era um ator até agora.

— Ah, que besteira. Ninguém é tão bom quanto você na primeira tentativa.

Ele ergue as mãos em um gesto defensivo.

— Eu juro por Deus, não estou mentindo. Quero atuar faz muito tempo, mas a vida ficou no caminho. Li sobre essas audições algumas semanas atrás e decidi tentar.

— Então, esta é apenas uma espécie de coincidência maluca? Por favor.

— Não, não é coincidência. É o destino. Continuo insistindo nisso. — Ele dá um passo adiante com uma expressão séria no rosto. — Sei que você sente isso também. Ou você não se lembra de como chegamos perto de cometer um atentado à moral e aos bons costumes na noite passada? — Ele passa um braço em volta da minha cintura. Eu enrijeço para impedi-lo de pressionar meu corpo contra o dele. — Nós poderíamos terminar o que começamos, você sabe. Eu acho que aquela mesa aguenta a gente.

A vida parece parar enquanto assisto à boca dele se aproximar, mas, felizmente, meu profissionalismo domina a minha atração insana, e eu encontro forças para me afastar de Liam.

— Vamos apenas tirar suas medidas para que possamos sair daqui — digo da forma mais séria que consigo. Largo minha prancheta de lado e puxo a fita métrica. — Braços pra cima, por favor.

Ele ergue os braços. O corpo dele é tão largo que preciso me pressionar contra ele para envolver a fita em volta de seu peito. Quando meus mamilos endurecem em resposta, eu suspiro, frustrada.

— Olha, Liss — diz ele gentilmente. — Desculpe se faltei com a verdade ontem à noite, mas se tivesse admitido meu sonho de ser ator, eu teria perdido o mais incrível beijo de toda a minha vida, por isso não estou arrependido. Não mesmo. Me deixe te levar para jantar para fazer as pazes com você.

— Não posso. — Anoto a medida do peito na folha da minha prancheta.

— Claro que pode.

Olho nos olhos dele.

— Não, realmente não posso. Além do mais, agora você vai atuar em uma peça em cuja direção eu trabalho, então você está totalmente fora dos limites para mim. — Enrolo a fita métrica ao redor de seu pescoço. Quando minha mão toca sua pele, Liam engole em seco. *Ainda bem que não sou só eu que estou excitada e bastante afetada com toda essa proximidade.* — E mesmo que eu fosse estúpida o suficiente para considerar ter um romance no local de trabalho, o que não sou, você está no palco, e eu, nos bastidores. Você pode muito bem ser um Montecchio e eu uma Capuleto.

— Como assim, atores não podem namorar o pessoal da equipe técnica?

Enrolo a fita em torno de sua cintura, em seguida, passo para os quadris.

— Não é que não podem, mas a maioria simplesmente não faz isso. Muitos atores se consideram acima da equipe e não namoram com quem consideram abaixo deles na hierarquia.

— Eu não me considero acima de você. Não, espera aí... — Ele pensa por um segundo. — Em vários momentos na noite passada, eu me imaginei em cima de você. E isso me deixou muito excitado.

Quando percebo o riso na voz dele, interrompo minhas anotações e ergo os olhos.

— Isso não tem graça nenhuma.

— Ah, tem um pouco. Quero dizer... Fala sério.

Fecho os olhos por um instante e rezo em silêncio pedindo paciência. Eu não sei se estou mais chateada com Liam por ele ter me enganando ou comigo mesma por ainda desejá-lo de qualquer maneira.

— Liam, essa é a minha primeira produção profissional, e eu não posso estragar tudo. Por favor, não torne as coisas difíceis. — Tomo a medida da parte externa de suas pernas. Em seguida, reúno todas as minhas forças e tento ficar calma quando me ajoelho na frente de sua virilha para tirar a medida entrepernas.

Ele afasta os pés. Quando minha mão roça a parte interna de sua coxa, ele prende a respiração.

— Eu não posso tornar as coisas mais difíceis, mas você pode? Não parece justo. — Quando fico em pé e o encaro, ele enfia as mãos nos bolsos. — E saiba que essa sua forma de me encarar também dificulta as coisas. Você é sexy pra caramba quando está com raiva.

Desisto de tentar argumentar com ele.

— Tamanho de sapato?

— Quarenta e quatro.

— Cabeça?

Liam ergue as sobrancelhas.

— Ah... você está falando da...

Suspiro, irritada.

— Qual é o seu tamanho de chapéu?

Ele dá de ombros.

— Grande?

Escrevo "tamanho grande, conferir" na minha folha de anotações e, em seguida, entrego uma pasta com informações e seu script. Liam acaricia meus dedos ao pegar a pasta, mas eu me esquivo.

— Elissa, por favor...

— Acabamos.

— Isso é loucura. Eu gosto de você. Você gosta de mim. Não podemos ir a algum lugar e conversar sobre isso?

— Não há motivo para fazermos isso. Não vai mudar em nada a nossa situação. Vejo você aqui no teatro segunda-feira, às seis da tarde, para bater o texto com as nossas Julietas. Alguma pergunta?

Ele me encara por alguns segundos. Sustento o seu olhar com a expressão mais impassível que consigo manter.

— Então é assim que vai ser entre nós agora?

— Sim. Há mais alguma coisa que deseje me perguntar, sr. Quinn?

Ele me dá um sorriso amargo.

— Não, senhora. Foi tudo explicado muito claramente.

Liam apanha seu celular da cadeira, mas antes que eu possa ir embora, ele se planta no meu caminho. Ele está tão perto que posso sentir o seu calor envolvendo cada centímetro da minha pele.

— Só para você saber, vou respeitar a sua ética de trabalho e manter distância enquanto a peça estiver em cartaz, porque concordo que trabalho e romance não são a melhor mistura. Mas daqui a dois meses, quando essa produção for encerrada e não tivermos mais nenhum vínculo profissional... — Liam umedece os lábios. — Bem, até lá tenho tanta certeza de que estaremos tão sexualmente frustrados que vamos implorar um ao outro por alívio. E eu pretendo aliviá-la, Liss. Uma vez, e outra, e mais outra. Ouça minhas palavras.

Quando ele se afasta, batendo a porta ao sair, desabo em uma cadeira. Não sei se estou tremendo de decepção ou alívio. Mas sei que Liam Quinn não vai se entregar sem luta, e isso me afeta muito mais do que deveria.

capítulo cinco
CHEGANDO MAIS PERTO

Duas semanas depois
Teatro Twelfth Night
Nova York

A escada oscila quando eu me estico na ponta dos pés para agarrar o cabo de energia que pende da barra de iluminação. Quando enfio o plugue na tomada, dou um suspiro de alívio e me agarro ao topo da escada com as duas mãos. Ser baixinha e ter de cuidar da instalação de canhões de luz não é a coisa mais fácil do mundo, mas a experiência me ensinou que os diretores de palco em peças de baixo orçamento precisam ser pau pra toda obra. A primeira semana de ensaios pode estar quase no fim, mas o trabalho duro para mim e minha equipe está apenas começando.

Paro quando ouço um ruído nos bastidores. Escuto com atenção por alguns segundos, e tento ignorar meu coração que, de repente, resolve disparar.

— Olá?

Só um silêncio me responde.

Ótimo. Adoro ficar presa, sozinha em um teatro escuro, cercada de sons assustadores. Não estou assustada de forma alguma.

Estou no meio da escada quando grandes mãos se fecham em torno de meus quadris e me fazem gritar.

— Ahhh! Fique longe de mim, seu tarado! Eu sei lutar caratê!

Começo a me debater no mesmo instante, e chuto a escada durante o processo. Sou erguida por braços fortes que me amparam enquanto a escada tomba sobre o palco, fazendo estardalhaço.

— Ei! Calma aí, Daniel San. Sou eu.

Os braços se apertam em torno de mim, e um cheiro familiar de tudo que envolve Liam e seu mundo invade cada um dos meus sentidos. Agarro as suas mãos e solto o ar enquanto ele me põe no chão.

— Você quase me matou de susto! Que droga você pensa que está fazendo?

Quando me afasto e o encaro, Liam parece estar se divertindo demais para o meu gosto.

— Sinto muito — diz ele, sem parecer sentir coisa alguma. — Não quis assustá-la. Pensei que tivesse percebido que eu estava atrás de você.

— Bem, não percebi, não. E se você se esgueirar atrás de mim novamente, vou obrigá-lo a usar um sino no pescoço, como as vacas. —Afasto o cabelo do meu rosto e tento acalmar meu coração, que bate enlouquecidamente.

— Afinal de contas, por que você está aqui? Todo mundo foi embora há horas.

Liam se inclina sobre a escada e a coloca de pé.

— Acho que deixei minhas chaves no camarim. Pelo menos espero ter deixado lá. Caso contrário, vou dormir na sarjeta esta noite. E você, faz o que aqui? Instalar a barra de iluminação não é tarefa do Sean?

— A mulher dele entrou em trabalho de parto e nós precisamos da barra de iluminação pronta para o ensaio de amanhã. Resolvi deixar tudo pronto antes de ir embora.

Ele para bem na minha frente, um pouco mais perto do que seria recomendável. Na penumbra, as sombras definem as linhas bem marcadas de seu maxilar, assim como a curva suave de seus lábios. Ele é tão infernalmente atraente, é frustrante. O que ele disse é a mais pura verdade: passar dias e dias juntos, tentando ignorar a nossa avassaladora atração, está levando ambos ao limite.

— Então, você está aqui sozinha? — pergunta ele, baixinho. — Sem Josh?

Balanço a cabeça.

— Hoje é o aniversário de oitenta anos da avó dele. Todos os membros da família Kane dessa região do país estão celebrando juntos em um jantar no Four Seasons.

— E você? Já jantou? Você parece... faminta.

Bem, devo parecer, já que estou ofegante e olhando nos olhos dele.

— Estou bem — afirmo, mas minha voz soa menos firme do que eu gostaria. — Vou comer alguma coisa quando terminar aqui.

Eu me obrigo a me afastar dele e caminho até o pódio iluminado na frente do palco. Sinto-o atrás de mim à medida que manipulo os controles de iluminação para me certificar de que as luzes estão funcionando.

— Me deixe ficar e ajudar você.

— Não é uma boa ideia.

— Por que não?

Apanho uma lâmpada da caixa onde elas ficam guardadas e sigo de novo na direção da escada.

— Você não pode sujar suas imaculadas mãos de ator principal para fazer o trabalho sujo da equipe de produção. Como é que vai dar autógrafos e acenar para as suas fãs assanhadas se lascar uma unha?

Ele ri enquanto direciono o spot para baixo e mudo a escada de lugar.

— Você até que tem razão. Acho que as minhas mãos ficaram assim tão macias de tanto que carreguei sacos de cimento e vigas de aço no tempo em que trabalhava na construção civil para ganhar a vida. Ajustar alguns spots realmente é um serviço pesado demais pra mim.

Recuo, surpresa, quando ele toma minhas mãos e esfrega a palma das suas nas minhas.

— Ora, ora, veja só. Parece que, de nós dois, a líder da equipe de serviços pesados é quem tem mãozinhas de veludo. Como é que isso foi acontecer?

Ele vira a palma das minhas mãos para cima e a examina enquanto corre a ponta de seus dedos através da pele sensível. O gesto não devia ser perturbadoramente erótico, mas é.

— Liss, você não tem sequer um calo nesta pele macia. Como isso é possível?

De repente, estou toda arrepiada.

— Eu passo hidratante. — Viro as mãos dele e as examino também. Conforme corro meus dedos pelos calos dele, escuto Liam respirando fundo.

— Uau — digo. — Parece que você nunca passou um creme na vida. Dá para grelhar um bife nessas mãos.

Ah, estou exagerando. São mãos rústicas, mas não de uma forma ruim. Para falar a verdade, adoro a textura das mãos dele. Eu me lembro da sensação que elas provocaram ao percorrer minha pele sob as roupas.

Não que eu devesse estar pensando naquilo quando estamos sozinhos. Nada de bom pode vir dessas lembranças.

— Liss?

— Hum? — Ergo os olhos para encará-lo. Ele parece estar tenso.

— Se não parar de me acariciar assim, vou me esquecer de que devo me manter distante e farei coisas bem pouco profissionais com você, aqui mesmo, no meio do palco. E sabe, eu gostaria muito de fazer isso, mas acho que você não gostaria nem um pouco. Então, continue, mas por sua conta e risco.

Relutante, afasto minhas mãos das dele e dou um passo para trás.

— Não é que eu não fosse gostar, é só que não pode acontecer.

Liam corre a mão por seus próprios cabelos.

— Entendo. Bem, mais ou menos. É melhor eu ir procurar minhas chaves. E tomar um banho frio. Por favor, não caia da escada e nem se mate enquanto eu estiver longe. Isso acabaria comigo.

Tento não sorrir.

— Vou me esforçar.

Liam segue na direção das coxias e do seu camarim.

Quando volta, eu já instalei o último spot e já estou alinhando os jogos de luz que usarei no dia seguinte.

Ele exibe seu chaveiro.

— Encontrei minhas chaves! Ah, você sabia que não tem um chuveiro no meu camarim?

— Sabia, sim. Só temos um banheiro com chuveiro no teatro, que atualmente serve como depósito e está cheio de latas de tinta e rolos de pintura. Seja muito bem-vindo ao glamuroso mundo dos espetáculos.

Liam faz um gesto de impaciência.

— Não posso trabalhar nessas condições! Vou para o meu trailer.

Sorrio.

—Ah, vai começar a agir como uma estrela, não é? Eu acho ótimo. Você será uma estrela, afinal de contas.

— Mesmo? — pergunta ele. — Estou indo bem?

Reviro os olhos.

— A sua atuação não foi elogiada o suficiente pela Miriam? Você está realmente incrível. Todo mundo concorda.

Ele se aproxima de mim e, de repente, eu me perco no mapa de iluminação.

— Todo mundo? Vamos lá, *você* acha que eu estou incrível?

Faço uma pausa e exibo a minha cara mais sincera para ele.

—Ah... sim, claro. Você está bem... razoável.

Ele ri, e eu volto meus olhos para o mapa. Posso sentir seus olhos sobre mim enquanto continuo a manipular os controles dos canhões de luz e a fazer ajustes.

— Bem, eu acho que você *é* incrível — diz ele, com gentileza. — Existe alguma coisa que você não possa fazer?

Sorrio.

—Ah, um monte de coisa. Cálculo. Flexões. Cantar no caraoquê.

Liam coloca sua mão sobre a minha, o que me faz respirar fundo.

— Falo sério, Liss. Você é inacreditável. Se você já estiver acabando, poderíamos comprar cerveja e pizza e ir para a minha casa. Comer no telhado, o que você me diz? Olhar as luzes da cidade. Nada que afete nosso profissionalismo. Apenas... você sabe, como amigos. Que sentem tesão um pelo outro.

Ele acaricia as costas da minha mão e eu me sinto tentada. De verdade. Mas se passarmos muito tempo sozinhos, certamente vamos acabar nus e apalpando um ao outro.

— Realmente não posso, Liam. Sinto muito.

Ele assente.

— Imaginei que você fosse dizer isso, mas eu tinha de perguntar. — Ele afasta a mão e respira fundo. — Tudo bem, então. Vou deixar você voltar ao trabalho. Vejo você de manhã?

— Isso. Até amanhã.

Liam sorri e se afasta, e quando ouço a porta principal bater, escondo a cabeça entre as mãos e solto um grunhido de frustração.

Esse negócio de ter uma ética profissional impecável é uma droga.

Na maioria dos dias, sou a primeira a chegar ao teatro. Adoro isso porque posso me organizar com calma antes que a algazarra comece.

É por isso que acho estranho quando, ao chegar, escuto gemidos sexuais. São baixinhos, mas não dá para confundir.

Apanho minha enorme lanterna e me dirijo para as coxias, pronta para confrontar um casal de adolescentes excitados que se esgueirou até ali, provavelmente quando Guido, nosso segurança, abandonou seu posto para pegar seu quarto espresso do dia.

À medida que avanço pelas sombras dos bastidores, me dou conta de que os gemidos vêm do camarim de Liam.

Ai, meu Deus do céu. Sério?

Meu coração está na garganta quando me aproximo. Abro a porta e as luzes brilhantes do cômodo invadem o corredor escuro.

O som de sexo continua, e eu não deveria achar aquilo excitante, já que o pensamento de encontrá-lo com outra garota me faz ter vontade de vomitar.

Fecho meus olhos e respiro fundo.

— Liam? É você que está aí?

Os gemidos param apenas o tempo suficiente para ele responder:

— Oi, sou eu! Entre, por favor.

E então, os barulhos recomeçam.
Ah, certo, isso vai ser bem esquisito.
Entro no camarim e congelo. Ele não está fazendo sexo. Está deitado no chão, de joelhos dobrados, fazendo abdominais.
Sem camisa.
Meu Deus do céu.
Aqueles peitorais musculosos e suados. Músculos, músculos por toda parte. Músculos demais, isso não pode ser normal. As mãos dele, atrás da cabeça, só fazem destacar seus bíceps.
Eu me envergonho em dizer que imaginei como seria o torso nu de Liam, mas até aquele momento nunca o tinha visto. Fica claro agora que eu tinha a imaginação de um repolho, porque aquele corpo... Nas palavras imortais de Keanu Reeves em *Matrix*: Uau!
— Você vai ficar aí, parada, observando? — pergunta ele, um pouco ofegante.
— Ah, sim, vou.
A contração de seus músculos abdominais me deixa completamente mesmerizada, não consigo desviar meus olhos.
— Ah, bom, quero dizer... Ah... Isso é o mais próximo que eu gostaria de chegar de exercícios físicos. Mas, por favor, continue, fique à vontade.
Meu Deus, o corpo dele é uma loucura.
Ele ri da minha expressão, de meu queixo caído.
— Tudo bem, então. Há uma cadeira se você quiser ficar mais confortável.
Eu me inclino contra o batente da porta em vez disso. Realmente, não posso confiar nas minhas pernas para dar os três passos que me separam da cadeira.
— Quantos você já fez? — pergunto vagamente, fascinada.
— Mais ou menos uns cem.
— E quanto ainda precisa fazer?
— Mais duzentos.
— Parece coisa demais.
— Na verdade, não, considerando que Miriam quer que eu passe

a maior parte da peça sem camisa. Ela me disse isso ontem à noite. Nenhuma pressão, nada disso.

Ele dá um grunhido a cada vez que se senta. Meus joelhos fraquejam.

— Quando ouvi seus barulhos — digo —, achei que você estivesse... Achei que estivesse aqui com alguém.

Liam se senta e descansa os cotovelos sobre os joelhos.

— O quê?

Observo o trajeto de uma gota de suor correndo pelo pescoço e pelo peito dele.

— Pensei que você estivesse... — Dou de ombros. — Você sabe.

Liam franze a testa.

— Você pensou que eu estivesse fazendo *sexo*?

Assinto.

— No meu camarim?

Assinto novamente.

— Com alguém que não é *você*? — Ele esfrega o rosto. — Caramba, minha senhora, vá arranjar outra xícara de café, porque você não está pensando direito. — Ele volta para seus abdominais. — Além disso, isto não soa nada como os barulhos que faço quando estou fazendo sexo.

— Que tipo de ruídos você faz então?

— Não posso dizer. Quero que seja surpresa.

Ele ergue uma sobrancelha, e eu não posso deixar de rir.

— Eeeee dito isso, preciso ir.

— Sério? Você não gostaria de vir aqui?

Balanço minha cabeça, e quando alcanço a maçaneta para fechar a porta, ele começa a gemer.

— Ah, meu Deus, Liss. Isso, isso! Agarre essa maçaneta. Isso mesmo. Ah, sim, sim! Envolva-a com sua mão e puxe-a pra você.

Fecho a porta e balanço a cabeça à medida que me afasto. Faço uma nota mental para me lembrar de que não é muito legal ficar excitada com gemidos motivados por malhação e nem por conversas sacanas que envolvem portas. É uma pena que meu corpo continue a ignorar toda a lógica e a razão no que diz respeito a Liam Quinn.

***

Apanho a papelada na copiadora e logo estou sorrindo.

Críticas. Várias delas. Todas gloriosas. Nossa peça é oficialmente um sucesso, e ainda que o elenco todo seja sensacional, Liam e meu irmão, Ethan — que está interpretando Mercúcio —, são o centro das atenções.

Isso não me surpreende. Atores gostosos que também são talentosos pra caramba? Sobre esse alicerce a Broadway foi construída.

Vou até os bastidores e distribuo as cópias das críticas pelos camarins. Atores adoram críticas elogiosas sobre si mesmos. Vou erguer a moral de todo o elenco para a apresentação desta noite.

Quando volto para o meu canto, na lateral do palco, faço movimentos com o pescoço até que ele estale. Acho que não me sentei sequer uma vez o dia todo, e o ruído surdo da pulsação de uma possível dor de cabeça permanece atrás de meus globos oculares.

Tenho um sobressalto ao sentir mãos enormes agarrarem meus ombros.

— Relaxa. — A voz profunda de Liam ressoa bem atrás de mim. — Você está tão tensa que vai distender alguma coisa. Obrigado pelas cópias das críticas, tenho certeza de que meus pais vão cobrir as paredes da sala lá de casa com elas. Sou muito grato que você tenha encontrado tempo para enviá-las a eles, então estou aqui para fazer alguma coisa legal por você.

Dedos fortes massageiam os músculos do meu pescoço, e eu reprimo um gemido.

— Ah, meu Deus.

— Ah, por favor. Já ultrapassamos essas formalidades. Você pode me chamar simplesmente de Liam.

Fecho os olhos enquanto ele diminui a tensão de meu pescoço e ombros. Aquilo é tão bom que é quase sexual.

— Liam... Olha... Ei. Você deveria parar.

— Deveria? Por quê? Você parece estar adorando e eu, bem, eu certamente estou adorando.

— O ator principal da peça não pode ser visto massageando a diretora de palco. É errado e não é natural.

— E quem pode massagear você, então?

— Ninguém. Estou fora dos limites da massagem.

— Isso não parece nada justo. Você tem um dos trabalhos mais estressantes por aqui, mas não pode receber uma ajudinha para relaxar? Que merda.

Ele massageia meu pescoço com mais vigor ainda, e eu reviro os olhos.

— Ahhhh... Não, não mesmo. Diretores de palco são criaturas estranhas. Nós nos alimentamos de estresse, cafeína e falta de sono. Você não pode alterar esse equilíbrio. Nos deixe relaxados demais e desabamos.

Sinto sua respiração morna e seus lábios macios, que mal tocam minha orelha, quando ele sussurra:

— Não vejo a hora de você desabar qualquer dia desses, Liss. Vinte e um dias contados, pra falar a verdade. A noite de encerramento da peça está circulada no meu calendário.

Ele desce os dedos, massageando a minha espinha até o cós de meu jeans. Quando engasgo com um gemido, ele ri.

— Tem certeza de que deseja que eu pare?

— Não, mas você deveria.

Liam suspira.

— Tudo bem. Levante-se e venha aqui. Suas costas estão em péssimas condições.

Eu me levanto e o encaro. Ele dobra os joelhos e me envolve em seus braços.

— Isso vai aliviar a pressão em suas vértebras.

Liam me ergue do chão e me abraça mais forte, provocando uma série de estalos que vão percorrendo minha coluna. Quase que imediatamente sinto um enorme alívio.

Ele me põe no chão, e faço movimentos circulares com meus ombros.

— Uau. Eu me sinto muito melhor. Obrigada.

— Você está de brincadeira? Eu tive de pressionar meu peito contra os seus seios. O prazer foi todo meu.

Ele ri e eu fico vermelha. Não gosto nada dessas minhas reações involuntárias. Apesar dos meus melhores esforços para me manter desinteressada, Liam é como um para-raios sexual, e cada um de meus átomos gravita em torno dele. É cansativo. Eu tento me afastar um pouco, mas a parede está bem atrás de mim.

Liam ainda está bem próximo, olhando para a minha boca. Eu também estou olhando para os dele. Eles são lindos, e cada vez que ele beija Julieta, isso me deixa louca. Não só porque sou tomada por ondas de calor de puro ciúme, mas porque a forma como ele segura o rosto dela e a embala em seus braços é incrivelmente apaixonante e doce. E depois há aqueles gemidos ofegantes que ele dá quando Romeu e Julieta transam na noite de núpcias. Esses gemidos acabam comigo. Toda santa vez.

Fecho meus olhos e respiro fundo, tentando me controlar.

— Tudo bem, então... Preciso avisar o pessoal que falta meia hora.

— Devo ir me aprontar, então.

— Isso.

— Tudo bem. — Ele se aproxima e acaricia meu rosto. Não quero me inclinar na direção dele, mas ainda assim faço isso. — Então, lá vou eu — diz ele, enquanto roça o polegar sobre meus lábios. — Vou sair daqui.

Não posso lidar com o desejo na expressão dele. Isso me deixa tão tonta que instintivamente agarro a camiseta dele.

— A sua ideia de sair de algum lugar é muito... estática.

— Sim, estou tentando convencer minha mão a parar de te tocar, mas ela não está ouvindo. E não me obrigue a te dizer o que meus lábios estão me dizendo para fazer. — Ele se inclina, e sei que deveria afastá-lo, mas não posso. Não há força de vontade suficiente no mundo para parar este momento. — Você sabia que eu sonho com a sua boca? Como é a textura dela. E seu gosto. Toda vez que te vejo, meu desejo de te beijar é tão incrivelmente forte que dói negá-lo. Diga que você sente o mesmo.

A boca dele está bem próxima. Tudo o que tenho de fazer é ficar na ponta dos pés, e assim poder tocá-la. Acabar de vez com nossa agonia.

— Claro que sinto o mesmo, mas...

Ele me interrompe correndo o dedo mais uma vez sobre a minha boca.

— Menos conversa. Mais beijos em mim.

Estou prendendo a respiração com a antecipação do encontro de sua boca com a minha, quando uma explosão de risos nos faz pular. Os atores que interpretam os pais de Julieta passam por ali sem um olhar em nossa direção, mas o susto me faz lembrar onde estamos. E quem somos.

Liam olha para mim por mais alguns deliciosos momentos e, em seguida, afasta-se na direção de seu camarim, sem uma palavra sequer.

Desabo no meu banco e recoloco meu fone de ouvido. Depois de algumas respirações profundas para me acalmar, clico no botão do microfone na minha frente.

— Senhoras e senhores da companhia Romeu e Julieta, esta é sua chamada de meia hora. Trinta minutos até suas marcas para o primeiro ato. Obrigada.

E só quando desligo o microfone é que me dou conta de como minha voz parece ridiculamente ofegante.

Pelo menos não estou mais com dor de cabeça. Nada disso, agora a dor é muito menor.

— Elissa.

Ergo os olhos para ver o meu irmão caminhando em minha direção. Ele está segurando um de seus retratos para publicidade. Alguém o desfigurou, colocando nele chifres do diabo e um cavanhaque que parece vagamente um pênis.

— Foi você?

— Ethan, por favor. Você realmente acha que eu faria um trabalho tão desleixado? Esse pênis barbado nem sequer tem veias. Provavelmente foi a Olivia.

Ethan vem meio que tendo um caso com a nossa Julieta e, como é de costume, está ferrando as coisas como só Ethan pode fazer.

Ele olha rapidamente para a foto.

— Ah... A Olivia parecia chateada quando eu a vi antes.

Leisa Rayven

— O que você fez dessa vez?

— Nada. — Olho feio para Ethan, mas ele faz um gesto de inocência. — Quero dizer. Eu mal falo com ela desde a semana passada.

Reviro os olhos. Se meu irmão fosse mais ignorante sobre as mulheres, ele seria um político conservador.

Tiro a fotografia da mão dele e a jogo no lixo.

— Você leu as críticas?

— Li, sim.

— Tem coisas muito boas ali sobre você.

Ele dá de ombros.

— É, acho que sim. Ainda não consegui me mudar para Los Angeles, como o Quinn, mas ainda assim...

O choque causado por suas palavras deve estar bem visível em meu rosto, porque a expressão dele se suaviza.

— Você não ouviu a respeito?

— Ouvi o quê?

— Na semana passada, uma caça-talento muito importante de Hollywood estava na plateia. Ela encurralou Quinn na saída dos atores e disse que, se ele se mudar para L. A. assim que a temporada da peça terminar, ela poderá levá-lo para testes em alguns dos estúdios mais respeitáveis. Olivia ouviu a conversa.

— E o que Liam disse?

— Disse que vai pensar sobre isso.

Eu me apoio na parede, realmente consternada. *Ele pode ir embora?* Eu me sinto completamente enjoada.

Não. Ele não pode fazer isso.

— Irmãzinha? — Eu encaro Ethan. — Você está bem?

— O quê? Ah... claro. Tudo bem.

— Espera aí... por acaso vocês dois estão...

— Não. — *Mas pensei que talvez pudéssemos.* — Estou surpresa, só isso. É melhor você ir se trocar. Já dei o aviso de trinta minutos.

Ele me encara por mais alguns instantes, parecendo preocupado.

— Ah, certo, então. Tudo bem. Falo com você depois.

Assim que Ethan se afasta, me jogo de novo em meu banco.

Sei que não deveria ficar magoada por Liam não ter me contado, mas fiquei. O flerte. Os toques. A conexão inacreditável que há entre nós. Pensei que significássemos alguma coisa um para o outro. Eu até mesmo alimentei fantasias de como seria tê-lo como meu namorado. Andando juntos pela região dos teatros, assistindo às peças dos colegas e discutindo sobre nossas partes preferidas. Ou passeando pelo Central Park de mãos dadas. Talvez sentar em um dos bancos para namorar de forma realmente indecente e inadequada.

Estreito os olhos. Minha dor de cabeça está de volta, e parece querer vingança.

Por que ele não me contou?

Suspiro. Mas se ele me contasse, o que eu diria? *Não vá?*

Eu não poderia. Ele precisa se mudar.

Mas tenho a terrível sensação de que, se ele se for, isso vai mudar a nossa vida. Para sempre. E não de um jeito bom.

capítulo seis
A CONSEQUÊNCIA DO DESEJO

Na noite de encerramento da peça, já é quase meia-noite quando Josh e eu chegamos à festa de despedida da produção. Tão logo emergimos no espaço supermoderno do armazém, nosso Benvólio, Andy, acelera na nossa direção com uma bandeja de bebidas. Ele tem aquele fervor em seus olhos brilhantes de alguém que já está três copos além do limite.

— Pessoal! Até que enfim vocês chegaram. Vocês precisam experimentar isso.

Pego o copo com uma dose de algo azul brilhante.

— O que é isso?

— Não tenho ideia, mas jogue para dentro rápido e tente continuar respirando.

Eu entorno a dose sem hesitação. Quando engulo, todo meu corpo estremece.

— Nossa!

Andy ri.

— Incrível, não é?

Pego outro copo e o entorno novamente. Josh se junta a mim. O impacto da segunda dose não é nem um pouco menos agressivo que a primeira.

— Puta merda. — Josh tosse. — Tem gosto de ácido de bateria misturado a plutônio.

Andy concorda.

— Sim, mas em alguns minutos você não vai ligar. Acredite. Ah, e Elissa? Liam está procurando por você. Tipo, muito. Só pra você saber.

Ele tropeça, e vai alardear sua mercadoria em outro lugar, e Josh e eu adentramos a festa. Atrás de uma cortina de tela, um grande grupo está dançando uma música com uma batida forte. Começo a me sentir meio zonza enquanto o observo.

— Então, você e Quinn finalmente vão selar o acordo esta noite? — pergunta Josh. — Porque Deus sabe que se eu tiver que presenciar mais um segundo de vocês dois ofegando um pelo outro, vou trancar ambos em uma sala até que um dos dois, pelo menos, fique satisfeito.

Balanço a cabeça.

— Você sabe o motivo de eu não poder fazer isso.

— Eu sei. Mas também vi o olhar dele quando deixou o teatro esta noite. O homem parecia… excitado. E determinado. Ele sabe que você o tem evitado. E sejamos honestos, se você estivesse realmente falando sério sobre não se envolver, não viria a essa festa.

Eu gostaria de ser forte o bastante para ficar longe de Liam esta noite, dada nossa situação, mas não posso negar que os últimos meses tiveram seu impacto. Eu o desejo. Desesperadamente.

Mesmo que pareça que eu não possa mais tê-lo.

Josh tropeça e se apoia em mim.

— Uau. Essas bebidas são fortes. Quer que eu pegue mais duas?

— Com certeza.

Ele sai para encontrar Andy e eu vagueio na beirada da pista de dança para evitar procurar Liam com os olhos. Todos se abraçam e se beijam, e alguns até mesmo se tocam de uma maneira que exigiria um pouco mais de privacidade.

Meu Deus, a galera do teatro é um bando de tarados.

Eu me encosto em um pilar e observo. O que quer que tenha naquela bebida, ela está fazendo eu me sentir quente em lugares inconvenientes.

Enquanto olho em volta, avisto Liam do outro lado da sala. Ele está cercado por um grupo de garotas, cada uma delas tentando atrair a atenção dele, mas fica claro que ele não ouve uma palavra do que dizem. Ele passa os olhos pela multidão e beberica uma cerveja. Tão logo me vê, sua postura muda, e a intensidade de sua expressão faz todos os pelos do meu corpo se arrepiarem.

Sem pedir licença e sem afastar os olhos de mim, Liam passa a cerveja para uma das garotas e atravessa a sala. Todas as mulheres que ele abandona murcham de desapontamento. À medida que se aproxima, ele tem uma expressão tão primitiva que sinto uma urgência de fugir, mas estou tão frustrada e excitada que me obrigo a ficar firme e ver o que acontece.

Quando ele me alcança, não diz nada. Apenas pega minha mão e me conduz à pista de dança. Várias pessoas param e nos encaram enquanto ele me envolve em seus braços e me puxa para perto. Depois de tantas semanas negando, a proximidade do seu corpo pressionando-se contra mim faz minha cabeça girar. Agarro os ombros dele, e ele parece ficar tenso.

— Liam...

— Não fale. — Ele me lança um olhar que faz faíscas percorrerem meu corpo inteiro. — Não ouse. A temporada da peça foi encerrada, e eu não aguento mais me manter afastado de você. — Ele corre as mãos pelas minhas costas, o que faz meu coração disparar e meu cérebro entrar em colapso. O álcool está fazendo eu me sentir como se tivesse tomado dez doses, e não duas, e não estou em condições de estar tão perto dele, sozinha, tentando negar meus sentimentos.

Quando ele enfia a mão por debaixo da minha camiseta e roça a base da minha coluna, fecho os olhos e um arrepio me atravessa. É como se minha pele estivesse extrassensível.

— Mas que droga havia naquela bebida que Andy deu pra gente? — pergunto. — Ela nos deixou muito...

— Excitados? — A rouquidão na voz dele é loucamente sexy.

— Eu ia dizer "alegres".

Dedos passeiam pelas minhas costas. Macios e elétricos.

— Certo. É o que estou sentindo por você. Uma amizade intensa e latejante.

— Você está me deixando tonta.

— Há um tratamento pra isso. Venha pra casa comigo e eu te mostro o que é. — A voz dele me deixa tão distraída quanto seu toque. Quando Liam me puxa mais firmemente contra ele, posso sentir algo duro em sua virilha. Isso desperta uma dor profunda em mim. — Quero ficar sozinho com você, Liss. Nua. Agora mesmo, cacete. Por favor.

— Não posso sair ainda. Acabei de chegar.

Sem querer, passo minhas mãos por seus braços e me divirto com a contração de seus músculos firmes, enquanto ele continua acariciando minhas costas. Liam dá um gemido contido e fecha os olhos.

— Me abrace — ordena ele, baixinho. Envolta em uma névoa de desejo, passo as mãos por seus ombros largos e entrelaço os dedos em seu pescoço. — Bom. Agora, relaxe e dance comigo.

Relaxar enquanto ele pressiona o seu corpo contra o meu assim não é nem um pouco possível. Olho para baixo.

— Julgando sua condição atual, você está querendo mais do que uma dança.

Ele continua acariciando minhas costas.

— Então vamos começar com uma dança e ver o que acontece.

— Liam, para onde, exatamente, você acha que as coisas irão entre nós?

Ele move a mão das minhas costas para os meus quadris, e quando seus dedos enrijecem, os arrepios correm pela minha coluna.

— Bem, para começar, de volta a minha casa. Mais especificamente, à minha cama. Depois disso, não tenho ideia. Talvez o chuveiro? O jardim na cobertura? Seria totalmente espetacular.

Seria mesmo. Fecho os olhos para afastar a imagem de nós dois nus, envolvidos um no outro sob as estrelas.

— Espetacular ou não, você parte na segunda-feira.

A confiança dele vacila e suas mãos congelam.

— Elissa...

— Você nem mesmo ia me contar? Tive de ouvir as fofocas nos bastidores.

Ele olha para baixo e suspira.

— Contar a todos foi fácil. Mas contar a você? — Ele olha nos meus olhos. — Não podia. Só de pensar em deixar você... — Ele enrijece os braços. — Não quero.

— Liam... — Acaricio seu rosto e o faço olhar para mim. — Sim, estou puta por ter sabido disso por outra pessoa, mas essa é uma oferta única. Você precisa mesmo ir. Se você quer uma prova de confiança, então aqui está. Quais as possibilidades de um caça-talentos vir à sua estreia e implorar que você o deixe torná-lo um astro? Isso só acontece nos filmes.

Ele me dá um sorriso amargo.

— Você não está tentando me animar, falando sobre destino? Um conceito no qual você nem acredita?

— Talvez eu não acredite, mas você sim.

Liam segura meu rosto. Antes de eu ter tempo de perceber o que está acontecendo, ele se inclina na minha direção e, gentilmente, toca os lábios nos meus. Cada uma das moléculas de oxigênio dos meus pulmões acelera.

— Sim, acredito em destino — diz ele, ainda tão perto de mim que estamos compartilhando o mesmo ar. — É por isso que estou tão arrasado. Minha cabeça me diz pra ir, mas meu coração quer que eu fique. Com você.

— Mas você não pode.

A mão dele está no meu rosto, o polegar roçando-o vagarosamente.

— Não. Não posso. — Agarro seus braços quando ele repousa a testa na minha. — Então, se for para ficarmos juntos, é agora ou nunca. E já que não posso concordar com o conceito de nunca, voto que seja agora.

Dou um suspiro, estremecendo.

— Mas qual o sentido de aprofundarmos isso quando sabemos que precisa terminar?

— O sentido é que eu poderei fazer amor com você de todas as maneiras com as quais sonhei desde a noite em que te conheci. — Ele coloca a boca próximo à minha orelha e sussurra: — Se eu tiver mais um dia em Nova York, quero passá-lo com você. Por favor, Elissa.

Ele não tem permissão para dizer coisas como essas. Não quando a única resposta válida é arrastá-lo para um canto escuro e montar nele.

— Liss? — Olho para cima e seus braços fortes se estreitam à minha volta. — Venha pra casa comigo. Se você não quer transar, tudo bem. Fale comigo. Me toque. Seja lá o que for que faça você se sentir à vontade. Só fique comigo. Por favor. Não temos muito tempo. E eu tenho um forte pressentimento de que ter parte de você será melhor do que ter tudo de qualquer outra pessoa.

Fecho meus olhos e suspiro. Como dizer não para uma coisa dessas?

Sem outra palavra, pego a mão dele e o conduzo para fora da festa.

A antecipação está fazendo todo o meu corpo formigar, me deixando excitada e inquieta. Liam parece igualmente tenso. Suas mãos estão enfiadas no bolso, os ombros curvados, olhos dardejando em volta nervosamente, antes de voltar sempre para mim. Para meu rosto. Meus seios. Minhas pernas. Eu, inteira.

A tensão sexual está tornando o interior do apartamento sufocante, e as caixas de seus pertences acumuladas contra as paredes não ajudam.

Liam me encara por poucos segundos, fazendo com que onda após onda de arrepios percorra minha coluna, e então ele parece recobrar os sentidos.

— Estou sendo um terrível anfitrião. Posso lhe oferecer algo? — Ele dá dois passos até a geladeira. — Eu tenho... Ah... — Ele abre a porta e espia lá dentro. — Bem, não muito. — Vejo que a geladeira está praticamente vazia. Ele a fecha e se vira para mim. — Gastei todo meu dinheiro de comida com a passagem de avião. Estou sobrevivendo de bolachas e queijo a maior parte da semana.

— Não há nada errado em sobreviver de queijo. Faço isso o tempo todo. É a comida dos reis.

Ele me dá um sorriso.

— Se algum dia eu me tornar um astro, comprarei uma mansão em Hollywood com uma sala apenas para os queijos. Você pode dormir lá.

— Bem, quando eu pensei que você não poderia ficar mais sexy, você vem e me diz isso.

— Não estou brincando.

A expressão dele fica obscurecida.

— Verdade?

Nós nos encaramos, e eu juro por Deus que as paredes encolheram. Liam dá um passo adiante.

— Elissa... — A maneira como ele diz meu nome me faz dar um passo à frente também. Então suas mãos estão em meu rosto, e ele se inclina, e, meu Deus, nunca na vida quis tanto que alguém me beijasse. Tomo fôlego e tento manter meus olhos abertos.

— Você entende quantas fantasias eu tive com você durante os últimos dois meses? — pergunta ele, os lábios quase tocando os meus.

— Se for pelo menos metade do número das que eu tive, sim, e estou com vergonha por nós dois.

— Podemos comparar as fantasias depois. Primeiro, me deixe fazer isso antes que eu perca a cabeça. — Ele desliza os lábios nos meus e ambos inalamos com força. Ele se afasta e abre a boca um pouco mais para capturar meus lábios nos dele. Uma sucção leve envia pequenas ondas de choque a todos os meus membros. — Esses lábios estavam me deixando louco. E também esse pescoço. — Beijos macios percorrem meu pescoço. Dentes mordiscam e provocam.

— Esse corpo. Certo, vamos ser honestos. Você inteira. — Ele agarra meus quadris e me conduz até me encostar na parede. — Você é a mulher mais excitante que já conheci. Que jamais vou conhecer.

Meu pulso acelera e eu encaro sua boca.

— Duvido que seja verdade.

— Não duvide. Eu não sei como, mas... — Ele tira minhas mãos de seu tórax e as ergue contra a parede, acima da minha cabeça. Então ele aprisiona meus punhos com as mãos e os aperta. Não o suficiente para causar dor. Só o bastante para fazer cada neurônio sobrecarregar e gritar por mais. — Sei como satisfazer você, Liss. Soube na primeira vez em que te vi. — Ele aperta meus punhos novamente enquanto se farta dos meus lábios. — Posso sentir o que você precisa. Mas ainda assim gostaria que você me dissesse o que deseja.

Não sou boa em dizer o que desejo. Acho que é por isso que nunca gozei com um homem. Já mando demais nas pessoas na minha vida profissional.

— Não quero ter de fazer isso na cama. E eu certamente não quero desenhar um mapa para um homem me fazer gozar.

— Diga — diz ele, a voz baixa e imperiosa. — Posso ver você pensando nisso. Diga e eu farei acontecer.

Ele entrelaça os dedos nos meus e os desliza pela parede até estarem ao lado da minha cabeça. Minha respiração está rápida e superficial, e sinto que estou quase hiperventilando.

— Quero que você me faça gozar — respondo.

A expressão dele se intensifica, com uma fome pura e primitiva.

— Sim, senhora.

Sem mais uma palavra, ele me pressiona ainda mais contra a parede e me beija como se fosse um especialista nisso.

Ah.

Meu Deus.

Esse homem. A boca dele. A mesma boca com a qual fantasiei todos os dias durante as últimas oito semanas. Os mesmos lábios doces. Exatamente a quantidade certa de sucção para me deixar louca. Quando ele passa a língua contra a minha, perco o controle. Eu o beijo de volta desesperadamente.

As mãos dele vagueiam pelo meu corpo enquanto nos beijamos, puxando minhas roupas, agarrando minha carne e a apertando. Ele não é gentil. Assim está bom para mim. Gentil é chato. Aproveito a oportunidade para tocá-lo de todas as maneiras com as quais sonhei. Exploro cada músculo. Cada plano rijo e cada depressão.

Agarro seus braços quando eles tensionam e relaxam, e corro minhas mãos até seu bíceps. Eles flexionam quando ele embala meu rosto e cobre sua boca com a minha. Quando enfio as mãos sob sua camiseta e corro meus dedos pelo cós de sua calça, ele agarra minhas mãos e as pressiona de volta na parede, com força.

— Acabamos de estabelecer que tenho um trabalho a fazer. Pare de tentar me distrair.

Eu o beijo mais profundamente. Um gemido baixo ecoa em seu peito, escuro e animalesco. Nunca ouvi um gemido mais sexy vindo de um homem. Ele beija meu pescoço e volta à minha orelha.

— Tire as roupas — sussurra ele. Seu hálito quente me faz tremer. — Preciso te ver.

Estou muito excitada para sequer responder, então concordo.

Ele me beija mais uma vez antes de caminhar até a cama e sentar na beirada.

O nervosismo me faz estremecer. Gosto de pensar que sou confiante a respeito do meu corpo, mas quando estou com meros mortais. Liam é a definição de perfeição masculina. Estar exposta a seu julgamento é flagrantemente intimidador.

— Elissa? — Quando o fito, ele está se inclinando, os cotovelos nos joelhos. Como se fosse possível, a expressão dele é ainda mais intensa do que antes de nos beijarmos. Seus olhos são penetrantes. Exigentes. — Pare de pensar. Comece com os sapatos.

A rouquidão de sua voz fala diretamente às partes mais profundas de mim. Algo quente e urgente incendeia em minha barriga.

Tiro minhas botas e meias e espero outras instruções. Ele olha para meus pés. Não achava que fosse possível pés ficarem vermelhos, mas juro que eles estão. Ele sobe o olhar até meu rosto.

— Agora a camiseta.

Levanto minha camiseta, puxo-a pela cabeça e a deixo cair no chão. Estou usando apenas um sutiã liso e preto, mas a expiração súbita dele me faz pensar que Liam gosta do sutiã. Muito. Seu olhar permanece em meus seios, fazendo-os ansiar por suas mãos. Ele umedece os lábios.

— Muito bem. Agora a calça.

Desabotoo meu jeans preto e desço o zíper. Olho para ele quando abaixo a calça vagarosamente pelas minhas pernas. Um músculo em seu maxilar salta quando ele se endireita. Sua virilha inchada me distrai por um momento, mas então ele pigarreia e minha atenção volta para o seu rosto.

Quando saio do jeans e estico o corpo, ele deixa um longo suspiro escapar.

— Meu Deus. Certo. Então aí está você. — Liam inspira por alguns momentos, depois fica de pé, e eu o observo enquanto ele contrai e relaxa as mãos. — Tão melhor que a fantasia. — Estou usando uma calcinha preta. Nada extravagante, mas meio pequena. Ele a estuda intencionalmente. — Vire-se — diz ele, a voz rouca.

Eu me viro. Ouço-o soltar um palavrão baixinho, então ele está atrás de mim e dedos brutos estão esfregando a minha bunda. Ele geme e a aperta, então coloca as mãos em meus quadris, nas minhas costelas. Ele passa os dedos pela linha do meu sutiã abaixo de meus braços, antes de envolver meus seios e de me puxar contra si novamente.

— Você — diz ele, dando beijos macios no meu pescoço — é incrivelmente perfeita.

O calor se acende em minha virilha e se espalha por todos os meus membros quando me estico para trás para agarrar a parte de trás de sua cabeça. Esse homem é muito, muito sexy, muito gato, muito... Ah, a boca dele. A sensação de sua boca no meu ombro, beijando a lateral do meu pescoço, gentilmente pegando a carne entre seus dentes.

Um braço cinge minha cintura, e ele se esfrega em mim. Sentir como ele está duro me faz desejá-lo ainda mais. Todo o meu corpo se sente intumescido e desesperado. Uma de suas grandes mãos acaricia meus seios. Ele acha meus seios sob o tecido e os excita antes de descer a outra mão por meu abdome. Quando ele a enfia dentro da minha calcinha e pressiona minha vagina, fazendo círculos minúsculos, eu me afundo em um gemido e fecho os olhos.

Ah, isso vai ser bom. Ele não estava brincando quando disse que sabia como me agradar. Posso ter tido poucos parceiros sexuais em meus dezenove anos, mas nenhum deles tinha a menor noção, era do tipo de amante preguiçoso, que afirma que fazer uma mulher chegar ao orgasmo é como achar um unicórnio, e por causa disso não quer se incomodar. Claramente, Liam pode ser incomodado. *Excitado* e incomodado. Considerando a maneira com que está respirando na minha orelha e sussurrando como é bom estar comigo, ele parece estar desfrutando daquilo quase tanto quanto eu.

Ele pende a cabeça no meu ombro enquanto aumenta o ritmo. Mais pressão. Círculos cada vez mais estreitos. Enfio os dedos em seu cabelo e me agarro a ele como se minha vida dependesse disso. Isso me ajuda a ficar ereta, o que é bom, porque o prazer imenso que está percorrendo todos os meus músculos torna o ato de ficar de pé um conceito impossível.

Quando meus joelhos se dobram, ele me pega no colo e me deita na cama. Mal registrei nossa mudança de posição antes de ele tirar minha calcinha e engatinhar entre minhas pernas.

— Só para você saber — diz ele, quando afasta meus joelhos e beija a parte interna das minhas coxas —, você está ficando meio escandalosa, e essas paredes são finas. O prédio inteiro pode ouvir o que estou fazendo com você aqui dentro.

Estou surpresa de ser escandalosa, considerando que mal posso falar.

— Des... desculpe.

— Não se desculpe. Eu adoro isso. Tenho certeza de que, se eu tentar um pouco mais, consigo fazer você gritar. — Depois de um beijo suave e macio na minha coxa, ele aproxima os lábios da minha vagina, e eu suspiro, surpresa, quando ele a beija com tanta paixão e fome quanto fez com minha boca.

Ah... porra!

Jogo a cabeça para trás e gemo tão alto que fico alarmada. Ele murmura satisfeito, enquanto continua a trabalhar.

Ah.
Ahh.
Ahhhhhh.

Se eu pensei que sua boca era um milagre antes de ele me chupar, agora acredito que o único propósito daqueles lábios e língua incríveis é me proporcionar o prazer mais debilitante possível. A cada vez que penso não poder sentir mais nada, ele me contraria.

Depois de uma eternidade ofegando e gritando, cada músculo meu está tão tenso que estou quase pulando da cama. Ele reage, fechando as mãos fortes nos meus quadris e me puxando mais firmemente contra o seu rosto.

Ah, que Deus me ajude.

Vibrações mais intensas recomeçam, aumentando em tempo e duração com o movimento da língua dele, e eu não posso fazer nada, a não ser segurar meu fôlego, enquanto meus músculos enrijecidos relaxam. As ondas de prazer resultantes disso são tão poderosas que sou obrigada a soltar um grito longo e estrangulado. Fecho os olhos bem apertados enquanto tudo convulsiona, e quando os últimos tremores me atravessam, me concentro em apenas respirar. Eu me sinto extasiada, enquanto Liam me beija pelo caminho de volta, subindo pelo meu corpo. Tudo está macio e nada dói.

Uau. Certo, então é assim quando alguém faz você gozar. Eu poderia me acostumar com isso.

Lábios macios estão no meu pescoço, depois no meu peito. Ainda estou aturdida, mas meu corpo reage. Quando Liam me puxa para cima dele, para poder tirar meu sutiã, eu ofego ao sentir o quanto ele está duro. Ele se senta e beija meu seio, depois meu mamilo. Eu agradeço a qualquer deus que possa estar ouvindo pela boca perfeita e talentosa de Liam Quinn. Enrosco meus dedos em seu cabelo enquanto ele se move para meu outro seio, e gemo enquanto ele mostra mais um pouco de seus divinos poderes orais. Olho para baixo para assistir, e franzo a testa quando percebo que ele ainda está completamente vestido. Isso não está certo.

— Você pretende tirar a roupa logo, certo? — pergunto. — Porque minha nudez está solitária e gostaria de um pouco de companhia.

— Se você me quer nu, então certamente... — Ele puxa a nós dois para ficarmos de pé. — Vá logo e faça isso acontecer.

Ele me segura apertado por um momento, enquanto a força retorna às minhas pernas, então me solta e dá um passo para trás. Eu posso sentir seu olhar quente em mim quando me inclino para tirar seus sapatos e meias. Quando acabo, fico de pé e o fito nos olhos.

— Sua camiseta — digo. — Tire. Agora.

Ele contém um sorriso e estica os braços sobre o ombro para tirar a camiseta.

— Eu já lhe contei como é excitante quando você fica mandando em mim?

— Nem metade do quanto é delicioso quando você faz isso comigo. — Minha voz hesita quando estudo seu lindo corpo. Ombros largos. Peitoral largo e rijo. Abdome perfeitamente definido, conduzindo a um quadril musculoso e loucamente sexy e a uma sombra de pelos finos.

Ele larga a camisa no chão.

— Gosta quando eu te digo o que fazer? — Engulo em seco e concordo. — Nesse caso, ajoelhe-se, srta. Holt.

O ar de domínio em sua voz envia um arrepio à minha coluna. Nunca tive um homem tão mandão na cama. Gosto disso.

Mantenho contato visual quando me ajoelho. Desse ângulo, ele parece ainda mais magnífico. Pele suave e levemente bronzeada. Músculos definidos. Uma expressão que grita, de tão excitado que ele está, que até dói.

— Desabotoe meu cinto. — A voz dele se tornou um sussurro escuro. Minhas mãos tremem quando eu pego o cinto e o solto. — Agora, o jeans. — Abro o botão e puxo o zíper, então respiro superficialmente e encaro o elástico da cintura da cueca boxer dele, enquanto espero por sua próxima ordem. Ele agarra meu queixo e me faz olhar para cima. — O que desejar fazer comigo, eu vou gostar. Acredite nisso.

Sorrio.

— Eu sei. Só estava esperando a permissão para enlouquecer você.

Com isso, ele trava o maxilar e os dedos que seguram meu rosto enrijecem um pouco antes de soltar.

— Faça isso.

Sustento seu olhar por um segundo antes de direcionar minha atenção para baixo. Com uma impaciência contida, tiro seu jeans e sua cueca, e então lá está ele, em toda sua glória.

Uau. Isso é... bem, isso é homem demais.

Tento manter minha respiração calma quando observo sua ereção impressionante, sobressaindo firme e orgulhosa de seu corpo.

Eu o toco, gentilmente a princípio, começando a conhecer o tamanho e o peso dele. Ele dá um suspiro entrecortado enquanto passa os dedos pelo meu cabelo, afastando-o do meu rosto.

— Porra, Liss. — A voz dele se quebra, e eu me movo com mais confiança. Bem, tanta confiança quanto possível quando se está cara a cara com alguém desse tamanho. Nenhum dos meus amantes anteriores era grande assim. Só mais uma prova de que tenho dormido com garotos até agora, e aquele Liam é um homem completo.

Quando o coloco na minha boca, Liam dá um gemido alto. Eu espio e vejo sua cabeça jogada para trás, os olhos fechados. Os dedos dele se fecham em meu cabelo e depois o soltam, esporadicamente, e isso só me estimula a continuar a satisfazê-lo. Continuo beijando e chupando, e presto atenção especial no que estou fazendo quando ele solta um palavrão ou geme. Quando começo a usar minha mão combinada com a boca, ele dá um gemido antes de dar um passo atrás e me puxar para ficar de pé.

— Porra, garota. — Ele me pega no colo e me joga no colchão, então sobe na cama e se ajoelha entre minhas pernas. Tenho um momento para apreciar como Liam parece supremamente sexy enquanto estica o braço para a mesinha de cabeceira, abre um preservativo e o coloca com dedos seguros.

Quando termina, ele olha para mim.

— Você é... — Ele balança a cabeça. — Nunca desejei uma mulher tanto quanto desejo você. — Ele se acomoda entre minhas pernas e se apoia em um braço. — Sinto como se não pudesse ter o suficiente de você, não importa o quanto eu tente.

Ele abaixa o quadril, e então me beija. Eu o envolvo e o beijo de volta. Sei exatamente o que ele quer dizer. É como se alimentar a fome que sinto dele só me tornasse mais insaciável.

Fecho os olhos quando ele usa a boca em todo meu peito e quando seus quadris forçam para a frente, a pressão dele me faz ofegar.

Ah, Deus.

Ele me beija e geme ao mesmo tempo, tudo enquanto se move para a frente e para trás. Pequenos movimentos que o fazem penetrar um pouco mais fundo a cada vez.

Santa mãe, a sensação de tê-lo dentro de mim. Não sou uma mulher grande, mas ele é um homem grande, em todos os sentidos da palavra. De repente experimento uma preocupação real sobre a nossa diferença de tamanho.

— Relaxe — diz ele, entre beijos, percebendo minha tensão. — Não há nada com o que se preocupar. Vai ficar bom logo, eu prometo.
— Ele continua beijando e tocando, tentando me fazer relaxar enquanto penetra e recua. Respiro através da pressão e passo minhas mãos por todo o seu corpo. Suas costas incríveis. Seu peito magnífico. Seu abdome, que treme com cada penetração mais profunda.

— Você parece tão... — Ele geme no meu pescoço. — Meu Deus... Liss.

À medida que seus impulsos se tornam mais confiantes, percebo que Liam estava certo: ele me preenche tão completamente que parece incrível. Ele desliza uma das mãos por baixo da minha bunda me erguendo, e... *Nossa!*

Eu me agarro em seus ombros e gemo. Ele atinge um lugar dentro de mim que nunca soube que existia. Toda vez que ele me penetra, eu ofego, e cada vez que ofego, o som é mais alto e mais desesperado.

— Aqui? — pergunta ele, ofegando enquanto observa meu rosto.

— Meu Deus, sim. Bem aí. Não pare. Por favor...

Ele arremete com mais força. Não consigo nem assimilar o quanto é bom.

— Quero que você se toque — diz ele, enquanto ganha velocidade. — Quero sentir você gozar enquanto estou dentro de você.

Estico o braço e faço círculos com os dedos.

Ah.

Minha.

Santa.

Mãe.

O orgasmo chega tão rápido que não estou nem mesmo remotamente preparada para isso. As penetrações poderosas de Liam, em conjunto com minha mão, me levam para um lugar onde eu nunca estive antes. Perco o ar quando sinto as primeiras faíscas do meu orgasmo se acenderem.

Liam geme, e quando olho para ele, é claro que ele está lutando para se conter.

— Por favor, Liss. Cacete... Eu não consigo...

Movo minha mão mais rápido, e em mais alguns segundos gozo com tanta força que meu corpo vira um arco, e estou gemendo o nome dele.

Tudo explode. Minha mente. Meu corpo. A sensação é indescritível. Ouço um lamento e percebo que sou eu. Ainda estou me contorcendo quando Liam geme junto ao meu pescoço. Cada músculo de suas costas enrijece quando ele penetra cada vez mais fundo, e eu o agarro enquanto ele treme com a força de seu orgasmo. Depois de segundos de tensão e um último palavrão murmurado, ele relaxa e cai na cama ao meu lado. Nós dois ficamos deitados por um momento, ofegando e piscando. Tentando entender o que acabou de acontecer.

Meu corpo ainda está em choque.

— O que foi isso? — pergunta Liam, ainda sem fôlego.

— Sexo?

— De jeito nenhum. Já fiz sexo antes, e não foi nem perto disso. Diga que sentiu também.

— Você está brincando? Ainda estou sentindo.

Não estou exagerando. Pequenos arrepios de prazer ainda estão surgindo dentro de mim. Por um momento, me pergunto se o tamanho dele fez diferença, mas tenho um pressentimento de que ele poderia ter o pênis do tamanho mais mediano do mundo e ainda me quebraria em milhões de pedacinhos.

— Depois disso — diz ele —, você ainda vai negar que estamos destinados um ao outro? Porque, é sério, sexo assim não acontece todo dia. Ou todo ano, a propósito. Ou, no meu caso, a cada vinte e dois anos e nove meses. Você precisa finalmente aceitar — ele se vira para mim e aponta para nós dois — que é incrivelmente extraordinária. Porque eu estou quase apelando e lhe dando umas palmadas, se você continuar a achar que não é.

Parte de mim quer negar só para descobrir como seria levar umas palmadas dele. Aquelas mãos grandes e brutas, uma me segurando no lugar enquanto a outra... Fecho os olhos e espanto a vontade.

— Elissa?

— Acho que cometeríamos algo criminoso.

— Isso é tão bom quanto admitir que estou certo.

— Não, só não estou dizendo que você está errado.

— Humm. Não tenho certeza se isso merece ou não uma surra. Vou pensar no seu caso.

— Faça isso. Minha bunda espera pelo seu veredicto.

Ele dá uma risadinha e eu sinto o colchão se mover quando ele se levanta para descartar a camisinha.

Quando volta para a cama, eu me viro para olhá-lo. Seu rosto está ruborizado, seus lábios, inchados, e seu cabelo está bagunçado, mas nunca vi um homem tão atraente em minha vida. Ele estuda meu rosto, então afasta uma mecha de cabelo da minha testa.

— Passe a noite aqui — diz ele, baixinho. — Quero ver quantas vezes mais consigo fazer você gritar antes de amanhecer. — Antes de eu poder recusar, ele me puxa para cima dele e me beija, sua mão gentil no meu rosto. É inesperadamente doce e me faz esquecer de todas as desculpas que estavam na ponta da minha língua. Liam se afasta e enfia o nariz em meu pescoço. — Além do mais, sou ótimo em conchinha. Fique.

Uma voz baixinha me alerta de que é uma má ideia. Se aquilo ficar mais íntimo só vai tornar as coisas mais difíceis quando ele partir. Digo à voz para calar a boca. Depois do que acabei de experimentar, preciso de mais Liam Quinn. Muito mais. As consequências que se danem.

— O.k.

capítulo sete
AGRIDOCE

Quanto tempo alguém demora para se apaixonar?

Um segundo? Uma semana? Um ano?

É a mesma coisa que perguntar quanto tempo alguém leva para cair no sono. Algumas pessoas dormem assim que a cabeça toca o travesseiro. Outras ficam deitadas ali por horas, e só quando a mente para de funcionar por um instante é que o sono pode se instalar e arrastá-las para as profundezas.

É assim que acho que as pessoas se apaixonam. Algumas se entregam facilmente, parecem ser tão despreocupadas. Amam livremente, sem constrangimento.

Essas pessoas são umas idiotas.

Ou, bem, era assim que eu costumava pensar. Até agora.

Tentei não me envolver emocionalmente com Liam na noite passada, mas cada vez que acreditava ter conseguido afastar qualquer emoção verdadeira, ele me beijava, ou sussurrava algo doce que me ligava a ele mais uma vez. No fim, parei de tentar resistir e cedi. Sabia que era algo tolo a se fazer, considerando nossa situação, mas não pude me controlar.

E, agora, ele está atrás de mim, seu corpo envolvendo o meu como se nunca mais fosse me deixar ir embora. Sinto a respiração dele, morna e constante, em minha nuca, enquanto ele dorme, felizmente sem saber que estou ficando mais tensa a cada segundo.

Na posição em que estamos, cada centímetro de minhas costas nuas está pressionada contra cada centímetro do corpo nu de Liam, e minha cabeça descansa em um bíceps musculoso, enquanto o outro braço dele está em volta da minha cintura.

Suspiro e aperto meus olhos já fechados. Não deveria ser tão bom sentir essa proximidade junto ao corpo de um homem, especialmente um que não posso ter.

Tento afastar o braço dele da minha cintura, mas Liam não se move. Droga. Estúpido gigante musculoso.

— O que você está fazendo? — murmura ele, sua voz carregada de sono.

— Preciso ir embora.

— Não, você não precisa.

— Sim, preciso. Tenho tarefas para fazer.

— Eu também. Todas elas envolvem estar dentro de você. Sair daqui não é uma opção.

Tento empurrar o braço dele novamente. É pesado como uma barra de ferro.

— Você não tem malas para fazer?

— Estão prontas. Vou jantar com minha mãe e meu pai hoje à noite, e amanhã de manhã eles vão me levar para o aeroporto. Fora isso, estou livre. — Liam afrouxa seu aperto e me vira, então se inclina para me beijar.

— Isso está convencendo você a ficar?

— Hummm. Não tenho certeza. Talvez você deva tentar com mais vontade.

Ele pressiona sua ereção muito óbvia contra meu quadril.

— Isso é vontade suficiente?

Todo o meu corpo reage.

— Ah, bem, vai ter de servir.
— Cara, você é fácil. Graças a Deus.

Grito quando ele me prende contra o colchão.

Quarenta minutos e dois orgasmos mais tarde, estou acabada. Entro e saio do mundo dos sonhos e, quando abro os olhos, Liam está lá, com a cabeça apoiada na mão, olhando para mim.

— Estou confuso — diz ele, fazendo uma careta.
— Sobre o quê?
— Você diz que teve namorados que te deixaram por outras mulheres.
— Sim. Três deles, para ser precisa.
— Você só namorou com caras cegos? Ou eles eram só uns completos idiotas? Porque honestamente, além dessas opções, não vejo como isso é possível.

Eu sorrio.

— Já te disse a razão. Eles eram atores.
— Isso não explica nada.
— Ah, é? — Viro de lado para olhar para ele também. — Fale sobre como, exatamente, você se sente em relação à Olivia.

Ele franze a testa.

— Olivia? A Olivia-Julieta?
— Sim.

Ele me olha parecendo aturdido.

— Essa é uma daquelas perguntas femininas complicadas que eu não deveria responder com medo de apanhar?
— Não. Basta ser honesto.

Ele não parece convencido.

— Tudo bem. Eu... gosto dela?
— Como amiga?
— Sim. Só amiga. Definitivamente nada mais do que isso.

Ele ainda parece nervoso, por isso acaricio seu peito para acalmá-lo. E também porque seu peito é lindo e eu quero tocá-lo.

— Então me explique como as suas cenas de amor em *Romeu e Julieta* eram tão quentes.

— Eram?

— Meu Deus, sim! Você não viu que eu sutilmente me abanava cada vez que vocês faziam cenas de sexo?

— Pensei que você estava com calor.

— Eu estava. Dentro das minhas calças.

Ele sorri e deita de costas na cama. Quando coloca as mãos sob a cabeça, não posso ignorar a forma como seus músculos se destacam. Corro os dedos sobre eles.

— Não tinha ideia de que você estava gostando do que via — diz Liam. — Estava empenhado em me manter longe de você, e evitei te olhar na maior parte do tempo.

— Então, como você fez isso?

— Ficar longe de você? Não foi fácil. Banhos frios e drinques pesados ajudaram.

Belisco seu bíceps e ele se contorce.

— Quero dizer, como você se mostrou tão apaixonado por Olivia quando gosta dela apenas como amiga?

Ele faz uma pausa.

— Não sei. Só usei a minha imaginação, eu acho. Como Romeu, quando estava olhando para Julieta, fiz meu corpo sentir coisas por ela. Meu sistema adrenal é bem simplório.

Uma ponta de ciúme se contorce dentro de mim.

— Então você *se obriga* a sentir amor por ela e espera que eu acredite que esse sentimento não passe para a vida real?

Ele se vira e se apoia no braço.

— Não é tão simples assim. No palco, Romeu era completamente apaixonado por Julieta, mas fora do palco... não sei. Olivia é uma pessoa diferente. Assim como eu.

— Mas ela não é. E você não é. Vocês são as mesmas pessoas, com os mesmos rostos e corpos. Como é possível para os atores fazerem amor com alguém toda noite no palco e se manterem fiéis às suas esposas e namoradas fora do palco?

— Uma porção de atores faz isso.

— E outra porção não faz, e parece que eu tenho talento para escolher os que não conseguem separar a fantasia da realidade. Por isso que não quero ficar perto de você. Não posso lidar com o fato de sofrer um dano colateral novamente.

Ele se senta e franze a testa, olhando para mim.

— Então o que você está dizendo é que se a gente estiver namorando, eu naturalmente vou desenvolver um relacionamento com minha protagonista e vou te largar?

— A história sugere isso.

— Minha inacreditável atração por você sugere que de jeito nenhum.

— Atração acaba.

— Errado. *Luxúria* acaba. Atração mantém as pessoas juntas muito depois de a luxúria ser apenas uma memória distante.

— E o que faz você pensar que o que sente por mim não é justamente luxúria?

Ele segura meu rosto.

— Porque desejei um monte de meninas na minha vida, e me deixe dizer, o sentimento *jamais* se pareceu com o que sinto por você.

Liam se inclina e me beija gentilmente, e eu sei que ele está certo. Um simples toque de lábios é o bastante para deixar meu corpo inteiro em chamas, mas debaixo dessa febre tem alguma coisa a mais. Um sentimento de *completude*. Droga, eu iria muito longe me distraindo com esse conceito romântico de destino se não fosse tão teimosa. Mas como o destino pode chamá-lo para Hollywood ao mesmo tempo em que faz parecer que ele é meu? Isso não é nem um pouco justo.

Caio para trás e ele suspira.

— Se eu não estivesse indo embora da cidade podia provar para você que nem todos os atores são idiotas que abandonam.

— E ainda assim você está prestes a me abandonar.

— Totalmente diferente.

— Eu sei. Mas ainda assim é uma droga. — Pensar nisso forma um inesperado nó na minha garganta.

— Sim. — Liam fica calado por um momento, e pergunta: — Você vai sentir minha falta?

Eu quero dizer que não, porque admitir o quanto vou sentir a falta dele é maluquice. Em vez disso, forço um sorriso.

— Tenho certeza de que vamos estar tão ocupados que nem vamos ter tempo de pensar nisso.

Liam concorda.

— É. Claro. Pensar vai ser ruim.

Ele cruza os braços e fita a parede.

Uma linha profunda vinca a testa dele. A suavidade de antes desapareceu.

— Pode ser que eu fracasse em Hollywood e esteja de volta antes do que você imagina.

Sou uma imbecil por desejar que isso aconteça, mas sei muito bem que não vai.

— Liam, Hollywood vai enlouquecer assim que você chegar. Não tenho dúvidas. E quando você for um grande astro, vou poder dizer que te conheci antes de ser famoso.

Ele não responde, mas seu rosto se fechou mais profundamente. Quando saio da cama para pegar minhas roupas, ele não tenta me impedir. Rapidamente vou para o banheiro.

Tudo bem, Elissa, trate de se controlar.

Você está bem. Ele está bem. Tudo está bem.

Ele vai embora, você vai esquecê-lo, e tudo vai voltar ao normal. Pare de surtar.

Depois de um banho morno, saio para encontrá-lo sentado na cama com a cabeça entre as mãos, usando só o jeans. Quando me vê, seu olhar quase faz tudo ficar não tão bem.

— Elissa, escute... — Mas tenho certeza de que, se fizer isso, não vou sair daqui tão cedo.

— Liam, realmente preciso ir. Obrigada por... tudo. — *Todos os orgasmos, e beijos, e os longos e profundos olhares. Obrigada por ferrar com a minha cabeça e o meu coração, assim como com o meu corpo.*

Calço minhas meias e botas e apanho minha mochila.

Quando me levanto, Liam se aproxima e me abraça. Um simples gesto, mas o carinho com que ele faz isso me faz suspirar.

Ele encosta a cabeça no meu ombro e me segura em um abraço apertado.

— Não quero que isso seja o fim pra nós.

Agarro seus braços, e trago ele para mais perto de mim.

— Nem eu, mas você está indo pro outro lado do país. Não sei você, mas eu não saberia lidar com isso se você fosse meu namorado. Seria uma tortura.

Ele se afasta e olha para mim.

— É verdade. Se eu fosse seu namorado, definitivamente não ficaria longe de você. Nunca.

Ele segura meu rosto e lentamente se abaixa.

— Eu precisaria estar perto o bastante para fazer isso, todo… santo… dia.

Ele me beija, suave e devagar, e eu nunca quis viver um momento mais do que esse.

— Liss, diga que não quer que eu vá. Por favor. Eu ficaria se você me pedisse.

— Você sabe que não pode. E se me der essa chance, nunca vou me perdoar. — Dedos acariciam meus braços e eu estremeço. — De qualquer maneira, existem milhares de mulheres bonitas em Los Angeles. Tenho certeza de que você vai me esquecer rapidinho.

— Não vai acontecer. Nunca. Acredite em mim.

Ele me beija de novo, mas dessa vez de forma intensa, exigente.

Depois de alguns minutos frenéticos, nos separamos, os dois respirando com dificuldade. Seria tão fácil deixar as coisas fora de controle, mas ambos sabemos que não tem sentido continuar. Nem com esse beijo, nem com o relacionamento.

Na ponta dos pés, dou um último abraço nele antes de sair. Odeio como a distância entre nós de repente faz tudo parecer frio.

Vou até a porta, abro e me volto para ele. Liam olha para mim com uma expressão de conflito, e sei exatamente como ele se sente.

— Não vou dizer adeus — diz Liam, enquanto enfia as mãos nos bolsos. — Porque isso não é o fim. Um dia o destino vai corrigir isso. Vai nos colocar de volta um nos braços do outro. Acredito nisso.

Eu sorrio.

— Sim. Um dia.

Meu sorriso é tão falso e meu coração está tão dolorido que não posso suportar o olhar dele.

— A gente se vê, Liss.

Balanço a cabeça.

— Tchau, Liam. Boa viagem.

Trinco os dentes para evitar as lágrimas que ameaçam cair assim que fecho a porta atrás de mim.

capítulo oito
SEM DESCULPAS

Oito meses depois
Central Park
Nova York

Eu costumava pensar que sentir saudades de alguém fosse uma escolha, mas isso foi antes de Liam. Agora sei que tudo o que se pode fazer é escolher *ignorar* a saudade. O sentimento em si nunca passa. Ele fica em seu corpo como uma dor de dente, no fundo dos ossos, e todas as vezes que você se esquece de negá-la, seu eco se transforma em um rugido tão alto que é a única coisa que se pode ouvir.

Faz oito meses que Liam se foi e ainda tenho de me concentrar em parar de pensar nele todos os dias. Não ajuda pensar que Josh também se foi. Ele recebeu a carta de aceitação para se matricular na Grove ao mesmo tempo que eu, mas decidiu aceitar uma oferta da Escola de Teatro, Filme e Televisão da UCLA. Por anos ele fantasiou em viver em Los Angeles, e mesmo que suspeitasse que sua decisão fosse alimentada pela obsessão dele por todas as atrizes jovens e gostosas, eu tentava apoiá-lo o máximo que conseguia. O resultado é que as duas pessoas com as quais eu mais gostaria de estar encontram-se a milhares de quilômetros de distância. Nossa, que situação agradável!

Suspiro enquanto atravesso a rua e entro no Central Park. Liam, seu estúpido. Me fazendo sentir coisas. Me obrigando a sentir saudades. Se não te amasse tanto, eu te odiaria. Quando me dirijo para o lago, "I'm Too Sexy" grita no meu celular, e mesmo antes de atender estou sorrindo.

— Casa da Amargura de Madame Elissa. Como posso ajudá-lo?

— Mude-se para Los Angeles. Agora — diz Josh.

— Certamente, senhor. Estarei no próximo avião.

— Não mexa comigo, garota. Estou com saudades de casa e não transo há mais de uma semana. Estou em uma posição muito vulnerável agora. O que você está fazendo?

— Andando pelo Central Park. Em direção à minha árvore de leitura.

— Voltou pra casa para o final de semana?

— Sim. Tenho alguns dias de folga entre as peças da Grove, então vim pra casa pra recarregar a bateria.

Chego à minha árvore, perto do lago, e jogo minha bolsa na grama antes de me sentar.

— E aí? Novidades?

— Nada de novo. Só queria falar com minha melhor amiga. Como está sua vida amorosa? Encontrou alguém interessante na Grove?

Eu me encosto na árvore e estico as pernas.

— Ah, não.

— Ah, vamos lá. É uma faculdade de artes. Precisa haver um quociente decente de homens gostosos.

Cutuco a grama.

— Ah, há muitos homens gostosos, mas é uma escola de interpretação. Está cheia de atores irritantes.

— Certo, então aumente sua área de pesquisa. Também há músicos e artistas, certo? Ache um deus do rock sexy. Ou um pintor sensível. Tenho total certeza de que você consegue um encontro com qualquer um que goste se apenas tentar. Pelo menos faça um pouco de sexo sem compromisso. Você está desperdiçando a sua experiência universitária.

O problema é que, por mais que eu quisesse usar o sexo para acalmar meus ânimos, simplesmente não estou interessada em nenhum dos caras da Grove. Só tenho interesse no homem que está mais próximo de Josh do que de mim. Josh pigarreia.

— Eeeeee, chegamos à parte da conversa em que falo de sexo e você fica quieta, pra poder sonhar acordada com Liam Quinn.

Nossa, será que sou tão previsível?

— Desculpe, Josh.

— Não se desculpe. Só é uma droga ele estar aqui em vez de estar aí. Você o viu no último comercial da Coca-Cola?

— Sim. É difícil não vê-lo. — Sem camiseta, o corpo molhado reluzindo. Uma loira de seios perfeitos pendurada em seus braços enquanto ele sorri e encarna um homem que ama a vida. A propaganda me deixa com tanto ciúme que tenho de mudar de canal todas as vezes que o comercial começa.

— Pelo menos ele está conseguindo trabalho aqui — diz Josh.

— Claro que sim. Ele é o sonho erótico dos caça-talentos.

Josh para por alguns segundos e diz:

— Sabe, se você vier pra cá me visitar, também poderia ver o Quinn. Odeio dizer isso porque o risco é que você caia na cama com ele e não tenha tempo pra mim, mas, ainda assim, é uma ideia. Prevejo que se você e ele estivessem na mesma cidade, seu embargo de sexo se esvaneceria em um monte de fumaça muito excitada. Pode ser que lhe faça algum bem.

Os cabelos na minha nuca se arrepiam. Meu Deus, que ideia. Ver Liam ao vivo. Tocá-lo. Beijá-lo. Seria incrível. Eu aperto meus olhos.

Que merda. Só de pensar nele, fico com mais saudade ainda. Na verdade, meu peito dói. Eu me encosto na árvore.

— Podemos não falar mais disso? Você não precisa ir pra aula?

— Só se eu quiser me formar. Então, sim. Você me liga amanhã?

— Pode apostar.

— E... Lissa?

— Hummm?

— Pense no que eu disse, certo?

— Vou pensar. Amo você, Josh.

— Amo você também.

Desligo e suspiro. Pensamentos com a visão de Liam flutuam pelo meu cérebro. É tentador. Muito tentador. Vou à agenda de contatos e busco o número dele. Ao lado, a foto que ele tirou na noite em que nos conhecemos. Aquela em que ele me beijou tão profundamente que senti arrepios no corpo inteiro.

Quando Liam partiu, enviei mensagens de texto esporádicas, apenas para saber se ele estava bem. Tentei mantê-las casuais e amistosas, mas de algum modo elas fizeram eu me sentir mais próxima dele. Liam nunca respondeu. Não com mensagens de texto, quero dizer. Na primeira vez em que ele me ligou, entrei em pânico e deixei cair na caixa postal. Ele deixou uma mensagem. Ouvir sua voz amenizou um pouco a saudade e a aumentou ao mesmo tempo.

Digito o número da minha caixa postal. Fico com vergonha do quanto escuto essas mensagens. Quando as ouço, posso quase imaginar que ele está comigo.

Oi, Elissa. Como você está? Recebi suas mensagens de texto. Não sou muito bom de responder essas coisas, então pensei em ligar pra você. Cheguei a Los Angeles em segurança. Depois de quase seis horas em um avião, queria matar alguém. De preferência o cara que garantiu que qualquer um com mais de um metro e oitenta tivesse que se dobrar como um pretzel para caber naquelas poltronas econômicas estúpidas. Acho que o imbecil era sádico. É a única explicação lógica. De qualquer maneira, vou tentar achar um apartamento amanhã. Com meu orçamento, vou ter sorte se achar algo com água encanada e eletricidade, mas farei o meu melhor. Você já está na Grove? Está sobrevivendo, morando com seu irmão? Certo, melhor eu ir. Espero que você esteja bem. Ligue pra mim uma hora dessas. Adoraria saber de você.

Uma semana depois, liguei de volta. Ele também não atendeu, e deixei um recado na caixa postal. Contei sobre meu curso, sobre a tortura que era viver com Ethan. Tudo e nada. Depois daquilo, caímos em um ciclo. Mensagens gravadas se tornaram nosso jeito de manter contato sem a pressão de uma conversa de verdade. Funcionou para ambos. Espantou a tentação de dizer as coisas em tempo real que fariam de nossa separação algo ainda mais doloroso. Ou, ao menos, foi assim que começou.

Ei, Liss. Estou sentado aqui pensando em você. Pensei em ligar rapidinho. Tenho meu primeiro teste hoje. Estou nervoso pra caramba. Por favor, diga que fica mais fácil. Espero que você esteja bem.

Liss! Consegui uma campanha nacional para a Coca-Cola! Não é Shakespeare, mas é um começo. Agora posso finalmente comprar comida de verdade e pagar meu aluguel em dia. Venci!

Há uma pausa e uma mudança de tom.

Se você estivesse aqui, eu te levaria pra comemorar. Espero que você esteja bem.

Entendeu? Casual. Fácil. Legal. Eu sempre respondia.
Mas, um dia, o tom de voz de Liam nas mensagens começou a mudar.

Ei, Liss. Eu meio que gostaria de te encontrar um dia pra que pudéssemos ter uma conversa de verdade, mas sei que isso me faria querer pular no primeiro avião pra casa. Sinto sua falta. E de Nova York. Los Angeles está me enlouquecendo, e Hollywood é... desafiadora.

Ele faz uma pausa.

A única coisa que não me deixa fugir é saber que vamos estar juntos novamente um dia. Não tenho dúvidas a respeito disso. Deixe uma mensagem quando puder. Sinto saudade da sua voz. Bem, sinto falta de tudo em você, mas ouvir sua voz faz eu sentir menos a sua falta. Espero que você esteja bem. Tchau.

A partir daquele dia, minhas mensagens também ficaram mais queixosas. Mantinha o mesmo teor — a vida na Grove, meu irmão e sua vida amorosa trágica, peças em que eu estava trabalhando, e assim por diante. Mas também demonstrava que sentia falta dele. E expressar aquilo em palavras tornava a distância entre nós ainda mais dolorosa.

Então, alguns meses depois, recebi isto:

Oi, Liss, minha Bliss, minha bênção. Viu o que fiz? Rimei seu nome com "alegria" em inglês!

A voz dele está baixa e me dá formigamentos.

Tomei algumas cervejas, mas não estou bêbado. Só... sinto sua falta. Fico esperando que ficar longe de você se torne mais fácil, mas não fica. Pelo contrário, está ficando pior. Não consigo parar de pensar na nossa última noite juntos. Em como foi bom quando pus as mãos em você. Melhor ainda quando você pôs as mãos em mim. Você se lembra? Não consigo tirar isso da cabeça. Sentir você. Os sons que você fez. Cara, só de pensar nisso fico muito excitado.

Ouço um gemido baixo e aperto os olhos.

Adoro ouvir suas mensagens. Sua voz. Adoro ouvir você dizendo meu nome. Repito essa parte várias vezes. Patético, né?

Ele deixa escapar uma risadinha baixa.

Sim. Patético. De qualquer forma, algumas coisas grandes estão acontecendo aqui agora, mas não quero dar azar e contar tudo antes de se realizarem. Espero ter boas notícias da próxima vez que nos falarmos.

Há uma pausa, e posso ouvi-lo respirar.

Certo, bem... é tudo que eu queria falar, acho. Ah, e mais uma coisa. Estou apaixonado por você. Estive por muito tempo. Nada importante.

Ele faz uma pausa e dá um suspiro.

Merda. Prometi a mim mesmo que não diria isso até vê-la pessoalmente, mas acho que estou impaciente e, droga... Quero que você saiba. Não sou idiota. Tenho certeza de que há homens se jogando aos seus pés aí na Grove, e o pensamento de alguém que não eu fazendo amor com você me deixa louco. Não quero que você saia com outros homens. Quero que você saia comigo. Infelizmente, a geografia atrapalha, então acho que estou ferrado.

Ouço-o tomar um gole de sua bebida e engolir.

Certo, agora que eu vomitei mais coisas do que desejava, é melhor desligar. Não quero que você pense que estou tentando pedir algo que não posso ter ao dizer a palavra com A. Não estou mesmo. E certamente não espero que você fale o mesmo. Na verdade, por favor, não fale. Falar essas palavras só porque alguém disse é vazio. Se e quando você disser pra mim, quero olhar nos seus olhos e saber que realmente quer dizê-las. Porque tenho certeza do que disse. Você nem mesmo entende o quanto. Espero que você esteja bem. E sentindo saudade de mim. Amo você. Tchau.

Todas as vezes em que o ouço dizendo isso, fico tão inebriada quanto da primeira vez. É claro que eu liguei para ele na mesma hora para lhe dizer que sentia o mesmo, mas quando o sinal para gravar soou, não pude continuar e dizer aquilo para uma máquina. Em vez disso, pedi que ele me ligasse o mais rápido que pudesse para conversarmos direito. Ele não ligou. Na verdade, as minhas três mensagens seguintes pedindo-lhe que ligasse também ficaram sem resposta.

Agora não tenho ideia de onde estou. Será que ele está com vergonha de ter dito que me amava? Ou será que percebeu que foi a bebida e a saudade que falaram mais alto? De qualquer maneira, sinto como se estivesse em um limbo. E até eu falar com ele — ele, ao vivo —, não vejo como essa situação pode mudar.

Respiro fundo enquanto meu dedo passeia sobre o número dele. Que se dane. Vou continuar ligando até que ele atenda. De um modo ou de outro, vamos conversar hoje. A adrenalina corre pelas minhas veias quando decido. Fico de pé, jogo minha bolsa nos ombros e começo a caminhar. Tento expelir a energia ruim quando aperto o número dele.

Bato os dedos na coxa quando a ligação completa e começa a chamar, uma vez... duas... três vezes. Depois da sexta chamada, ela cai na caixa postal. Eu desligo e ligo de volta.

Ligo mais três vezes e cai na caixa postal, mas na quarta tentativa ele atende.

— Liss? O que foi? Você está bem?

O alívio que sinto quando ouço a voz dele é tão intenso que meus joelhos fraquejam.

— Liam. Ei. Oi. Estou bem. Só precisava falar com você. Você de verdade. E... uau. Estou bem.

Eu o ouço expirar.

— Eu... Meu Deus, Liss. É bom ouvir sua voz.

— Você também. Sua voz, quero dizer. Eu... ah... não acredito que estou falando com você. — Estou tão nervosa que minha saliva secou. — Como você está?

— Bem. E você?

— Bem. — Balanço a cabeça quando chego às escadas que dão na fonte. Nunca me senti estranha com ele antes. Por que comecei a me sentir assim agora? — Como estão as coisas? Não sei de você há um tempo. Quer dizer, tentei algumas vezes. Queria que você soubesse o quanto eu amei sua última mensagem. Eu *amei*. Realmente. Por que você não me ligou de volta?

Há uma pausa.

— Sim, sinto muito sobre isso. Estou enlouquecidamente ocupado. Na verdade eu já venho querendo ligar. Eu... ah, consegui um filme. Bem, uma franquia, na verdade.

Meu coração dá um pulo.

— O quê?! Sério? Me conte tudo.

— Eu fiz uma audição com eles logo que cheguei aqui. Eles me obrigaram a fazer mais ou menos vinte testes desde então, mas, alguns meses atrás, eles me disseram que eu tinha conseguido. Você já ouviu falar de *Rageheart*?

Eu paro subitamente no caminho.

— Você está brincando? Eu li o roteiro quando vazou na internet. Por favor, me diga que você vai interpretar Zan. Ah, cara, pensando bem, não. Ele já é sexy demais. Se você vai interpretá-lo, vai ser um desastre para as mulheres por aí, e para mim em particular. Certo, espere. — Respiro fundo. — Acabe comigo gentilmente.

Ele dá uma risadinha.

— Vou interpretar Zan.

Dou um gritinho e um pequeno pulo. Não me lembro de ter feito isso antes, mas essas são notícias pela qual vale a pena dar um gritinho.

— Liam, isso é incrível! Estou tão feliz por você! É isso! Sua grande estreia para ser um superastro. — À medida que desço as escadas, faço uma pausa para assistir a um grupo de pessoas caminhando em volta da fonte, e fico imaginando o que está acontecendo. Conhecendo Nova York, alguém está filmando aqui. É um acontecimento diário.

No celular, ouço Liam suspirar.

— Tudo aconteceu tão rápido que minha cabeça está girando. Já estamos ensaiando e divulgando para a imprensa.

— Quem vai interpretar Areal?

Ele faz uma pausa.

— Ah... Angel Bell.

Eu franzo a testa.

— Sério? Não sabia que ela era atriz. Pensei que a profissão dela fosse apenas ser uma pessoa famosa.

Leisa Rayven

— Ela fez alguns filmes pequenos recentemente e acho que alguém pensou que ela está pronta para as grandes produções.

— Bom, isso faz de vocês uma dupla. Vocês vão ficar incríveis juntos. As pessoas vão enlouquecer.

Ele faz uma pausa.

— Ouça, Liss, tem algo que eu quero falar pra você.

— Tenho algo pra falar pra você também. Foi por isso que liguei.

— Certo.

— Desde quando recebi sua última mensagem, tenho desejado dizer a você... Bem, preciso que você saiba disso... — Conforme me aproximo da fonte, vejo um grupo de pessoas se acomodando para uma sessão de fotos. Bem na ponta, vejo as costas de um modelo particularmente bonito. Todo meu corpo enrubesce quando o vejo.

Oláááá, bonitão.

Franzo a testa. Aquelas costas são incrivelmente familiares.

— Espere, Liam. Onde você está?

— Ah... falando com você no telefone.

— Sim, mas onde? Em Los Angeles?

— Na realidade, não. Estou de volta a Nova York para o final de semana. Tenho uma sessão de fotos para uma revista de entretenimento. Tão estranho.

— Você está fotografando no Central Park?

Ele faz uma pausa.

— Sim. Como você sabe?

Dou um sorriso.

— Vire-se e olhe pra cima, pro meio da escada.

Ele se vira e varre a multidão atrás dele. Quando me vê, seu rosto demonstra tantas emoções que tenho dificuldade de decifrá-las. Finalmente, ele me dá o sorriso mais brilhante que eu já vi. Liam caminha até mim e eu vou ao seu encontro, e quando chego ao pé da escada, me jogo em seus braços. Juro que ambos paramos de respirar quando nos envolvemos no abraço mais apertado do mundo.

— Liss. — Não é nem mesmo uma palavra. Só um suspiro.

— Ei, você. — Estou tão feliz que poderia chorar. Ele é tão bom quanto eu me lembrava. Cheira até melhor. Passo meus dedos por suas costas enquanto ele respira contra meu pescoço. — Meu Deus, eu senti tanto sua falta. Muito. Mais do que devia.

— Eu também. Não acredito que você está aqui. E que eu estou aqui. — Ele se afasta e balança a cabeça sem olhar para mim. — Nos encontrarmos ao acaso no meio do Central Park? Sim. Parece que era assim que tinha que ser. — Ele espia por cima do ombro, e então olha de novo para mim. — Olhe, nós estamos prestes a começar a fotografar, mas eu... eu realmente preciso falar com você. Você pode me encontrar em algum lugar? Depois?

— Claro. Me ligue quando acabar. Estarei por perto.

— Certo. Claro.

Liam mexe os pés e fica claro que não quer ir. Não quero que ele vá também. Depois de ficarmos separados por tanto tempo, tê-lo por perto é viciante. Ele estuda meu rosto, como se estivesse tentando descobrir o que fazer. Realmente quero que ele me beije, mas entendo que está trabalhando. Posso esperar até ficarmos sozinhos.

— Sr. Quinn? — Nós nos viramos para ver um garoto magricela em uma calça skinny e de tênis vagando por ali. — Estamos quase prontos para o senhor.

— Obrigado. Já estou indo. — O garoto desaparece, e quando Liam se vira para mim, seu rosto está mortificado.

— Sr. Quinn, hein?

Ele me dá um sorriso amargo.

— Sim. Odeio isso.

— Bem, acostume-se. Não vai demorar muito até que todos te chamem assim.

Espero ele sorrir, mas ele não faz isso. Liam pega minha mão e murmura:

— É melhor que eu vá.

— Liam, espere. Só preciso que... — Dou um passo à frente e olho para ele. — Podemos falar mais disso quando você acabar, mas só quero que você saiba que... — Isso teria sido muito mais fácil pelo telefone.

Leisa Rayven

Fico toda excitada quando estou perto assim dele e ele me olha com aqueles olhos incríveis. Olho de relance para os dedos dele entrelaçados aos meus e sou atingida pela mesma sensação de certeza que sempre tenho quando nos tocamos. Nossas mãos parecem perfeitas juntas. *Sinto-as* perfeitas. Ver aquilo me ajuda a encontrar as palavras. — Sei que dissemos que não faríamos a coisa a distância, mas... Não consigo parar de pensar na sua última mensagem e você precisa saber que eu...

— Liss, você não precisa...

— Espere um pouco, só me deixe dizer isso antes de eu perder a calma, certo? — Inspiro e olho para ele. — Nunca conheci alguém como você e duvido que vá conhecer. Recentemente cheguei à conclusão de que a vida é curta demais pra não ser passada com pessoas que amamos e... eu amo você. — Dou risada e balanço a cabeça. — Uau, é estranho dizer isso em voz alta. Mas não estou dizendo só porque você disse. Sei que fazer as coisas darem certo quando estamos tão distantes um do outro será difícil, mas... eu quero tentar. Se você quiser.

O maxilar dele enrijece, e se eu não o conhecesse melhor, pensaria que estava à beira das lágrimas. As mãos dele se fecham e se abrem em torno das minhas, e eu observo seu rosto enquanto ele engole com dificuldade.

— Liam?

— Liss, eu...

O assistente de produção aparece de novo, mais nervoso do que antes.

— Sr. Quinn. Nós realmente precisamos que o senhor venha. Por favor, senhor.

Liam se vira para olhá-lo.

— Estarei lá em um segundo. — A expressão dele faz o garoto sair correndo. Quando Liam se vira para mim, seu rosto ainda está duro. — Desculpe, preciso ir. Falaremos mais tarde, certo?

— Certo.

Meu coração está disparado em meu peito. Não é assim que vejo a minha primeira declaração de amor acabando. Pensei que certamente Liam diria a mesma coisa e então faríamos um sexo enlouquecedor, ou ao menos um beijo de se contorcer. Isso não é... Não é o que imaginei.

Liam se inclina e gentilmente roça os lábios em meu rosto. Fecho os olhos e estremeço.

— Ligo pra você mais tarde — sussurra ele.

Concordo, e então ele me deixa e retorna para a fonte. Quando chega lá, o fotógrafo o chama e uma ruiva bonita aparece ao seu lado. Ah. *Angel Bell.* Caramba, ela parece uma deusa.

Algo desagradável incendeia meu estômago. Fica mais forte quando ela e Liam assumem suas posições, e Angel agarra seu braço possessivamente.

O fotógrafo tira as fotografias e dá instruções em voz alta, e Liam e Angel se movem, em várias poses íntimas. Quando o fotógrafo vai até eles e conversa com os dois, as poses ficam muito mais sexy. A camisa de Liam está desabotoada. As mãos de Angel estão em seu tórax e abdome. Ele olha para ela como se quisesse devorá-la.

— Você o conhece?

Eu me viro e vejo um homem com cabelo oleoso e cavanhaque parado ao meu lado. Ele está segurando uma das maiores câmeras que já vi.

Caramba, cara. Você está compensando o que com esse tamanho todo?

— Desculpe, o quê?

— Liam Quinn. Eu o vi conversando com você. Vocês são amigos? Família?

Eu me viro e vejo Liam agarrando Angel, puxando-a para perto de si.

— Amigos.

Por enquanto. Em breve, espero que sejamos bem mais que isso.

O homem levanta sua câmera enorme e tira algumas fotos.

— Há algo que você possa me contar sobre ele e sua parceira? Quando começaram a namorar? Eles já se conheciam antes de conseguirem o filme?

Olho para ele bruscamente.

— Repórter?

Ele dá de ombros.

— Um tipo de repórter, sim.

— Então você está mal informado. Eles não estão namorando.

Ele ri. Não é um som agradável.

— Você não vê seu amigo há um tempo, não é? Eles estão namorando, sim. Bem, "trepando" seria uma palavra melhor pra isso. Desculpe o linguajar.

Meu estômago se contrai.

— Por que você pensa isso? Eles trabalham juntos. É só isso.

Ele sorri, mostrando os dentes manchados de nicotina, então olha em volta, como se conferisse que ninguém nos observa.

— Não deveria lhe mostrar isso, mas que se dane. Vai sair amanhã e todos vão saber de qualquer modo. Já vendi esses bebês para quatro revistas de circulação nacional e para três sites. Não há nada como artistas sexys trepando até cansar pra aumentar a audiência. — Ele mexe nos controles da câmera. — Um amigo me deu a dica de que Quinn seria o próximo queridinho de Hollywood, então comecei a segui-lo há algumas semanas. Parece que ele e a companheira tem estado bem ocupados conhecendo um ao outro.

Ele vira a câmera para que eu veja a tela, então passa as fotos. Meu rosto arde de calor. Eu me sinto mal. Há dúzias de fotos de Liam e Angel juntos. Olhando um para o outro amorosamente. Beijando-se por sobre uma mesa de almoço. Na porta do apartamento dele, depois de terem obviamente passado a noite juntos.

Minha cabeça lateja enquanto a náusea me atravessa. Olho para o outro lado. O homem dá uma risadinha e me entrega seu cartão.

— Então, sim. A história sobre esses dois está prestes a sair, com barulho. Se você tiver algum podre dele e quiser vender, faço valer a pena. Ele nunca saberá que veio de você.

Quando ele põe o cartão na minha mão, a humilhação toma conta de meus ossos. Ele disse que me amava. Que sentia minha falta. Que alguns atores poderiam se apaixonar por suas colegas de cena, mas ele nunca faria isso. E eu acreditei nele.

Caí em cada uma das cantadas dele e implorei por mais. Realmente sou de uma safra especial de idiotas. Parte de mim está estarrecida, mas a outra não está nem um pouco surpresa por ter acontecido novamente. Claro que aconteceu.

Olho de novo para Liam e Angel, ainda se agarrando em frente à câmera. Os olhos de Liam piscam para mim e eu vejo aquilo — o exato momento em que ele percebe que eu sei. Seu rosto se desfaz e fica nublado com a culpa, e então um olhar de tristeza indescritível se acomoda em seus traços. O fotógrafo grita alguma coisa e Liam olha de relance para ele, antes de se voltar para mim.

Enquanto o encaro, meus olhos brilham com lágrimas quentes, mas me recuso a deixá-las cair. Estou com tanta raiva que estremeço. Mais do que tudo, estou brava comigo mesma. Sabia os riscos de me apaixonar por ele e ainda assim deixei acontecer.

Eu *mereço* isso. É tanto minha culpa quanto dele.

Quando não suporto mais olhar para ele, me viro e vou embora. Ouço Liam gritando meu nome, mas não paro. Para quê?

Tudo dói enquanto caminho, e eu amaldiçoo a mim mesma por querer voltar correndo e lhe implorar que mude de ideia. O que há de errado comigo? Será que sou tão pouco digna de ser amada assim? As lágrimas brotam novamente e eu tensiono cada músculo para impedir que a emoção me assole.

Talvez eu só devesse passar o resto de meus dias com Josh, e fazer sexo casual com outros caras. Talvez não exista um homem lá fora que me ame o bastante para querer meu corpo *e* meu coração.

Quero negar que amo Liam, para que não doa tanto, mas não consigo. Não acho que amava os outros caras que me deram o fora, mas ele... Com todas as minhas reclamações sobre o destino, parecia que ele tinha sido feito para mim. Por que o único que eu *realmente* quis não poderia me querer de volta?

Enxugo os olhos, frustrada. Meu rosto está quente com a humilhação e a vergonha, e estou tão farta que tudo o que desejo fazer é me enrolar como uma bola e fechar os olhos.

Estou quase na estação de metrô quando meu celular dá um alerta de mensagem. Eu paro quando vejo que é de Liam. Fico encarando-a por um longo tempo.

Esperava que ele mandasse a merda usual: "Não é você, sou eu". Ou: "Queremos coisas diferentes". Ou a minha favorita: "Acho que é melhor sermos amigos". A mensagem que encaro não tem nada dessas coisas. Só diz, simplesmente: "Sinto muito". Sem negação. Sem desculpas.

Não sei por que essas duas palavras quebram meu autocontrole, mas elas conseguem. Desabo no meio da calçada e choro de um jeito que nunca chorei antes. É feio, e cada soluço despedaça meu peito. E mesmo sabendo que as pessoas estão me encarando, não consigo parar. Anos atrás, vi um artigo de revista que dizia que todo mundo deveria ter o coração partido ao menos uma vez para se transformar em uma pessoa melhor. Dizia que a dor de perder alguém que se ama faz você aprender sobre si mesma. Desenvolve força e resiliência.

Quem quer que tenha escrito esse artigo pode ir se foder.

A dor de um coração partido não te ensina a ser forte. Ela te ensina a proteger sua fragilidade. Ensina você a temer o amor. E desenha um grande círculo vermelho em todas as ocasiões em que você falhou como ser humano, e ri, enquanto você chora.

Não sei por quanto tempo fico lá parada, chorando, mas depois de longas horas todas as minhas lágrimas se vão e eu desabo em um banco próximo, enquanto tento me controlar. Há uma dor profunda e furiosa em meu peito, e eu imagino por quanto tempo terei de conviver com ela.

Quando as sombras começam a se alongar e as luzes da rua se acendem, fico de pé e vagarosamente me dirijo para casa.

Pelo menos ter o coração partido por Liam Quinn me ensinou uma coisa: aprendi que nunca mais quero me sentir assim por nenhum homem.

capítulo nove
DIAS ATUAIS

Hoje
Salas de ensaio do Píer 23
Nova York

Na manhã depois que conto tudo sobre Liam para Josh, me sinto melhor. Até aquele momento nunca me permiti chorar a perda de Liam, e talvez fosse por isso que eu não conseguia tirá-lo do meu coração. Talvez Josh estivesse certo. Eu deveria ter confiado nele e contado tudo o que aconteceu anos atrás. Ele ainda tem dúvidas sobre minha capacidade de manter minha vida pessoal e profissional separadas, mas eu o tranquilizei. Fui submetida a inúmeras fotos de Liam e Angel ao longo dos anos. Estou praticamente impassível ao casal agora.

Ainda estou arrumando a sala de ensaios quando o ruído das fãs fica mais intenso lá fora, na rua. Como aconteceu ontem, a chegada do casal de ouro é anunciada por uma escalada ensurdecedora de gritos. A diferença é que, quando entram a passos largos na sala hoje, eles estão acompanhados por uma enorme quantidade de pessoas que não estavam aqui ontem. Duas equipes de câmera, um rapaz que parece ser técnico de som, um assistente de produção cheio de espinhas e, fechando o cortejo, uma produtora que parece incomodada por não ter uma noite de sono decente há três dias.

Eles gravitam em torno das estrelas como ansiosos planetas humanos. Marco se adianta até a mesa de produção, seguido de perto pela nossa publicitária, Mary. É uma mulher pequena, serva do botox, que se parece com o gato que engoliu o canário, enquanto Marco se parece com um assassino em série que está prestes a esfolar as pessoas vivas.

— Grande notícia, equipe! — anuncia Mary com entusiasmo, uma marca registrada dela. — Como discutido anteriormente, a partir de hoje e até a estreia da peça, vamos filmar o novo reality show de Liam e Angel, *Angeliam: Um romance de conto de fadas*.

Eu tremo ao ouvir o apelido que a mídia deu ao casal. *Angeliam?* Isso é mesmo necessário? Soa como um creme antifúngico: *Minha virilha nojenta costumava coçar até me enlouquecer, mas, agora, com uma aplicação generosa de Angeliam, eu quase não me coço mais.*

Mary se vira para mim.

— Elissa, dá pra você manter o cronograma da filmagem em dia? Você tem a lista de tudo que eles precisam, não tem?

— Sim. Tudo sob controle.

— Marco contará com você e Josh para assegurar que o ritmo dos ensaios sofra o mínimo possível de interrupções.

— Eu vou cuidar disso.

Sabemos, há algumas semanas, que esse reality show é uma ameaça em potencial aos nossos ensaios, e ainda que Marco tenha odiado a ideia, relutantemente ele concordou que é uma ótima publicidade para a peça. Diferente da maioria dos reality shows, que são produzidos com meses de antecedência, este é exibido aos sábados e domingos, após ter sido filmado durante a semana. Suspeito que é por isso que a produtora parece tão exausta. Deve ser um pesadelo editar dezenas de horas de imagens para transformá-las em algum tipo de narrativa que pareça remotamente interessante.

Em meio a todo o caos, Liam e Angel conversam calmamente em um canto, abraçados. Como eles podem parecer tão naturais, sem um pingo de afetação, quando há câmeras a poucos metros de distância apontadas para seus rostos. Jamais entenderei.

Ouço Angel dizer:

— Eu amo você, baby, e não posso esperar pra finalmente ser a sra. Quinn. — Liam sorri para ela com adoração, então a beija ternamente. A parte de mim que ainda o ama desfalece. Lembro de como era ser beijada assim.

— Elissa? — diz Mary.

— Hummm?

— Eu também preciso de você pra garantir que todos na sala de ensaio assinem os formulários de liberação de imagem. Isso inclui toda a nossa equipe.

Ao meu lado, Marco geme. Por mais exibicionista que ele seja, não tem nenhum desejo de aparecer na TV. Eu sei como ele se sente. Josh, por outro lado, mal pode esperar. Ele acredita que seu carisma natural e sua personalidade cativante — palavras dele — vão atrair multidões de fãs em sua direção. Conhecendo Josh, ele provavelmente está certo.

Assim que os membros da equipe técnica tiverem assinado os termos, pedirei que o elenco faça o mesmo, e então Marco pode começar. Na maior parte do tempo, a equipe de filmagem fica fora do nosso caminho, mas sempre temos interrupções, já que eles seguem Angel e Liam como sombras.

Na hora do almoço, estou fixando o cronograma de filmagens no quadro de avisos quando sinto uma presença atrás de mim. Viro para ver Angel ali, sorrindo docemente. Uma equipe de filmagem está ao seu lado.

— Ei, Elissa.

Olho para a câmera. Ai, meu Deus, como isso é estranho. Tenho dito a todo mundo para ignorar a câmera e agir com naturalidade, mas é mais fácil dizer do que fazer.

— Ah... sim, srta. Bell. Posso ajudar?

Ela olha por cima do ombro.

— Desculpe a turma atrás de mim. Você se acostuma depois de um tempo.

— Vou ter de acreditar na sua palavra. O que posso fazer para ajudá-la?

— Ah, nada, na verdade. Eu só vim para dizer oi. Ontem foi uma confusão, não consegui conversar com a equipe. Mas acho que estamos todos juntos nisso pelos próximos meses, de modo que devemos ao menos tentar conhecer uns aos outros.

Com o canto do olho, vejo Liam de pé perto do bebedouro. Parece preocupado. Já lhe garanti que não vou contar a ela sobre nós. O que mais poderia preocupá-lo?

Eu me obrigo a sorrir para ela.

— Claro. Sinta-se à vontade pra me perguntar qualquer coisa, srta. Bell.

— Ah, por favor. É Angel. Bem, é Angela, mas só meu pai me chama assim. Então me diga, o que faz exatamente uma diretora de palco?

— Bem, ela faz as engrenagens da peça funcionarem — diz Liam, caminhando em nossa direção com sua própria equipe de filmagem a tiracolo. — Cada etapa da direção, cada troca de figurino, mudanças na cenografia, orientação para os contrarregras, cronograma da iluminação e da trilha sonora da peça... Tudo isso é supervisionado pelo diretor de palco. Depois que Marco terminar de idealizar a direção da peça, Elissa vai fazer isso acontecer todas as noites.

Angel enrosca seu braço no de Liam, mas mantém os olhos em mim.

— Uau, parece ser uma enorme responsabilidade. Você deve trabalhar sob muita pressão.

Eu concordo.

— Ah, a pressão não me incomoda.

— Não seja modesta — diz Liam. — Elissa trabalha incrivelmente bem sob pressão. Nunca vi alguém com tanta capacidade de concentração, mesmo quando todo mundo à sua volta já perdeu a cabeça.

Angel acaricia o bíceps dele.

— Querido, devemos levar Elissa pra jantar uma noite dessas, não? Vocês dois provavelmente têm algumas histórias surpreendentes sobre a peça que fizeram juntos. Eu adoraria ouvir sobre o começo da sua carreira. Você nunca fala sobre isso.

Antes que Liam possa dizer alguma coisa, Angel se vira para mim.

— O que você me diz, Elissa? Seria divertido, não? Além disso, qualquer amiga de Liam é minha amiga.

Abro a boca para dizer que Liam e eu nunca fomos amigos, mas a expressão em seu rosto me impede. Em vez disso, digo:

— Claro. Isso seria bom.

Considerando as ordens de Marco para manter nossas estrelas felizes custe o que custar, acho que não tenho escolha a não ser concordar.

— Sr. Quinn? — Josh se planta ao meu lado. — Marco está pronto para o senhor. — Seu tom é menos amigável do que o habitual, mas se Liam percebe, não demonstra. Josh se vira para Angel. — Srta. Bell, estarei de volta para buscá-la em poucos minutos.

Angel sorri para ele.

— Obrigada, Josh.

As orelhas de Josh ficam cor-de-rosa. Eu me pergunto se isso vai acontecer cada vez que ele falar com ela.

Liam faz menção de se afastar, mas antes que possa, Angel puxa-o pelo braço.

— Vejo você em breve, querido. — Ela fica na ponta dos pés para lhe dar um beijinho casto. As equipes de filmagem disputam espaço para conseguir a melhor tomada do encontro dos lábios.

Quando Liam se afasta, ele olha para mim por um milésimo de segundo antes de voltar sua atenção para Angel.

— Vejo você em breve.

Josh acompanha Liam e sua comitiva para a sala de ensaio, me deixando sozinha com Angel.

— Então, Elissa, há quanto tempo você e Josh estão juntos?

— Dez anos.

Ela fica boquiaberta.

— Uau. Vocês começaram a namorar quando eram crianças?

Eu rio.

— Somos melhores amigos desde o ensino médio. Não estamos romanticamente envolvidos.

— Sério? Mas Denise disse que vocês moram juntos.

— Nós moramos, sim. Mas não dormimos juntos.

— Ah. Desculpe. Eu imaginei que... — Ela faz um gesto vago.

— Por favor, esqueça isso. É ótimo que vocês dois sejam capazes de trabalhar e viver juntos. Ter alguém que entende como é o estresse do seu trabalho é algo inestimável, né? Nem sei como seria minha vida se eu não tivesse Liam pra me manter centrada. Quando a loucura fica demais, ele sabe exatamente como me acalmar.

Claro que sabe. Ele é esse tipo de homem.

— Eu posso imaginar que sua vida pode ficar frenética às vezes, mas tenho certeza de que você o ajuda tanto quanto ele te ajuda. É ótimo que vocês tenham um ao outro. — Digo a frase toda quase sem gaguejar, apesar do meu ciúme.

Angel sorri para mim, e quando eu lhe retribuo o sorriso, ela me surpreende me envolvendo em seus braços e me dando um inesperado abraço apertado.

— Você é muito querida, Elissa. Obrigada. — Ela me abraça mais alguns segundos e, então, Josh aparece para levá-la para o ensaio.

Assim que Angel se afasta, corro as mãos pelo meu cabelo.

Bem, isso foi surreal.

Por mais que eu adorasse odiar Angel Bell, há algo interessante nela. Ela é calorosa e amigável, e olha para mim de uma forma que me faz acreditar que está interessada no que tenho a dizer.

Como se não bastasse essa situação com Liam ser muito esquisita, gostar da noiva dele torna tudo ainda mais estranho.

— Então... — diz Angel, acomodando-se na cadeira ao lado da minha mesa. — Quando estávamos saindo da casa noturna, esse idiota começa a incomodar Liam. Quero dizer, o cara era baixinho, mal chegava à altura do peito de Liam, qualquer ventinho o levaria para longe, mas ele estava bêbado, então acho que pensou ser uma boa ideia bancar o valentão com alguém que tem o dobro do seu tamanho.

Eu deveria estar trabalhando, mas Angel havia adquirido o hábito de se instalar em minha sala todos os dias na hora do almoço e me distrair com suas histórias. Eu amo e odeio esses pequenos vislumbres sobre sua vida com Liam. Minha vida parece incrivelmente chata em comparação.

— O que Liam fez? — pergunto.

— Bem, Liam tenta se afastar, mas o idiota continua gritando na cara dele. Ele está lá falando sobre como acha *Rageheart* uma droga e que Liam é um viadinho. Bem, Liam é um cara muito paciente a maior parte do tempo, mas eu podia sentir sua raiva cozinhando em fogo brando. Então o cara começa a me insultar, e me chama de vagabunda sem talento e outras coisas do tipo, e continua a me insultar, falando alguma coisa sobre meus peitos falsos. E é aí que Liam explode. Ele agarra o sujeito pelo colarinho com uma expressão assassina. Então ergue o cara até que esteja bem perto do seu rosto e diz: "Sinta-se à vontade pra ignorar este aviso, considerando que sou um viadinho, mas se você disser mais uma palavra sobre Angel, vou arrancar seus braços. Fui claro?". — Ela ri e se recosta na cadeira. — O sujeito fica branco como um papel, e quando Liam o coloca de novo no chão, ele quase cai. Então Liam o ajuda a recuperar o equilíbrio e, em seguida, lhe dá um maço de notas, pedindo desculpas por arruinar sua camisa. O cara fica lá com a boca aberta antes de cair em prantos.

— Meu Deus.

— Sim. Eu gostaria de dizer que essa foi uma noite atípica para nós, mas realmente não foi. Parece que um monte de gente nos ama e nos odeia. Ou odeia nos amar, e ama nos odiar. É uma loucura. Estamos acostumados a isso.

Eu balanço a cabeça.

— Não imagino como você lida com isso.

Angel dá de ombros.

— Prática. E drogas pesadas.

Quando Angel vê minha expressão, começa a rir.

— Só estou brincando.

Suspiro aliviada antes que ela complete:

— Não uso crack há noventa dias. Está tudo bem. Quase nem sinto falta.

A sinceridade com que ela diz isso me faz rir ainda mais. Estou surpresa em notar quantas vezes rio quando estou com Angel. Realmente gosto de sua companhia. Tenho sido a melhor amiga de Josh por tanto tempo que me esqueci de como é ser amiga de uma garota.

Ela cruza as pernas e ergue a cabeça.

— Então, eu estava pensando...

Pisco e faço uma cara séria.

— Eu deveria ficar preocupada?

— Você é uma gracinha. — Ela revira os olhos. — Eu estava pensando que deveríamos jantar juntas. Hoje à noite.

— Ah, Angel... — Estremeço. — Eu não acho que...

— Vamos, Elissa, por favor. Reservei uma mesa privada pra nós no Lumiere, e considerando que o lugar geralmente requer reservas com meses de antecedência e uma comprovação de renda anexada, isso não foi nada fácil de conseguir. Nós realmente queremos que você venha.

— Nós?

— Liam e eu.

Evidentemente, Angel não percebe que seu noivo vem me evitando há uma semana.

— Liam concordou com isso?

— Claro. Ah, e leve seu namorado.

Ela me pega de surpresa.

— Liam disse que você está namorando alguém. Leve-o. Por favor. Liam e eu estamos exaustos da companhia um do outro. Vamos enlouquecer se não interagirmos com pessoas de verdade pra variar.

— Então vocês costumam sair com amigos imaginários?

Ela balança a cabeça.

— De verdade quer dizer *normais*. Não atores, ou bajuladores, ou malucos de Hollywood.

Estou prestes a vasculhar meu cérebro atrás de uma desculpa razoável, quando ouço uma batida na porta.

— Entre.

Liam entra em minha sala e prende a respiração por um segundo quando vê Angel.

—Ah... Oi! Achei mesmo que era a sua voz.

Ela acena com a cabeça para ele.

— Amor da minha vida, olá.

Ele olha para mim, depois de volta para ela.

— O que você está fazendo aqui?

— Batendo papo. Falando sobre você. Torturando Elissa. Você sabe, o de sempre. Estou tentando convencê-la a jantar conosco. — Angel se levanta e vai até Liam. — Por favor, diga a ela que não adianta resistir. Ela parece pensar que tem escolha. — Antes que ele possa dizer alguma coisa, o celular de Angel toca. Ela olha para ele, depois para mim. — Preciso atender. Volto logo. Faça aqueles olhos de cachorrinho, Liam, e diga a Elissa que ela precisa se juntar a nós. — Ela atende o celular. — Papai! Como o senhor está?

Angel sai para conversar no corredor, deixando-nos, Liam e eu, trocando olhares constrangidos. Ele olha para longe e enfia a mão no bolso. Essa é a forma como Liam tem agido durante toda a semana. Ele evita olhar para mim sempre que possível, e dirige-se a Josh quando tem perguntas ou comentários a fazer, procurando não me abordar diretamente. Talvez seja melhor assim. No meu cérebro, *O melhor de Liam Quinn*, um filme pornográfico, está sempre em stand by, e toda vez que estamos a sós, o filme começa a rodar.

— Ela é uma coisinha insistente, não é? — digo, e ajeito atrás da orelha as mechas que insistem em escapar do meu rabo de cavalo.

Como sempre acontece, imagens nossas fazendo amor quicam na minha mente. Tento manter uma expressão neutra enquanto meu corpo é varrido por arrepios causados pelos toques fantasmas das mãos de Liam. Não tenho ideia do que está passando na cabeça dele, mas a maneira como olha para mim não está ajudando. Depois de alguns segundos, ele quebra o contato visual e olha para o chão.

— Angel gosta de você. Portanto, você deve concordar em vir jantar conosco. Vamos acabar logo com isso. Juro, eu jamais descobri como fazê-la mudar de ideia quando ela põe na cabeça alguma coisa.

Baixo os olhos e remexo em alguns papéis na minha frente.

— Angel e eu podemos ir jantar sozinhas. Você não precisa estar presente.

De soslaio, vejo que ele me encara novamente.

— E se eu quiser ir?

— Você não tem de se sentir obrigado a passar um tempo comigo só porque sua noiva gosta da minha companhia. — Eu olho diretamente para Liam. Ele está franzindo a testa. — As coisas entre nós não têm sido muito amigáveis nos últimos dias.

— Eu não quis te evitar, mas... — Liam suspira. — Estar perto de você de novo é... complicado. Além disso, sei que você não está exatamente feliz com minha presença na peça. Eu estava tentando te dar algum espaço.

— Sou sua diretora de palco, então é meio difícil você conseguir me evitar.

— Eu não quero ficar longe de você. Esse é o problema.

Meu corpo fica tenso.

— O que isso significa?

Liam me olha por alguns segundos antes de dar um passo na minha direção.

— Significa que ter você e Angel na mesma sala é uma confusão dos infernos, mas eu não quero que seja assim. Quero ser capaz de passar mais tempo com você sem toda essa estranheza entre nós.

Liam está tão perto agora que preciso inclinar a cabeça para ver seu rosto. Imagens dele com a mão dentro da minha calcinha invadem meu cérebro.

— E então? Depois de todo esse tempo, você quer que sejamos amigos?

Ele pisca algumas vezes.

— Sim. Certo. Amigos. Jantar pode ser um passo nessa direção.

"Amigos" é um daqueles termos que parecem bacanas, mas carregam toda uma série de limites feitos de arame farpado. Uma vez que você fez amor com alguém com tanta paixão que o nome dele está marcado em todas as suas células, é possível pensar nele apenas como um amigo? Ou o ardor da antiga paixão sempre vai permanecer dormente, apenas esperando para consumir você de novo?

— Elissa? — Quando o encaro, ele me dá um olhar suplicante. — Pra tomar emprestada uma frase da noite em que nos conhecemos, eu adoraria que você viesse comigo. Por favor, não me faça implorar.

Balanço a cabeça e suspiro. Nada no mundo me fará ser amiga de Liam. E acho que ele sabe disso tão bem quanto eu. Mas, pela felicidade de Angel, parece que ambos estamos dispostos a tentar.

— Tudo bem... Não posso garantir que não vai ser estranho, mas vamos lá. Por que não?

— Obrigado. — Ele faz uma pausa por um momento, como se não soubesse o que dizer. — Liss...

Quando levanto o olhar para ele, sua expressão se desvanece em um eco do que costumava ver quando ele olhava para mim. Um desespero silencioso. Seu olhar paira sobre mim com uma necessidade franca que faz eu me sentir a mulher mais linda que ele já viu, o que é ridículo, considerando com quem Liam vai se casar.

— Você precisa saber que...

— O quê?

Quando acho que a intensidade em sua expressão vai me fazer entrar em combustão, Angel entra de novo na sala.

— Então, você conseguiu convencê-la? Ela cedeu?

Ainda não, mas se seu namorado continuar olhando para mim desse jeito, realmente corremos esse risco.

— Estarei lá — respondo, e trato de me concentrar na arrumação das minhas pastas, que já estão em uma ordem imaculada.

— Oba! — comemora Angel. — Oito horas. Ponha um vestido bonito e use sapatos sexy. O restaurante tem uma pista de dança.

Ela agarra o braço de Liam antes de acenar, se despedindo. Posso ver a tensão nos ombros de Liam enquanto ele a acompanha para fora da minha sala e desaparecem no corredor.

Eu me sento e me reclino na minha cadeira.

Não só tenho de enfrentar um jantar com o sr. e sra. Perfeitinhos, como ainda terei de usar maquiagem e, talvez, até mesmo dançar. Ah, e aparecer lá com um namorado que não tenho. Esse jantar tem tudo para ser um desastre completo.

Enquanto caminhamos até o elevador que leva ao Lumiere, dou um tapa na mão de Josh para afastá-la de sua gravata.

— Você está ótimo. Pare de mexer nisso.

Ele desliza um dedo no colarinho e o puxa.

— Trate de me lembrar: por que estou aqui passando por isso?

— Porque fui convidada para jantar e deveria trazer meu namorado imaginário. Considerando que tivemos um desagradável rompimento imaginário ontem, ele não está disponível.

— Entendi. Você está maravilhosa, por sinal.

Ajeito meu vestido preto liso e passo a mão pelo meu cabelo arrumadinho.

— Sério?

É estranho usar outra coisa que não seja meu uniforme habitual, rabo de cavalo e jeans, mas acho que deveria parecer que eu pelo menos fiz um esforço. De qualquer forma, esse vestido preto e reto é o único que tenho, portanto, não há um monte de escolhas.

— Os olhos de Quinn vão saltar para fora das órbitas.

— Ah, por favor. Ele está dormindo com uma das mulheres mais bonitas do planeta.

— Verdade. Mas você também é feminina e deliciosa pra caramba, e não importa o quanto Liam ama a noiva, ele ainda vai sentir tesão por você nesse vestidinho.

— Josh, não comece.

— Lissa, começo sim. — O elevador se abre e Josh apoia a mão na parte inferior das minhas costas enquanto saímos. — Vocês dois fizeram um sexo fenomenal no passado. Um homem não se esquece disso, não importa se ele é solteiro, casado ou comprometido com o Monstro do Espaguete Voador. Quando ele estiver em sua presença, o pau dele vai reagir. Confie em mim.

Eu paro pouco antes de alcançar as portas e encaro Josh.

— Por favor, me diga que vai se comportar lá dentro.

— Por que eu não me comportaria?

— Porque você vem sendo bem frio com Liam desde que eu te contei o que aconteceu entre nós.

— Isso porque o que ele fez com você foi uma canalhice do cacete, e ao contrário de você, eu não gosto de cacetes.

— Eu não discordo, mas se eu posso ser legal com ele, você também pode.

Josh rosna.

— Bem. Vou me comportar. Além disso, Angel vai estar lá pra me irritar com a perfeição dela. Duvido que eu consiga até mesmo registrar a existência de Quinn.

Entramos no restaurante. Quando damos o nome de Angel para a recepcionista, seus olhos se iluminam por um segundo antes que recupere a compostura. Jogando para trás seu cabelo perfeitamente penteado, ela nos leva em direção aos fundos do restaurante lotado.

— Este lugar é enorme — sussurra Josh. Ele não está errado. Na parede oposta há uma big band completa e, na frente do palco, uma pista de dança em torno da qual há mais mesas. Ao redor do salão há uma série de áreas VIP, nichos protegidos por cortinas. Nossa recepcionista nos leva a um canto ainda mais discreto. Angel e Liam já estão lá. Eles se levantam quando veem que estamos nos aproximando.

— Elissa! — Angel me envolve em um abraço. — Estou tão feliz que vocês vieram. — Ela parece incrível, como de costume. Me sinto uma meia-irmã feiosa em comparação a ela.

Ela se vira para Josh e o abraça.

— Josh. Oi. Que surpresa!

Juro que ouvi Josh gemer quando ela passou os braços em volta dele.

Olho para Liam, que me observa parecendo nervoso.

— Ei.

Eu me sinto uma imbecil, mas não tenho ideia de qual é a regra de etiqueta para cumprimentar o ex-amante pelo qual ainda se está apaixonada.

— Ei.

Liam, pelo jeito, também não faz ideia, porque ele respira fundo antes de se inclinar e me dar um abraço muito estranho. Devolvo da melhor forma possível, grata por não ter de submeter todo o meu corpo à pressão do seu.

Quando nos afastamos, Liam pigarreia, e eu juro que ele está corando.

— Você está mesmo... ótima.

Duvido. Meu rosto parece que está pegando fogo.

— Obrigada. Você também.

E ele realmente está lindo, com um terno cinza bem cortado, camisa branca e sem gravata. Se Liam não fosse ator, poderia fazer muito sucesso sendo modelo.

— Vamos sentar? — pergunta Angel, alheia ao nosso desconforto.

Liam puxa a cadeira de Angel, e Josh rapidamente faz a mesma coisa por mim. E, então, Josh fica de frente para Angel e eu, cara a cara com Liam.

Maravilhoso. Pelo jeito, o meu rubor vai durar a noite toda.

Dou graças a Deus quando uma garçonete aparece com água gelada, e me pergunto se seria muito chato se eu segurasse o vidro gelado contra a pele quase incendiada do meu rosto.

— Então, seu namorado não pôde vir? — pergunta Angel.

A pergunta me pega desprevenida.

— Ah? É... pois é. Não. Ele não pôde. Sinto muito.

— Fala sério, Lissa — diz Josh. — Somos todos amigos aqui. Pode dizer a verdade a eles. — Dirijo meu olhar mais assassino para Josh, mas ele simplesmente sorri. — Lissa não quer que vocês saibam que ela teve que terminar com ele. O rapaz estava ficando obcecado por ela. Flores e presentes o tempo todo. Poemas de amor. Serenata na frente do prédio dela. O cara perdeu completamente a cabeça.

Liam olha para mim, as sobrancelhas franzidas.

— Esse cara parece ser um maníaco — diz Angel. — E sei como é. Sou um ímã pra todo o tipo de maluco.

Liam ainda está me encarando.

— Como ele reagiu à separação? Porque Angel está certa. A rejeição pode fazer maníacos como esse perderem o juízo. Você precisa ter cuidado.

Sua preocupação é atraente, mas estou envergonhada pela atenção.

— Ah, pelo amor de Deus, está tudo bem, de verdade. Josh está exagerando.

Josh coloca a mão na parte de trás da minha cadeira.

— Não estou, não. Não acho que o sujeito vá causar problemas, mas ficou totalmente devastado quando Lissa terminou com ele. Ele realmente a amava. E quem pode culpá-lo? Ela é espetacular.

Belisco a perna de Josh sob a mesa, mas ele ignora.

— Concordo com você, Josh — diz Angel. — Eu só a conheço há uma semana e estou apaixonada por ela. Esse é um problema comum, Elissa? As pessoas caem de amores por você?

Eu quase cuspo minha água.

— Ah... não. Na verdade, não.

— Sei. Acho que não acredito nisso. Você é linda, inteligente, surpreendente em seu trabalho. Aposto que há homens fazendo fila em volta do quarteirão por você. Josh, vamos lá, diga que tenho razão.

O olhar de Liam se intensifica quando Josh diz:

— Ela recebe muita atenção, sim.

Angel olha para Josh e parece intrigada.

— Então, por que ela ainda não encontrou o homem certo?

Abro o cardápio.

— Eu estou sentada bem aqui, sabiam? No caso de vocês terem se esquecido.

— Houve um cara — diz Josh, como se eu não tivesse dito coisa alguma. Ele olha rapidamente para Liam e desvia o olhar. — Anos atrás. Eu pensei que ele poderia ser o homem da vida dela.

Angel se inclina na direção dele.

— Ah! O que aconteceu?

— Ele provou ser um idiota. Trocou Lissa por outra pessoa.

O cardápio desliza das minhas mãos e cai na mesa com um baque. Olho para Liam. Ele está fitando as próprias mãos.

— Tudo bem — digo e apanho o cardápio de novo. — Vamos parar de falar de mim agora, por favor. Estou faminta. Vamos fazer nossos pedidos.

Angel me dá um sorriso simpático.

— Ah, querida. Não tenha vergonha por ser dispensada. Todos nós já passamos por isso. Deus sabe quantas contas do terapeuta eu tenho pra provar. — Ela estuda seu cardápio. — A única coisa que aprendi é que não devemos nos culpar quando as coisas saem do controle. Nenhum de nós pode escolher por quem se apaixona. Ou por quem não se apaixona. Já que falamos nisso, meu terapeuta diz que o amor é como um leão em cativeiro: pode-se abraçá-lo, mas ele jamais será domado. Profundo, né?

Ela não percebe que Liam e Josh estão olhando realmente feio um para o outro. Enfio as unhas na coxa de Josh. Ele se contorce, e finalmente para de encarar Liam e se volta para o cardápio. Liam olha para mim brevemente antes de tomar um gole de água e olhar em volta.

Ai, meu Deus, isso tudo está indo muito bem.

A única pessoa que parece alheia à tensão é Angel.

— Nossa, esta comida parece ser divina — diz ela. — Minhas papilas gustativas estão quase gritando. Ouvi dizer que o pato daqui é inacreditável.

— Por que não há nenhum preço no cardápio? — sussurra Josh para mim.

Eu me inclino na direção dele.

— Porque se você precisa perguntar quanto custa, não deveria estar aqui.

Angel faz um gesto vago.

— Peçam o que desejarem. Por minha conta. Eu só quero que todos nós tenhamos uma noite agradável, o.k.?

Eu me sinto mal em permitir que Angel pague pela refeição, mas sou realista o suficiente para saber que Josh e eu nunca poderíamos nos dar ao luxo de comer aqui com os nossos salários.

Passamos os minutos seguintes consultando os cardápios e falando sobre tudo e sobre nada. Todos, menos Liam. Ele se inclina na direção de Angel enquanto ela lê o cardápio. Quando me vê observando, ela diz:

— Liam nunca traz os óculos de leitura, e não consegue ler nada sem eles. Acho que nem sabe onde os óculos estão.

— Eles me dão dor de cabeça — diz ele. — Se eu puder evitar, não pretendo mesmo usá-los.

— Você é míope? — pergunta Josh.

Liam concorda.

— Ah, eu entendo, é um saco. Preciso ficar pondo e tirando os óculos o tempo todo, isso me deixa louco. Não culpo você por não querer usá-los.

Liam sorri, e por alguma razão, esse pequeno gesto muda o clima da nossa mesa.

Pedimos os pratos, Angel escolhe o vinho, e ficamos naquele tipo de conversa ligeira, apropriada para um jantar, coisa que nunca esperei ter com aquele grupo de pessoas. Ainda há tensão, especialmente entre mim e Liam, mas não tanto que eu não possa me divertir. Claro que o vinho também ajuda.

Quando estamos na terceira garrafa de vinho, começamos a falar alto. Liam e Josh debatem com paixão sobre futebol e beisebol, Angel e eu conversamos sobre nossas famílias e assuntos gerais, e depois Josh e Angel começam uma discussão amigável, mas apaixonada, sobre as várias encarnações de *Jornada nas estrelas*.

— Retire o que disse — diz Josh enquanto a espreita com olhos desconfiados.

Angel ergue o queixo.

— Não vai acontecer. Picard é muito mais sexy que Kirk. É um fato.

— Não nesse universo, nem ferrando. Kirk é rei, senhora. Lide com isso.

Liam olha para mim e sorri.

— Vamos ter de intervir daqui a pouco. Ou tirar os talheres do seu alcance.

— Angel acaba de criticar o maior herói de Josh. Estou surpresa por ele não ter virado a mesa cheio de desgosto e nos deixado.

Liam faz um gesto conhecido do filme.

— Sempre fui mais fã do Spock.

— Sério? Por quê?

Ele dá de ombros.

— Ele sempre foi a voz da razão. Algumas vezes precisou usar a lógica pra tomar decisões difíceis. Isso não é fácil de fazer.

Sorrio.

— *As necessidades de muitos sobrepõem-se às necessidades de poucos.* É uma de minhas frases preferidas do filme.

Ele me olha espantado e termina a frase.

— *Ou à de um só.* Exatamente.

Ficamos em silêncio por alguns segundos, e Liam se assusta quando Angel põe a mão no seu braço.

— Bem — diz ela —, por mais que eu queira continuar chutando a bunda de Josh por causa dos capitães da Frota Estelar, acho que devemos dançar. Essa banda é uma das principais razões de eu querer vir ao Lumiere, e não posso perder essa chance.

Josh dá uma olhada na pista de dança.

— Preferia continuar tendo a minha bunda chutada, obrigado.

Liam levanta a mão.

— Eu também.

— Você é durão — diz Angel, sorrindo, enquanto puxa Liam pela mão. — Gastei milhares de dólares em aulas de dança pra Liam e pra mim, pra que não façamos feio no nosso casamento, e quero fazer meu dinheiro valer a pena. Por isso, todo mundo de pé.

Eu pego a mão de Josh.

— Nossa chefe deu uma ordem.

Ele dá um grunhido de frustração.

— Tudo bem, mas se eu fizer a minha dancinha de robô, não fique envergonhada.

— É dança de salão, Josh.

— E daí...?

Todos nós vamos para a pista de dança. Liam enlaça a cintura de Angel, e eu ponho os meus braços no pescoço de Josh. Em poucos minutos estamos todos balançando no ritmo da música.

— Desculpe pelo que eu disse mais cedo, e pela forma como tratei Quinn — diz Josh, olhando Liam e Angel a uma curta distância. — Eu devia ter ficado com a boca fechada, mas... Não sei. Cada vez que penso em como ele magoou você, fico irritado.

Retiro alguns fiapos do ombro dele.

— Aprendi que não adianta ficar irritada com nada disso. Não vai mudar o futuro. Eles vão se casar, goste eu ou não.

Josh olha para mim.

— Não necessariamente. Você notou o maior clima entre mim e Angel esta noite? Estou prevendo que ela vai largar o idiota temperamental do Quinn e vir pro meu time.

Eu rio e o abraço.

— Seu otimismo inabalável é uma das muitas razões que tenho pra amar você.

Depois que dançamos duas ou três músicas, Angel bate no meu ombro.

— Tudo bem, hora de uma troca. Apesar das lições, Liam já pisou no meu pé três vezes. Espero que Josh seja mais habilidoso.

Quando Angel pega na mão de Josh e o arrasta, ele ergue a sobrancelha e articula, sem som:

— *Viu? Ela me quer.*

Eu rio. Quando me viro, Liam está lá, esperando. Ele estende as mãos.

— Vamos?

Eu lanço um olhar de dúvida a ele.

— Não sei. Angel me disse que você é perigoso.

— Prometo que serei gentil — diz ele, enquanto toma minhas mãos. — Até você me suplicar pra ser grosseiro.

Seu olhar malicioso não ajuda a aplacar a resposta do meu corpo àquela afirmação. Ponho uma das mãos no seu ombro e ele abraça minha cintura, e quando nossas palmas se encontram, solto a respiração de maneira audível. Ele também congela.

— Tudo bem? — pergunta ele discretamente.

Eu concordo.

— Sim. Se estiver tudo bem pra você.

Ele me puxa um pouquinho mais para perto, mas cuidando para manter certa distância entre nossos corpos. Por enquanto, tudo bem.

— Faz um tempo desde a última vez que dancei com você, então tudo pode acontecer. Você é um pouco mais alta do que eu me lembrava.

— Sim, salto alto é uma coisa maravilhosa. A menos que você tente andar com eles. Ou dançar. Última chance de se sentar e salvar a si mesmo.

Liam sorri para mim.

— Não vai acontecer. Eles terão de arrancá-la de minhas mãos frias e mortas. Vamos nessa.

Começamos a nos mover no ritmo. É estranho no início, mas à medida que nos acostumamos a nos tocar novamente, começamos a relaxar.

— Está vendo? — diz Liam, um pouco sem fôlego. — Nada com que se preocupar. — Ele olha por cima dos meus ombros, para Angel e Josh. Angel está rindo e Josh, encantado. Certamente eles não estão mais falando de *Jornada nas estrelas*. — Então, imagino que agora Josh sabe a história completa sobre nós?

— O que eu perdi? Ele chamando você de idiota?

Ele dá de ombros.

— Foi sutil, mas captei.

— Sim, desculpe por isso.

— Que nada. Eu mereci. Para ser honesto, espero por alguma coisa assim há bastante tempo.

Liam ajusta sua mão na minha, e eu percebo como seus dedos estão bem macios. Nenhum trabalho pesado para criar calos, eu acho.

— Só pra você saber — digo —, aquelas palavras foram de Josh. Não minhas.

— Você não acha que sou um imbecil?

— Não. Como Angel disse mais cedo, ninguém escolhe por quem se apaixona. E ela é uma mulher surpreendente. Entendo por que você a escolheu.

Por um segundo, seus dedos apertam minha mão, depois soltam.

— É uma atitude muito madura. Não posso dizer que seria tão compreensivo se estivesse no seu lugar.

— Claro que você seria.

A expressão dele fica sombria.

— Não sei mesmo. Acredite. Ainda estou tentando me recuperar da ideia de você ter um namorado. Bem, um ex. — Antes que eu tenha tempo de perguntar o que isso significa, ele suspira e me dá um sorriso. — Enfim, vamos ver como você lida comigo, tornando essa dança um sucesso. Conheço passos que vão fazer você pirar. Prepare-se.

Ele dá um passo para trás e me faz girar sob seu braço. Desajeitadamente, sigo o movimento, o tempo todo encolhida na minha completa falta de graça.

— Nada mal — diz Liam, enquanto me envolve por trás. — Você merece pontos pelo esforço. — Ele segura minha mão e me empurra pela cintura, e eu giro antes que ele me puxe de volta novamente. Então, enquanto estou ocupada tentando recuperar o equilíbrio, Liam me faz mergulhar. É um gesto tão inesperado que grito e perco o equilíbrio. E justo quando acho que vou cair de cara no chão, Liam passa o braço em torno de mim e interrompe a queda. — Tudo bem. Peguei você. — Ele sorri enquanto me segura quase na horizontal. — E, o que é melhor, finalmente descobri.

— O quê?

Ainda nervosa por quase ter caído, agarro seu braço e ele se inclina sobre mim.

— A única coisa que você faz muito mal. E pensava que *eu* era um dançarino terrível. Sou um Nureyev insano perto de você.

Dou um tapa no braço dele.

— Ei.

Seus olhos brilham sob a luz da pista de dança.

— Apenas mandando a real, Liss.

Ele me põe de pé, e aperto seus braços até recuperar o equilíbrio nos saltos. Quando estou pronta, Liam me solta.

— Certo, tudo bem. Claro que precisa de alguma prática. Quer tentar de novo?

— Não sei. Você vai rir da minha técnica novamente?

— Depende, se você continuar fazendo errado, sim. Tente não fazer besteira, certo?

Dá para ouvir Josh e Angel rindo enquanto Liam me guia pela pista novamente.

Logo eu também estou sorrindo.

Tudo bem. Sou uma péssima dançarina. Então me processe. Outra razão por que sou da turma dos bastidores e não do palco.

Trocamos de par novamente, e dançamos mais um pouco, mas o vinho e o esforço logo cobram seu preço. Angel começa a bocejar, e logo mais todos a seguimos. Foi uma grande semana para todo mundo.

Depois que concordamos em encerrar a noite, Angel manda uma mensagem de texto para o motorista dela, paga a conta, e nós deixamos o restaurante. Mal saímos pela porta quando uma avalanche de flashes cai sobre nós.

— Droga — murmura Liam. — Todo mundo para o carro, agora! — Ele abre caminho em meio à multidão de fotógrafos e segura a porta do carro aberta com Angel e Josh lá dentro. Minhas pernas curtas e os saltos altos garantem que eu seja a última. Estou prestes a subir no carro quando sou empurrada com força pelo ombro por um homem corpulento que tenta à força tirar fotos de Liam.

— Elissa! — Liam me alcança quando eu tropeço nos saltos, mas é tarde demais. Esbarro no meio-fio e dou um grito quando caio no chão, de lado, esmagando meu quadril.

Droga. Isso vai me deixar uma cicatriz.

Estou desconfortável tentando puxar meu vestido justo e ficar de pé, e quase fico cega com a metralhadora de flashes bem na minha cara.

— Vão pro inferno — berra Liam antes que o dono do flash seja empurrado com força. Um jovem fotógrafo com boné de beisebol bate com força contra o muro, e eu luto para me equilibrar enquanto vejo Liam tomar a câmera das mãos do sujeito.

— Ei! Devolva minha câmera! — O paparazzo vai atrás do seu equipamento, mas Liam arranca o cartão de memória e enfia no bolso antes de jogar a câmera no chão. O fotógrafo uiva, assustado. — Essa câmera custa três mil dólares, idiota!

— Mande a conta — resmunga Liam. Ele empurra mais corpos para fora do caminho para chegar até mim. — Saiam de perto dela!

CORAÇÃO PERVERSO

Ele se inclina e procura meu rosto.

— Você está bem?

— Sim. Mais envergonhada do que qualquer outra coisa.

Os fotógrafos gritam para que Liam olhe para eles, mas ele os ignora enquanto me abraça e me guia em direção ao carro. Manco com a dor no meu quadril.

Quando estamos a salvo dentro do carro, Liam fecha a porta com tanta força que o carro inteiro treme.

Flashes continuam iluminando o interior enquanto os paparazzi empurram suas lentes contra as janelas.

— Tire a gente daqui — diz Liam ao motorista. O motor ronca enquanto percorremos o frenético tráfico de Nova York.

Eu me recosto no assento e respiro.

— Bem, essa foi uma forma revigorante de terminar a noite.

— Você está bem? — Angel toca meu ombro.

— Bem. Nenhum dano permanente.

— Malditos animais. — Liam diz enquanto procura arranhões nos meus braços. — Eles se comportam desse jeito e depois não querem que a gente fique puto.

Angel lhe lança um olhar de crítica.

— Mesmo assim, você não devia ter quebrado a câmera dele. Você sabe que esse tipo de reação é ouro para eles. Dentro de uma hora sua foto vai estar pipocando na TMZ e em cada emissora de fofocas de celebridades.

— O sacana estava fotografando por baixo do vestido da Elissa — diz Liam, contrariado. — Sorte dele por eu ter quebrado apenas a câmera. — Ele tira o cartão de memória do bolso e o parte no meio. — Pelo menos essas fotos não vão aparecer em nenhum site de quinta categoria na internet.

Angel concorda.

— Ele virá atrás de você pelo prejuízo.

— Deixe ele vir. Não vai ser o primeiro. Nem o último.

Liam se recosta e olha fixamente pela janela, e posso sentir a raiva emanando dele como ondas.

— Como eles sabiam que estaríamos aqui? — pergunta Josh.

Angel se vira para ele.

— Alguém da equipe provavelmente os avisou. Isso acontece a toda hora. Paparazzi pagam um bom dinheiro para o pessoal que se liga em celebridades. Antes que você perceba, um pap vira dois, dois viram três. Pouco depois há um enxame deles. São como piranhas. À mera promessa de uma pessoa famosa e eles entram em frenesi.

Josh a estuda.

— Ao contrário do Quinn, você parece muito calma com isso tudo.

Angel dá de ombros.

— Sou filha de um senador e minha irmã é a jornalista preferida da América. Fui alvo de paparazzi a maior parte da minha vida. Desenvolvi uma abordagem mais filosófica do que Liam. Vejo os paps como um mal necessário. Quer a gente queira ou não, eles ajudam a manter nossos perfis em alta, o que faz de nós commodities mais valiosas. Eles são como um termômetro de nossa popularidade. O dia em que os paps deixarem de espumar pela boca para obter nossa imagem, saberei que nosso conto de fadas em Hollywood acabou.

Liam olha para ela.

— Algumas vezes você não deseja que isso acabe pra que possamos viver uma vida normal? Ou sou só eu?

Angel olha fixamente para Liam por um segundo, e eu sinto como se estivesse me intrometendo num momento íntimo deles. Uma expressão melancólica passa pelo rosto dela, e Liam lhe dá um sorrisinho.

Angel olha rapidamente para mim e Josh e depois se concentra na janela.

— Algumas vezes.

Liam fica quieto por um momento, então se vira para mim e aponta para o meu quadril.

— Dói?

— Um pouco.

Quando ele o toca com os dedos, me encolho.

— Você vai precisar colocar gelo. Provavelmente ficará rígido e dolorido por alguns dias.

Assinto.

— Então esse é só um dia normal pra vocês, hein?

Liam concorda.

— Infelizmente. Somos como animais no zoológico.

— Essa é outra razão que faz eu me sentir feliz em ser do teatro e não do cinema. Toda essa atenção o tempo inteiro me deixaria maluca.

Liam não diz nada, mas franze a testa e cruza os braços no peito. Ele fica assim até que paramos em frente ao meu prédio.

— Vou ajudar Elissa a subir, certo? — diz ele para Angel enquanto abre a porta. — Volto já.

— Claro. Não tenha pressa. — Angel se inclina e me dá um abraço. — Se cuide, querida. Vejo você na segunda-feira. Se precisar de alguma coisa, me avise.

Ela diz adeus a Josh com um beijo no rosto. Ele cora e resmunga "boa noite" enquanto Liam me ajuda a sair do carro.

Liam agarra meu braço, e quando vê que ando com certa dificuldade, me leva até a calçada.

Josh olha com preocupação.

— Liam, eu posso ajudá-la a subir, se você quiser ir.

Liam o afasta com um aceno.

— Deixe comigo.

Sem discussão, ele me toma em seus braços e segue Josh até o prédio. Nosso apartamento fica no terceiro andar, e eu acho maravilhoso como Liam consegue me carregar através dessa escada sem suar. Isso não é normal.

— Realmente, isso não é necessário — digo, desconfortável em verificar como me sinto bem por estar em seus braços novamente.

— É necessário. É minha culpa você ter se machucado.

— Na verdade, o cara que me empurrou não parece nada com você. Então...

— Eu deveria ter visto que ele estaria ali. Deveria ter te levado por um caminho diferente, te protegido.

Ele sacode a cabeça, irritado consigo mesmo.

— Liam, está tudo bem.

— Não, não está.

— Nunca vi você tão irritado assim.

Ele me olha e sua expressão se ameniza um pouco.

— Esses idiotas não têm o direito de ir atrás de você. Eu escolhi essa vida. Você, não. Nunca quis que você fizesse parte disso.

Chegamos à porta e Josh a destranca e a segura aberta para nós.

— Coloque-a no sofá. Vou pegar gelo.

Liam caminha até o canto da sala e me deixa gentilmente no sofá, então senta na minha frente. Quando Josh entrega o saco de gelo a ele, ele o pressiona contra meu quadril.

Eu me acomodo e observo enquanto ele franze a testa, concentrado.

— Sabe, posso fazer isso sozinha.

— Quieta. O doutor está trabalhando.

— Precisa de título de doutor pra aplicar uma bolsa de gelo, não é?

Ele ergue a sobrancelha.

— Se você quiser fazer direito.

— Posso deixá-los um segundo? — pergunta Josh enquanto puxa a gravata. — Porque se eu não tirar esse terno agora, vou acabar com ele.

Sorrio para ele.

— Vai. O *Dr. Quinn, Médico de Mulheres*, parece ter tudo sob controle.

Liam acena para Josh.

— Verdade.

Josh balança a cabeça e desaparece no quarto.

Uma vez que ficamos a sós, Liam se vira para mim.

— Você deveria elevar isso.

— É o meu quadril. Como você sugere que eu faça?

Ele pega uma almofada no sofá e enfia a mão embaixo da minha bunda. Faço um ruído quando ele ergue minha pélvis com uma das mãos e enfia a almofada por baixo com a outra.

— Assim.

— Bem, isso é elegante — digo, com meu queixo pressionando o peito e os joelhos apontando para o teto.

Ele me encara por um momento.

— Vai funcionar. Mas, de novo, você ficaria linda com um aparelho de tração completa, então... — Liam sorri para mim, eu sorrio de volta, e fico maluca ao notar como posso sentir tanto a sua falta mesmo com ele ali na minha frente.

Depois de alguns segundos, seu sorriso desaparece e ele olha para a porta.

— Bem, é melhor eu ir. Angel está esperando.

— Sim. — Quero segurar sua mão, mas não seria adequado. Em vez disso, sorrio. — Obrigada pela carona. E pelas escadas. E pela almofada.

— Sem problema. Na próxima vez em que formos jantar, vou me certificar de que meu estilo de vida não te traga prejuízos.

Ele me dá um último sorriso e caminha para a porta.

Luto para me levantar e segui-lo. Quando Liam nota, ergue a mão.

— Ei, pare. Posso achar a porta sozinho. Volte para o sofá, madame.

Aceno para ele.

— Estou indo pra cama. Se tenho de ficar de bunda pra cima, que seja no lugar apropriado.

Ah.

Merda.

As sobrancelhas de Liam se erguem.

— Não vou me esquecer disso.

— Ah, meu Deus. Esqueça que eu disse isso.

Cubro o rosto com a mão, mas Liam gentilmente pega meu pulso e me encara.

— Adoro quando você fica envergonhada. Sempre fica. Sempre vai ficar.

Observo enquanto seu polegar acaricia meu pulso.

— Tem certeza de que está bem?

Assinto.

— Já estive pior. Uma vez um refletor de quase dez quilos caiu na minha cabeça. Terminei com uma concussão e cancelando a peça. Sou um osso duro de roer. Você devia saber.

— Sim. Eu sei.

Abro a porta e ele para junto ao batente antes de me olhar de novo.

— Sabe, tirando essa parte final, realmente gostei desta noite.

Eu me apoio contra a parede.

— Eu também. Acho que pra nossa primeira empreitada agora-somos-amigos, correu tudo bem.

— Foi mesmo. Excluindo sua dança. Aquilo foi sem comentários.

Ele sorri e vem um pouco mais para perto.

— Vejo você no ensaio segunda-feira.

Liam toca meu ombro e desce a mão até meu pulso. Tento manter a expressão neutra, mas acho que minhas pálpebras estão tremendo.

— Vejo você lá.

Por um capricho, avanço e o abraço. Liam congela por um momento, então me aperta em seus braços e suspira. Quando nossos corpos se apertam um contra o outro, o contato me faz ofegar.

Liam está de pau duro.

Muito duro.

Ele percebe que eu noto, porque rapidamente se afasta.

— Merda. Desculpe. Meu... hum... corpo ainda não recebeu a mensagem de que somos amigos. Mas você não está ajudando muito usando esse vestido. Dê um tempo para o garoto, Liss.

Liam passa os dedos pelos cabelos e dá um suspiro.

— Tudo bem. Agora *sou eu* que fico corado. Boa noite.

Depois que ele desaparece escadaria abaixo, fecho a porta e me encosto nela. Josh vem do quarto e entra na cozinha. Ele está usando seu pijama favorito, o do Capitão Kirk. Ele pega um saco no congelador e troca pelo que estava praticamente derretido na minha mão. Ele me dá um olhar complacente.

— Você deixou Liam com tesão, não foi?

Aperto o saco de gelo no quadril e manco até meu quarto.

— Boa noite, Joshua.

— Certo, tudo bem. O meu "eu bem que falei" pode esperar até amanhã. Ops. Olha só. Parece que não pode.

Sorrio, fecho a porta e caio na cama. Meu quadril pode estar doendo, mas fico meio emocionada por notar que ainda posso fazer Liam Quinn reagir ao meu corpo pequeno e cheio de curvas.

capítulo dez
UM PLANO MUITO RUIM

Segunda-feira de manhã, tenho um hematoma enorme no meu quadril e manco levemente, mas, fora isso, não apresento nenhum dano duradouro do sábado à noite. Bem, nada além da ereção de Liam pressionando minha barriga.

— Bom dia, querida — cumprimenta Angel, quando se aproxima e me abraça. — Presente pra você. — Ela deixa um exemplar de *Dancing for Dummies* envolto em um grande laço vermelho sobre a mesa da produção.

Lanço a ela um olhar fulminante.

— Eu odeio você.

— Impossível. Eu sou adorável. — Ela ri e sai para se preparar para o ensaio.

Do meu lado, Josh suspira, frustrado.

— Dane-se ela e seu senso de humor perfeito. — Ele aponta para o seu computador. — A propósito, você já viu isso?

Eu me inclino para examinar a tela. É um site de fofocas, e eles têm uma dúzia de fotografias de todos nós saindo do restaurante. Sábado à noite. É claro, o foco principal da série de fotografias é Liam empurrando as pessoas, seu rosto retorcido de raiva. Faço uma careta para a manchete — A estrela de Rageheart precisa de um curso para controlar a raiva? — e o artigo que a acompanha: "O durão Liam Quinn supostamente agrediu pessoas inocentes enquanto saía com amigos no sábado à noite. Nesse caso, não está claro se queixas serão prestadas".

Bem nessa hora, Liam entra na sala. Quando ele me vê, dá um rápido aceno, depois se senta. Ele parece estar no limite quando pega o script da peça e se inclina sobre ele, concentrado. Quando a equipe de cinegrafistas se aproxima para filmá-lo, ele os enxota, em seguida volta a olhar de soslaio para a página diante dele.

Hum. Nunca o vi com seu script antes. Ele bagunça o cabelo, e parece estar agitado, e eu me pergunto se é por que sua fotografia está espalhada pela internet. Ou talvez ele ainda esteja envergonhado com a nossa despedida na porta no sábado à noite. Possivelmente sejam as duas coisas.

Quando começamos o ensaio, fica ainda mais claro que ele está distraído. Angel entra para a primeira cena deles, e ele erra quase todas as falas. Depois de algumas tentativas, Liam suspira, frustrado.

— Caramba. Sinto muito, Marco.

— Tudo bem, sr. Quinn — diz Marco. — Elissa, por favor, lembre a Liam a próxima fala dele.

Eu leio as falas de Petruchio do meu script.

— Você mente, por minha fé, você mente quando todos a chamam simplesmente de Catarina. E formosa Catarina ou algumas vezes amaldiçoada Catarina. Mas Catarina, a mais linda em Christendom. Catarina de Catarina Hall, minha muito delicada Catarina. Pois delicadas são todas as Catarinas...

— Pare — pede Liam e ergue a mão. — Apenas desacelere um segundo. O que vem depois de "delicada Catarina"?

Eu leio a fala mais uma vez. Ele balança a cabeça e suspira.

— De novo.

Repito-a. Ele a diz de volta.

Quando recomeçamos a cena, Liam a faz com perfeição, mas tudo leva a outra parada depois.

Angel lhe dá a sua próxima deixa.

Ela se aproxima e acaricia o rosto dele.

— Você está bem? Parece ruborizado.

Liam afasta as mãos dela de seu rosto e as segura entre as suas.

— Só estou tendo um dia péssimo, é isso. Voltarei logo.

Ele se afasta dela e tira o microfone. Depois aponta para a equipe de cinegrafistas:

— Fiquem — diz, antes de deixar a sala.

Certo, o que está acontecendo? Nunca vi Liam tão despreparado.

— Controle de crise, por favor, Elissa — murmura Marco. — Eu ficarei aqui com Angel. Descubra o que está acontecendo e conserte isso. A última coisa de que precisamos agora é atrasar a agenda. Nossos patrocinadores estão chegando na próxima semana e quero que eles estejam confiantes de que nossas estrelas valem seus exorbitantes investimentos.

— Pode deixar.

Saio para encontrar Liam. Verifico a sala de conferências primeiro, mas está vazia. Quando ouço uma batida no banheiro masculino, abro a porta para encontrar Liam em pé sobre uma lata de lixo destruída.

— Então, ela o atacou primeiro e você estava agindo apenas em autodefesa, ou...

— Sinto muito, vou substituí-la.

— Não é necessário. Essa lata de lixo pode ser uma imbecil. Todos estamos melhores sem ela.

Liam passa a mão pelo cabelo. Posso dizer que está tentando se acalmar, mas agora parece que não quer outra coisa além de espancar outro objeto inanimado. Tudo em sua postura grita de tensão e agressividade mal controladas.

— Liam, o que está acontecendo?

— Nada.

— Nós dois sabemos que isso não é verdade. Você está errando todas as falas e isso não faz o seu tipo.

Ele se encosta na parede e deixa a cabeça pender.

— Não tive muito tempo para me preparar para os ensaios desta semana, não quanto gostaria. Não sei as falas.

Entro no banheiro e fecho a porta.

— Bem, você deveria ter dito. Tenho certeza de que Marco deixará você ficar com o script.

— Não posso usar o script. — Não deixo de notar que seus punhos estão cerrados.

— Você realmente é tão contra usar os óculos? Seria apenas por alguns dias.

— Não, Elissa. Não tem a ver com os óculos. Não posso... — Ele se afasta da parede e balança a cabeça. — Não consigo acreditar que tenho que te dizer isso.

Um arrepio percorre minha espinha.

— Liam, você... Você não precisa de óculos, não é?

Ele respira fundo, com dificuldade.

— Sou disléxico. Um caso severo de dislexia. Posso ler umas palavras aqui e ali, mas demora uma eternidade. Todas elas zanzam e ficam borradas diante dos meus olhos.

Levo um instante para processar a informação.

— Por que você nunca me contou?

— Como se eu quisesse alertar você para o fato de que sou um idiota.

— Ah, por favor. Você é um dos homens mais inteligentes que conheço.

— E, ainda assim, não consigo ler um cardápio em um restaurante sem fazer meu cérebro doer. — Posso ver o quanto ele odeia admitir isso. — Fora da minha família, apenas meu agente e meu assistente sabem. E agora você também.

— Angel não sabe? — Ele balança a cabeça. — Liam, ela será sua esposa. Ama você. Contar a ela não mudará isso.

— Ela vai me tratar de modo diferente. Todo mundo que sabe faz isso. Não pretendem fazer, mas fazem.

— Eu não farei.

— Você diz isso agora, mas dê tempo ao tempo.

— Como você conseguiu esconder isso por todos esses anos?

— Os óculos são a desculpa ideal; normalmente ninguém pensa em questioná-la. Quando comecei a atuar, minha mãe passava as falas comigo, ou as gravava para que eu pudesse aprendê-las no meu tempo. Quando Anthony Kent me contratou, percebi que ele deveria saber. Ele imediatamente me arranjou David, meu assistente. Ele esteve comigo em todos os filmes.

— Como você consegue decorar as falas de um filme inteiro?

— Fácil. Em um set de filmagem, pegamos apenas umas poucas páginas de diálogos a cada dia. Mas no teatro... — Ele se inclina sobre a bancada. — Vocês esperavam que eu tivesse a peça inteira decorada quando cheguei aqui. Você sabe quantas falas esquisitas Petruchio tem? E Shakespeare não é exatamente a coisa mais fácil de lembrar. Pensei que estava indo bem, ficando à frente do cronograma. Então, no fim de semana, o pai de David teve um ataque cardíaco na Inglaterra...

— Ah, não...

— O pai dele sobreviveu, mas ele está no hospital. Claro que coloquei David no primeiro avião pra casa. Tentei decorar as cenas de hoje sozinho, mas... — Ele chuta o que sobrou da lata de lixo, que voa pelo banheiro e bate na parede. — Tenho de reler tudo umas cinco vezes e, mesmo assim, sei que não decoro direito.

— Tudo bem. Vamos dar um jeito.

Ele suspira.

— Você não pode contar a ninguém. Por favor.

— Liam, ter dislexia não é uma coisa para se envergonhar.

Ele olha para um ponto na parede e odeio o quanto ele parece infeliz.

— Você não entende como é não ser capaz de fazer uma coisa que a maioria das crianças de seis anos consegue fazer. Como isso faz com que eu me sinta um idiota. Foi por isso que demorei tanto tempo para tentar atuar. Sabia que esse seria o maior obstáculo.

— Bem, Tom Cruise tem se dado bem ao longo dos anos, e ele é bem disléxico.

Isso me rende uma careta.

— Sim, mas ele também acredita que as pessoas são habitadas por almas de alienígenas mortos. Por favor, não o tome como um exemplo.

Minha mente gira. Em todos esses anos de teatro profissional nunca me deparei com alguma coisa parecida com essa. Ainda assim, sou especialista em encontrar soluções, então é isso que vou fazer.

— Certo, me diga como posso ajudá-lo.

Ele massageia as têmporas.

— Não sei. Passe as cenas comigo, talvez. Vamos fazer apenas uma página daquela cena e depois repassaremos outras cenas da semana passada. Se eu conseguir sobreviver a essa manhã, ficarei bem, por hoje pelo menos.

Olho para meu relógio.

— Quanto tempo vai levar para você decorar as falas?

— Uma página inteira? Talvez quinze minutos.

— Volto logo.

Corro até a sala de ensaios e pego meu script da mesa de produção. Josh está lá fazendo anotações sobre a cena que Marco está dirigindo com Angel.

— Ei, e aí? Liam está bem?

— Ele precisa apenas passar algumas falas. Diga a Marco que voltaremos logo.

Atravesso o corredor correndo até o banheiro masculino e encontro Liam esperando.

— Certo — digo. — Vamos lá.

Exatamente doze minutos depois, Liam e eu voltamos para a sala de ensaios, e mesmo que Marco erga a sobrancelha em minha direção, não pergunta o que está acontecendo.

Ajudo Liam a reconectar o microfone. Dentro de segundos, a equipe de filmagem está se movimentando.

Angel se aproxima e toca o braço de Liam.

— Tudo bem?

Ele sorri para ela.

— Ótimo. Não dormi o bastante. Precisei apenas repassar as falas.

— Isso não é do seu feitio.

— Eu sei. Tudo bem. Elissa me ajudou.

— Certo, então — diz Marco —, vamos tentar do começo desta cena.

Liam me lança um olhar nervoso. Espero que ele consiga sair dessa. Ele decorou as falas em tempo recorde, mas estou preocupada com sua memória. Doze minutos para decorar uma página de prosa shakespeariana não é uma tarefa fácil.

Marco pede silêncio, depois diz:

— Comece quando estiver pronto.

Eles começam a cena e fico aliviada por ver que há uma imensa melhora em relação à tentativa anterior. Não é apenas Liam que está com suas falas na ponta da língua, mas o tempo que Angel passou com Marco também produziu resultados. Ela está aprendendo como interpretar Catarina com vulnerabilidade o bastante para corresponder à sua amargura, e a química que ela e Liam criaram é palpável.

É o primeiro encontro entre Catarina e Petruchio, e o modo como Marco dirige a cena faz com que todas as farpas verbais e insultos pareçam preliminares.

— Sendo eu uma vespa, melhor tomar cuidado com meu ferrão — diz Angel, abordando Liam como se ele fosse algo de comer.

Ele se aproxima dela, lento e sedutor.

— Então, meu remédio é arrancá-lo.

— Sim, se o tolo conseguisse encontrá-lo. — A voz de Angel se torna ofegante.

— Quem não sabe onde a vespa carrega seu ferrão? É em sua cauda. — Ele abraça Angel e, sem pensar, belisca o seu bumbum.

Angel parece prestes a ter um orgasmo.

— Em sua *língua*.

— Língua de quem? — O modo como ele olha para ela faz meu corpo arder. Na região da minha calcinha...

Angel parece sentir o mesmo.

— Sua, se você fala sobre caudas. E assim, adeus.

Ela tenta se desvencilhar, mas Liam prende as mãos dela às costas. Angel deixa escapar um gemido, baixinho.

Liam ri do modo como ele a afeta.

— Espere, com minha língua em sua cauda? Não, o que é isso, boa Catarina. Sou um cavalheiro.

Com minha língua em sua cauda? Meu Deus, Shakespeare era um pervertido.

Liam se inclina e seus lábios ficam a centímetros dos de Angel. Todos na sala prendem a respiração.

Angel luta com sua compostura por uns instantes, antes de ficar na ponta dos pés para beijá-lo. Liam geme e solta suas mãos enquanto corresponde ao beijo.

Meu rosto queima quando os dois se movem um em direção ao outro, se beijando e se pegando. Meus sentimentos vacilam entre excitação extrema e ciúme violento. Não é agradável.

Então, Angel se desvencilha e bate em Liam com força.

— *Isso*, eu tentarei.

Liam sorri, triunfante. Ela tenta bater nele de novo, mas Liam segura seus braços com força.

— Juro que irei prendê-la se me acertar de novo. — Seu tom de voz é duro, mas promete mais prazer do que dor. Angel parece muito mais excitada do que ele.

— Sim, bom, Liam — cumprimenta Marco ao meu lado. — Agora, vá para a esquerda do palco e a leve com você. Não seja gentil. Lembre-se, quanto mais forte for com ela, mais a excitará. Ela gosta de ser dominada.

Liam olha para mim e eu evito seu olhar, fixando-me no script. Respiro com dificuldade e anoto as direções do palco.

Quando Liam termina a cena jogando Angel por sobre o ombro e beijando sonoramente seu bumbum, Marco diz:

— Certo, paramos aqui. Excelente trabalho! Isso está indo muito bem. Essa cena precisa apenas do equilíbrio certo entre luxúria e violência para acertar a primeira interpretação sadomasoquista que essa peça já teve. Não posso acreditar que ninguém nunca explorou essa possibilidade de que a razão pela qual Catarina provoca tanto Petruchio é porque está desesperada por uma boa palmada. Ou que Petruchio se transforme do bárbaro jovial em um macho alfa, porque finalmente conheceu alguém que quer ser dominada por ele. Isso parece tão óbvio.

Agora eu realmente preciso me abanar.

Estou preocupada com o fato de que, se Liam continuar bancando um homem dominador, ele possa fazer meu corpo entrar em combustão.

A equipe de filmagem foi embora, e o elenco está arrumando as coisas para o fim do dia, quando percebo que Liam está lançando olhares nervosos para mim. Angel está conversando com Marco sobre seu figurino, então, quando Liam me lança um olhar mais assertivo antes de sair pela porta, espero um minuto e vou atrás dele.

Seguindo minha intuição, eu o encontro na sala de conferência.

— Obrigado por me salvar hoje — sussurra. — Nunca mais quero ficar nessa situação outra vez.

— Idem. Embora não possa levar o crédito por nada. É você que tem super-habilidades de memorização rápida.

— É, bem, isso acontece quando os textos escritos são inúteis. — Ele olha para a porta, depois para as mãos. — Ouça, sei que é pedir muito, mas você poderia... Posso te pedir para me ajudar a decorar minhas cenas até David voltar?

— Eu... — Uma grande parte de mim está morrendo de vontade de responder sim, porque isso significa que eu passarei mais tempo com ele, mas a parte racional sabe que passar mais tempo ao seu lado é a pior ideia possível.

— Liam... Eu só...

— Olha, sei que você é muito ocupada, mas eu não confio em mais ninguém. Você precisaria apenas passar algumas falas comigo por uma hora mais ou menos, toda noite, até eu ter as cenas decoradas para o dia seguinte. David deve voltar na próxima semana. Por favor, não consigo fazer isso sem você.

— Onde faríamos isso?

— Meu apartamento fica bem ali na esquina.

— Angel não desconfiaria que há alguma coisa errada se passássemos as falas na frente dela?

Ele vacila por alguns instantes.

— Humm... Bem, não estamos dividindo o apartamento enquanto estamos aqui em Nova York. Ela tem o dela.

Franzo o cenho.

— Isso não é estranho? Vocês estão noivos. Eu meio que pensava que viver junto vinha com o pacote.

— Não pra nós — responde ele. — Trabalhar e viver junto é estressante. Além disso, ela me deixa louco com sua bagunça e odeia minha compulsão por limpeza. É mais fácil quando temos nosso próprio espaço. De qualquer forma, ela está morando no andar de baixo, então ainda estamos próximos.

Por toda minha pesquisa on-line, pensei que sabia todas as idas e vindas do relacionamento deles, mas aparentemente não sei, não.

— Vocês saem depois dos ensaios?

— Algumas vezes, mas na maioria das noites ela se tranca pra estudar suas falas. Outra razão pela qual não a quero envolvida nisso. Ela já tem pressão o bastante pra se preocupar comigo.

— Certo, tudo bem. No seu apartamento. Vou até lá assim que conseguir terminar as coisas por aqui.

— Ótimo — diz ele, e me dá um sorriso de deixar as pernas bambas. — Você é incrível. Obrigado.

— *Liam?* — chama Angel. — *Onde você está?*

Liam me empurra para trás da porta e pressiona o dedo sobre os meus lábios. Quando a porta se abre, ele a segura um pouco antes de ela bater no meu nariz.

— Oi — Liam cumprimenta Angel.

— O que você está fazendo?

— Só bebendo um pouco de água antes de voltar pra casa. Pronta pra ir embora?

— Meu Deus, sim. Há uma garrafa de vinho com baixo teor calórico na minha casa com meu nome nela. Quer vir e tomar uma taça?

— Ah, hoje não. Tenho de decorar algumas falas.

— Eu também. É um trabalho sem fim. Minha cabeça dói.
— Só uma dorzinha, não é?

Ela geme.

— Você não é engraçado.
— Sim, eu sou.

Depois de eles saírem, volto para a sala de ensaios e, entorpecida, limpo minha mesa.

Estou terminando quando Josh e Denise se aproximam.

— Vamos beber alguma coisa no Lacey's? — pergunta Josh.

Denise responde de imediato.

— Com certeza!
— Não posso — digo. — Tenho algumas coisas pra fazer.
— Tipo o quê? — pergunta Josh.

Odeio não contar a ele, mas sei que não posso.

— Apenas coisas do trabalho, mas precisam ser feitas antes de amanhã. Vejo vocês em casa mais tarde, tudo bem? Vão e divirtam-se.

Josh se despede de mim com um abraço, mas posso sentir que ele suspeita de alguma coisa.

Depois de ele e Denise saírem, respiro fundo algumas vezes e digo a mim mesma que é possível ficar sozinha com Liam e não deixá-lo saber o quanto ainda o desejo. Quero mesmo acreditar no poder do pensamento positivo e nesse tipo de coisa.

Digo isso a mim mesma dúzias de vezes, e quando vejo que não está funcionando e que ainda não me sinto preparada, falo entre os dentes:

— Dane-se.

E deixo o teatro.

Liam, sem camisa, abre a porta.

Eu quase desmaio.

— Oi — cumprimenta sem fôlego. — Você chegou aqui depressa. Eu estava tentando fazer um treino rápido.

Fico de boca aberta ao ver o brilho do suor fazendo todos os seus músculos brilharem, quando ele, de forma egoísta, veste uma camiseta. Amaldiçoo a mim mesma por nem mesmo ter examinado sua nova tatuagem.

Balanço a cabeça para me livrar desse pensamento.

— Então, vamos ver se eu entendi. Você ensaia por oito horas, depois tem energia pra um treino físico? Você é doido.

Ele verifica a pulseira fitness em seu pulso.

— Você diz as coisas mais engraçadas do mundo. Já pensou que só tenho energia pra ensaiar por oito horas *porque* eu treino?

— Precisarei acreditar em você quanto a isso.

— Você ainda não é fã de exercícios físicos, eu te perdoo.

Mudo o tom para um sussurro:

— Não tem muitas pessoas que sabem disso, mas estou no programa de proteção fitness.

Ele tenta não sorrir.

— Isso é sério?

— Sim. Todo ano sou caçada por membros da academia de ginástica, mas eles ainda não me encontraram.

Ele ri, e, meu Deus, eu amo o som da risada dele.

— Uau. Que danada!

— Sou mesmo, né? — Espio o corredor. — Então, estamos planejando ensaiar aqui? Ou você vai me convidar pra entrar.

— Ah, caramba. É claro. — Ele segura a porta para mim. — Entre.

Passo por ele, me certificando de ficar o mais longe possível de seu corpo tentador. A camiseta e a bermuda de treino não estão sendo realmente eficientes em esconder sua beleza.

Quando vejo a extensão de seu apartamento, percebo o quanto ele está longe de ser o homem que conheci há seis anos. Bem diferente de seu apartamento na Broadway, este é uma cobertura em um dos complexos milionários que estão se espalhando cada vez mais pelo distrito teatral. Tudo é elegante, de vidro altamente tecnológico, e luxuoso além do que as pessoas normais poderiam compreender. Claro, está impecável. Não há uma única impressão digital sobre os balcões brilhantes da cozinha. Impressionante.

— Caramba — digo. — Você é o proprietário?

Ele dá de ombros.

— Eu te contei que fui um bom investidor, mas mal fico aqui.

Posso senti-lo me observando enquanto ando pelo espaço aberto e olho a vista de milhões de dólares. É estranho como me sinto deslocada neste ambiente. É difícil processar essa versão dele. O milionário. A estrela de cinema. Ainda que, de muitas formas, Liam se pareça exatamente com o que costumava ser, apenas com mais dinheiro e coisas mais legais.

— Não sei se saberia o que fazer comigo mesma em um lugar tão bonito assim — comento. — Estou acostumada com radiadores barulhentos, pratos desaparelhados e pressão d'água inexistente. Aposto que esse palácio não tem nenhuma dessas coisas.

— Não é verdade — diz Liam e abre um dos armários da cozinha. — Olhe.

Há quatro pratos no armário e dois deles têm imagens de desenho animado.

Sorrio.

— Você come nos pratos do Capitão América?

— Não mais. Mas esses caras são lembranças do meu antigo apartamento. Antes eu só tinha dois pratos e dois copos que eram potes de geleia.

— Eu me lembro deles. Você me serviu leite em um na noite em que nos conhecemos.

Ele sorri e massageia a nuca.

— Sim, e por isso eu estava tentando impressioná-la. Eu te dei o que não estava lascado. Além disso, nunca teria me perdoado se você tivesse cortado a boca.

Eu me lembro de como ele ficou olhando para minha boca naquela noite. É parecido com o seu olhar para ela agora.

Liam pisca, depois respira fundo e fecha o armário.

— Aliás, posso servir alguma coisa pra você beber? — Ele vai até o refrigerador brilhante. — Prometo, tenho copos decentes hoje em dia.

— Por favor, diga que você tem alguma coisa alcoólica.

— Uma coisa que eu definitivamente tenho é bebida alcoólica. — Ele abre a porta para revelar prateleiras e mais prateleiras de comida fresca, bem como uma infinidade de vinhos e cervejas caras. E queijo. Montanhas e montanhas de queijo.

— Fez um estoque pra mim? — pergunto e aponto para o queijo. — Ou você geralmente tem um frigorífico cheio de orgasmos gustativos?

Ele sorri.

— O balcão de queijos no supermercado seria como uma loja pornô pra você, não é?

— Com certeza.

Ele pega um disco de alguma coisa coberta de cera e com aparência cara e o coloca sobre o balcão para mim.

— Por mais que eu quisesse dizer que fiz um estoque pra você, não fiz. A ironia de ser tão rico a ponto de poder pagar por qualquer coisa é que as pessoas insistem em te dar as coisas de graça. Quando você está quebrado, as pessoas não te socorrem nem se estiver pegando fogo, mas rico e famoso? Aqui, pegue tudo!

Pego o queijo e o levo até o nariz.

— Ah, meu Deus. Italiano. Envelhecido. Cheira incrivelmente bem.

Ele ergue uma sobrancelha.

— Você gostaria de ficar sozinha com ele?

Coloco o queijo no balcão e o acaricio com amor.

— Não. Por mais que eu o queira, ele não é meu. Apenas vou desejá-lo de longe.

Engraçado como esse parece ser um tema recorrente na minha vida. Liam pega uma sacola de compras no armário.

— Inaceitável. O amor verdadeiro nunca deveria ser negado. — Ele enfia o queijo dentro da sacola, depois a passa para mim. — Espero que vocês sejam bem felizes juntos.

Levo a mão ao peito.

— Uau, este é com certeza um momento definitivo em nosso relacionamento. Apenas um verdadeiro amigo me daria um queijo.

Quando pego a sacola dele, nossos dedos se tocam. Naquele segundo, toda a leveza do ar volta. Olhamos um para o outro e, por alguns momentos horríveis, penso que cairei em seus braços.

Ele desvia os olhos e tosse.

— Então, quer uma cerveja?

— Pelo amor de Deus, sim.

Ele vai até o refrigerador e pega duas cervejas, abre-as e passa uma para mim.

— Experimente essa. É minha favorita.

Tomo um gole.

— Uau. Cerveja cara realmente parece ter sido fermentada com dinheiro. É deliciosa.

— Que bom que você gostou.

Ele se dirige para o sofá e me convida para sentar ao seu lado. Deixo minha bolsa no chão e afundo no couro macio.

Ah, meu Deus. Eu nunca vou levantar. Isso é incrível. É como ser abraçada por uma jaqueta de couro.

Eu me recosto e fecho os olhos. É possível soltar um gemido.

Quando sinto um calor no meu rosto, vejo que Liam está me encarando com os olhos semicerrados e misteriosos.

— Está confortável?

— Muito. — Eu não deveria gostar do olhar dele em mim o tanto que gosto. É errado. E estúpido.

— Bom. Quero que você se sinta em casa.

Fico tentada a dizer que me sinto em casa em qualquer lugar que ele esteja, mas, mesmo para mim, isso soa muito cafona.

Ainda assim, não deixa de ser verdade.

— Foi estranho? — pergunto. — Se acostumar a tudo isso?

Ele olha ao redor.

— Este apartamento?

— Esta vida. O dinheiro. A fama.

Ele olha para a cerveja.

— O que te faz pensar que me acostumei a qualquer coisa dessas? Cada paparazzo na Costa Oeste pode te dizer o quanto eu *não* estou conseguindo lidar com isso. Caramba, você viu isso em primeira mão naquela noite. Acho que nunca me acostumarei a ser tratado como uma mercadoria e não como uma pessoa.

— Acho que, pra Hollywood, faz sentido tratar você como uma mercadoria. Quero dizer, pense nisso assim: se Hollywood é um restaurante italiano, então você é um Parmigiano Reggiano, e Angel, uma trufa negra.

— Espere, por que Angel é a mais cara das comidas e eu, um queijo fedorento?

Eu bato em seu braço.

— Quem você está chamando de fedorento, cara? Estou falando de um dos mais deliciosos e exclusivos queijos do mundo.

Liam pensa por um momento.

— Você está certa. Eu peço desculpas. Sabendo o quanto você ama queijo, deveria ter percebido que esse é o maior elogio que você poderia me fazer. Meu ego está satisfeito, continue.

Sorrio, feliz de ver que a arrogância adorável dele ainda está intacta.

— Certo, então, o chef sabe que se usar o queijo e as trufas, todo mundo amará o prato, antes mesmo de terem provado. É infalível. Coloque vocês dois juntos em um filme e, mesmo que o resto dos ingredientes forem uma porcaria, vocês farão dele um sucesso.

Ele toma um gole da cerveja.

— O.k., entendo o seu ponto, mas ainda acho injusto assediar trufas e parmesão até que eles tenham uma vida nula. É ruim o bastante eles não poderem ir a lugar algum, mas pior ainda é ninguém parecer querer um sem o outro. Quero dizer, e se o queijo quer ser um prato por si mesmo? Você está me dizendo que o prato seria cinquenta por cento menos gostoso sem a trufa.

— De jeito nenhum. Mas faça as contas. O parmesão tem fãs apaixonados. A trufa também. Coloque-os juntos e duas vezes mais pessoas pedirão o prato.

Ele franze a testa.

— Acho que você está falando sobre bilheteria agora, mas essa metáfora está me deixando faminto, estou com problemas pra me concentrar. Quer comer alguma coisa?

— Hum... — Antes de eu poder recusar, ele está indo para a cozinha.

— Não tenho trufas, mas tenho certeza de que posso fazer alguma massa decente. — Ele abre o refrigerador e começa a colocar os ingredientes na bancada. — Ei, olhe isso. — Liam segura uma fatia de queijo. — Parmigiano Reggiano.

Ele me dá um sorriso e, por um glorioso segundo, finjo que estamos em uma realidade diferente, onde ele pode sorrir para mim desse jeito e eu posso sentir borboletas no meu estômago, porque ele é lindo.

— Liss?

Pisco para ele.

— Humm?

Ele pega uma tábua de corte e uma faca.

— Venha e se sente perto de mim enquanto cozinho. Você está muito longe.

Saio do sofá e me sento em um dos bancos no balcão. Rapidamente, ele coloca uma panela de água para ferver, antes de picar uma cebola e alguns alhos e jogá-los em uma frigideira quente. Então, ele fatia um pouco de bacon e mistura ao refogado. Um cheiro de dar água na boca me atinge.

— Meu Deus, isso cheira bem.

Ele me lança um sorriso e continua. Parece tão autoconfiante na cozinha, isso só aumenta minha atração por ele. O que é a última coisa de que preciso.

— Sua mãe te ensinou a cozinhar? — pergunto.

Liam assente.

— Minha mãe começou ensinando a mim e meu irmão quando éramos pequenos. A primeira coisa que aprendemos a fazer foi ovos mexidos. Minha mãe nos mostrou como quebrar os ovos com delicadeza, mas Jamie e eu estávamos com cerca de cinco anos, então não sabíamos o significado da palavra *delicadeza*. — Ele ri e balança a cabeça. — Havia tanta casca de ovo na primeira leva que ficou bem crocante. Mas minha mãe sorriu e comeu mesmo assim. Disse que eram os melhores ovos mexidos que já tinha comido.

Por um momento, a tristeza transparece no seu rosto dele. Depois some, e ele põe tomates picados na frigideira antes de adicionar algumas ervas.

— E você? Cozinha?

Assinto.

— Minha mãe passou adiante seu amor pela cozinha pra Ethan e pra mim. Desde os dez anos nós temos de preparar uma refeição para a família. É claro que a primeira coisa que aprendi a fazer foi macarrão com queijo.

Ele tira os olhos da frigideira.

— É claro. Mas não com queijo normal, não é?

Eu zombo.

— Até parece. Minha primeira tentativa incluiu o queijo Castelo Branco e a muçarela de búfala. Foi o céu, se bem que, claro, essa é minha opinião.

— Amo macarrão com queijo. Promete que fará um para mim alguma noite?

Quero lembrá-lo de que preparar um jantar para nós é passar por cima de todos os limites, mas sua expressão está tão esperançosa que eu respondo um simples:

— Talvez.

Ele coloca a massa na água fervente junto com uma generosa pitada de sal.

— Angel não sabe cozinhar. Ela ama comida gourmet, mas não tem ideia de como é feita. Acho que é isso que acontece quando você cresce em uma casa com uma babá, um chef e uma governanta.

À menção do nome de Angel, eu fico tensa. Com tudo voltando para uma confortável rotina com Liam, é fácil esquecer que agora vivemos em mundos completamente diferentes.

Se ele percebe, não demonstra. Aponta para o queijo sobre o balcão.

— Quer ralar um pouco pra mim? O ralador está na gaveta, a tigela está no armário atrás de mim.

Dou um salto e faço o que ele me pede. Quando já ralei uma quantidade suficiente de queijo, deixo-o ao lado dele e olho por cima de seu ombro, dentro da frigideira em fogo brando.

— O molho parece incrível.

Liam mexe o conteúdo mais uma vez antes de pegar um pouco com a colher e assoprar.

— Aqui. Prove. — Ele leva a colher até minha boca. Sem nem mesmo pensar na intimidade do ato, fecho a boca ao redor da colher. Imediatamente fico paralisada, e quando vejo, Liam está me encarando.

Passo a língua pelos lábios e engulo, me sentindo um pouco mais do que autoconsciente.

— Delicioso.

Seu olhar vai dos meus olhos até a minha boca.

— Hum, hum. Está... hum... com sal suficiente.

— Sim. Perfeito.

Depois de mais alguns segundos me fixando no lugar com o seu olhar, ele volta para o molho. Suspiro de alívio e volto para a área de segurança do outro lado do balcão. Meu corpo inteiro está formigando. Imagino se ele afeta todas as mulheres do mesmo jeito. Angel se sente assim? Como se ele fosse um relâmpago em forma humana preenchendo todo o espaço ao seu redor?

Tomo um gole da minha cerveja e ficamos em silêncio enquanto ele termina o prato. Quando Liam coloca um prato fumegante diante de mim, coberto com uma quantidade generosa de parmesão, minha boca se enche de água.

— Obrigada.

— Como sempre, em se tratando de você, Elissa Holt — diz ele, com um sorriso maroto —, o prazer é todo meu. Bom apetite.

Ele se senta ao meu lado enquanto comemos. É confortável e tenso ao mesmo tempo, e estou percebendo que isso é um tanto normal para nós.

— Então — puxo conversa. — Você vê seus pais quando está na cidade?

Ele balança a cabeça.

— Comprei uma viagem de volta ao mundo séculos atrás pra eles e não percebi que coincidiria com minha estada aqui. Eles viajarão pelos próximos dois meses. Espero conseguir vê-los antes de voltar para L. A. Se a peça ficar em cartaz por todo esse tempo.

Termino minha última colherada e limpo a boca com um guardanapo.

— Ah, vai ficar, não se preocupe. Parmesão e trufa no palco todas as noites? A audiência vai ser uma loucura.

Ele ri, então leva nossos pratos vazios para a pia.

— Bem, isso é encorajador.

Ele pega mais duas cervejas no refrigerador e me passa uma. Quando voltamos para o sofá, estremeço ao me sentar.

Ele me olha com preocupação.

— O quadril ainda dói?

— Só um pouco. Meu hematoma, contudo, poderia ganhar um prêmio. É uma espécie de marca de distinção, roxa e cheia de sangue pisado. Uma coisa linda de se ver.

Ele põe o braço sobre o encosto do sofá.

— Posso ver?

— Meu hematoma?

Ele assente.

— Apenas para propósitos médicos. Às vezes, uma contusão mais séria pode causar problemas vasculares. Melhor deixar meus olhos de especialista darem uma olhada nele, apenas para me certificar.

Eu pisco.

— Você está falando sério?

— Tão sério como nunca. Venha aqui.

Ele deixa sua cerveja na mesa de centro enquanto me levanto do sofá. Quando fico em pé diante dele, Liam ergue minha camiseta e examina o hematoma arroxeado que aparece na borda do meu jeans de cintura baixa.

Ele olha para mim, e apenas tê-lo assim tão perto me faz ficar tonta.

— Posso ver o resto? — Sua voz está misteriosa e bem sensual.

— Você precisa mesmo? — Conheço os meus limites, e estou quase os ultrapassando bem rápido.

— Gostaria. Apenas pra conferir. Ainda me sinto responsável por você ter se machucado.

Mordo a parte de dentro da minha bochecha enquanto abro o botão da minha calça e abaixo o zíper. Tudo parece muito pesado. Liam olhando para minhas mãos e eu me concentrando em seus cílios enquanto ele pisca devagar.

Desço a lateral do meu jeans, revelando o hematoma por inteiro, junto com a lateral da minha calcinha preta.

Liam solta um suspiro e a encara por alguns segundos. Vejo seu pomo de adão subir e descer duas vezes, antes de ele falar alguma coisa.

— Bem, medicamente falando, é um hematoma e tanto.

A pele está bem arroxeada, com pontos amarelados sobre meu osso do quadril. Ele passa os dedos pelo hematoma e tenho de fechar os olhos e cerrar os dentes para me impedir de soltar um gemido de prazer.

— Está quente. A articulação dói?

Nada dói agora.

— Não. Só o músculo da coxa.

— Hum, hum. — Abro meus olhos. Ele move o polegar para minha coxa. — Aqui.

Ele a pressiona com gentileza, e eu prendo a respiração.

— Sim. — A dor não é severa, mas lidar com a tontura que ele me causa me faz ter de me apoiar em seus ombros para manter o equilíbrio.

Ele segura meus quadris para me manter firme.

— Sinto muito. Você está bem?

— Sim. Ótima.

Só que não estou bem. Liam me olha com uma sensação de necessidade que ameaça me arruinar, e suas mãos são quentes e firmes e quero senti-las mais. Quero que ele tire minha calça e arranque minha calcinha e coloque sua boca mágica bem ali, naquele ponto onde estou mais excitada. Quero que perceba que cometeu um erro ao me deixar e largue sua noiva incrível, quebre os corações de suas fãs para satisfazer meu desejo egoísta. E me odeio por querer todas essas coisas, porque cada uma delas magoaria muitas pessoas, e uma parte de mim está absolutamente tranquila quanto a isso.

— Liss. — Liam está olhando para mim, seus olhos estão brilhando e seu queixo, resoluto. Me dou conta de suas mãos apertando e soltando meus quadris em um ritmo errático. Todos os lugares onde ele me toca faíscam e ficam quentes. — Você não pode olhar pra mim assim e esperar que eu respeite nosso pacto de amizade. Realmente não pode.

Prendo a respiração.

— Como estou olhando pra você?

— Como se quisesse montar no meu rosto. — Meus dedos se afundam em seus ombros e ele sussurra. — Você precisa parar ou, juro por Deus, estou a três segundos de fazer isso acontecer. — Ele aperta os olhos. — Jurei ficar tranquilo perto de você, mas todas as vezes que você fica assim tão próxima isso se torna mais e mais impossível.

Sem pensar, afasto o cabelo de seu rosto.

— Liam...

Ele suspira e aceita meu carinho.

— Você não pode dizer meu nome assim. — Ele deixa a cabeça pender para trás. — Sério. Estou pendurado por um fio aqui.

Meu coração dá um salto quando ele me puxa para o meio de suas pernas e repousa sua testa na minha barriga. Seu hálito quente me dá arrepios, e quando ele me enlaça, não consigo me impedir de abraçá-lo.

— Eu senti sua falta, Liss. Dói não te ver por todos esses anos, mas isso? Você estar bem aqui e eu não poder ter você? Dói muito mais.

Ele enfia as mãos por baixo da minha camiseta e massageia minhas costas com os dedos abertos. Como se tivesse certeza de que vou desaparecer se ele não tocar minha pele.

Tento desfrutar do momento, mas tenho uma visão do que aconteceria se Angel entrasse pela porta bem agora. Como ela se sentiria me vendo, com a calça aberta, Liam agarrado a mim e respirando ofegante contra minha pele.

Isso a devastaria.

Tanto quanto reconheço meu próprio egoísmo, também sei que nunca a magoaria assim.

Coloco as mãos sobre os ombros dele.

— Liam...

— Eu sei. — Ele desaba no sofá e esfrega os olhos com as mãos. — Sei que preciso resistir, mas sempre que você está perto, eu... Não consigo pensar direito.

Solto um suspiro e aboto minha calça.

— Culpo você também. Claramente ainda há atração entre nós, e nos abraçarmos não é a melhor forma de lidar com isso.

— Não é o abraço — explica ele. — É estar junto. Sempre foi assim. Olhe.

Ele se inclina e pega a minha mão. Estou prestes a pedir a ele que pare, quando ele, devagar, enlaça seus dedos nos meus. Pele contra pele, macia e sensível.

Ahhhh, meu Deus.

Um gesto simples e inocente, mas eu o sinto em todos os lugares.

— Viu? Eu nem mesmo posso segurar sua mão.

Ele afasta os dedos com gentileza, depois os coloca onde estavam de novo. Minhas pálpebras vibram enquanto tento continuar respirando.

Ele continua me olhando nos olhos e não tenho escolha se não corresponder ao seu olhar. Continua a acariciar meus dedos, mas não me toca em nenhum outro lugar. Não precisa fazê-lo. Sinto seu toque em todas as partes do meu corpo, ele poderia estar acariciando meus seios, ou minhas coxas, ou suas mãos poderiam estar dentro da minha calcinha.

Julgando por suas pupilas tão dilatadas, ele está tão excitado quanto eu.

— Viu? Esse é o problema. — Sua voz é baixa e rouca. — Passei muitos anos tentando bloquear sua imagem. Sua voz. Seu toque. E, antes dessa peça, eu tinha conseguido. Mas, agora, você está aqui, diante de mim todos os dias, e vem à minha mente que um único toque seu ainda tem o poder de me arruinar. E sempre que isso acontece, eu esqueço as escolhas que fiz e o circo no qual minha vida se transformou e *quero você*. Que se danem as consequências.

— Liam, você está noivo. De uma mulher incrível.

— Eu sei. — Ele olha para as nossas mãos por alguns segundos, depois balança a cabeça. — Acredite em mim, eu sei. — Ele acaricia as costas da minha mão com o dedo. — E trazer você pra essa droga de tempestade que é minha vida não seria justo, nem pra você nem pra Angel. Sabia que estaria me sacrificando quando me comprometi com ela, e me recuso a ser um daqueles cafajestes que pensa que pode ter tudo, porque sei muito bem que não posso.

Então é isso. Ele não veio e disse: *Não importa o que eu sinto por você, ainda vou me casar com Angel*, mas foi isso que ouvi.

Depois de mais alguns segundos, ele, devagar, larga meus dedos e solta um suspiro ofegante.

— Então, sim. Não posso te tocar. Tenho de pensar em você como minha amiga e nada mais.

Levo minhas mãos ao quadril e exalo.

— Talvez ficar sozinhos juntos seja uma péssima ideia.

— Não, nós podemos fazer isso. Por favor. — Ele está prestes a pegar minha mão de novo, mas se interrompe. — Preciso de você como minha assistente, e nada mais. Mas, se você puder encontrar um meio de não ser tão loucamente atraente, eu apreciaria.

Eu quase rio.

— Hum, hum. Farei isso.

Sua expressão fica séria.

— Não faça isso.

— O quê?

— Agir como se eu estivesse dizendo isso por obrigação ou piedade. Porque não estou.

— Bem, Liam, vamos lá. Olhe de quem você ficou noivo e depois olhe pra mim. Não há comparação.

Ele se levanta, olha para mim, e sua bermuda atlética não está fazendo nada para esconder sua ereção agora.

— Você está certa. E se você tivesse alguma ideia do que faz comigo, do que sempre fez comigo, saberia disso.

Não consigo me impedir de desviar o olhar.

— Bem, acho que mesmo que duvidasse de você, não posso duvidar dele.

Ele olha para baixo, então esfrega a testa e suspira.

— Certo, então ficar em pé não foi uma boa ideia. Apenas ignore isso. Desaparecerá em algum momento.

— Aham.

Ele se senta no sofá e eu me junto a ele.

— Bem, então — digo, na minha voz mais autoritária —, vai ser assim: vamos passar as falas e discutir a peça quando necessário. Não haverá toque. Nada de lembranças. Nenhum comportamento antiprofissional de qualquer tipo. Se um de nós falhar ao seguir as regras, esse acordo está terminado e acharei alguém para repassar suas falas. Concorda?

— Concordo. — Ele olha para mim por alguns segundos, depois pega sua cerveja e toma um longo gole. Quando se volta para mim, está com o cenho franzido. — Estou tentado a lhe dizer o quanto está incrivelmente sensual fazendo esse discurso, mas isso seria bem antiprofissional, então guardarei pra mim mesmo minha opinião.

Uma risada nervosa me escapa.

— Liam?

— Sim.

— Apenas pra constar, também senti sua falta. — *Muito mais do que você jamais saberá.*

Ele me dá um sorriso caloroso.

— Obrigado, Liss.

Abro meu script e não me importo de lembrá-lo de que pedi que me chamasse de Elissa. Liss é a garota que ainda fica com os joelhos bambos por ele e, bem, agora preciso mais do que nunca ser a Elissa esperta e profissional.

Durante a hora e meia seguinte, repassamos as falas. Nenhuma piadinha pessoal. Nenhum olhar sedutor.

Apenas negócios.

Quando Liam parece satisfeito e confortável, dou um rápido boa noite e vou para a estação de metrô. Eu me parabenizaria se ainda não estivesse um pouco tonta por ter sentido as mãos dele sobre mim.

capítulo onze
VESTIDOS E DIVAS

O resto da segunda semana de ensaios voa. Durante o dia, cuido da produção da peça. À noite, passo as falas com Liam.

Na maior parte do tempo, temos sucesso em manter as coisas profissionais. De vez em quando, me pego olhando e desvio o olhar antes que ele possa ver. Outras vezes, ele tenta me puxar para uma conversa no fim da noite, mas sou cuidadosa em dispensá-la. Entro, repasso as falas e saio. Rapidamente e sem emoção. É a única forma das coisas entre nós funcionarem.

Na sala de ensaios, é mais difícil ficar distante.

Mesmo tendo pensado que tinha me acostumado a ver as constantes demonstrações de afeto entre Liam e Angel ao longo dos anos, agora que sei que ele ainda tem sentimentos por mim, cada vez que ele a toca ou beija, sinto uma pontada de ciúme. Tento não deixar que isso afete minha amizade com Angel, mas é difícil. Me pego dando desculpas para não conversar com ela durante o almoço, e sempre que preciso discutir assuntos relacionados à peça, mando Josh fazer meu trabalho sujo.

Me sinto mal, porque nada disso é culpa dela, mas o coração humano tem sua própria lógica e nenhuma quantidade de razão impedirá pessoas como eu de se comportarem como imbecis.

De sua parte, Angel parece alheia a tudo. Ela continua a ser amigável, descontraída e trabalhadora, o que, por alguma razão, torna as coisas piores. Se ela fosse uma vadia cruel, eu não me sentiria tão mal em relação aos meus sentimentos negativos a seu respeito. Mas ela não é, então me sinto péssima.

Estou organizando as coisas na sexta-feira à noite quando a vejo se aproximando com uma expressão de emoção reprimida. Imediatamente, me sinto nervosa.

— Ei, você — cumprimenta ela e segura as minhas mãos. — O que você vai fazer agora à noite?

— Estou terminando algumas coisas do trabalho e depois vou pra casa. Por quê?

Ela parece que está prestes a estourar.

— Bem, há uma butique superexclusiva na região das lojas de artigos para noivas. Eu estava morrendo de vontade de conhecer, e eles já ofereceram acesso privado à noite para que eu experimente alguns vestidos. Já que não passamos muito tempo juntas esta semana, pensei que você gostaria de vir. Você sabe, uma noite de meninas. Beberemos champanhe.

— Bem, hum... Quem mais irá?

— Apenas a equipe de filmagem. Os produtores estão loucos por imagens minhas em vestidos de noiva. Você sabe como é isso. — Ela aperta minhas mãos e se balança sobre os pés. — Por favor, venha. Não tenho nenhuma amiga em Nova York. Você me salvaria de ser uma fracassada total que experimenta vestidos sozinha. Por favoooor?

Ela dá uma piscadinha e não consigo deixar de rir. Mesmo que a última coisa, em absoluto, que eu deseje fazer no meu tempo livre seja ajudar Angel a se tornar a noiva mais linda do mundo, a culpa que sinto por evitá-la durante a semana não me permite recusar.

— Tudo bem, é claro. Eu adoraria ir.

— Ah, eba! — Ela dá um pulinho, batendo palmas. É tão adorável, eu a odeio. E odeio a mim mesma por ser uma vaca.

— Vou só me arrumar — diz ela. — Encontro você lá embaixo em dez minutos, tudo bem?

— Ótimo.

Enquanto estou guardando o resto das coisas na mesa de produção, Josh aparece do meu lado.

— Parece que você terá uma noite divertida. Pode deixar. Termino de guardar pra você. — Ele me dá um sorriso simpático e pendura a bolsa no meu ombro, antes de pegar meu celular sobre a mesa. — Quer que eu mande uma mensagem para o Quinn e fale pra ele que você chegará mais tarde pra repassar as falas?

— Sim, por favor. — Josh é a única pessoa que sabe das minhas visitas noturnas ao apartamento de Liam, e mesmo eu não tendo dito nada sobre a dislexia, sei que ele suspeita de alguma coisa do tipo.

— Devo contar a ele o motivo do seu atraso?

Franzo a testa.

— Sim. Por quê?

Ele dá de ombros.

— Apenas não sei como ele se sentiria com sua ex-namorada escolhendo vestidos de casamento com a noiva dele.

— Eu nem sou ex-namorada dele. De qualquer forma, foi ele quem me disse que era impossível dizer não pra Angel. E a propósito, é mesmo.

Ele dá uma risadinha.

— Ah, acredite em mim, eu sei. Ela me pediu pra cantar pra ela outro dia e eu cantei.

— O quê? Mas você nunca canta. Quero dizer, ouço você cantar no chuveiro, mas só isso.

— Eu te disse, a mulher me tem nas mãos. É sexy e irritante ao mesmo tempo. — Ele toca a tela do celular. — Certo, então: "Fui a uma loja de vestidos de noiva com Angel. Chegarei mais tarde". Quer que eu inclua alguma coisa provocante? Um emoticon de coração partido, talvez? Um rostinho verde de ciúme? — Ele me lança um olhar inocente e retribuo com o meu melhor olhar penetrante. Ele volta ao celular. — Hum, não tenho certeza de que há algum emoticon para indicar frieza, mas farei o meu melhor.

Sorrio.

— Apenas mande a mensagem, Josh.

Ele termina e pressiona "enviar" antes de me devolver o aparelho.

— Então você me disse pra não me preocupar quando começou a repassar as falas com o Quinn todas as noites, mesmo que eu pense que você está brincando com fogo. Você também vai me dizer pra não me preocupar quando está prestes a ir a uma loja de vestido de noivas com sua arqui-inimiga? Porque, falando com sinceridade, minha supervisão está cada vez mais aguçada, e não vê nada de bom.

Olho para ele.

— O que de tão ruim poderia acontecer?

— Ah, não sei. Você se desintegrar em um colapso emocional e confessar seu amor imortal pelo futuro marido dela?

— Humm. Eu *estava* planejando fazer isso, mas agora que você disse em voz alta, não parece ser uma boa ideia. Talvez eu repense. — Dou um beijo em seu rosto. — Vejo você depois.

— Sim, verá. — Ele tenta me fazer o sinal de joia com a mão.

Retribuo com meu sinal de "eu preciso ficar bêbada de verdade" e desço para encontrar Angel.

Isso será divertido. E quando digo "divertido", quero dizer incrivelmente desconfortável, com um tiquinho de morte iminente.

Angel rodopia dentro do que deve ser o décimo segundo vestido que experimenta. Todos eles ficaram incríveis nela; isso é irritante. Desisti de escolher um favorito. A equipe de filmagem grava todos os ângulos dessa aventura e algumas vezes o produtor pede que ela faça poses específicas. Não sei muito sobre produção de TV, mas sinto o cheiro de uma montagem.

Me sirvo de outra taça de champanhe e suspiro. Isso é tão idiota em tantos níveis que faz minha cabeça doer. Ajudar Angel a escolher o vestido que ela usará para se casar com o homem dos meus sonhos está acabando comigo, de verdade. E, ainda assim, porque ela é uma pessoa amável, fico entre odiá-la do fundo do meu âmago e amá-la como a irmã que nunca tive.

É de se admirar que eu esteja no caminho de me tornar uma bêbada sem classe?

— Acho que gosto deste, é o melhor — diz Angel, enquanto estuda a si mesma no espelho e rodopia em um modelo de chiffon rosado. Ela também está um pouco bêbada.

— Foi isso que você disse sobre os últimos dez vestidos, princesa.

— E isso era verdade todas as vezes. — Ela se vira para a vendedora. — Quanto custa este?

A mulher de cabelo escuro dá a ela um sorriso quase caloroso.

— Custa um pouco mais do que os outros que você provou. Esse custa cem mil, srta. Bell.

— *Que porra é essa?* — Todos olham para mim e estou um pouco surpresa de ter dito isso em voz alta. Aceno e sorrio. — Desculpe. Apenas... uau. Muito dinheiro. Eu poderia comprar um bocado de queijo com isso. Caramba, uma fábrica inteira de queijo.

— Não queremos que nossas noivas pareçam... baratas — diz a vendedora, altiva. — As mulheres que compram em nossa loja desejam alguma coisa extraordinária para seu grande dia e querem pagar por isso. Tenho certeza de que quando você chegar a esse ponto poderá ver isso como um investimento que vale a pena.

Tomo outro gole de champanhe. Aposto que nunca pensarei que dar cem mil em um vestido que será usado uma única vez seja um investimento que valha a pena. Além disso, duvido que vá precisar de um vestido de noiva algum dia. Tenho vinte e cinco anos e sou uma solteira com nenhuma perspectiva no horizonte. Ah, e eu mencionei que o amor da minha vida está se casando com outra pessoa?

Casamentos em geral conseguem me irritar. Esse, em especial, está me matando.

Tomo o resto do meu champanhe em dois goles e cambaleio até a arara de vestidos. Deve ter alguma coisa em que Angel fique horrível, e, caramba, pretendo encontrá-la.

— Estou enchendo sua taça, tudo bem? — pergunta Angel, e suas palavras estão começando a ficar agressivas. Quando a vejo, ela está bebendo direto da garrafa e tentando esconder isso da vendedora altiva. Isso me faz rir. Por que ela não pode ser uma vaca para que eu possa odiá-la? Garota estúpida e agradável.

Procuro o vestido, mas para meu espanto são todos maravilhosos. Estou prestes a desistir quando avisto um esverdeado pálido. Pego o vestido para dar uma olhada melhor.

Ah, meu Deus.

É um dos vestidos mais horrendos que já vi. A cor é o menor de seus problemas. O tom de verde, por si só, não pareceria tão ruim, mas o desenho claramente tentou fazer desse vestido uma versão em alta-costura de *O jardim secreto*. Há flores de todas as cores e estilos presas no corpete e, mais para baixo, na saia, há até mesmo borboletas, abelhas e libélulas.

Que droga eles estavam pensando? Qualquer noiva que usasse isso seria motivo de risadas.

— Ah, Angeeel!

Ela cambaleia até mim.

— Você tem alguma coisa pra eu experimentar?

Mostro o vestido para ela.

— O que você acha?

Ela o examina, em seguida aperta os olhos para alguma coisa na saia.

— Espere, isso é... Isso é um sapo?

Olho para o que ela aponta.

— Ah, uau. É sim. Esse vestido é *perfeito*!

Angel dá de ombros e o pega.

— Se você gosta, vou experimentar. A cor é realmente bonita.

Ela desaparece com a vendedora para um provador, então volto para meu lugar e pego meu champanhe. Enquanto bebo, consigo ignorar o crescente sentimento de culpa. Um dos cameramen paira ao meu redor, como se dissesse: *Vejo o que você está fazendo. Cada movimento mesquinho e mal-humorado.*

Eu quero golpeá-lo como a uma mosca.

Angel aparece usando o vestido horrendo e eu quase choro de alívio porque, finalmente, ela parece feia em alguma coisa. Bem, isso não é verdade. Ela ainda parece perfeita, mas o vestido é um pesadelo.

Ela inclina a cabeça e o estuda.

— Hum. Não sei. Você não acha que é demais?

— De jeito nenhum — respondo. — É inacreditável! Apenas... *único*. Ninguém nunca usou um vestido como esse. As pessoas falarão sobre ele durante meses.

Isso é verdade. O vestido será um sucesso em todas as listas de piores vestidos conhecidas. Possivelmente, mais do que isso.

Angel rodopia e sorri. A câmera a segue.

Me sirvo de mais champanhe e bebo para afastar meus sentimentos.

— Srta. Bell? — a vendedora a chama, indo em sua direção. — Quer provar outra coisa? Ou já tomou sua decisão?

— Só me dê um minuto — responde Angel e tropeça em mim. — Estou pensando. — Ela cai ao meu lado, no sofá de couro, e nós duas ficamos enroladas em metros de seda e flores. — Então? Qual é o veredicto? Você gosta deste? É tão rodado.

— Você ficou incrível em todos os vestidos, mas este... Ele tem um sapo, Angel. Um *sapo*. Nenhum outro tem um sapo.

Ela sorri.

— Não é mesmo? Não há sapos suficientes em casamentos. Eu deveria mesmo usar este vestido. Viu? Eu sabia que você me ajudaria a encontrar o vestido perfeito. Você é a melhor. — Ela se deita e encosta a cabeça no meu colo. — Este vestido é um sucesso.

Eu poderia mesmo fazer isso? Deixá-la usar essa abominação como castigo por se casar com o homem que deveria ser meu?

Angel suspira e olha para o teto.

— Mal posso esperar pra me casar com Liam. Ele ficará tão incrível em seu smoking. Todo mundo em Hollywood estará lá. Será o casamento com que sempre sonhei. Ele será meu Príncipe Encantado e eu serei sua princesa e, pelo menos uma vez na vida, papai ficará orgulhoso de mim, em vez da minha perfeita irmã idiota. — Ela olha para mim. — Me fale sobre seu casamento dos sonhos.

Eu afasto o cabelo que está em seu rosto.

— Não tenho nenhum.

— Ah, vamos lá. Toda menininha tem sua fantasia de casamento.

— Não eu. Acho que não faço o tipo romântico.

Seu rosto se suaviza.

— Elissa. — Ela olha para mim como se eu tivesse acabado de lhe dizer que estou morrendo. — Você nunca olhou pra um homem e pensou: *Sim, eu gostaria de acordar ao lado dele pelo resto da minha vida?*

Observo as bolhas de champanhe na minha taça.

— Uma vez.

— É aquele homem que Josh mencionou naquela noite, no jantar? Aquele que foi embora? — Eu me contorço, me sentindo realmente desconfortável com esse interrogatório. — Você tem certeza de que não há chance de vocês ficarem juntos?

Eu rio. A risada soa estridente e inadequada. Com tons de histeria.

— Tenho certeza. Ele está com outra pessoa. E ela é... — Respiro fundo. — Ela é linda, amável e divertida... E eu deveria estar feliz por ele ter encontrado alguém tão incrível, mas não estou. Sou egoísta e ainda o desejo pra mim. — Tomo um gole de champanhe, mas me esforço para engoli-lo.

Angel se senta e me abraça.

— Elissa, eu sinto muito.

Cerro os dentes e me recuso a chorar.

— Está tudo bem.

— Não, não está. Não me importo com a beleza e a doçura dessa nova garota, esse cara é um idiota por ter te deixado.

Dou outra risada. Essa soa mais como um soluço. Abraço Angel e deixo a tristeza de lado. Não importa o que aconteceu no passado, ela está prestes a ter seu casamento dos sonhos e merece meu apoio.

Me afasto e sorrio para ela.

— Talvez você não deva usar esse vestido de sapo. Não acho que o mundo está pronto pra tanta beleza.

— Não?

— Não. Vá com o rosado. Você ficou maravilhosa nele. Liam não saberá mesmo o que fazer quando vir você entrando na igreja com ele.

Ela fecha os olhos e suspira.

— Eu amei aquele também. É perfeito. — Ela fica em silêncio por alguns instantes, depois diz: — Falando em Liam, o que você pensa dele?

— Humm... O que você quer dizer?

— Quero dizer, vocês se conhecem há um tempo. O que você pensa dele? Como homem?

O álcool realmente está fazendo efeito sobre ela agora. Sobre mim também. Tenho de ser cuidadosa sobre o que está prestes a sair da minha boca.

— Bem, eu... Eu acho que Liam é talentoso. Comprometido. Profissional. — *Na maior parte do tempo.*

— Ah, dane-se o "profissional". Você o acha bonito? — Ela ri e começo a corar.

— Eu realmente não acho que seja apropriado que eu comente sobre isso.

— Ah, vamos lá, Elissa. — Ela se serve de mais champanhe. — Ele é lindo, não é? Quero dizer, irritantemente lindo. De qualquer ângulo que se olhe, ele é perfeito. Apenas admita isso... Não ficarei brava. Gosto quando outras mulheres o acham bonito. Isso é estranho?

Ela está tão bêbada, sua honestidade me faz rir.

— Sim, isso é um pouco estranho. A maioria das mulheres não gosta quando seu homem é cobiçado.

— Mas você não entende — diz ela, e sua última palavra sai "etende". Ela continua: — Tenho uma coisa que todo mundo quer e isso me faz poderosa. Até meu pai pensa assim, e ele nunca prestou muita atenção em mim antes de eu sair com Liam. Agora sou a menina dos olhos dele porque o casal *Angeliam* é um tremendo sucesso, e minha irmã nem mesmo tem namorado. Entende?

— Não, na verdade.

Ela balança a mão.

— Não importa. Apenas diga que ele é lindo. Faça isso por mim.

Eu suspiro, enquanto ela despeja mais champanhe em minha taça.

— Certo, tudo bem. Ele é muito bonito.

Ela me aponta o dedo.

— Bonito, não. *Lindo.*

— Sim, ele é lindo.

— Lindo demais. Lindo de fazer nossos joelhos ficarem bambos.

Ela está tão séria, e isso me faz rir.

— Ai, meu Deus, tudo bem. Sim, Angel, seu noivo é o homem mais gostoso no qual já pus os olhos.

— Bom!

— Ele é um espécime perfeito de homem.

— Continue!

— Se ele não estivesse comprometido com você, eu o montaria, como o lindo garanhão que ele é.

— Sim, você montaria!

— Eu transaria com ele de dez maneiras diferentes durante uma semana.

— E ele amaria isso!

— Se ele não estivesse comprometido com você, eu subiria nele como em uma árvore e transaria com ele como se fosse uma porta de tela em um furacão!

O rosto dela se contrai por um momento e ela me olha com uma expressão magoada.

— O.k., isso foi demais.

Meu sorriso desaparece.

— Ah, meu Deus, Angel...

Seus lábios tremem e meu peito dói quando seus olhos se enchem de lágrimas.

— Por que você disse isso? Pensei que fosse minha amiga. Acabar com ele como se fosse uma porta em um furacão? Isso é nojento, Elissa!

— Mas foi você que me pediu pra dizer...

Angel deixa escapar uma enorme gargalhada antes de se dobrar em um ataque de risos.

— Ah, meu Deus, a sua cara!

— O quê? Você... Ah, você... — Eu me esforço para reagir ao seu riso de hiena. — Droga, atores! — Ela está histérica agora, e apesar do meu quase ataque cardíaco, eu sorrio. — Você pagará por isso. — Ela ri ainda mais. — Um dia, quando você menos esperar, vou dar o troco, madame. Pode ter certeza! Queridinha da América o caramba! Eu deveria transar com seu homem apenas como vingança.

Neste momento, lembro que as câmeras estão lá. Levo a mão à boca.

— Ah, não. Vocês não podem usar nada disso.

A produtora dá uma risada.

— Claro. Vamos cortar.

— Não, falando sério — digo. — Foi uma piada. Eu estava brincando. Você não pode permitir que isso passe no reality show.

O que todo mundo pensaria? Meu Deus, o que *Liam* pensaria?

Vou para cima da produtora.

— Por favor. Eu pago. Quanto custa queimar essa filmagem?

Ela ri de novo, e juro por Deus, ela parece uma barracuda de batom.

— A boa televisão não tem preço.

Angel se aproxima e dá um tapinha no meu braço.

— Está tudo bem. Não se preocupe. Eu digo coisas idiotas o tempo todo. Eles, com certeza, vão editar isso. Não é, Ava?

Ava assente.

— Claro, srta. Bell. — Ela demonstra toda a sinceridade de um vendedor de óleo de cobra.

— Viu? — pergunta Angel. — Está tudo bem. Agora venha comigo. — Ela pega minha mão e me leva para o provador. — Você precisa experimentar um desses vestidos. Você diz que não quer um casamento dos sonhos, mas vai querer quando se ver em um desses.

Tento me afastar, mas, droga, a garota é mais forte do que aparenta.

— Angel, não. Eu não acho que elas deixam garotas que não vão se casar provar seus vestidos supercaros.

Ela desdenha da minha preocupação.

— Se eu vou gastar cem mil nesta loja, eles vão me deixar vestir minha amiga por alguns minutos. Certo, Bianca?

A vendedora dá o seu sorriso mais paciente.

— Claro que sim, srta. Bell. Deixe-me ajudá-la.

Tento resistir, mas como sempre, não consigo dizer não a Angel. Ela tira minhas roupas, depois ela e Bianca me ajudam a entrar em um modelo incrustado de joias, decotado, que marca todas as minhas curvas.

— Ah, meu Deus — diz Angel, enquanto se afasta. — Você... está... incrível!

Bianca entra em cena e arruma meu cabelo com um véu, depois me passa um buquê. Quando termina, Angel me arrasta até um pequeno pódio diante de um espelho gigante.

— Olhe como você está bonita!

Por um segundo, não faço ideia de para quem estou olhando, porque com certeza não sou eu.

—Ah. Uau.

Angel aponta para que as câmeras me filmem.

— Agora essa é uma imagem que vocês podem usar. Você está incrível, Elissa. Você fará algum homem muito feliz um dia.

Olho para a mulher no espelho. O cabelo louro preso em um coque elegante, o véu caindo sobre os ombros nus, meu corpo parecendo mais longo e esbelto no tecido grosso e justo. O enfeite de contas brilha no espelho, e eu nunca me vi assim antes. Linda. Uma noiva. Uma noiva prestes a se casar.

As emoções formam um nó na minha garganta, porque pela primeira vez em minha vida consigo me imaginar casando. Consigo me ver entrando em uma igreja, indo em direção a Liam, ele todo lindo e alto em seu smoking elegante. O amor transparecendo por todo o seu rosto enquanto ele me observa caminhar em sua direção. A imagem mental é tão vívida que tira o meu fôlego.

E então sou atingida por uma onda de tristeza indescritível, porque o que estou vendo é o futuro de Angel, não o meu.

De repente, o vestido está muito apertado e meu coração está batendo muito rápido e eu preciso sair dali antes que o pânico que ferve sob minha pele exploda.

— Preciso ir embora.

— O quê? Por quê?

Saio do pódio, mas quando me viro para ir para o provador, tropeço na cauda e caio. Claro que sobre meu quadril machucado.

— Droga!

Tento levantar, mas bebi tanto que fica difícil conseguir me equilibrar. Angel tenta me ajudar. Eu a afasto, depois volto correndo para o provador. A vendedora enfadonha está mais do que feliz em tirar seu vestido de alta-costura da minha pele de pobre em um tempo recorde.

Quando já estou vestida, vou até Angel e a abraço. Ela está franzindo a testa.

— Por que você está indo embora? Pensei que estivéssemos nos divertindo.

— Estávamos, mas tenho um monte de trabalho pra terminar antes do ensaio de amanhã. Eu vejo você pela manhã, certo?

As câmeras sempre presentes chegam mais perto quando ela pega meu braço para me impedir.

— Espere. Elissa. Sei que não te pedi oficialmente, mas... Você irá ao meu casamento, não é?

Um nó se forma na minha garganta.

— Angel, você mal me conhece.

— E eu te amo como uma irmã. Se eu já não tivesse convidado minhas damas de honra, eu a escalaria para ficar ao meu lado na festa de casamento. Mas realmente a quero lá. Você e Josh. Diga que irá.

Ela olha para mim com tanta esperança que tenho de desviar o olhar.

— Claro que irei. — Preferia perfurar meus olhos a ver outra mulher se casar com Liam, mas não posso contar isso a ela. — Eu não perderia isso por nada no mundo.

Saio correndo pelo salão e desço as escadas para a rua. Quando o ar frio da noite atinge meu rosto, respiro fundo e fecho os olhos.

O.k., apenas relaxe. Sério, isso é tolice. Foi uma fantasia, nada mais. Volte para a realidade e se acalme, caramba.

O champanhe está me fazendo tremer e ficar emotiva. Ou talvez seja a situação.

Se eu fosse uma pessoa melhor, ficaria feliz por que alguém tão doce quanto Angel terá seu final feliz com Liam, mesmo que eu não tenha.

Mas não sou uma boa pessoa. Eu sou egoísta e odeio essa ideia.

capítulo doze
RETIRADA ESTRATÉGICA

Quando Liam abre a porta, ele me encara e franze a testa.

— Algum problema?

— Não. Eu estou bem. — Entro cambaleando no apartamento e jogo minha bolsa no sofá. Pensei que andar até lá me deixaria sóbria, mas, na verdade, me sinto mais bêbada. — Pronto pra trabalhar?

— Liss, você estava bebendo?

Folheio o script e faço uma careta quando nada faz sentido. Depois percebo que o estou segurando de cabeça para baixo.

— Um pouco. Havia champanhe. Fui forçada. — Tento não falar enrolado, mas minha língua não está cooperando. A sala gira e eu me encosto no sofá em busca de apoio. — Por que seu apartamento está se mexendo?

Ele pega uma garrafa de água na geladeira, então volta, pega minha mão e me leva para o sofá. Não quero me sentar, mas ele, com facilidade, me faz fazer isso. Quando tento fechar os olhos, Liam toca meu rosto e me faz olhar para ele.

— O que aconteceu com a Angel?

Mesmo fora de foco, ele é lindo.

— Amo o seu rosto — digo e passo os dedos desastradamente sobre os lábios dele. — Eu não deveria, mas amo. Tão bonito.

Ele pega a minha mão e põe entre as dele.

— Você é bonita também. Mas, agora, quero ouvir sobre você e a Angel.

Dou de ombros.

— Angel foi fantástica. Você está noivo de uma doçura de garota, Liam. Você ficará de queixo caído quando a vir no vestido de noiva. Eu escolhi um ótimo.

— *Você* escolheu o vestido de noiva dela?

Eu assinto.

— Eu ia fazê-la usar o sapo, porque sou uma vaca. Mas não consegui. Ela é tão legal. E confia em mim. Mas não deveria, porque não sou uma boa pessoa. Meu Deus, o Jardim Secreto era horroroso. Ah, e também, sabe o quê? Não há como eu ir ao seu casamento. Não importa o quanto ela me queira lá.

— Liss, do que você está falando?

— Você sabia que ela gosta quando outras mulheres cobiçam você? É verdade. Ela quis que eu admitisse que achava você lindo, e eu não queria, mas ela me fez dizer. E então, quando comecei, não consegui parar. E disse todas aquelas coisas. Coisas realmente erradas. Verdadeiras, mas o tipo de coisa que eu não deveria falar em voz alta. E depois comecei a gritar sobre o quanto eu queria transar com você, e eles gravaram tudo. Tudo que eu disse. Todas as minhas palavras burras. Eu sou uma idiota.

— Espera, o quê?

— E então, quando eu pensei que tudo estava bem, Angel me fez provar um vestido. E ele era *lindo*, e eu fiquei linda nele e... E então nada estava bem. — Fecho os olhos. A lembrança faz minha garganta se apertar e meu peito doer. Me sinto mal.

Ele segura meus ombros com gentileza e me obriga a olhar para ele. Abro os olhos e vejo seu lindo e preocupado rosto.

— Liss, *o que aconteceu?*
Balanço a cabeça e respiro com dificuldade.
— Eu nunca tinha pensado sobre isso antes, sabe? No vestido ou no final feliz, ou em quaisquer dessas coisas. Nunca tive motivo pra pensar. Mas, então, hoje à noite...
— Hoje à noite?
Olho para Liam e sei que ele vê o quanto meus olhos estão úmidos, mas não consigo impedir.
— Hoje à noite, eu me vi naquele vestido e isso me atingiu. Você está se casando. *Você.* Com outra pessoa. — Engulo em seco e olho para seu peito. — Quero dizer, eu sabia que você estava, mas não *sabia*, entende? E agora sei e isso é uma *merda*.
— Liss...
Balanço minha cabeça enquanto as lágrimas escorrem pelo meu rosto.
— E eu me sinto tão *estúpida*, porque não há motivo pra eu me chatear com isso. Não tenho direito. Você não é meu. *Nunca* foi. Passamos uma noite juntos há um milhão de anos, e eu já devia ter superado isso.
— Liss, para com isso. Nunca ficamos juntos por apenas uma noite. Você sabe disso.
— Não, não sei. Porque só tive você por um tempinho e agora ela o tem pra sempre. E não tem como isso ser justo. Não tem.
— Meu Deus, linda. — Então, suas mãos começam a me tocar. Me puxando. Me envolvendo. E eu fico aninhada ao seu peito, envolvida por seu cheiro, e imploro que as lágrimas cessem, mas elas não me ouvem.
Droga.
Odeio isso.
Amor.
Desejo.
Atração.
Necessidade.
Tudo que ele desperta em mim.

Estou tão cansada de querer o que não posso ter. De *desejá-lo*. Não consigo fazer mais isso.

Não posso.

Agarro sua camisa e fecho os olhos. Suas mãos percorrem minhas costas. Seus beijos pressionam minha testa. Calor e conforto me rodeiam, e mesmo que eu saiba que esses beijos não são meus, talvez por hoje eu possa fingir que são.

Minha cabeça dói. Tento ignorá-la, pois estou quente e confortável, mas a dor lateja em um ritmo constante atrás dos meus olhos.

Argh. Pare com isso. Já estou acordada.

Passo a mão pela testa e gemo. Faz anos que não tenho uma ressaca tão ruim. Eu o amaldiçoo, Champanhe, você e suas deliciosas bolhas.

Abro meus olhos e faço uma careta. *Onde eu estou, droga?*

Braços musculosos e calorosos estão apertados ao meu redor, e paro de respirar.

Liam? Por que estou na cama com Liam, caramba?

Aperto os olhos e tento pensar. *Vestidos de casamento. Champanhe. Liam atendendo a porta. Lágrimas.*

Respiro de forma lenta e calculada. Os detalhes estão confusos, mas o aperto em meu estômago me lembra do quanto fui longe. De como tive um colapso e deixei escapar todos os meus sentimentos bagunçados e não correspondidos. Entretanto, depois das lágrimas, não consigo me lembrar o que aconteceu.

Por favor, Deus, me diga que não transamos. Se havia algum modo de tornar essa situação exponencialmente pior, seria esse.

Quando olho para baixo, solto um suspiro de alívio: estou de calcinha. Um olhar sobre meu ombro, contudo, revela o peito e os ombros nus de Liam.

Por favor, não.

Levanto o edredom e olho embaixo. Ele está de cueca. Que não faz nada para esconder sua ereção matinal.

Certo, então estou presumindo que não transamos. Além disso, se Liam tivesse estado dentro de mim, não haveria como eu não sentir nada agora. Ele é, tipo, imenso.

Com relutância, saio dos braços dele. Quando ele geme meu nome, fico paralisada e prendo a respiração, mas depois de alguns segundos Liam se vira e fica em silêncio de novo. Me movimentando o mais silenciosamente possível, saio da cama e olho ao redor.

Mesmo sob o brilho pálido da manhã posso dizer que seu quarto é maior que meu apartamento inteiro.

Ando na ponta dos pés até encontrar minhas roupas dobradas em ordem sobre uma cadeira de couro, então rapidamente as visto, e calço meus sapatos e meias. Minha cabeça dolorida continua me lembrando de que preciso de um analgésico, então saio da imensa suíte e fecho a porta em silêncio, antes de acender a luz.

— Caramba! — sussurro e aperto os olhos quando as luzes do banheiro enorme atingem meu cérebro. — Droga, Liam. Você faz cirurgia aqui? Quem precisa de luzes tão brilhantes?

Eu me atrapalho com o regulador das luzes, até que consigo fazê-las atingir um nível menos cegante, então, com cuidado, abro o gabinete na esperança de achar algum analgésico.

Vasculho as prateleiras. *Creme de barbear. Lâmina. Loção pós-barba.* Eu pego o frasco e cheiro.

Nossa. Sim. O cheiro de Liam.

O tremor que me percorre me faz amaldiçoar a mim mesma. Uma coisa que me lembro sobre a noite passada é jurar ter superado Liam. Com certeza, sentir o perfume de sua loção como uma maluca é dar vários passos na direção errada.

Depois de colocar o frasco no lugar, procuro algum analgésico no topo da prateleira e tomo dois com a água da torneira. *Obrigada, Deus.*

Respiro fundo enquanto me avalio no espelho. Planejo sair de fininho, dormir algumas horas em casa e enfrentá-lo mais tarde, quando estiver em melhor forma para termos a conversa de que precisamos.

Certo. Vamos lá. Fique quieta. Evite a cabeça explodindo.

Apago a luz e abro a porta, e é quando fico paralisada. Há uma sombra andando pelo quarto, e não é a de Liam. Estou prestes a gritar, quando ouço Angel dizer:

— Ei, dorminhoco. Bom dia. — Ela está usando roupas e equipamentos de ginástica. Quando se senta na cama, ao lado de Liam, ele geme e passa os braços ao redor dela. — Certo, pare, mocinho. Venha malhar comigo. Bebi litros de champanhe ontem à noite e tenho um caso severo de inchaço. Sem mencionar uma dor de cabeça mortal. Preciso de alguma endorfina pra clarear minha cabeça.

— Do que você está falando? — pergunta Liam, quando a agarra de novo. — Você odeia exercício, lembra? Programa de proteção fitness. Fique aqui. Venha.

Angel franze a testa.

— Liam? Você ao menos está acordado agora? — Ela o balança. — Venha para o mundo real, por favor. Você não está falando coisa com coisa.

Liam se senta, espantado.

— Angel?

— Hum, sim. Esperando outra pessoa no seu quarto, garanhão?

Prendo minha respiração atrás da porta enquanto Liam olha ao redor do quarto.

— O quê? Não. Apenas...

Ele olha ao redor de novo, ajeitando o cabelo.

— Desculpe. Foi só um sonho.

— Tudo bem — responde Angel, em dúvida. — Então, tenho cerca de mil calorias em álcool que precisam ser eliminadas. Você vem malhar comigo ou não?

Liam puxa o lençol.

— Hum, não. Sinto muito. Não dormi bem.

Angel levanta-se da cama.

— Certo. Vai me abandonar na minha hora de necessidade. Eu não me importo. Mas se eu não entrar no vestido de casamento deslumbrante que Elissa me ajudou a escolher ontem, vou culpar você.

— Aham.

Angel leva a mão à cintura.

— Você nem mesmo vai me perguntar sobre o vestido? É o nosso casamento, sabe?

Liam passa a mão pelo rosto.

— Poxa, desculpe. Não acordei de verdade ainda. Você encontrou alguma coisa de que gostou?

— Um monte, mas Elissa me ajudou a chegar à escolha perfeita. Meu Deus, aquela menina é incrível. Eu juro, vou sequestrá-la quando formos embora de Nova York. Você concordaria de ela viver conosco depois de nos casarmos, não é? Poderíamos ser o primeiro e mais orgulhoso trio de poliamor de Hollywood. — Liam parece estar prestes a ter um ataque cardíaco. Angel explode em risadas. — Estou brincando! Mais ou menos. Mas se eu gostasse de garotas, definitivamente teria flertado com ela. Ela não deveria estar solteira. Você não conhece nenhum colega ator lindo que possa apresentar a ela?

— Hum... Não. De qualquer forma, ela não namora atores.

— Como você sabe disso?

Ele esfrega a nuca.

— Ela... hum... me disse anos atrás. Todo relacionamento ruim que ela teve foi com um ator.

Angel balança a cabeça.

— Sim, bem, não é de se admirar. Somos um bando de canalhas. Ainda assim, tenho certeza de que consigo encontrar alguém maravilhoso para ela se eu tentar de verdade. Você tenta pensar em alguém também. Aquela garota merece algum homem que a adore, e pretendo fazer isso acontecer. — Ela se inclina e o beija no rosto. — Tudo bem, vou dar o fora, gorducho. Vejo você nos ensaios mais tarde.

— Sim. Depois nos vemos.

Angel vai embora, e quando Liam ouve a porta do apartamento fechar, ele solta um suspiro de alívio e cai de volta na cama.

— Meu Deus do céu.

Eu abro a porta do banheiro e saio. Assim que ele me vê, pula da cama e vem até mim.

— Liss. Ei. — Ele pisca. — Pensei que você tinha ido embora.

— Ei — digo, meu coração ainda acelerado depois desse susto. Além disso, lidar com Liam de cueca não é fácil, especialmente em meu estado atual. — Então, Angel tem a chave do seu apartamento, hein?

Ele olha para a porta da frente, então volta a olhar para mim.

— Hum, sim. Mas ela nunca a usa. Ela deve ter batido e só entrado quando não respondi. Você está bem? Pegou alguns analgésicos?

— Sim. Obrigada. — Ajeito meu cabelo atrás das orelhas. — Sinto muito por toda... Bem, por tudo, pela noite passada. Não queria entrar em colapso.

— Não se preocupe com isso. Estou feliz por você ter desmaiado aqui, em vez de no metrô.

Assinto.

— Então, você tirou minha roupa?

Ele se endireita.

— Hum... Sim. Pensei que você ficaria mais confortável. Eu ia dormir no sofá, mas você me agarrou e não me deixou sair. Eu só ia ficar até que você estivesse inconsciente, mas acho que caí no sono. — Ele põe as mãos na cintura e me examina. — Você quer tomar café da manhã? Tenho bacon e ovos na geladeira. Pode ajudar com sua ressaca.

Depois do que acabou de acontecer, pensar em comida me faz estremecer.

— Não, obrigada. É melhor eu ir embora.

Eu passo, me esforçando para não esbarrar nele, e vou para a sala encontrar minha bolsa. Está debaixo da mesa de centro, e agradeço a Deus por Angel não ter visto.

— Ei, espere um segundo. — Ele me alcança e me pega pelo braço. — Você não precisa ir embora tão cedo.

Me viro para encará-lo.

— Preciso, sim. — Respiro fundo. Não quero fazer isso agora, mas acho que não tenho escolha. — Liam, não posso mais vir aqui. De agora em diante, Josh vai repassar suas falas com você. Pode confiar o seu segredo a ele. Ele é bem discreto.

Leva alguns instantes para Liam processar o que eu acabo de dizer, mas quando ele o faz, seu rosto inteiro se contrai.

— Espere. O quê?

— Eu sinto muito.

— Não entendo. Isso é por causa da noite passada? Você está com vergonha do que disse?

— Não é por causa da noite passada. É por causa dos últimos seis anos. E é também pelo fato de que sua noiva quase entrou e nos encontrou juntos na cama.

— Liss...

— Não, Liam. Isso não é justo com ela. Além disso, se Marco e Ava descobrirem que estou visitando seu apartamento todas as noites em segredo, minha carreira estará acabada. Eles me demitiriam na hora.

— Eles não poderiam. Você está aqui como uma profissional.

— Não, não estou. E esse é o problema. Choramingar em seus braços sobre minha paixão patética por você não é ser profissional. E você ficar excitado comigo também não é. E só pra constar: eu acordar seminua na sua cama tampouco. Com certeza, não é nada profissional.

Ele passa a mão pelo cabelo.

— Nada aconteceu. Você sabe que eu nunca me aproveitaria de você assim.

— Não importa se aconteceu alguma coisa ou não. Você é um homem comprometido. Eu não deveria ficar sozinha em seu apartamento, muito menos estar em sua cama. Você pode imaginar se a imprensa souber alguma coisa sobre isso? Ex-amantes passando todas as noites juntos debaixo do nariz da queridinha da América? Eles teriam a manchete do dia e Angel ficaria devastada. Ela me considera uma amiga.

Ele esfrega a testa e sua voz está cheia de frustração.

— Meu Deus, nós não fizemos nada de errado. Repassamos as falas. Foi isso. Não estou transando com você. Nem mesmo te beijei. Na verdade, fiz *tudo* que estava ao meu alcance pra me certificar de não ultrapassar o limite, mesmo que todas as vezes que você entra por aquela porta tudo que consigo pensar é em arrastá-la pro meu quarto e fazer amor com você até que não consiga ver mais nada.

Tão logo Liam diz isso, o ar se enche de tensão. Parte de mim está emocionada com a declaração, mas há outra, a maior parte, que quer gritar que se ele tivesse me escolhido, em primeiro lugar, ele poderia ter tudo isso e muito mais. Meu amor. Meu corpo. Tudo. Em vez de negar esse desejo avassalador, desesperado, que nós dois estamos sentindo, poderíamos ter passado os últimos seis anos escravos dele.

Eu quase rio. *O que estou dizendo? Eu tenho sido escrava desse desejo. Ainda sou.* Esse homem me ganhou por completo desde o momento em que nos conhecemos, e isso não pode continuar.

Liam lê meu rosto. Seja lá o que ele vê, faz com que sua expressão se contraia.

— Sinto muito. Foi uma coisa estúpida de dizer.

— Não, foi honesto. E é por isso que preciso ir embora. Não sei se essa reação a mim é apenas seu nervosismo com toda essa conversa de casamento, mas você precisa se concentrar na sua noiva e na peça. É isso. E eu preciso parar de querer um homem que sei muito bem que nunca terei.

Pego minha bolsa e a penduro no ombro. Quando chego à porta, me viro para ele.

Suas mãos estão na cabeça. Os ombros, caídos.

— Liam? — Ele olha para mim e odeio a esperança frágil em seus olhos. Ele pensa que mudei de ideia. — Preciso que você faça uma coisa pra mim.

— Qualquer coisa. — Ele se aproxima, mas o impeço com a mão.

— Na noite passada, eu disse algumas coisas realmente... inapropriadas sobre você enquanto estava com Angel. Existe algum modo de você fazer essa filmagem desaparecer? Se alguém a vir, minha reputação profissional será arruinada. Sei que é pedir muito, mas...

— Eu cuidarei disso. — Suas palavras são cortantes. Os olhos estão baixos.

— Obrigada. — Respiro fundo e arrumo minha bolsa. — E, Liam? — Ele olha para mim. — Eu ainda quero que sejamos amigos, se isso for possível. Quero dizer, ainda temos de fazer essa peça juntos e não quero que as coisas fiquem desconfortáveis. Só não podemos nos ver depois do horário, tudo bem?

Ele me dá um sorriso resignado.

— É claro. Eu entendo. Amizade. Nada mais. Sem problema.

— Vejo você mais tarde, nos ensaios, não é?

— Sim. Vejo você depois.

Saio e fecho a porta gentilmente. Tão logo o trinco da fechadura bate, solto um suspiro e me apoio contra ela, enquanto a adrenalina corre por cada veia do meu corpo. Preciso respirar fundo algumas vezes antes de ser capaz de usar minhas pernas de novo, e quando me afasto, tenho certeza de ouvir Liam xingar antes de espatifar alguma coisa contra a madeira.

capítulo treze
TEMPOS DE DESESPERO

Josh está parado na frente da porta do nosso apartamento barrando minha passagem. Eu acho que nunca o vi tão inflexível antes.

— Lissa, eu sei que essa coisa com o Quinn te deixou toda perdida, mas essa não é a solução.

— Saia da frente, Josh. Eu vou fazer isso.

— Pense sobre isso um segundo. Pense sobre quem você é. Seus valores. Essa não é você.

— Sim, bem, ser eu não tem servido pra muita coisa, então talvez seja hora de uma mudança. E Deus sabe que eu preciso de um pouco de distração.

Ele balança a cabeça.

— Se você fizer isso, não serei responsável por suas ações. Não venha chorar perto de mim quando tudo der errado.

— Anotado. Agora, saia da frente.

Ele suspira e abre a porta para mim. Antes de eu conseguir passar por ele, Josh segura minha mão.

— Lissa, espere. Apenas me prometa uma coisa. — Eu o encaro.
— Se alongue antes de começar. Seu nível de condicionamento físico é terrível. Você poderia mesmo machucar alguma coisa. Correr não é brincadeira. É um negócio sério.

Concordo, sombriamente.

— Entendo. E prometo que serei cuidadosa, papai.

Desço as escadas enquanto ele grita atrás de mim,

— E, pelo amor de Deus, se hidrate. E não fale com estranhos.

Eu sorrio enquanto saio pela porta em direção à rua fazendo alguns alongamentos básicos. Me sinto exposta em meu novo traje de corrida em elastano, mas acho que posso parecer alguém que entende desse negócio, apesar de não saber exatamente o que estou fazendo.

Começo em um ritmo lento e vou em direção ao Central Park.

Nos últimos dias, procurei me ocupar tentando tirar Liam da cabeça e superá-lo, mas chegar ao ensaio mais cedo e ficar até mais tarde ainda me deixava um bocado de tempo livre. Assim, resolvi recorrer à antiga tortura de correr para me distrair. Não ajudou notar que as coisas parecem estar tensas entre Liam e Angel. Em mais de uma ocasião eu os vi trocando palavras grosseiras. Josh acha que eles estão apenas encenando um relacionamento dramático para o reality show, mas eu não tenho certeza. Talvez não sejam tão felizes quanto sempre pareceram. Poderia ser essa a razão de Liam me procurar?

Balanço a cabeça e me castigo. Viu? Meu instinto é insistir, e eu realmente preciso parar.

Na teoria, eu deveria ser capaz de lidar com o fato de ver Liam todos os dias, suprimindo meus sentimentos. Na prática, sou como um alcoólatra tentando permanecer sóbrio trabalhando em uma loja de bebidas.

Então, agora aqui estou eu, me concentrando em colocar um pé na frente do outro e xingando o maldito idiota que pensou que esses tops de ginástica chegavam perto de serem eficientes.

Alguém se importaria se eu apenas segurasse meus seios enquanto corro? Porque, falando sério, caramba!

Os primeiros quarteirões foram tranquilos. Os próximos, mais difíceis. Quando chego ao parque e me misturo a todos aqueles corredores matinais, vejo o quanto estou fora de forma. Tenho muita certeza de que um cara já passou por mim cinco vezes. Maldito atleta.

Depois de trinta minutos, meus pulmões estão queimando. Depois de quarenta e cinco, quero morrer.

Quando não consigo mais suportar, desmorono sobre a grama e tento fazer alguns abdominais. Claramente, me falta técnica, porque um adolescente se aproxima e pergunta se eu preciso de ajuda para me levantar. Até me chama de "senhora". Que merda!

Deito na grama e bufo. Certo, então essa experiência foi medianamente bem-sucedida. Talvez com mais prática possa mesmo ser uma solução.

Quando consigo respirar sem sentir meus pulmões queimarem, sento e olho em volta do parque. Faz um dia bonito em Nova York e as pessoas estão aproveitando o clima ameno. Observo enquanto os tipos costumeiros passam: turistas tirando fotos, corredores, passeadores de cães, pais empurrando carrinhos de bebês. Ah, e os casais. Não vamos esquecê-los. Estão em todos os lugares e, quando você está solteiro, parece que eles triplicam em número apenas para enfurcê-lo e fazê--lo se sentir mais sozinho. Eles passeiam, presunçosos, de mãos dadas ou abraçados, te insultando o tempo todo com seus olhares amorosos e mãos bobas.

Olho para um casal em particular, que está sentado em um banco próximo. Enquanto a garota conta uma história, o rapaz acaricia seu rosto, seu pescoço, suas costas. Ele a observa como se ela fosse o sol de seu universo, e é óbvio que ele está apenas esperando que ela pare, assim ele pode beijá-la. A garota olha para ele do mesmo modo. Seus olhos passeiam pelo rosto dele enquanto fala, e fica bem claro que, quando a história acabar, ela acariciará o cabelo dele e o puxará para si. Eles se beijam devagar. Um beijo profundo.

Esquecidos de tudo, menos de si mesmos, como se tivessem o dia todo para se beijar assim.

Babacas.

Eu quero isso. Esse amor fácil, aberto. Quero um homem que já não esteja noivo, que olhe para mim da maneira como Liam olha.

Uma dor aguda se intensifica dentro de mim e desvio o olhar.

Frustração sexual é uma coisa. Frustração de relacionamento é outra. Ambas levam pessoas como eu a fazer coisas estúpidas, desesperadas. Coisas que terminarão se arrependendo de terem feito.

Para provar minha teoria, eu me levanto e começo a correr de novo. Um pé na frente do outro. De novo e outra vez. Até que me torno incapaz de pensar sobre qualquer coisa além da minha respiração difícil.

Oh, infames demônios profanos das dores profundas, por quê? Por que vocês me odeiam tanto?

Eu sibilo quando, ao tentar apanhar uma pilha de comunicados da companhia, vejo a papelada escorregar para o chão e se espalhar. Há papéis em todos os lugares, e eu suspiro de frustração. Não há como juntá-los. Graças ao meu exagero na corrida de ontem, sou incapaz de dobrar minhas pernas sem gritar. Até mesmo me sentar no metrô hoje de manhã não foi uma opção.

Me pergunto se Marco se oporia a me deixar ficar em pé no ensaio de hoje. Talvez ele não se importe, mas certamente não vai gostar se eu não passar uma informação importante sobre os acessórios do figurino e sobre os ensaios técnicos.

Droga.

Me rendendo ao inevitável, vou até onde estão as folhas de papel espalhadas aqui e ali e tento juntar tudo com o pé. Quando acho que reuni a maioria para pegar tudo de uma só vez, abro minhas pernas como uma girafa em um bebedouro e me inclino para alcançá-las.

— Vamos, braços. Sejam mais longos. Apenas por alguns segundos. Eu juro. Nunca mais os obrigarei a fazer flexões novamente se vocês fizerem isso por mim.

Cerro os dentes enquanto estico meus dedos e me inclino um pouco mais. *Ai, meu Deus. A agonia.*

— Liss? — Ouço passos atrás de mim e abaixo minha cabeça. Claro que Liam apareceria enquanto eu estivesse nessa posição. — Isso é alguma nova modalidade de ioga pro local de trabalho? Ou você está apenas dando a dica pra eu fazer alguma coisa muito antiprofissional com a sua bunda? Porque, com toda a honestidade, os sinais que você está mandando agora são um tanto confusos.

Posso ouvir o riso em sua voz, e isso me faz sentir arrepios. Depois de ficar em pé, desajeitadamente, me viro para ele.

— Você pode, por favor, parar de rir e pegar esses papéis pra mim?

— Eu preferiria não fazer isso. Ver você tentar parece muito mais divertido.

Faço uma cara feia.

— Não tenho ideia do que eu costumava ver em você. Engraçado como você zomba das pessoas.

Ele ri enquanto se abaixa e pega os papéis de uma vez e me entrega a pilha.

— Se importa de me dizer por que está andando como se fosse o Frankenstein? Não pode ser por causa do seu quadril ainda.

— Não. Cometi um erro estúpido ontem e agora estou pagando por ele.

— Qual foi o erro?

— Correr.

Ele parece surpreso de verdade.

— Mas sua aversão a exercício físico…

— É bem fundamentada. Claramente sou alérgica a isso. — Caminho até a mesa com dificuldade e enfio os papéis em uma pasta.

— Você não se alongou depois de correr, não é?

— Josh me disse para me alongar antes, não depois. Que melhor amigo ele é.

— Você precisa fazer isso antes *e* depois. Poderia ter vindo falar comigo se queria um conselho. Sou especialista em exercícios físicos, você sabe.

— Sério? Eu não tinha ideia. Você é tipo um sedentário desleixado.

— Continuo falando sobre seu físico ridículo. — Não sei como você consegue lidar com essa gordura localizada. Graças a Deus não tenho todas essas protuberâncias estranhas.

Ele analisa meu corpo lenta e longamente, de cima a baixo.

— Não. Você não precisa de protuberâncias quando tem essas curvas matadoras. — Tão logo diz isso, abaixa a cabeça. Como se soubesse que esse tipo de brincadeira provocativa é exatamente o que deveríamos evitar. — Eu me ofereceria para treinar com você, mas acho que isso é uma coisa que não podemos fazer, certo?

— Não. Além disso, meu estilo de corrida pode ser definido como "um ataque desengonçado". Não precisa rir de mim, de verdade.

Ele franze a testa.

— Elissa, você estava com roupa de malhação. Acredite em mim, não seria capaz de rir, nem se tentasse.

Um arrepio percorre minha coluna e eu me xingo mentalmente. Estou tentando suprimir esses tipos de reações, mas é difícil quando Liam insiste em ser diabolicamente sexy. Me afasto dele e abro meu laptop.

— Hum, a propósito, por que está aqui tão cedo?

Ele olha por sobre o ombro. Angel aparece no fim do corredor, conversando com um homem alinhado, de cabelo escuro.

— Angel e eu temos uma entrevista hoje de manhã. Para uma coisa diferente.

— Na sala de ensaios?

— Sim. Foi meio de última hora, mas Mary disse que veria isso com você.

No bolso de trás da minha calça, meu celular toca. Quando o pego e olho para a tela, vejo uma mensagem de texto de Mary.

> Esqueci de te falar sobre uma entrevista nesta manhã, no estúdio. Jornalista mais fotógrafo da revista *Moda* chegam às oito horas. Por favor, providencie três cadeiras. Estarei aí logo para supervisionar.

Sorrio e mostro o celular.

— Bem, agora ela disse. Acho que é melhor eu ir arrumar. — Pego a minha pasta e passo por ele.

Quando saio do escritório, Angel me vê e acena.

— Elissa! Aqui. Tem alguém que quero que você conheça.

Tento parecer normal quando vou até ela, mas posso pressentir o quanto Liam está se divertindo com meu jeito de andar rígido enquanto ele segue atrás de mim.

— Bom trabalho — sussurra. — Soldadinhos de brinquedo de todo mundo ficariam orgulhosos.

Mostro o dedo para ele, pelas minhas costas, quando me aproximo de Angel e do homem que está com ela. O homem parece estar na casa dos trinta anos, e seu rosto lindo se ilumina com um sorriso quando ele se vira para mim.

— Elissa, este é nosso agente, Anthony Kent. Ele está na cidade por alguns dias pra se certificar de que estamos nos comportando, o que é claro, estamos. Anthony, essa é uma das mulheres mais fabulosas que você já conheceu. Elissa Holt.

Estendo a mão para Anthony, que a segura.

— É um prazer conhecê-lo, sr. Kent. Tenho certeza de que manter esses dois na linha é como juntar um monte de gatos. Conheço alguns tratamentos excelentes pra úlceras, caso precise de algum.

Angel faz uma careta enquanto ele ri.

— Por favor, pode me chamar de Anthony, e sim, contanto que esses tratamentos pra úlcera não interfiram na minha medicação pra pressão alta, eu aceito. Um prazer conhecê-la, Elissa. — Sua mão é quente e ele aperta gentilmente meus dedos antes de soltá-los. — Deixe que eu adivinhe. Você está interpretando Bianca.

Balanço a cabeça.

— Graças a Deus, não.

Anthony franze a testa.

— Sério? Por que não? Quem é seu agente? E por que não estão dando papéis melhores pra você, caramba? Seria perfeita pra fazer a Bianca.

— Anthony — diz Angel —, Elissa não tem um agente.

Ele olha para mim, depois para Angel.

— Besteira. Ela está trabalhando na Broadway sem um? — Como um raio, ele pega um cartão em seu bolso e me dá. — Bem, então, este é meu dia de sorte. Assine comigo e eu te colocarei nas telas do cinema em tempo recorde. Esse rosto bonito precisa ser dividido com o mundo, e eu sou o homem certo pra fazer isso acontecer.

Antes de eu poder dizer alguma coisa, Liam se aproxima, e não deixo de perceber a tensão em seus ombros.

— Ela não é atriz, Anthony, então você pode deixar de incomodá-la. Ela é nossa diretora de palco.

Anthony se vira para mim.

— Sério isso? Você está se escondendo atrás do palco? — Quando assinto em resposta, ele balança a cabeça, incrédulo. — Olhe, eu não quero alarmá-la, mas tenho certeza de que privar trabalhadores americanos do seu tipo de beleza é ilegal em quarenta e oito dos cinquenta estados dos Estados Unidos. Talvez você precise sair da cidade por um tempo. Caso isso aconteça, tenho uma casa nos Hamptons, caso queira se esconder no luxo. Ficaria feliz em abrigá-la como uma fugitiva.

Eu rio. Esse cara é bem charmoso, mesmo brincando. É bom ouvir alguém que acabei de conhecer dizendo coisas tão elogiosas.

— Manterei isso em mente.

Percebi que Angel sorria enquanto conversávamos. Tenho uma sensação bem forte de que ela dirá a Anthony que estou solteira assim que meus ouvidos estiverem fora de alcance. Não sei ao certo como me sinto quanto a isso. Sim, quero superar Liam e começar a namorar de novo, mas namorar o agente dele talvez não seja a melhor ideia.

Quando olho para Liam, suas mãos estão enfiadas nos bolsos, e ele está olhando direto para a parede acima da cabeça de Anthony, como se a tinta ali fosse formar bolhas assassinas.

Sim. Foi o que imaginei.

Guardo o cartão de Anthony no bolso. Tenho certeza de que haverá outros estranhos bonitos e charmosos com os quais posso pensar em seguir adiante. Alguns que não me tragam esse tipo de complicações.

— Bem, se me derem licença, vocês todos, preciso ajeitar as coisas para a entrevista. Prazer em conhecê-lo, sr. Kent. Se precisar de alguma coisa enquanto está aqui, por favor, me avise.

Ele pega uma das minhas mãos, em seguida a beija. Fico surpresa quando ele me faz ficar arrepiada.

— Certamente farei isso, srta. Holt. E o prazer foi todo meu.

Mesmo que eu não olhe para Liam quando saio, posso sentir sua desaprovação.

No dia seguinte, estou no meu escritório trabalhando durante o almoço, como de costume, quando alguém bate na minha porta.

— Entre.

Liam entra, carregando uma bolsa pequena. Ele a deixa em uma cadeira ao lado da minha mesa.

— Ei. — Ele tira alguma coisa do bolso e põe na mesa, na minha frente. — Pensei que você fosse gostar disso.

Pego o pendrive e o examino.

— Ah. Uau, Liam. Quero dizer, sei que falamos que manteríamos as coisas profissionais, mas sério? Você não poderia aparecer com um presente melhor? Estavam sem grampeadores? Ou clipes de papel?

Ele cruza os braços.

— Na verdade, espertinha, esse é um presente que você me pediu.

— É?

— É, sim. — Ele ergue o queixo. — Você me pediu para conseguir isso, porque não desejava que ninguém soubesse o que você queria... Agora vamos ver se eu consigo me lembrar das suas palavras exatas... *Eu subiria nele como em uma árvore e transaria com ele como se fosse uma porta de tela em um furacão?* Me lembro direito?

Aperto a mão ao redor do pendrive e suspiro.

— Essa é a gravação da compra do vestido quando eu estava bêbada?

— Aham.

— Sabe, você não precisava ter assistido.

— Claro que precisava. De que outra forma eu poderia memorizar todas as coisas que você quer fazer comigo? A propósito, serei o seu "garanhão" a qualquer momento, querida. — Bato em seu braço e ele ri. — Piadas à parte, você ficará feliz em saber que não aparecerá no primeiro episódio de nosso reality show estúpido neste fim de semana.

— Graças a Deus. E obrigada por me ajudar a escapar dessa.

Leisa Rayven

— Sem problemas. Você não pode ser demitida por seu desejo, perfeitamente compreensível, de "transar comigo de dez maneiras diferentes durante uma semana".

Aponto a porta.

— Saia.

Ele se levanta e olha para mim.

— Isso são modos de falar com o "cara mais gostoso no qual você já pôs os olhos"?

— Liam!

Ele ri e vai em direção à porta.

— Tudo bem. Esse "espécime perfeito de homem" vai sair. E não se atreva a cobiçar meu bumbum quando eu me virar. Profissionalismo, por favor.

Ele está prestes a sair quando Denise aparece na porta carregando o maior buquê de flores que eu já vi. Elas estão em um enorme vaso de cristal.

Liam olha para as flores e pisca.

— Denise, uau. Você não deveria. Não tenho onde deixá-las.

Ela sorri para ele.

— Se eu pudesse pagar por um buquê como esse, você acha que eu ainda estaria trabalhando aqui? — Ela coloca o arranjo na minha mesa. — Elissa, um entregador acabou de deixá-lo pra você. Por favor, fale pra mim que não é seu aniversário.

Olho para as flores e balanço a cabeça.

— Acredite em mim, quando for meu aniversário, você saberá. Listas de presentes serão distribuídas e travessuras serão planejadas. Obrigada, Denise.

Ela sai e fecha a porta.

Quando pego o cartão, Liam franze a testa para as flores.

— Admirador secreto?

— Se eles estão me mandando uma coisa assim tão grande, não querem mesmo permanecer anônimos. — Tiro o cartão do envelope. *Para a mais linda diretora de palco que eu já conheci. Estou ansioso para conhecê-la melhor. Meu abraço mais caloroso, Anthony Kent.*

Liam não faz nenhum comentário, mas a tensão na sala atinge níveis desconfortáveis em segundos.

— Bem — falo, procurando alguma coisa para dizer. — Elas são, com certeza, extravagantes.

Liam xinga baixinho.

Eu ergo as sobrancelhas para ele.

— O quê?

— Nada. Eu tenho que ir.

Ele está prestes a sair quando pego sua mão.

— Liam...

Ele olha para baixo e, gentil, afasta sua mão da minha.

— Liss, eu não tenho direito de lhe dizer o que fazer e, definitivamente, não tenho o direito de dizer com quem você pode namorar. A parte de mim que está tentando desesperadamente ser seu amigo quer que você encontre alguém e seja feliz.

— E a outra parte?

Ele me encara, sua expressão me lembra um bando de nuvens escuras antes de uma tempestade.

— A outra parte sente como se estivesse destruindo coisas quando penso em você e outro homem, o que é insano, considerando nossas circunstâncias.

— Sim. É. — Não pretendo que isso soe tão duro quanto sai, mas não posso negar que o ciúme de Liam da minha vida amorosa inexistente me irrita.

Isso também deve irritá-lo, pois ele esfrega os olhos e solta um suspiro de frustração.

— Tantas vezes, ao longo dos anos, eu digitei seu nome no Google sem ter coragem de apertar o "enter" porque sabia que não conseguiria lidar com o fato de descobrir que você estava noiva ou casada. E depois, me odiava, porque se eu realmente me importasse com você, e me importo, eu deveria querer que você encontrasse alguém que apreciasse a pessoa incrível que você é. Se eu não fosse um canalha egoísta, desejaria que todos os homens se apaixonassem por você. Iria querer que eles te mimassem e te comprassem presentes e se dedicassem a te fazer feliz. Mas cada vez que tenho esses pensamentos... Cada uma das vezes, as partes mais profundas de mim sabem, *sem dúvida nenhuma*, que o único homem neste planeta que poderia fazer você verdadeira e profundamente feliz... sou eu. Louco, não é?

Eu o encaro e cerro os dentes para não admitir, furiosa, o quanto ele está certo.

— É. Louco.

Ele engole em seco e olha para o imenso arranjo de flores.

— Então, sim. Eu gostaria de te dizer pra ficar longe de Kent, porque não acho que ele seja nem um pouco bom o bastante pra você, mas quem sou eu pra falar alguma coisa? Ele acabou de gastar mil dólares em flores pra você, e eu comprei... bem, isso. — Ele me passa a pequena sacola que esteve segurando desde que entrou.

— O que é isso? — pergunto, enquanto olho dentro da sacola. — Uma camiseta?

Ele muda de posição, desconfortável, e eu juro que posso ver suas orelhas corarem.

— Não é nada, sério. Mas me fez lembrar de você, então tive de comprar.

Pego a camiseta e seguro. É amarela brilhante e tem uma frase nela.

Doces sonhos são feitos de queijo. Quem sou eu para discordar?

Uma onda de calor me envolve.

— Você comprou uma camiseta com dizeres sobre queijo pra mim? — Por alguma razão, isso me faz querer chorar.

Fico sentada ali por alguns segundos, tentando me recompor, e quando ergo os olhos, Liam está franzindo a testa.

— Você detestou.

Seguro a camiseta sobre o peito.

— De jeito nenhum. É a camiseta mais perfeita de todos os tempos. Eu a adoro. — Engulo em seco, por ele fazer de uma camiseta barata o presente mais doce que já recebi.

— De nada — diz Liam, antes de me dar um daqueles sorrisos gentis e íntimos que sei que ele não dá para qualquer pessoa. — Tudo bem. É melhor eu deixar você em paz. Você deveria telefonar para Anthony. Para agradecer ou... qualquer outra coisa. — Fica claro que me ver fazendo "qualquer outra coisa" com Anthony o faz querer gritar.

Quando ele segura a maçaneta da porta, fico em pé.

— Liam. — Ele se vira para mim. — Só pra constar, não há comparação entre você e Anthony, não importa quanto dinheiro ele gaste. Seu presente é perfeito. Pra mim. A única vantagem que Anthony leva sobre você é que ele é solteiro.

Ele assente e olha para os pés.

— Sim. Uma característica importante pra um relacionamento em potencial, eu acho. Então, você vai sair com ele?

— Não.

Ele me estuda por um segundo.

— Por que não?

Dou de ombros e tento não parecer a idiota apaixonada que sou.

— Ele não faz o meu tipo.

Liam me dá um sorriso agridoce que deixa claro que ele me conhece, então abre a porta e desaparece no corredor.

capítulo catorze
PEÇA AJUDA

É domingo à noite, antes de nossa terceira semana de ensaios, e acabo de me acomodar para uma noite tranquila, me enchendo de queijo, e quando estou prestes a desligar o celular, um olhar rápido na tela mostra uma linda morena, com a legenda "Cassie Taylor, Domadora do Ethan". Quando atendo, uma voz animada grita:

— Você está na tv.

Afasto o aparelho do meu ouvido. Não é de se admirar que a noiva do meu irmão seja uma ótima atriz. Sua projeção vocal poderia estilhaçar um vidro.

— Oi pra você também, srta.Taylor.

— Não, é sério — diz Cassie, e abaixa um pouco sua voz. — Você está na tv. E está incrível.

— Estou no segundo plano.

— Sim, mas parecendo *maravilhosa* no segundo plano. Eles fizeram algumas filmagens de você.

O primeiro episódio de *Angeliam: Um romance de conto de fadas* vai ao ar hoje à noite. Josh está assistindo na sala, com um caixa de cerveja e uma pizza, certo de que esse show será o início de seus quinze minutos de fama.

— Lá estou eu! — grita ele ao mesmo tempo que Cassie.

— Josh! Lá está o Josh!

— Caramba, estou bem — grita ele, e Cassie faz coro.

— Fale pro Josh que ele está ótimo. Um nerd sensual em sua melhor forma.

Quem diria que um reality show poderia deixar as pessoas tão entusiasmadas?

Ouço a voz do meu irmão murmurando alguma coisa, seguido de um grito de dor. Cassie volta ao telefone e diz:

— Ethan disse pra te dizer que você parece mais magra na TV e queria saber que tipo de efeito especial de edição eles estão usando pra fazer isso acontecer. Não se preocupe, já bati nele por você.

Eu rio.

— Tenho muito mais tempo livre agora que você está por perto pra chutar sua bunda vinte e quatro horas por dia, sete dias por semana. Obrigada.

— Ah, não se preocupe. Gosto de castigar seu irmão. Muito.

Ouço Ethan gritar.

— Por favor, não conte à minha irmã sobre nossa vida sexual. Essa droga é particular.

Cassie diz para ele se calar.

— Ah, outra imagem sua! E lá está Marco atrás de Angel! Ah, sentimos falta de vocês.

Estou evitando assistir. Estou feliz por Liam ter conseguido cortar minhas falas comprometedoras sobre ele, mas ainda assim não preciso assistir a uma hora de programa sobre seu amor eterno por Angel. Não quando vejo suas demonstrações de afeto todos os dias, de perto e pessoalmente.

— Certo, então — diz Cassie, me lembrando que eu deveria estar conversando com ela e não contemplando minha vida amorosa inexistente. — Jantar, no próximo domingo. Desde que você saiu do nosso espetáculo, Ethan e eu mal a vemos, e quero os carinhos da Elissa, caramba.

— Ótimo. Domingo — respondo —, mas só se Ethan cozinhar. Não você.

Cassie é possivelmente a pior cozinheira do planeta. Na verdade, não, ela e sua colega de quarto, Ruby, empatariam. Uma vez, elas me convidaram para jantar, quando todas estávamos estudando na Grove, e, juro por Deus, meu aparelho digestivo nunca mais foi o mesmo.

— Elissa Holt. Você está zombando do meu conhecimento culinário?

— De modo algum. Sua comida faz isso por si mesma.

Cassie solta suspiros dramáticos.

— Ei! Sua mãe tem me ensinado. Estou melhorando na cozinha, obrigada.

Duvido. Minha mãe pode comandar um bufê, mas ela não faz milagres.

— Sim, mamãe me disse que o bombeiro foi chamado no outro dia, quando ela estava te ensinando a fazer caramelo.

— Isso é verdade, mas, em minha defesa, aquele açúcar derretido virou uma larva em uma fração de segundos. Tinha acabado de tirar os olhos dele, só o tempo de beijar seu irmão.

— Ai, que nojento. Posso imaginar o amasso que estava acontecendo enquanto o pobre caramelo entrava em combustão.

Cassie ri.

— Culpo o Ethan. Se ele não ficasse me distraindo com sua beleza, eu seria uma chef agora. Sua mãe o proibiu de ficar na cozinha comigo. Caramba, a Maggie pode ser uma estraga-prazeres às vezes.

Sorrio enquanto imagino o quanto Cassie está fazendo manha agora.

— Então, pra esclarecer, *Ethan* vai cozinhar no domingo, certo?

— Se você insiste. Às sete da noite, na nossa casa?

— Combinado.

— Como os ensaios estão indo? Liam Quinn é tão maravilhoso pessoalmente quanto é na tela?

— Cassie, você vai se casar com meu irmão. Não deveria notar outros homens.

— Ah, por favor — diz ela com uma risada. — Como se qualquer homem um dia fosse competir com Ethan. Mas uma mulher pode apreciar belos exemplares de homens, mesmo que ela esteja fora do mercado. Só uma fantasia. Ele é tão sexy quanto pareceu em *Rageheart*? Ou só fica bem com maquiagem de demônio?

Fecho os olhos. Liam ficou incrível em sua maquiagem de demônio. Pele cinzenta, cabelo preto e olhos brilhantes e azuis. Músculos torneados que quase nunca estavam cobertos por uma camisa. Sexy como numa espécie de revista em quadrinhos fantástica.

Mas Liam em carne e osso era ainda mais impressionante.

— Lindo — admito a contragosto.

— Eu sabia! — exclama Cassie. — Ele parece ser de comer nesse reality show. Mas por favor, me diga que Ethan e eu nunca parecemos tão nauseantemente apaixonados. Esses dois são como Ken e Barbie, se ela fosse uma ruiva alegre e Ken tivesse pênis e sex appeal.

Eu rio. Se ela soubesse o quanto de pênis e sex appeal Liam tem.

— Sim, eles são bem nojentos.

— E Angel Bell? Ela parece mesmo uma querida... Mas não sei. Ninguém pode ser assim tão perfeito, pode?

Suspiro.

— Aparentemente, pode. Ela é uma boneca. Liam e ela têm uma química incrível juntos, e é isso que as pessoas vão ver.

— Como eu e Ethan, então. Mas não é segredo que Ethan carrega nossa peça nas costas e estou ali apenas para me esfregar nele em frente a uma plateia lotada. Ainda não entendo por que sou paga pra isso.

— Ah, cale a boca. Você é uma atriz incrível e sabe disso.

— É. Eu sou.

Tem outra ligação para mim, e quando olho para a tela, meu coração dá um salto.

— Hum, Cassie? Preciso ir. Vejo você no domingo?

— Sim, vejo você domingo. Serei banida da cozinha. Amo você!

Desligo e atendo o outro telefonema.

— Liam?

— Ei. — Ele parece péssimo.

— Você está bem?
— Não mesmo — responde ele. — Tive um dia ruim.
— O que aconteceu?
— Não quero falar sobre isso por telefone. Você pode me encontrar?
— Onde você está?
— Em um bar. Um bar muito ruim.
— Quanto você já bebeu?
— Não o bastante. Venha e beba comigo.

Eu quase respondo "tudo bem" antes de ser atingida pelo meu bom senso.

— Não acho que seja uma boa ideia.
— Por favor, Liss. Preciso de uma amiga hoje à noite.
— E Angel?
— Tivemos uma briga. Eu comecei, mas ainda assim. Preciso de um tempo. Preciso de *você*. Por favor.

Suspiro e pressiono a mão sobre os olhos.

— Liam, eu não deveria.
— Você deve. Estou próximo da esquina da 50ª com a 9ª. O bar se chama Badger's Den. Venha apenas pra uma bebida e eu te deixarei em paz. Juro.

Droga, eu deveria dizer não, mas não consigo.

— Certo. Estarei aí em quinze minutos.

Depois de desligar, tiro minha calça de comer queijo e visto meu jeans. Depois me maquio e vou para a sala.

Josh está franzindo a testa para a tela de seu computador.

— Inacreditável — murmura.
— O quê?
— Só lendo a hashtag Angeliam no Twitter. Parece que tem um monte de mulheres odiando Angel só porque ela está com Quinn. Meu Deus, os comentários são grosseiros. — Ele pega o celular.
— Quem está ligando?
— Angel. Espero que ela não esteja lendo nada disso, e se está, ela precisa saber que é tudo besteira. — Antes de atender, ele olha para mim. — Onde você está indo?

— Encontrar Liam. Ele está em um bar. Acho que posso tirá-lo de lá antes que alguém o reconheça.

— Certo, boa sorte com isso. Essa peça fará dele um alvo ainda maior. Apenas se certifique de ficar fora do caminho se ele começar a dar socos, tudo bem?

— Combinado. — Pego as minhas chaves na mesa e enfio na bolsa.

— Vejo você depois?

— Ficarei aqui.

Quando fecho a porta, ouço-o dizer:

— Ei, Angel. É o Josh. Você está bem?

Vinte minutos depois, eu estou vagando pela 50ª procurando o Badger's Den. Acaba que eu o encontro facilmente. Se uma fábrica de lâmpadas e o vírus Ebola se conhecessem e dessem à luz um bar, seria parecido com esse lugar.

— Argh.

Contra todos os meus instintos, empurro a porta e entro. Está escuro e cheira a cerveja choca e solidão. Há um cara sentado próximo da porta vendo TV, que fica nos fundos do bar, e as únicas pessoas no lugar são um casal de meia-idade dando uns amassos numa mesa de canto. A mão do cara está sob a mesa, ou ele está tocando a mulher em regiões muito especiais ou aquela taça de vinho tinto é boa *de verdade*.

Que amor.

Vejo um vulto familiar perto da parede oposta, sentado a uma mesa, sozinho.

Quando me aproximo, Liam me olha e sorri.

— Liss. — O modo como ele diz meu nome soa como um suspiro de alívio. — Estou tão feliz por você estar aqui. O que vai beber? Vamos, eu pago.

Ele se levanta e me abraça para me levar até o bar.

O bartender aparece e nos cumprimenta com um aceno de cabeça.

— O que vai ser?

Dou de ombros e aponto para a mulher no canto, que agora está gemendo claramente, enquanto bebe.

— Vou beber o que ela está bebendo.

Liam olha para o casal e faz uma careta.

— Deve ser um vinho bom.

— Não é?

Liam pede o uísque mais caro do lugar, o que lhe custa um total de seis dólares. Quando nossas bebidas chegam, voltamos para nossa mesa.

Bebo meu vinho e estudo Liam. Ele parece odiar o mundo no momento, e eu não sei o motivo.

— O que está acontecendo com você? — pergunto. — Brigou com Angel?

— Ultimamente, parece que estou sempre brigando com ela.

— Por quê?

Ele dá de ombros.

— A peça. O casamento. As malditas câmeras sempre presentes. Tudo isso.

— Vocês parecem felizes.

Ele ri com amargura.

— Claro que parecemos. É assim que deve ser.

Seu celular vibra sobre a mesa. Quando ele o pega e toca na tela, uma voz feminina e sintetizada sai do alto-falante: *Liam, onde você está, droga? Telefone pra mim quando ouvir esta mensagem.*

Franzo a testa.

— O que é isso?

— Um aplicativo pra transformar mensagens de texto em mensagens de voz. Funciona com e-mails também.

— Isso é legal.

— Sim. Teoricamente é pra pessoas cegas, mas também funciona para idiotas disléxicos. — Ele desliga o celular e o põe de volta na mesa.

— Era a Angel?

— Sim. Era para eu estar em uma festa que o canal está dando por causa da estreia do reality show. Apenas mais oportunidades para fotografias. Como se o mundo precisasse de mais imagens idiotas de nós dois. Como as pessoas já não estão enjoadas? Somos como as Kardashian. Estamos em todos os malditos lugares.

— As pessoas amam vocês. Vocês são uma inspiração.

Liam ri.

— As pessoas não têm ideia. Se nos conhecessem de verdade, elas nos desprezariam.

— Por quê?

Ele toma outro gole do uísque.

— Taaaantos motivos.

— Algum sobre o qual você queira conversar?

— Sim, mas eu meio que gosto de você me olhando como se eu não fosse um monte de merda, então vamos deixar pra lá.

Intrigante. Não quero forçá-lo a falar mais sobre seus problemas com Angel, porque isso poderia me fazer parecer insensível, mas, caramba, eu realmente queria saber.

Algumas pessoas entram no bar. Um homem na casa dos trinta anos avalia o lugar antes de se sentar no banco mais próximo a nós.

Tomo meu vinho. Tem um sabor horrível. A mulher entusiasmada no canto nem mesmo está fingindo tomar o dela. Ela e o Andy Mãozinha estão dando uns amassos mais ousados. É fascinante.

— Amantes — diz Liam, apontando para eles.

— Você acha?

— Sim. Este bar? Aquela mesa? Definitivamente tentando ficar fora do radar. — Ele aponta para o resto do lugar. — Por que você acha que estou aqui? Ninguém olhou pra mim tempo o bastante para me reconhecer. Nenhuma pessoa me pediu autógrafo ou implorou para tirar uma foto comigo. Sou um ninguém aqui, como todo mundo. É o paraíso.

Eu o estudo por um segundo.

— É isso que você quer? Ser um ninguém?

Ele dá de ombros e brinca com sua bebida.

— Às vezes. Na verdade, a maior parte do tempo. As coisas eram muito mais simples quando eu era um ninguém. Agora, tudo que faço é posto sob um microscópio. Cada decisão. Cada pedaço de informação pessoal é colhido pelos abutres da mídia desesperados pra encontrar alguma coisa pra vender em suas malditas revistas e em seus sites, não importa o custo. — Ele pega um iPad em sua bolsa, ao lado da mesa, e o põe na minha frente.

— Isso aconteceu hoje, o que é legal, considerando que é o aniversário de morte do meu irmão.

Pego o tablet. Um site popular de fofocas está estampado com a manchete: O INFERNO PARTICULAR DO DESTRUIDOR DE CORAÇÕES DE HOLLYWOOD. Há uma imagem de Liam sentado diante de um túmulo, chorando. A legenda diz: *Astro de filmes de ação Liam Quinn desmorona diante do túmulo de seu irmão. Imagens exclusivas!*

Ah, meu Deus.

Olho para Liam. Seu queixo está rígido e seus olhos, pesados.

— Fui visitar o túmulo de James há alguns dias e acho que algum bosta me seguiu. Amanhã isso estará em todos os lugares.

Ao longo dos anos não houve muita informação sobre a morte de Jamie na imprensa. "Morto em acidente em construção" é tudo que já foi dito, mas não tenho dúvidas de que essas imagens vão despertar um interesse novo sobre a morte do irmão gêmeo de Liam.

— Liam, eu sinto muito. — Há mais imagens dele mais abaixo, e sinto uma pontada de raiva com a ideia de que alguém pensaria em lucrar com seu momento particular de dor.

— Vou ao túmulo dele todos os anos — diz. — Algumas vezes, meus pais vêm comigo, mas quase sempre vou sozinho. Gosto de ter tempo pra falar com ele. Contar como minha vida está indo. — Ele olha para a mesa e eu seguro sua mão. O contato o deixa tenso e sua respiração fica ofegante, mas ele não olha para mim.

— Você não precisa falar sobre isso — digo —, mas se quiser desabafar, sou uma boa ouvinte.

Ele respira fundo, de forma trêmula, e fala devagar.

— Quanto você sabe?

— Só que foi em um projeto da Mantra. Cinco ou seis pessoas morreram.

Ele assente.

— Seis. Mantra era a empreiteira do meu pai. Jamie e eu integramos a equipe quando deixamos a escola. Um dia, o operador da grua se esqueceu de verificar novamente se os pontos de ancoragem estavam devidamente apoiados. Quando a grua começou a erguer lajes de duas toneladas, ela tombou e caiu no prédio do outro lado da rua. Jamie e eu vimos acontecer, então corremos até o outro edifício, pra ver como poderíamos ajudar. Estava um caos lá dentro. Escombros despencavam. Pessoas estavam gritando. Seguimos escada acima e ajudamos uma mulher e seus dois filhos a saírem dos destroços antes de chegarmos ao andar de cima, onde o dano foi pior. Foi uma coisa idiota de se fazer. Podíamos sentir que a estrutura estava prestes a ruir. O guindaste era muito pesado; as paredes não conseguiriam suportar mais. Jamie gritou que tínhamos de sair, mas eu não poderia deixar aquelas pessoas ali gritando. Quando abri a porta pro apartamento delas, o guindaste caiu sobre a parede exterior. Jamie me empurrou pra fora do caminho, antes que a máquina me acertasse. Ele morreu na hora. Assim como as pessoas no apartamento. A coisa toda aconteceu tão rápido que precisei de um tempo pra perceber que a gritaria tinha parado.

Meu estômago se retorce.

— Meu Deus. Liam. — Acaricio a mão dele, tentando lhe transmitir meu sentimento.

Ele balança a cabeça.

— Quando vi Jamie lá... Não consegui me mexer. Sabia que o lugar estava instável, que não deveria ficar ali, mas não consegui ir embora. Não consegui tirar meus olhos dele. Um segundo antes meu irmão estava lá. Meu herói. No outro, ele era... nada. Apenas uma confusão de ossos e sangue que não se parecia nada com Jamie. Quando meu pai me encontrou, eu estava soluçando e dizendo o nome dele sem parar. Precisou de dois bombeiros pra me arrastar de lá.

Ele respira fundo, depois de um gole da bebida. Continuo acariciando sua mão e tentando deixá-lo saber que pode parar quando quiser.

— Meus pais ficaram devastados. Quero dizer, não há como superar a perda de um filho, sabe? Especialmente quando o que ficou é idêntico ao que você perdeu. Pra mim, foi ainda pior. Jamie e eu éramos inseparáveis, desde que nascemos. Mamãe costumava nos chamar de "gêmeos grudados". Sempre que saíamos, íamos juntos. Sempre foi Liam e Jamie. Jamie e Liam. Os garotos Quinn. Pensei que seria assim pra sempre, mesmo quando estivéssemos casados e tivéssemos filhos. Então, de repente, era apenas eu. — Ele olha para mim. — Depois disso, as pessoas se esqueciam, e quando eu aparecia nos lugares, elas diziam: "Ei, é o Liam e...", então se interrompiam antes de falar o nome dele. E isso resume como me senti quando ele morreu. Eu estava incompleto. Uma frase inacabada.

Ele olha de volta para a mesa, e está segurando o copo tão apertado que os nós dos seus dedos estão brancos.

— Eu sinto muito. Nem consigo imaginar como foi.

— Depois do acidente, meus pais afundaram em processos. De responsabilidade, civil, negligência. O caminho mais fácil teria sido declarar falência e fazer tudo desaparecer, mas papai nunca concordaria com isso. Ele se sentia responsável. Negociou acordos. Vendeu o negócio que construiu durante quarenta anos, todo o equipamento e nossa casa. Pagou cada centavo que podia para as famílias das vítimas, que ainda estavam esperando pelos cheques de suas companhias de seguro. Esse foi um dos motivos principais de eu ter ido para Hollywood. Eu precisava ajudar meus pais. Todos os ganhos dos meus primeiros dois filmes foram usados para saldar as dívidas deles.

— Ah, Liam... — Aperto sua mão e posso sentir seu pulso latejando sob meus dedos, rápido e instável. Odeio pensar que ele teve de carregar o fardo da morte do irmão, e ainda as dificuldades financeiras de seus pais, por tanto tempo.

Ele deixa escapar um suspiro trêmulo e aponta para o iPad.

— E cada vez que alguma coisa assim acontece, meu primeiro pensamento é largar tudo e ir viver em uma cabana na floresta. Mas, então, vislumbro o rosto de Jamie e isso me impede, porque eu sinto como se precisasse ser alguém, entende? Como se meu futuro tivesse de ser brilhante, porque preciso compensar o fato de ele não ter um.

— Vejo uma lágrima correr por seu rosto quando ele sussurra: — Eu sinto tanta falta dele, Liss. Todos os dias.

Eu me aproximo e seguro o seu rosto, assim posso limpar a lágrima com o dedo.

— Tenho certeza de que, se ele estivesse aqui, diria o quanto está orgulhoso de você. Todos os dias. Você é um homem incrível, Liam. Seu irmão sabia disso.

Ele fecha os olhos e se inclina sobre minha mão, e posso ver que está lutando para manter a respiração estável. Não tenho ideia de como é perder um irmão, mas o simples pensamento de viver em um mundo sem Ethan me faz estremecer. Eu nem mesmo consigo imaginar a dor que Liam deve sentir sem seu irmão gêmeo.

— Desde que Jamie morreu — diz ele, enquanto afasta minha mão de seu rosto e a segura entre as suas —, sinto como se uma parte de mim estivesse faltando. Como se eu sempre estivesse sozinho, não importa quantas pessoas estão comigo. Só não me sinto assim quando estou com você. — Ele olha dentro dos meus olhos. — Não com Angel. Com *você*.

Encaro-o por alguns segundos enquanto uma tempestade de confusão cresce dentro de mim. O que isso significa? Avalio seus olhos, mas não chego a nenhuma resposta. Agora, ele parece tão confuso quanto eu.

Puxo minha mão e olho para a pequena quantidade de vinho que resta no meu copo.

— Então, por que você não me escolheu?

Não consigo olhar para seu rosto, então observo suas mãos, enquanto elas se fecham ao redor do copo. Ele fica quieto por um bom tempo, e sinto que está tentando encontrar um modo de me contar a verdade gentilmente.

— Elissa, olhe pra mim. — Quando o fito, ele se inclina para a frente. — Odeio que minhas ações te façam se sentir como a segunda opção. Você não é. Nunca poderia ser. As circunstâncias apenas não estavam do nosso lado, é isso. — Ele baixa os olhos e brinca com o líquido em seu copo. — Quando deixei aquela mensagem dizendo que a amava, falei sério. Você precisa acreditar nisso.

Olho para a mesa arranhada.

— Eu acreditei. Foi por isso que disse o mesmo pra você, ainda que me apaixonar por você nunca tenha feito parte dos meus planos.

Ele me encara antes de terminar de tomar sua bebida e larga o copo sobre a mesa.

— Viu, esse é o problema. O amor é um canalha. Não se importa com os planos das pessoas. *Nunca* é conveniente. Sai de dentro de você nas horas mais ridículas e faz você senti-lo, gostando você disso ou não. Mesmo depois de um longo tempo em que você *deveria* ter aprendido a parar de amar alguém, o amor o mantém preso a ele. Não é?

Evito seus olhos e bebo o resto da minha bebida.

— Liss? — Quando o encaro, a intensidade de sua expressão arrepia meus pelos. — Você ainda me ama?

Os arrepios se espalham por todo o meu corpo. Essa conversa toda está saindo do controle. É um território perigoso, sobretudo porque parte de mim está amando essa onda de adrenalina.

— Você sabe que não vou responder a essa pergunta.

Liam pega minha mão. O toque suave de seu dedo faz meu braço ficar todo arrepiado.

— Se você me perguntasse a mesma coisa — diz ele, enquanto olha para meus dedos —, eu responderia imediatamente. E suspeito que você já saiba o que eu diria.

Ele leva minha mão até a boca e pressiona seus lábios com delicadeza contra minha pele. O contato me faz respirar fundo. Seus lábios são quentes e macios, e o contato com eles me deixa sem fôlego. Ele está prestes a dizer algo quando vislumbra alguma coisa sobre meu ombro e, em um segundo, sua expressão vai de apaixonada para violenta.

— Inacreditável. Babaca.

— O que foi? — Olho para trás.

— Não se preocupe com isso. Espere aqui. — Ele se levanta e vai até o homem na outra ponta do bar, que está vendo alguma coisa em seu celular. — Você acabou de tirar uma fotografia minha?

O homem o encara confuso.

— O quê? Não. Por que eu tiraria uma foto sua?

— Eu já vi você antes — diz Liam, enquanto parte para cima do homem. — Você é repórter? Um paparazzo?

— Não. Sou contador.

— Então me mostre seu celular.

Me aproximo e coloco a mão no braço de Liam.

— Ei. Vamos. Vamos embora.

— Não — responde ele. — Se esse cara não tem nada a esconder, ele me mostrará as fotos no seu celular.

— Não vou te mostrar meu celular. Nem sei quem você é.

Liam tenta pegar o aparelho, mas o cara o tira de seu alcance.

— Passe a merda do celular! — A voz de Liam ecoa pelo bar e todo mundo começa a olhar.

Quando ele pega no braço do cara, fico entre eles.

— Liam, pare.

— Ei! — O bartender vai até onde estamos. — Não quero problemas aqui. Saiam, vocês todos.

O contador se afasta de Liam e vai para a porta.

— Você é louco, cara. Fique longe de mim. Vou chamar a polícia.

— Bom. Aí eu vou denunciá-lo por me perseguir, seu idiota! — Liam chuta o banco onde o cara estava sentado, que balança mais não tomba. — Filho da mãe!

— Ei, acalme-se. Ele não parecia saber quem você é mesmo.

— Ele estava tirando fotos de nós enquanto fingia olhar alguma coisa no celular. Isso acontece o tempo todo.

Olho para onde a porta acabou de se fechar.

— E talvez ele estivesse mesmo apenas olhando algo no celular, e toda essa coisa com Jamie o deixou com os nervos à flor da pele.

Liam abaixa a cabeça e suspira.

— Talvez. Juro por Deus, ser perseguido o tempo todo pode deixar um cara paranoico.

— Eu não te culpo.

Liam aponta para o bar.

— Você quer beber mais?

— Sim, mas temos ensaio amanhã, então deveríamos ir embora. Além disso, as pessoas estão olhando. Vamos embora.

Pego-o pelo braço, e depois de recolhermos todas as nossas coisas, eu o empurro em direção à porta. Ele não oferece resistência.

Quando estamos do lado de fora, a umidade da noite de primavera dá lugar a uma chuva torrencial.

Liam se vira para mim.

— Você não tem um guarda-chuva?

— Não, eu não tenho.

— Caramba, Liss. Pensava que diretores de palco fossem como escoteiros. Sempre preparados.

— Em um teatro, sim. Fora de um bar que provavelmente tem Nickelback no jukebox? Não.

Ele olha para os dois lados da rua e dá de ombros.

— Meu apartamento fica a apenas alguns quarteirões. Vamos correr?

— Sim, mas não tão rápido. Suas pernas são duas vezes maiores que as minhas.

Corremos pela calçada escorregadia. Em um minuto, estamos encharcados até os ossos. Um tempo depois, meus sapatos estão fazendo barulhos nojentos cada vez que dou um passo, e eu grito quando piso em um pedaço particularmente escorregadio do cimento.

— Espere — peço, e paro em um beco. — Essas coisas vão me matar. — Ando alguns passos para dentro do beco antes de me abaixar e tirar os sapatos e as meias. Sei que andar descalça pelas calçadas de Nova York é nojento, mas pelo menos não vou cair e quebrar algum osso.

Depois de guardar tudo dentro da bolsa, olho para Liam e vejo que ele está me encarando.

Sua postura está rígida, e seu rosto é a mais perfeita definição de luxúria.

Sigo seu olhar até meu peito. Minha camiseta e meu sutiã, anteriormente brancos, ficaram transparentes. Eu poderia estar embrulhada em filme plástico que seria a mesma coisa.

Cruzo os braços sobre o peito.

— Droga. Desculpe.

Ele olha para mim e solta um suspiro.

— Todos os dias tento ignorar minha atração por você. Todo... maldito... dia. Digo a mim mesmo que te superei e não posso ter esses sentimentos, mas isso não ajuda. Nada ajuda.

A bolsa dele cai no chão e ele se aproxima e segura meu rosto entre as mãos.

— Liam... — Um segundo depois, ele está se aproximando e eu me afastando, e antes que eu perceba, estou contra uma parede, agarrando sua camiseta encharcada. A marquise do edifício nos protege um pouco da chuva, mas não faz nada para me proteger da minha reação a Liam. Sua camiseta molhada revela cada parte de seu tórax, e preciso parar de tocá-lo. Ele não parece ter nenhum escrúpulo. Passa o braço ao meu redor e me puxa contra seu corpo. Já está excitado, e sua respiração está ofegante enquanto ele me encara.

Meu Deus. Homens excitados são a coisa mais sexy do mundo. Liam excitado é o equivalente a uma tonelada do afrodisíaco mais potente.

— Quero te beijar — diz ele, e sua voz é quase um gemido. — Por favor, Liss.

— Liam, você sabe a razão de não podermos.

— Vamos fingir por um momento que Angel não existe e que eu posso. Fingir que não fui pra Hollywood. Que fiquei aqui e construí minha vida com você. Uma vida em que posso fazer amor com você todos os dias. Ver você quando quiser. Uma vida em que não me sinta como se uma parte de mim estivesse morrendo sempre que estou com você.

Ele está se inclinando em minha direção. Tão perto que posso sentir seu cheiro e seu hálito doce e quente.

— Liss. — Ele segura meu rosto e olha nos meus olhos. — Finja comigo. Imagine que estamos em um filme de como nossas vidas poderiam ter sido. Me deixe mostrar a você o que fantasio cada vez que a vejo. Por favor.

Quero parar de olhar para ele, mas não consigo. Assim como não consigo parar de desejá-lo.

Agarro sua camiseta e o puxo. Liam toma isso como uma permissão e esfrega seus lábios nos meus. Apenas um toque leve. Meu corpo explode com a sensação. Vibrações ferozes se espalham por todos os meus membros. Quando meus dedos dos pés se curvam, eu o agarro mais forte para trazê-lo mais para perto de mim.

Uau, o poder que ele tem sobre mim. Faz tanto tempo e, ainda assim, tudo volta, enfraquecendo meus joelhos.

Ele me beija de novo e um gemido passa de sua boca para minha quando seus lábios se abrem e sua língua se impõe.

— Meu Deus... isso — sussurra contra meus lábios. — Você. Você é tudo.

Ele morde meus lábios com delicadeza, em seguida, move-os de modo que nossas bocas fiquem juntas. Nós nos encaixamos tão perfeitamente como sempre, e o calor suave de sua língua me faz gemer. Ele me beija de novo, e de novo, e cada vez é mais profunda e apaixonada, mas ainda não é o suficiente. Me agarro a Liam enquanto ele me levanta e ergue minhas pernas em volta de sua cintura. Então pouso minhas mãos em seu cabelo enquanto ele se cola em mim, e me lembro de como ele pode despertar meu corpo para o prazer em questão de segundos.

Nossas mãos não são gentis enquanto percorremos o corpo um do outro. Tudo tem um ar de desespero, não só porque estamos tão aliviados em aceitar, finalmente, esse desejo implacável, mas também porque sabemos que é um tempo emprestado, e isso não vai durar. Liam esfrega sua virilha em mim, passando e apertando a minha pélvis macia contra sua ereção, tocando todos os lugares certos para me fazer suspirar. Quando cravo meus dedos em seus ombros, ele dá um gemido de prazer. Um som possessivo e misterioso. Me faz beijá-lo ainda mais e me agarrar a ele com mais força. Mais do que tudo, quero ser possuída por esse homem. Não apenas fisicamente. Desejo pertencer a ele, tanto quanto quero que ele me pertença.

Mas, mesmo apesar dos músculos trêmulos e da carência de seu afeto, não posso afastar a culpa que me domina por beijar um homem que não é meu. Um eco de *"Isso é errado, isso é errado"* começa no meu cérebro, e não será silenciado. Mesmo que eu esteja segurando seus ombros e puxando-o para mais perto, sou bombardeada com imagens de Angel em seu vestido de casamento, o sonho vertiginoso de Liam a esperando no altar da igreja. Seu príncipe encantado, para viverem felizes para sempre.

— Liam. — Não há quase nenhum barulho. Apenas ar. Ele beija meu pescoço. Mordisca, acaricia com os lábios. Eu me jogo contra ele e o agarro mais forte. — Pare. Não podemos. — Coloco minhas mãos em seu peito e o empurro. Ele é tão sólido, tenho certeza que mal sente meu empurrão. Ele me beija de novo, mas eu o empurro e seguro seu rosto longe de mim. — Liam, pare.

Ele aperta o braço ao meu redor, enquanto ofega contra minha pele.

— Sinto muito. Não estava preparado. Você ainda parece tão perfeita. Mais perfeita do que me lembro.

— Me ponha no chão. Por favor. — Estou tremendo de frustração, pois meu coração ainda o sente como meu, mesmo ele não sendo. Ele tenta me convencer de que Liam ainda me ama, mas como poderia me amar? Depois de tudo que ele me fez passar? Não, isso não é amor. É apenas desejo. E fraqueza. Ele me põe no chão, depois segura meu rosto entre as mãos.

— O que há de errado?

— Preciso ir embora — digo, e me viro em direção à saída do beco.

— Liss, espere. — Ele segura meu braço, mas me solto.

— Não, Liam. Que droga estamos fazendo? Fingindo que podemos ficar juntos? Isso não é um filme. É a minha vida. E não sou um maldito prêmio de consolação.

Ele solta um suspiro e se afasta, seu queixo está rígido e suas mãos cerradas.

— Nunca pensei em você como um prêmio de consolação.

— Você disse que não queria ser como aqueles canalhas que pensam que podem ter tudo, mas é como você está agindo. Não pode ter Angel *e* a mim. Não pode.

— Então vou terminar tudo com ela.

Meu coração se encolhe.

— O quê?

Liam dá um passo à frente e pega minhas mãos.

— Sei que a hora é ruim e que estou seis anos atrasado, mas...
— A determinação em seu rosto é inconfundível. — Quero ficar com você. Espere, não é isso. *Preciso* ficar com você.

Eu afasto o cabelo molhado de seu rosto.

— Liam, você bebeu...

— Não estou bêbado. Na verdade, estou pensando claramente pela primeira vez em anos. Há tantas razões pelas quais eu nem deveria estar pensando nisso. Meu Deus, mais do que você poderia saber, mas ainda assim...

— Bem, agora você está mesmo me convencendo.

Ele respira fundo e dá um suspiro, depois me olha determinado.

— Sei que não estou falando as coisas certas, mas... Meu Deus, Liss, não posso mais viver sem você, e estou cansado de fingir que consigo fazer isso.

Apesar da chuva fria que encharca cada centímetro de minha pele, flores de esperança brotam no meu coração e o aquecem, seguidas de perto por uma sensação de pavor. Agora ele me quer? Teve anos para fazer isso e não fez. Não posso deixar de sentir como se eu fosse uma desculpa para ele escapar de todas as coisas em sua vida que não estão funcionando.

— Liam, você está lidando com um monte de coisas agora. Ensaios, um programa de TV, o seu casamento. Para não mencionar o aniversário de morte do seu irmão. Além de tudo isso, tem paparazzi perseguindo cada movimento seu. Entendo que esteja se sentindo... frágil... ou o que quer que seja, e estou aqui para apoiá-lo em tudo que posso, mas isso?

— Você acha que estou dizendo isso porque estou... O quê... Estressado? Ou tendo algum tipo de colapso? Fala sério, Liss, não.

— Acho que se você realmente não conseguisse viver sem mim, teria descoberto isso anos atrás, mas esta é a primeira vez que estou ouvindo isso. — Tento manter a amargura fora da minha voz, mas não consigo. — Não recebi notícias suas, Liam. Nem uma mensagem de texto ou e-mail. Nem uma maldita palavra.

— Você não sabe toda a história, e eu não posso te contar tudo agora. Mas você pode dizer honestamente que não quer mais depois daquele beijo? Porque eu, com certeza, não posso.

Deixo escapar uma risada curta e sarcástica.

— Isso é loucura! — Não me dou conta do quanto de pânico aparece em minha voz até ver a dor estampada em seu rosto.

Ele não solta minhas mãos, mas seu aperto afrouxa.

— Por que estamos lutando contra isso? Pensei que fosse isso que você queria. Eu. *Nós*.

Quero dizer que não, porque essa é a opção menos assustadora, mas não posso. Foi isso que eu sempre quis. Mas não parece real. Ou certo. Estou acostumada a desejar Liam, mas tê-lo é outra questão. Mesmo agora, apesar de todas as suas declarações, não vejo como isso seja possível. É como se estivéssemos em lados opostos de um labirinto, e ele está dizendo que pode ser uma saída, enquanto ainda estou olhando para um beco.

Observo a água escorrer pelo peito dele e aperto meu maxilar contra a desesperança que sinto. Liam segura meu rosto com as duas mãos e me obriga a olhar para ele.

— Liss, na noite em que foi escolher o vestido de noiva com Angel, você chorou nos meus braços porque eu estava me casando com outra pessoa, e isso me deixou péssimo. Não tinha percebido o quanto as minhas ações te magoaram, e todos os dias que passar com Angel, vou te machucar ainda mais. Não posso continuar fazendo isso. Não vou.

— Liam, você está dizendo que vai virar seu mundo de cabeça pra baixo.

— Não me importo.

— Você deve se importar. Angel...

— Ficará melhor sem mim. Ela pode não entender no início, mas em algum momento entenderá. Angel merece alguém que possa amá-la tanto quanto eu a...

Coloco a mão sobre os lábios dele.

— Não fale isso. Por favor.

Ele beija minha mão antes de afastá-la.

— É verdade. Por que não falar?

— Porque se você fizer isso, vou fazer coisas das quais me arrependerei, e estou tentando ser a voz da razão aqui. — Limpo a água do meu rosto e suspiro. — Por favor, não tome essa decisão agora. Não no calor do momento. Vá pra casa. Se acalme. Então, amanhã, se nada tiver se alterado na sua mente...

Liam se aproxima ainda mais.

— Não vou mudar de ideia. Isso significaria que ficar com você é uma escolha. E não é. Tentei te esquecer. Ficar longe de você. Falhei em todas as tentativas. Você sabe disso. Lutar contra o que sinto por você é cansativo, e não posso mais fazer isso. Mas a grande pergunta é: Você quer isso? — Ele segura minha mão e entrelaça seus dedos nos meus, e a esperança em seu rosto me inunda. — Depois de todo esse tempo e de tudo que eu fiz... Você ainda *me* quer?

Olho para nossas mãos.

— Vai ser uma enorme confusão.

— Eu sei. Mas se finalmente pudermos ficar juntos, vai valer a pena.

Olho em seus olhos.

— Sim. Vai. — Ele sorri, e mesmo que a chuva esteja nos encharcando, me sinto como se estivesse em pleno dia de sol.

Sorrio para ele, depois balanço minha cabeça por parecer tão boba.

— Você ainda precisa pensar nisso. Nós conversaremos amanhã.

Ele se inclina e me dá um beijo suave, lento.

— Tenho algumas coisas pra resolver ainda, isso vai acontecer. Acredite em mim.

Eu me afasto, mesmo que esteja tentando arduamente não dar asas às minhas esperanças, o modo como ele está sorrindo para mim torna isso impossível.

Pego minha bolsa e a jogo sobre o ombro.

— Estou indo pra casa. Se você descobrir como encarar Angel até amanhã, depois que tudo tiver acontecido, me avise. Estarei sendo engolida pela vergonha.

Estou quase na saída do beco, quando ele fala:

— Liss? — Me viro para encará-lo e vejo que, embora a chuva tenha diminuído, seu cabelo ainda cai no rosto, encharcado. — Não importa o que aconteça, não se sinta culpada por isso. Fui eu que comecei. Culpe a mim, não a si mesma.

Balanço a cabeça.

— É preciso duas pessoas pra beijar assim, Liam. Sou tão culpada quanto você. — Me afasto dele e sigo na direção da estação de metrô. Minha culpa lateja por todos os lados, durante todo o caminho para casa. Mais tarde, quando rastejo para a cama, sonho com um futuro em que Liam é meu — de mente, corpo, coração e alma. Mesmo com a consciência pesada, eles são os mais belos sonhos que já tive.

capítulo quinze
ESCANDALOSA

Liam e eu estamos fazendo amor quando alguma coisa invade minha consciência.

Uma música. Um som metálico muito distante.

Tento não prestar atenção.

Liam me ergue para que eu fique por cima dele, seu rosto me encara com pura adoração enquanto o cavalgo.

— Que barulho é esse? — pergunta ele, enquanto força meus quadris para que eu me mova mais rápido.

— Sei lá. Nem quero saber. Transa comigo.

Ele me vira e fica por cima, prendendo meus pulsos na cama. E então desliza para dentro de mim, fundo e com força.

— Meu Deus, Liam...

— Estava fantasiando isso desde ontem, no beco. Nada é tão bom quanto estar dentro de você.

Ele aumenta o ritmo. Agarra a minha perna e puxa até a sua cintura, deslizando para dentro, de novo e de novo. Nossa, o prazer. O prazer que consome, que dá calafrios na espinha.

— Ohhhhh... Liaaaaam...

— Ei, Escandalosa. Atenda o celular. — Então alguém está me sacudindo. — Lissa! Acorde!

Me sento rapidamente, ainda na melhor parte do meu sonho. Josh está sentado na minha cama, com o celular tocando na mão.

Dou uma olhada rápida no relógio. São quatro e quarenta e cinco da madrugada.

— Quem está ligando a essa hora, droga?

— É a Mary. Atende, vai. Está tocando há cinco minutos.

Pego o celular.

— Mary?

— Até que enfim! Onde você estava?

Esfrego meu rosto.

— Dormindo. O que você espera a essa hora?

— Bem, levante-se — diz ela. — Estamos em uma reunião de produção de emergência. Encontre a gente na sala de reuniões o mais rápido possível.

— Por quê? O que está acontecendo?

— A merda já está feita, é isso que está acontecendo. Explico melhor quando você chegar aqui.

Ela desliga sem se despedir. Uma bola de chumbo se forma em meu estômago.

Ah, Liam. Você fez mesmo isso, não foi? Terminou com a Angel e falou para todo mundo sobre nós. Merda.

Chuto as cobertas e saio da cama.

— Vamos nessa, Josh. Precisamos ir.

— Por quê?

— Porque sim. Ande!

Trinta minutos depois entramos na sala de reuniões. Toda a equipe de produção já está lá, assim como Angel e Liam. Angel parece ter chorado. Liam está com a cara de quem quer matar alguém.

Ah, caramba. Isso está mesmo acontecendo. Ele falou para ela. Realmente nunca pensei que ele faria isso.

Sonhei tantas vezes sobre como seria ter Liam me escolhendo, mas nunca pensei que seria em público. Dou uma olhada em

Mary e Marco. Eles não parecem bravos comigo. Por que não parecem bravos?

Ao lado de Liam, Anthony Kent remexe uma pilha de revistas à sua frente.

— Obrigado a todos por terem vindo tão rápido. Temos um problema que precisa ser resolvido, por isso vamos abrir todos na mesma página antes que uma tempestade de merda de proporções épicas aterrisse no nosso colo.

Ele distribui as revistas. Quando uma chega às minhas mãos, minha garganta fica seca, o que é incrível, considerando que eu quero vomitar.

A capa mostra uma imagem granulada de Liam beijando uma garota. Em um beco. Sob a chuva. O ângulo da foto esconde meu rosto, e meu cabelo molhado parece mais castanho do que louro. Mas ainda assim: sou eu. A manchete diz: Escândalo exclusivo! Gostosão de Hollywood flagrado beijando uma garota no beco! Abaixo a legenda: *Problemas no paraíso dos Namoradinhos da América? Traidor Liam Quinn seduz morena misteriosa em NYC.*

— Ah, merda — diz Josh ao meu lado, e me dá uma olhada. Ele desconfia.

— Merda, mesmo — diz Mary enquanto tira os óculos e os limpa. Do outro lado da mesa, Angel sacode a cabeça. Eu mal posso respirar. Anthony põe a mão no ombro de Liam.

— Esta revista vai chegar às bancas daqui a duas horas e, sim, parece ruim, mas não estamos aqui pra julgar. Estamos aqui pra fazer um controle de danos efetivo e rápido.

Mary lança um olhar de desaprovação a Liam.

— Que merda você estava pensando, raio de sol?

Ele não olha para ela.

— Eu não estava.

— Quem é essa garota? — pergunta Marco. — Ela vai ser um problema no futuro?

— Não. — O rosto de Liam é duro. — Ela é apenas uma garota que conheci num bar. Eu estava bêbado. Fiz algo estúpido. Não vai acontecer de novo.

Um calor toma conta do meu rosto enquanto a bile sobe pela minha garganta. Em frente a mim, Anthony cruza os braços.

— Liam e eu conversamos sobre isso em detalhes, e ele me deu certeza de que foi só um beijo de bêbado que não significa nada. Ele quer deixar isso pra trás e seguir em frente.

Engulo outro ataque de náusea. Não machucaria tanto se eu não suspeitasse que fosse verdade. Abro a revista na página da história. Tem mais fotos. Minhas pernas enroscadas em Liam. Suas mãos nos meus seios. Olhando assim, parece tão sujo.

— A primeira coisa que vamos fazer — continua Anthony — é ter certeza de que essa explicação está clara pra todo mundo. Ninguém fala com a imprensa, a não ser Mary e eu. Se ficarmos fortes e unidos, vamos sobreviver a essa tempestade. Ninguém sabe quem é a mulher nessas fotos, e, pra América, ela é simplesmente uma vagabunda barata que seduziu um famoso ator de cinema em busca de seus quinze minutos de fama. Estamos entendidos?

Todo mundo concorda, até Liam. Ele fita a mesa, de punhos cerrados, apertando o maxilar. Ele não consegue sequer olhar para mim. Angel também está olhando para a mesa. Ela parece em estado de choque. Aperto meus dedos na palma das mãos até sentir a marca das unhas. Então Liam nem sequer contou a ela sobre nós dois e mesmo assim ela está com o coração dilacerado? Que porra está acontecendo?

— Como podemos ter certeza de que ela não vai falar? — pergunta Mary. — Liam, se você disser o nome dela, podemos fazer algum tipo de acordo pra mantê-la calada.

— Não — diz Liam, de forma rude. — Ela não está interessada nessas coisas.

— Como você sabe? Nós podemos elaborar um acordo de confidencialidade. Amordaçá-la legalmente.

Liam sacode a cabeça.

— Eu mal me lembro do rosto dela, Mary, esqueça isso. — Agora ele olha para mim. — Ela não quer levar isso adiante. Confie em mim.

Eu tenho de me controlar, e muito, para não gritar para ele:

Confie em mim? Nunca mais, imbecil.

— A mulher não faz parte da nossa estratégia — diz Anthony. — Em algumas horas o frenesi da imprensa terá atingido seu auge, por isso vamos precisar que *Angeliam* vá à televisão fazer uma declaração conjunta. — Anthony passa para Liam uma declaração impressa. — Liam, você vai dizer que enfrentou um momento de fraqueza. Estava nervoso com o casamento, mas ama sua noiva e se arrepende profundamente por tê-la magoado de alguma forma. Você vai estar à beira das lágrimas o tempo todo e segurando a mão de sua noiva como se fosse feita de um cristal precioso, entende? Angel, você vai ficar do lado do seu homem e apoiá-lo. Quando ele terminar, você vai abraçá-lo e sussurrar palavras de perdão a ele. Vamos gerenciar esse desastre com a precisão militar da maldita Guarda Nacional. Não esqueça, não há escândalo tão ruim que não possa virar alguma coisa boa. A não ser que você mate alguém ou seja pego chutando cãezinhos. Em qualquer um desses casos, você está ferrado. Mas, menos do que isso, qualquer coisa pode virar ouro em publicidade. Nós vamos superar essa história.

Ele continua falando. Mary concorda com a sua opinião. Quando Marco se preocupa que os patrocinadores caiam fora, Mary lhe garante que esse tipo de exposição viral vai triplicar a venda de ingressos. Eu continuo olhando para as fotos e tento não deixar todos verem como as minhas emoções estão me estrangulando.

Então, toda aquela conversa sobre estar comigo era besteira. Por que eu sequer tenho esperanças ainda? É inútil.

Lá estava eu, sonhando em ser a namorada de Liam. Em vez disso, sou um arrependimento. Um estúpido, anônimo e vergonhoso engano.

— Pelo amor de Deus, nós ajustamos isso na semana passada! — Marco olha para os atores. — Por que vocês estão nas marcações erradas, merda?! Onde está a inteligência de vocês, gente?

Desde a reunião, todo mundo está no limite. O resto do elenco ficou sabendo do escândalo quando a revista chegou às bancas uma hora atrás, e desde então estamos sendo bombardeados por ligações e choro dos fãs. Nas ruas, ainda posso ouvi-los se lamentando, sem acreditar.

— *Eles não podem terminar assim! O amor deles é eterno! Não posso acreditar que Liam faria isso. A vagabunda deve ter feito a cabeça dele.*

Cerro os dentes, e Josh gentilmente toca minha perna embaixo da mesa.

— Isso tudo vai passar. É só dar um tempo.

Concordo com força e faço anotações em meu script.

— Sim.

Ele não disse nada, mas sabe que era eu naquelas fotos. Posso sentir sua decepção como uma vibração no ar. Fui uma porção de coisas ao longo dos anos, mas nunca a outra mulher. Seu afeto por Angel torna tudo pior. Sei que ele quer ficar do meu lado, mas como poderia? Sou a única errada.

— Vamos recomeçar, por favor, todo mundo — digo. — Do começo da cena mais uma vez.

Liam olha para mim. Eu cuidadosamente o ignoro. À luz do drama de hoje, a pressão sobre mim para ser objetiva e profissional é maior do que nunca. O elenco precisa ser tranquilizado; até onde sabemos, o espetáculo está sob controle. É o velho axioma do pato: Não importa o quão freneticamente as pernas estão batendo embaixo d'água, precisamos que as pessoas nos vejam deslizando com graça e serenidade.

— Não, Liam! *Downstage*, caramba! *Downstage!* — Parece que Marco não recebeu minha observação sobre a história do pato. — *Downstage é pra a frente.* Upstage *é pra trás.* Será que preciso lembrá-lo das regras básicas da cenografia, cara?

Coloco minha mão no braço de Marco e sussurro:

— Por favor, respire.

Marco esfrega os olhos. Liam e Angel estão fora de suas marcas, mas Liam definitivamente é o pior dos dois. Há também um ar de mágoa entre o resto do elenco, já que ele deixou todos nós arrasados. No meu caso, a mágoa tem fundamento.

— Desculpe — diz Liam. Ele olha para mim e desvio o olhar. Ele não merece mais nenhum contato visual.

No resto do dia, verifico duas vezes mais do que o normal se todos no elenco sabem suas deixas. A última coisa de que preciso é que a paciência de Marco se esgote. Toda vez que chego perto de Liam, minhas emoções se acendem, mas me reprimo e me obrigo a continuar com meus afazeres.

— Espere a sua entrada, sr. Quinn. Não se esqueça de sair pela frente, à esquerda, depois de *"Será a hora que eu disser que é"*.

— Liss... — Ele se inclina para falar comigo, mas atravesso para o outro lado da sala, para as deixas de Angel.

Pobre Angel, parece tão mal quanto eu. Claro que, sabendo que sou a responsável por seu sofrimento, me sinto ainda pior. Estive nesse lugar tantas vezes que você pensaria que machuca menos ser o agressor do que a vítima, mas não é assim.

— Você está bem? — sussurro.

— Vou ficar bem.

— Sinto muito. — *Por uma porção de coisas.*

Ela balança a cabeça e olha para Liam, que acabou de entrar em cena.

— Pensei que a gente era sempre honesto um com o outro. Mas isso... Minha família inteira está envergonhada. Meu pai não disse isso, mas tenho certeza de que ele pensa que tudo aconteceu porque sou uma idiota que não consegue deixar seu homem satisfeito.

— Isso é ridículo. Nada disso é culpa sua.

— Não. Mas isso me faz questionar quantas coisas mais o Liam tem escondido de mim.

Chuva. Sua boca. Mãos em volta do meu corpo.

— Ele poderia estar fodendo essa garota há semanas. Ele nega, mas estou inclinada a não acreditar mais em uma palavra do que ele diz.

Eu também. Balanço a cabeça e dou uma olhada no meu script.

— Certo, espere na sua marca, então saia com Liam por trás, no fim da cena.

— Obrigada, querida.

— De nada. Me fale se houver alguma coisa que eu possa fazer.

O dia se arrasta. Terminamos de ensaiar as poucas cenas finais, mas a tensão no ar bloqueia a pequena satisfação que isso traz.

No momento em que termino o ensaio, todo mundo respira aliviado. Acho que estamos todos emocionalmente exaustos.

Enquanto o resto do elenco sai, Angel e Liam se retiram para a sala de reunião com Anthony e Mary. A coletiva de imprensa é em uma hora, e Anthony quer treinar com eles mais uma vez. É claro que pedidos de desculpas espontâneos e sinceros precisam de um monte de ensaios.

Estou arrumando a mesa de produção quando Josh toca meu ombro.

— Você está bem?

— Sim.

— Quer falar sobre isso?

— Não.

Ele pega minhas mãos e vira meu rosto para ele. Não posso encará-lo, então baixo os olhos.

— Escute, eu tenho um encontro hoje à noite, mas se você quiser que eu cancele, eu cancelo.

Aperto as mãos dele.

— Vou ficar bem. Estou acostumada com isso, lembra? Mas existe alguém que tenho certeza que está precisando de um amigo esta noite.

— Se você disser Quinn, vou esmurrar alguma coisa. Provavelmente ele.

Balanço a cabeça e olho para ele.

— Garanta que Angel não fique sozinha. Ela não tem amigos aqui, e eu ficaria com ela, mas... Bem, é embaraçoso.

Ele concorda.

— Vou tomar conta dela. Agora, vá. Eu arrumo aqui.

Ele me puxa para um abraço apertado e então me dá a minha bolsa.

Tão logo piso na rua, sou encurralada por pelo menos uma dúzia de repórteres e fotógrafos, todos gritando perguntas enquanto enfiam gravadores na minha cara.

— *Algum comentário sobre o escândalo? Como Angel está lidando com a traição de Liam?*

— *Liam está arrependido? Ele já tinha feito esse tipo de coisa antes?*

— *Você pode falar sobre a mulher envolvida? Ela é atriz, também?*

— *Se eles terminarem, a peça continua?*

Fico em silêncio e avanço a cotoveladas. Quando eles começam a me seguir, saio correndo.

No momento em que chego em casa, preciso de um Valium, um chuveiro e lenços. Bato a porta atrás de mim, me encosto nela, e quando todas as emoções que estive contendo nas últimas dez horas ameaçam transbordar em grandes e frustrados soluços, eu as deixo vir.

capítulo dezesseis
AMOR E LAGOSTAS

Renovada depois de um banho quente e vestindo meu roupão favorito, me afundo no sofá e ligo o celular. Imediatamente uma enxurrada de notificações de mensagens o faz apitar. Não reconheço a maioria dos números, então deduzo serem de repórteres, e os ignoro. Quando vejo que Liam tentou me ligar quinze vezes, aperto o celular com tanta força que quase quebro a tela. Jogo o celular no sofá e me dirijo à cozinha. Só há metade de uma garrafa de vinho tinto sobrando, mas meu nome parece estar escrito no rótulo. Nem me incomodo em pegar um copo.

Depois de tomar um gole gigantesco, volto ao sofá e ligo a TV. É claro que a primeira coisa que aparece é um programa de entretenimento sobre o escândalo com *Angeliam*.

— Caramba, universo — murmuro para a tela. — Eu normalmente gosto de um pouco de preliminares antes de ser fodida assim. Você poderia pelo menos me pagar o jantar.

Fico sentada lá como um zumbi e assisto ao circo da mídia cobrindo o escândalo. É o *Angeliampocalipse*, arrematado com entrevistas chorosas de fãs, profissionais de Hollywood especulando sobre o futuro do casal de ouro, e até mesmo um gráfico predizendo o quanto as vendas de *Rageheart* sofrerão ou aumentarão se eles se separarem. Vão aumentar, a propósito.

Nem mesmo sei o motivo de eu estar vendo isso. Estupidez? Curiosidade doentia? Masoquismo puro? Depois de ter acreditado novamente em Liam, acho que mereço essa punição.

Na tela, Angel e Liam saem do nosso local de ensaios e enfrentam a barreira de repórteres escandalosos e flashes. Estão de mãos dadas. Liam parece incrível e contrito. Angel parece incrível e devastada. Liam diz tudo. Anthony o mandou fazer isso.

Ele está à beira das lágrimas o tempo todo, o que me faz acreditar que ou ele genuinamente lamenta muito por seus atos ou precisa ganhar a merda de um Oscar em um futuro próximo.

Odeio como fico emocionada quando ele diz:

— Em toda minha vida, só amei uma mulher. E me sinto péssimo porque meus atos impensados e egoístas a magoaram. Posso apenas esperar que um dia ela entenda que só quero estar com ela e encontre uma maneira de me perdoar.

Ele olha diretamente para a câmera quando diz isso, e seu desempenho é tão sincero e tocante que, ao final, até eu estou torcendo para que ele e Angel consigam passar por essa confusão.

Meu Deus, eu preciso de mais vinho.

Tomo dois grandes goles, e então troco o canal para uma reprise de *Friends*. Phoebe está explicando como Rachel e Ross são almas gêmeas.

— Ela é sua lagosta — diz ela a Ross. — É um fato conhecido que as lagostas se apaixonam e ficam juntas a vida toda. Na verdade, você pode ver casais de lagostas velhas passeando pelos tanques, de garras dadas.

Imagino o que Phoebe diria se eu lhe contasse que minha lagosta não me escolheu. Ele decidiu ficar com a maravilhosa lagosta ruiva, cujas pernas são mais longas que meu corpo inteiro. Então, agora posso escolher outra lagosta, ou é isso? Eu vou passar pela vida sendo uma sem-lagosta?

Inesperadamente as lágrimas assomam e se espalham pelo meu rosto. Eu as limpo, impaciente.

— Que se danem você e as lagostas do mundo, Phoebe. Que se danem...

Não sei por quanto tempo chafurdo na dor e fixo o olhar na televisão. Tempo suficiente para terminar o vinho, de qualquer forma. Estou considerando sair para comprar mais quando ouço uma batida na porta. Droga. Josh esquece as chaves com mais frequência do que se lembra delas. Acho que Angel não precisou dele para consolá-la, no final das contas.

Piso duro até a porta e a abro.

— Você não tem jeito, você sabia que...? — Em vez de Josh, Liam está parado lá, parecendo mais arrasado do que eu, se isso for possível.

— Liss, você precisa saber que...

— Vá embora.

Tento fechar a porta, mas ele me impede com a mão.

— Espere. Me deixe explicar.

— Não precisa. Você já deixou seus sentimentos bem claros. Foi um erro. Não significou nada.

— Por favor, só me escute...

— Já cansei de escutar você, Liam! A única coisa que consegui te escutando foi me machucar. Por que você fica voltando pra me torturar? Você já fez sua escolha, e não sou eu. De novo! Já entendi!

— Não, você não entendeu! Esse é o problema. Essa situação é complicada.

—Ah, é? Porque parece muito simples: você é um idiota. E eu sou uma idiota por acreditar em você. Pensei que conhecia todo imbecil que existia, mas você realmente me enganou.

— Não, eu não estava te enganando! Há verdade em cada palavra que disse ontem. Quero estar com você. É tudo que eu sempre quis.

— O quão estúpida você pensa que eu sou? Você só parou na frente do *mundo* e reafirmou seu amor pela sua noiva!

Ele bate as mãos contra o batente da porta e me faz pular.

— Não, não reafirmei! Eu não tenho uma noiva! Tenho um maldito contrato que me obriga a fingir estar noivo da Angel, é isso! Nosso relacionamento é uma bobagem fabricada!

Ele está tão alterado que ofega, e meu coração está batendo tão furiosamente que levo um momento para entender o que acabei de ouvir. Quando assimilo a informação, um rastro de raiva percorre minha medula.

— O quê?!

Liam dá um passo adiante, mas se ele me tocar agora, não sei o que farei. Eu me viro e ando para o canto mais distante da sala.

— Tudo o que eu disse na coletiva de imprensa — diz ele, a voz mais branda, enquanto me fita com olhos cautelosos. — Toda aquela coisa sobre só ter amado uma única mulher na minha vida inteira. Era sobre *você*. Meu Deus, Liss. Você não entende? Sempre foi você.

— Ele me olha fixamente, como se esperasse que eu explodisse. Mas não. Estou muito chocada para até mesmo me mexer, a não ser para abraçar a garrafa de vinho com tanta força que até dói. Quando o silêncio fica desconfortável, ele entra e fecha a porta gentilmente. Então simplesmente fica lá por alguns segundos, uma das mãos na maçaneta e a outra pendendo.

— Quando cheguei em casa na noite passada — diz ele, fitando o chão —, Anthony me esperava com essas fotos. Um amigo dele na TMZ lhe contou que estávamos juntos, e ele ficou puto. Muito puto. Não posso tirar a razão dele. O que eu fiz com você foi estúpido. Não a parte do beijo, porque não posso me arrepender disso nem que apontem uma arma pra minha cabeça. Mas fazer uma coisa dessas em público? Foi imbecil. Depois do que houve no túmulo de Jamie, eu deveria saber que estava sendo seguido, que aquele imbecil no bar nos seguiria no momento em que pisássemos na rua. — Ele esfrega o rosto. — Anthony ficou me enchendo pra descobrir sua identidade. Disse que se a jogássemos aos lobos, isso poderia me aliviar um pouco. É claro, não havia a menor hipótese de eu fazer isso, então neguei tudo, mesmo que isso me matasse. — Ele me olha, lamentando vividamente cada detalhe. — Anthony me observou como uma águia o dia todo, para ter certeza de que eu não faria nada para piorar a história.

É por isso que não a avisei. Logo antes da coletiva, eu escapei para o banheiro para tentar te ligar e explicar, mas seu celular estava desligado. Eu sinto tanto.

Subitamente eu sei como Alice deve ter se sentido do outro lado do espelho. Eu me sinto como se estivesse no Mundo Bizarro. Isso é completamente surreal.

— Mas, você e Angel…

— Não estamos noivos. Nunca estivemos. Nunca nem mesmo fizemos sexo. A coisa toda foi forjada pra gerar publicidade.

Ele me observa com cuidado, analisando minha reação. Não sei por quanto tempo permaneço lá, o descrédito está estampado no meu rosto. Deve ser breve, porque em um determinado momento ele diz:

— Droga, Liss. Diga algo, por favor. Qualquer coisa. Só… reaja.

Recupero o fôlego, tentando processar toda a história. Não consigo. É tão ridícula que meu cérebro não a assimila.

— Então você tem *mentido*? Pra mim? Pro mundo inteiro? Por *anos*?

— Elissa, sinto muito.

A incredulidade inunda meu corpo, seguida da fúria. Subitamente, tenho muito a dizer, e tudo é acompanhado de emoções confusas e imensas, que aumentam meu tom de voz e deixam meu rosto úmido.

— Você tem alguma ideia do quanto você me magoou? O quão *devastada* eu fiquei há seis anos quando vi fotos suas e de Angel juntos? Quanto me magoou *hoje* quando pareceu tê-la escolhido novamente? E agora, você está me dizendo que foi tudo uma maldita *farsa publicitária*? — Bato a garrafa de vinho na mesa com tanta força que Liam se encolhe.

Enquanto tento me acalmar, ele fica lá, com a culpa e o arrependimento enchendo-lhe os olhos. Quando ele dá um passo à frente, dou um para trás. Ele estica as mãos, como se estivesse tentando aplacar um animal selvagem.

— Quando me ofereceram *Rageheart* — diz ele, pacientemente —, os produtores me disseram que eu tinha de concordar com a merda do romance falso deles ou perderia o emprego. Eu queria dizer a eles que enfiassem a ideia naquele lugar, mas precisava daquele filme pra quitar as dívidas de mamãe e papai. Depois de todos os processos, eles estavam afundando. Anthony me garantiu que esse tipo de coisa acontece o tempo todo e estaria acabada antes que eu percebesse, então concordei. — Ele olha para o chão. — Não podia te contar. O contrato de confidencialidade é brutal. Além do mais, estava envergonhado. Eu me vendi da pior maneira possível, e sabia disso.

— Essa é uma desculpa furada, Liam! Você me amava e eu amava você. Poderíamos ter dado um jeito.

Os ombros dele caem.

— Não, não poderíamos. Você pode dizer, honestamente, que estaria feliz se esgueirando por debaixo do pano enquanto eu fingia que Angel era o amor da minha vida? Você se sentiria como um segredo impróprio. E depois de um tempo, se ressentiria de mim por isso.

— Então, em vez disso, você decidiu rasgar meu coração? Usar meu pior medo contra mim?

Ele engole em seco e abaixa a cabeça.

— Sabia que assinar aquele contrato significava magoar você, e perder você, mas meus pais estavam lutando havia anos. Isso estava pesando na saúde do meu pai. E as famílias daqueles que morreram no acidente estavam lutando também. Eu me sentia como se tivesse uma dívida com eles, em nome do Jamie. De alguma maneira doentia, pensava que o bem suplantaria o mal. Sabia que você e eu estaríamos muito infelizes, mas também sabia que muitas outras pessoas conseguiriam a ajuda de que precisavam.

Esfrego o rosto com a mão.

— Meu Deus, Liam...

— Foi por isso que parei de ligar pra você. Tentei me preparar para o que viria. Angel e eu fomos avisados que um fotógrafo nos seguiria, então interpretamos nossos papéis. Não a avisei porque... Bem, pensei que talvez uma pausa tornasse tudo mais fácil pra nós dois.

— Mais fácil? — A afirmação me faz rir. — Você disse que me amava! Por que fez isso quando sabia que não podia estar comigo?

— Até então eu não sabia. Eles me contaram sobre o contrato no dia seguinte em que eu liguei pra você, e... quando eu soube daquilo, fiquei enojado. Mesmo depois de ter me convencido a assiná-lo, me forcei a acreditar que nossa separação seria temporária. Então, quando tudo acabasse, eu poderia implorar seu perdão, e teríamos outra chance. Mas daí um filme virou dois e dois viraram quatro. A coisa toda com Angel se transformou nessa mina de ouro de publicidade pesada, e não importava o quanto estávamos infelizes com esse acordo, os produtores não discutiriam o rompimento do contrato. Eles nos convenceram de que a franquia morreria se rompêssemos antes do último filme ser lançado. Todos que trabalhavam nesses filmes se tornaram nossa família. Se nossos atos acabassem com tudo, seria como o acidente na construção, tudo novamente. Não conseguiria viver com a culpa de ter prejudicado mais vidas. Arruinado mais vidas. E assim continuamos. Então essa peça apareceu, mas eles só nos queriam como um pacote. Nós dois queríamos atuar nela, então nosso purgatório prosseguiu.

Penso nas centenas de fotos de Liam e Angel que vi ao longo dos anos. Em cafés. Em férias. Estreias de filmes. Festivais de música. Imagino como seus fãs se sentirão quando descobrirem que foi tudo um golpe. É assim que me sinto agora. Enganada. Traída. Mais do que um pouco estúpida.

— Acreditei que vocês dois estavam apaixonados — digo, tentando manter a calma. — A maneira como você a olhava. E a tomava em seus braços. A *beijava…* — Minha voz se quebra e mordo a parte interna da bochecha para me impedir de chorar.

— Liss, eu sinto muito. Nossas aparições públicas não são diferentes de nenhuma outra atuação, exceto pelo fato de que improvisávamos as falas. Fiz meu trabalho, e fiz bem. Nada daquilo foi real. Como poderia ser? — Ele caminha até onde estou, devagar. — Nunca parei de amar *você*. Desde o dia em que nos conhecemos, você tem sido a única pra mim. Nunca houve outro alguém.

Cruzo os braços no peito. Há uma dor lá dentro chutando minhas costelas. Uma mistura de incredulidade e desapontamento. Mas também há aquela pequena faísca de esperança que foi reprimida por tanto tempo, e não consigo decidir se essa nova informação vai matá-la ou lhe dar um choque capaz de trazê-la de volta à vida.

Liam me observa, e aqueles olhos impressionantes estão cheios de tanta dor que tenho que desviar o olhar.

— Liss... — Ele se adianta para me tocar, mas eu me afasto. Balanço a cabeça.

— Não posso acreditar no que estou ouvindo. Em nada disso. — As lágrimas estão caindo agora. Machucaria demais tentar impedi-las.

Atravesso para o outro lado da sala e olho fixo para a estante de livros. Ele não me segue, mas quando o fito de volta vejo seus olhos molhados também.

— Quis te dizer a verdade tantas vezes durante os anos, mas o que adiantaria? Mesmo que fizesse isso, não poderia estar com você. Não com a minha vida como está. Todo maldito dia testemunho as coisas que Angel enfrenta porque as pessoas acham que ela está comigo. O ódio. O *bullying*. O escrutínio e a crítica constantes. Isso a devora, Liss, mesmo que ela lide com esse tipo de porcaria desde criança. Como poderia te arrastar pra tudo isso? Amo você demais pra sequer considerar isso.

— Então, por que dizer aquelas coisas ontem? Por que me dar esperança de que poderíamos ficar juntos?

— Porque mesmo que seja muito egoísta querer você na minha vida maluca, eu finalmente percebi que tentando te afastar eu te condenei a ser tão infeliz quanto eu.

Fitamos um ao outro, e me sinto como se estivesse sendo atraída para ele e, ao mesmo tempo, repelida. Tantas emoções se entrelaçam em mim que não posso compreendê-las por inteiro.

— Minha linda Liss. — Liam se aproxima. — Por favor, diga que pode me perdoar. Fico pensando no que acontecerá quando essa produção acabar. A menos que eu conserte as coisas, voltaremos às nossas vidas separadas, eu na Califórnia e você aqui, e... — Ele aperta o peito. — Droga. Toda vez que imagino isso, dói tanto que quero dar um soco numa parede. — Ele fecha o punho e depois relaxa a mão, e posso sentir sua tensão preenchendo o espaço entre nós. — Me peça pra desistir de um membro e eu juro que vou dar um jeito de fazer isso. Mas não me peça pra viver mais sem você. Eu não posso. Estou tão perdidamente apaixonado por você que chega a doer.

Por tanto tempo sonhei com Liam Quinn parado na minha frente dizendo que me amava. Em cada uma dessas fantasias, ele me olhava como olha agora, com um amor óbvio e despudorado. Mas as fantasias não te preparam para a realidade. Mesmo que eu sempre tenha pensado que correria para os braços dele e o cobriria de beijos, na verdade há mais do que mim e ele em que pensar. Mesmo que superasse a decepção com ele, há Angel, e a peça, e os milhões de fãs que terão o coração partido quando ouvirem que o ídolo deles ama uma diretora de palco baixinha e loira, em vez de sua deusa etérea da tela prateada.

Limpo o rosto.

— E o contrato? Você e Angel ainda estão presos a ele?

Liam não se aproxima, mas fica claro que deseja fazer isso.

— Que se dane o contrato. Eu já ganhei mais dinheiro do que jamais imaginei, e estou infeliz. A única coisa que verdadeiramente quero não pode ser comprada. O estúdio pode me processar até meu último centavo. Desde que eu tenha você, serei o homem mais rico do mundo.

Eu o olho fixamente enquanto tudo que ele acabou de dizer gira em meu cérebro. Por um lado, nossa situação é tão inacreditável que eu quero rir, mas, por outro, meu coração sussurra que tudo finalmente faz sentido. Por anos me senti errada. Como se eu fosse uma estranha na minha própria vida. Sempre soube que era por causa de Liam, mas vivi em negação. Fingir que não estava vazia sem ele se tornou um estilo de vida. E parece que ele se sentia exatamente da mesma maneira.

Agora temos uma segunda chance, mas não tenho ideia de como isso funcionaria. O mundo dele é cheio de estreias de filmes e festas. Beleza e glamour. Eu passo a maior parte do tempo no escuro. Sou a pessoa que controla o holofote, não a que fica sob ele. Citando um antigo provérbio chinês: tudo bem se um pássaro e um peixe se apaixonarem, mas onde eles vão morar?

— Liss? — Quando olho para ele, há um medo verdadeiro em sua expressão. Liam está apavorado que eu vá dispensá-lo. Ele deveria estar. — Entendo que isso é muito pra se processar, e sei o quanto está brava comigo. E eu não te culparia se você me mandasse pro inferno e exigisse que eu nunca mais me aproxime de novo. Mas antes de fazer isso, por favor, só me diga uma coisa: você acredita que eu te amo?

— Sim. — Digo isso sem pensar. Talvez essa seja a melhor maneira de lidar com meu turbilhão emocional. Deus sabe que minha cabeça e meu coração têm desejos conflitantes. Talvez eu deva apenas confiar no meu instinto.

Olho Liam nos olhos. Ele entende, e sua postura muda completamente. Como se estivesse se contendo para não seguir seu instinto e me mostrar como se sente, ele inspira antes de dizer:

— Certo, então. A pergunta de um milhão de dólares: você me ama?

Ele não respira nos três segundos que levo para me decidir por ser honesta.

— Apesar de tudo, e mesmo tendo vontade de bater em você agora... Sim. Muito. — No momento em que digo isso, ele aperta a mandíbula, e posso dizer que ele está tentando se conter. Eu sei como se sente. Esse é um momento decisivo para nós, e tenho tanta adrenalina no corpo que meu coração parece ter perdido o ritmo.

— Liss — diz ele, a voz rouca de emoção. — Sei que tenho muito trabalho a fazer pra compensar pelo tanto que te machuquei, mas... Você ainda quer que fiquemos juntos?

Passo por um desses momentos nos quais tudo que não é ele recua para o fundo, e ele entra em um foco perfeito. O lindo Liam, cheio de esperança. Ele engole com dificuldade antes de continuar.

— Pense com cuidado na sua resposta, porque se você disser que sim... — diz ele baixinho, murmurando. — Se você disser sim, eu nunca mais vou ser desonesto com você. Nunca mais sobreporei a razão à emoção. E finalmente poderei te mostrar as maneiras infinitas como te amo.

Há uma distância considerável entre nós, mas agora parece que existe um cabo de aço conectando o coração dele ao meu. Esse cabo sempre esteve lá. Mas agora eu consigo vê-lo mais como uma bênção do que como uma maldição.

Inspiro e desfaço o nó do meu roupão com as mãos trêmulas. O tecido pesado se abre, revelando a minha óbvia falta de roupa de baixo.

Seus olhos se arregalam, e sua expressão imediatamente se torna faminta. Meu corpo responde com uma explosão de calafrios.

— Sim. Quero ficar com você. Por favor. Agora.

Ele pisca duas vezes antes de murmurar

— Porra, sim. — Ele cruza a sala em segundos, e solta um gemido baixo e possessivo enquanto me aperta contra ele.

Seis anos de desejo contido e frustração sexual irrompem entre nós. Nós nos devoramos um ao outro, línguas provando e sugando. Meu roupão é tirado dos meus ombros. A camisa dele é desabotoada em tempo recorde. Em todos os lugares que ele me toca, o desejo nasce, cresce e desponta, e estou sem fôlego com a força desse sentimento. Eu o empurro contra a parede, com energia. A força do impacto faz o vidro da moldura de uma foto próxima se quebrar ao cair no chão. Nenhum de nós olha para ela. Liam joga a cabeça para trás quando cubro seu tórax e abdome com beijos quentes, provando a pele com a qual eu só pude sonhar durante muito tempo. Seus músculos se contraem por causa de sua respiração rápida, e ele geme quando passo minha língua e meus lábios nos planos deliciosos de seu tórax. Provo cada centímetro de sua pele... Seus mamilos, seu abdome. Não há nada delicado ou elegante no que estamos fazendo. Tudo é urgente, as mãos se movem e apertam, as respirações estão pesadas e os gemidos profundos. Estamos tão desesperados um pelo outro que ficamos desastrados e rudes.

Quando volto à sua boca, ele geme contra a minha e percorre meu corpo com as mãos, até a minha bunda. Com um movimento ágil, ele me ergue, e quando passo as pernas à sua volta, ele se vira e me empurra contra a estante. Os livros e bibelôs se espalham pelo chão, fazendo barulho, enquanto nos apertamos e nos tocamos. Eu estico o braço para trás e seguro uma das prateleiras, enquanto ele me beija pescoço abaixo e brinca com meus mamilos. Jogo a cabeça para trás e comprimo meu tórax contra ele, enquanto sua boca quente e linda se fecha sobre mim.

— Ah, meu Deus, Liam...

Ele brinca com meus seios, e estou me agarrando a ele, para que continue. Então, ele me arranca da estante e desliza até o sofá, esbarrando em um vaso e em uma luminária no caminho. Liam chuta a mesinha de centro, e o controle remoto da TV e uma pilha de revistas caem no chão.

— Merda — diz, sem fôlego. — Desculpe.

— Não ligo. Continue.

Ele se joga no sofá e me puxa para que eu me esparrame sobre ele. Cada centímetro da minha pele formiga e dói enquanto Liam traça as curvas dos meus seios e quadris com os dedos.

— Meu Deus, senti sua falta — sussurra ele contra minha pele. — Esse corpo, sua mente, seu coração. Tudo. Agora eu me sinto como uma criança cujo presente de Natal foi financiado por seis anos e finalmente pôde colocar as mãos nele. Você é tão perfeita, você vira minha cabeça.

Ele me beija novamente, e sua língua doce me deixa tonta, enquanto suas mãos ligam cada terminação nervosa do meu corpo. Não posso mais esperar. A única coisa que supera a névoa de hormônios é uma necessidade que me consome, de tê-lo dentro de mim. De tê-lo novamente e de ser sua, me entregando inteira em retribuição.

Desço de seu colo para tirar sua calça jeans. Ele me ajuda, tirando os sapatos e as meias. Então fica de pé para que eu possa deslizar sua calça e roupa de baixo por suas pernas.

Quando ele está nu, preciso parar um momento, porque... Uau. Sério? Ele é uma obra de arte ambulante. Se Michelangelo tivesse usado Liam Quinn como modelo, não duvido que houvesse uma galeria inteira dedicada a ele. Talvez até mesmo com uma ala apenas para sua ereção espetacular.

Liam se senta novamente no sofá e me encara com um desespero mal contido.

— Venha aqui. — Ele me puxa novamente sobre ele, e uso uma das mãos para nos alinhar. Olho em seus olhos enquanto me abaixo vagarosamente.

Ah.

Meu.

Deus.

Nossas bocas se abrem. Nossas pálpebras tremem. Gemidos simultâneos enchem o apartamento enquanto balanço e tremo até que ele me preencha por completo. Quando estamos unidos, ofego e suspiro. Como posso me sentir tão incrivelmente ligada e relaxada ao mesmo tempo está além da minha compreensão. É disso que tenho sentido falta nesses anos todos. Não apenas o prazer físico de tê-lo dentro de mim, mas a conexão de almas e corações que me unir a ele traz. Nós nos olhamos profundamente, maravilhados, reconhecendo-nos mutuamente pelo fato de que até mesmo a fantasia mais vívida que tivemos quando separados é fraca se comparada a essa realidade excitante.

— Eu amo você, Liss — sussurra ele, enquanto acaricia meu rosto com dedos gentis. — Amo tanto você.

Eu o beijo.

— Amo você também.

Prendo minhas mãos em sua nuca e começo a cavalgá-lo, mantendo contato visual o tempo todo. Ele agarra meus quadris e me guia com estocadas longas e profundas. A sensação é tão intensa, é quase insuportável. A sensação dele. A expressão incrível de seu rosto enquanto ele observa cada movimento meu. A cada vez que levanto os quadris, Liam resmunga como se estivesse com dor. Quando desço, ele geme de prazer. Cada movimento parece ser demais para ele, e eu entendo como se sente. Depois de não ter nada por tanto tempo, subitamente ter tudo é um choque para ambos.

Mantemos aquela conexão o tempo todo em que fazemos amor. Até mesmo quando sinto o orgasmo se aproximar, não desvio o olhar. Nem ele.

Eu me apoio em seus ombros quando começo a acelerar o ritmo. Quando os músculos das minhas coxas cedem, Liam assume, debaixo de mim. Ele arremete, me preenchendo, vez após vez. Meu orgasmo se aproxima cada vez mais rápido, se retraindo e se expandindo com tanta força que mal posso respirar.

Agarro o cabelo dele quando seus movimentos se tornam mais rápidos e intensos. Ele trava o maxilar e geme, como se segurar o próprio orgasmo fosse doloroso.

Meu Deus, o prazer. O prazer debilitante que me tira o fôlego.

Quando ele goza, o gemido que vem dele é mais do que apaixonado. É como se falasse de um homem que esqueceu a extensão do que pode sentir. De alguém redescobrindo como ser real depois de tantos anos fingindo.

Faço um som similar quando meu clímax explode alguns segundos depois. Não é delicado ou bonito, mas nenhum dos meus sentimentos sobre Liam é. Eles são gigantescos, bagunçados e inconvenientes, mas eu não os trocaria por nada.

Quando nossos estremecimentos finais desaparecem, desabo em cima dele, e Liam me envolve com seus braços, enterrando a cabeça em meu pescoço. Nossa respiração frenética ecoa no apartamento silencioso, e não nos mexemos por muito tempo. Quando nos movemos, é só porque ele está duro novamente, e nossa segunda vez acaba se tornando um furacão. As cadeiras são derrubadas. A porta do banheiro, escancarada.

No momento em que entramos no meu quarto, há livros espalhados pelo chão, pratos e tigelas arremessados do balcão da cozinha e almofadas e roupas empilhados em cada centímetro do chão. O apartamento inteiro está arrasado.

Normalmente, nós dois não gostamos de bagunça, mas agora estamos envolvidos demais para ligar. Depois de Liam me proporcionar o segundo orgasmo na minha cama, e o quarto da noite, ele cai de costas e me puxa para seu peito. Ele solta um imenso suspiro de satisfação e então fecha os olhos. Sei que precisamos falar mais sobre nossos caminhos turbulentos, mas tudo pode esperar até amanhã. Agora eu só quero desfrutar esse momento, estar nos braços da minha alma gêmea.

— Liam? — sussurro, em uníssono com sua respiração.

— Hmmm? — Ele mal está consciente.

Não consigo deixar de sorrir quando ouço o ritmo hipnótico de seu coração sob meu ouvido.

— Obrigada por ser minha lagosta.

capítulo dezessete
ÀS CLARAS

Acordo na manhã seguinte para encontrar Liam enroscado em mim como uma jiboia. Tento me livrar dele, mas seus braços me apertam.

— Não — diz ele, a voz sombria, com sono.

— Não o quê?

— Aonde quer que você pense que está indo que não envolva ficar na cama comigo... Não.

— E se eu precisar ir ao banheiro?

— Segure.

Ele joga uma das pernas sobre mim.

— E se houver um incêndio?

— Tenho certeza de que os bombeiros de Nova York vão chegar aqui a tempo de nos salvar.

— Liam... — Eu me contorço, e antes mesmo de registrar que ele se mexeu, tenho minhas costas pressionadas contra o colchão e os punhos presos ao lado da cabeça. Quando ele se acomoda entre minhas pernas, fico muito consciente de como estamos completamente nus. E como ele está impressionantemente duro.

— Elissa — diz ele, em um tom perigoso. — Isso não está em discussão. Não acordei com você nos meus braços por quase seis anos. Não vou deixá-la ir embora tão cedo. Você pode aceitar, ou vou ter de subjugar você. Entendeu?

— Defina "subjugar".

— Te beijo até que você se submeta à minha vontade. — Ele abaixa o rosto de uma maneira que seus lábios quase encostam no meus. — Fazer você gozar até que não consiga se mexer.

— E supostamente isso deveria me deter? Psicologia... você está fazendo isso errado.

O rosto dele fica mortalmente sério.

— Fazendo errado? — Ele aperta ainda mais meus punhos. — Certo. É isso, garota. Prepare-se para ser maltratada.

Ele rosna e enfia o rosto no meu pescoço, e eu me contorço e dou risadinhas enquanto ele me belisca e me morde. Quando passo a lutar com mais força, ele larga seu peso inteiro sobre mim para me manter quieta.

— Ceda — ordena ele.

— Nunca! — Tento empurrá-lo, mas é impossível. Todos aqueles músculos pesam uma tonelada. Eu ofego, derrotada, e fico imóvel. — Certo, tudo bem. Você venceu.

— Resposta certa. — Ele me dá um sorriso presunçoso antes de rolar de cima de mim e de me puxar de volta ao abrigo de seus braços. — A propósito, o quão suspeito seria se nós dois ligássemos dizendo que estamos doentes hoje?

— Muito. Mas talvez valesse a pena.

Ele fecha os olhos e me abraça mais apertado.

— Sim, valeria.

Com seu braço direito envolvendo meu tórax, posso finalmente dar uma boa olhada em sua tatuagem. Parece com um brasão, mas, em vez de animais, é feito de nomes. Eu passo meu dedo levemente na tinta escura.

No meio, "Jamie" está escrito na forma de um coração. De cada lado, os nomes de seus pais, "Angus" e "Eileen", descem e estão cercados de vinhas e flores, como na pérgula que Liam construíra para eles. E embaixo de tudo isso há uma faixa com...

— Ah, meu Deus.

Liam abre um olho.

— Estava imaginando quando é que você perceberia isso.

— Quando você a fez?

— Depois do primeiro *Rageheart*. Hollywood estava me deprimindo e eu... — Ele passa o dedo pelas minhas costas. — Queria um lembrete permanente de todas as pessoas que amei e com quem não poderia estar.

Passo meus dedos sobre as letras gravadas no pergaminho. À primeira vista, pensei que fosse um complemento genérico sobre seus pais e irmão: "Minha *Bliss*". Mas então percebi o L maiúsculo.

B*Liss*.

Eu me lembro da mensagem de texto no celular anos atrás.

Oi, Liss, minha Bliss, *minha bênção. Viu o que fiz? Rimei seu nome com "alegria" em inglês!*

Ele me olha.

— Pensei que se tatuasse você em minha pele, você sempre estaria comigo, de um jeito ou de outro. Estúpido, né?

— Não é estúpido. É bonito. — Seguro seu rosto e o beijo suavemente.

Apenas ficamos deitados lá e nos beijamos por um tempo. O tipo de beijo profundo e lânguido que sugere que temos todo tempo do mundo.

— Todos os dias em que estive longe de você — diz ele, no intervalo entre me provocar com seus lábios e língua — sonhei com essa boca. Todas as vezes que precisei beijar Angel, fechava meus olhos e imaginava que era você.

Sem fôlego e excitada, confiro o relógio.

São seis da manhã.

Tenho que estar no ensaio às nove horas.

— Então — digo, e coloco uma das mãos em seu peito para impedi-lo de me distrair mais. — Você já pensou em como vamos lidar com as coisas hoje?

Ele se larga de costas na cama e me puxa para ele.

— Já pensei nisso. Ainda não achei realmente uma solução. Vamos ter de quebrar o contrato. De jeito nenhum eu vou me casar. Já tinha ressalvas quanto a isso antes de ver você novamente. Não posso nem fingir que vou me casar com Angel agora.

— E se Angel tiver um problema com isso?

Ele fecha os olhos e esfrega a testa.

— Ela pode ficar desapontada em não ter seu momento de princesa, mas falando realisticamente, ela é uma vítima disso também. Nenhum de nós tem sido capaz de ter um relacionamento real desde que essa coisa toda começou, e sei que ela realmente quer um. Ela está sozinha. Quer um homem para amá-la de verdade, e por mais que eu beije bem, sinto que ela está cansada de fingir comigo.

— Então vocês dois nunca realmente...?

Ele se vira para poder olhar para mim.

— Não.

— Por que não? Nunca quis tirar proveito de uma situação ruim?

Ele fica quieto por um momento, e então diz:

— Tentamos. Uma vez. Foi logo depois da estreia de *Rageheart*. Estávamos os dois apavorados com os fãs enlouquecidos e com a fama. Acho que imaginamos que poderíamos nos consolar, mas... — Ele balança a cabeça. — Não conseguia tirar você da cabeça. Ou do corpo. Angel tentou ao máximo me fazer esquecer, mas não consegui... ahn... funcionar.

Eu olho para baixo e vejo como ele ergueu o lençol sobre seu quadril como uma tenda.

— Sério? Porque eu nunca soube que você tinha qualquer problema nesse departamento.

— Sim, bem, isso porque você sempre me deixou mais duro que titânio. Mas a maioria das mulheres deste planeta não me afeta assim. Nem mesmo Angel. Pra ser honesto, não acho que ela nem mesmo me ache atraente.

Eu me apoio em um cotovelo e o observo.

— Você está brincando? Ela tem olhos e uma vagina. Como ela não pode se sentir atraída por você?

Ele dá uma gargalhada e sorri para mim.

— Acredite se quiser, há mulheres neste planeta que têm interesse zero em mim.

— Pfff. Lésbicas e vovós, talvez.

— Na verdade, sou muito popular com vovós.

Sorrio e depois me acomodo na curva do seu braço.

— Não vou mentir. Saber que você e Angel nunca tiveram nada me deixa feliz, mas ainda odeio saber que ela ficou magoada com aquelas fotos de ontem. Precisamos falar com ela. Contar a verdade.

— Concordo. Ela tem sido minha única amiga durante essa loucura toda, e merece saber. Talvez quando eu sair de cena Angel possa achar um cara que goste dela. Vou falar com ela depois do ensaio hoje.

— E os fãs? Você não pode simplesmente aparecer e dizer: "Oi, pessoal, adivinhe? Estamos enganando vocês há anos". Eles linchariam vocês.

Liam acaricia meu cabelo.

— Sim, a ironia é que, pra não decepcioná-los mais, teríamos que mentir mais pra eles. Odeio isso, mas não vejo outra alternativa. Talvez Anthony tenha alguma ideia do que fazer.

— E se ele disser que você precisa simplesmente esperar o contrato acabar?

Eu o sinto tenso.

— Não.

— Liam...

Ele se afasta e me olha.

— *Não*, Liss. Isso significa mais alguns meses de fingimento e de não ter você. De jeito nenhum.

— Se vocês se separarem agora, isso poderia afetar a peça, e você não pode fazer isso com o Marco.

Ele me larga e senta na beirada da cama. Posso ver a tensão em suas costas quando ele apoia os cotovelos nos joelhos e abaixa a cabeça.

— Então, o quê? Só falamos de negócios, como sempre? Como eu poderia esconder meus sentimentos por você?

Ajoelho atrás dele e o envolvo com meus braços.

— Você é um ator incrível. Você vai achar uma saída. Só se lembre de que eu te amo.

Tão logo as palavras saem da minha boca, ele se vira para mim, e uma gama de emoções espetacular atravessa seu rosto. Finalmente, sua expressão se transforma em êxtase.

— Tantas pessoas me dizem isso todo dia. Pessoas que nem mesmo me conhecem. Mas você... Você é a única pessoa de quem eu desejo ouvir isso. Antes da noite passada, eu pensava que jamais ouviria essas palavras de você de novo. — Ele coloca a mão no meu rosto e me olha profundamente nos olhos. — Costumava pensar que, se eu apenas esperasse o bastante, o destino nos uniria de novo. Que nossas estrelas se alinhariam, ou algo assim, e você voltaria à minha vida pra ficar. Mas isso não aconteceu. Então agora eu quero que se dane. Cansei de esperar. Às vezes, o destino é você quem faz, e estou fazendo minha vida com você.

Ele me beija e me empurra de costas, e eu ofego quando ele cobre meu corpo com o seu. Meu Deus, é difícil lidar com esse tanto de Liam. Corro minhas mãos por suas costas e por sua bunda magnífica. Amo sentir seus músculos vibrando sob meu toque. Tanta força envolvendo seu doce coração.

— Não temos muito tempo — digo, já sem fôlego. — Tenho trabalho a fazer antes do ensaio.

Ele pressiona sua ereção contra mim de uma maneira que me faz gemer.

— Não preciso de muito. Só preciso estar dentro de você.

Ele beija meu peito e se esfrega em mim ao mesmo tempo. Em segundos, cada músculo que reclamava da nossa transa épica da noite anterior está implorando por mais.

Ergo meus quadris e o encorajo a ir adiante, e com um movimento mínimo, ele desliza para dentro de mim. Quando está completamente dentro, ele deixa escapar um gemido baixo antes de ficar parado.

— Além de você dizendo que me ama, também nunca vou ficar cansado disso — diz ele, a voz baixa. — Nunca.

Ele se mexe, lento e contido, e eu inspiro a cada vez que ele arremete.

— Ainda acho difícil acreditar que Liam Quinn, o homem mais desejável do mundo, está dentro de mim.

Ele se inclina para me beijar.

— E, droga... — Ele fecha os olhos e ofega. — O homem mais desejável do mundo vai gozar em tempo recorde porque você é tão gostosa. Nossa, Liss...

Eu não sei por quanto tempo fazemos amor, mas sei que é ainda melhor pela manhã do que foi na noite passada. Ontem, pareceu que era tudo um sonho. Hoje, é uma realidade muito sexy. Embora saibamos que vamos ter de passar por uma confusão enorme para fazer tudo dar certo, não vamos mais deixar nada ficar em nosso caminho.

Encantada, observo enquanto um Liam nu se arrasta através da bagunça em volta do sofá.

— Encontrei minha cueca! — diz ele, segurando-a no alto, em triunfo. — Não tenho certeza de como ela foi parar em volta dessa revista, mas que seja.

Faço um biquinho quando ele veste a roupa de baixo. Ainda bem, Liam ignora o resto das roupas, que ele já dobrou e empilhou com capricho no sofá, e começa a arrumar a casa usando só aquela cueca apertada. Estamos ambos de banho recém-tomado, e estou com meu roupão, e embora fosse gostar de ficar na cama a manhã toda, saber que um tornado parece ter arrasado o apartamento nos deixa tensos. Maníacos por limpeza, uni-vos!

— Vou limpar a cozinha — diz Liam, e me dá um beijo rápido quando passa. — Há louça quebrada lá, e não posso deixar minha mulher cortar seus pés delicados.

Sorrio com sua escolha de palavras. Nunca fui mulher de ninguém antes. Gosto disso. Liam para na frente do armário e tira de lá a pá de lixo, enquanto eu começo a arrumar os livros bagunçados no chão. Será que nada sobreviveu ao nosso assalto?

Um calafrio corre por minha coluna quando penso em Liam me pressionando contra as paredes e os balcões. *Valeu muito a pena.*

Liam cantarola enquanto limpa a cozinha, e eu sorrio enquanto me concentro na arrumação dos livros nas prateleiras segundo minha própria organização; isso significa: categorizados por gênero, depois por autor e depois por cores. Meio triste, mas que seja. É minha estante. Gosto que as prateleiras fiquem bonitas. Estou quase terminando quando ouço vozes do lado de fora.

— Angel, pare.

— Não. Venha aqui, Josh. Só um segundo.

— Eu não posso abraçar você e abrir a porta ao mesmo tempo. Só fique parada aí, o.k.? E pelo amor de Deus, não vomite. Não sei lidar com vômito.

A porta se abre e Josh, com um braço em volta de Angel, tropeça ao entrar. Ela parece horrível. Quando eles me veem, e toda aquela bagunça, os dois congelam. Angel balança e pisca, e Josh se vira para mim.

— Que merda é essa, Lissa?! Aqueles adolescentes babacas do segundo andar invadiram e destruíram tudo? Porque eu adoraria uma desculpa pra dar uma porrada em uns emos espinhentos.

— Josh, oi. Ah... não. Você acreditaria se eu dissesse que houve um terremoto?

— Não. O que aconteceu de verdade?

— Elissaaaaaa! — Antes que eu possa responder, Angel dá uma guinada na minha direção e me puxa para um abraço apertado. — Eu amo você. Tive um dia de merda ontem, mas ver você faz tudo ficar melhor. — Nossa, ela cheira como uma cervejaria. — Você se casaria comigo no lugar do Liam? Ele é um babaca. Ele me faz parecer uma idiota. Ele deveria ser minha rocha no mar turbulento da vida, mas deixou que eu me afogasse. — Ela aperta os olhos. — Ah, meu Deus. Alguém escreva isso. Fico tão poética quando estou bêbada que até me espanto.

Olho para Josh. Ele ergue as mãos, em uma postura defensiva.

— Você me disse para consolá-la. Ela queria ser consolada com cerveja.

— Ela bebeu a noite toda?

Ele balança a cabeça, concordando.

— Tentei fazer com que ela parasse, mas ela não se deixou convencer. E quanto mais ela bebia, mais me achava atraente. Como eu poderia resistir?

— Ahh — Angel murmura e apoia a cabeça em meu ombro. — Josh foi adorável, mas Lissa... você é tão macia. Esse roupão é confortável. Vamos ficar abraçadinhas.

Ela se inclina e aninha a cabeça em meus seios. Abraço-a, e lanço flechas com o olhar para Josh. Ele, ao menos, tem o bom senso de parecer arrependido.

— Sinto muito. Ela ficou flertando comigo até que eu pagasse outra bebida. Sou um homem fraco e egoísta.

— Logo você será um homem morto. Temos ensaio em duas horas. Marco vai nos matar se ela aparecer assim.

— Eu sei. Foi por isso que a trouxe pra cá, pra que você me ajude a deixá-la sóbria.

Eu me afasto e faço Angel me olhar.

— Ei, querida. Como você está?

— Tô cansada. E Josh não quer me dar mais cerveja. Ele é mau. Mas bonito.

— Você gostaria de tomar café? E talvez alguma comida para absorver o álcool?

Estou quase a levando para a cozinha quando me lembro de quem está lá. Ai, meu Deus, como se essa situação não fosse ruim o suficiente. Ao menos ele teve a decência de ficar escondido.

— Lissa? — Josh está franzindo a testa. — Por que há roupas de homem no nosso sofá?

— Hummm...

Então os olhos dele se arregalam e Angel se engasga ao mesmo tempo. Eu me viro com a certeza que verei Liam parado seminu na porta da cozinha, parecendo um deus grego, exceto pela pá de lixo e pelas luvas de borracha amarelas.

— E aí, pessoal — diz ele, baixinho, olhando para todos. Ah... provavelmente devemos conversar.

Antes de alguém ter tempo para falar, Angel corre para o banheiro e vomita violentamente no vaso.

Meia hora e duas xícaras de café depois, Angel está com os olhos injetados, mas definitivamente mais sóbria. Liam e eu estamos completamente vestidos e já explicamos toda a nossa história, incluindo nossos ensaios noturnos para compensar a dislexia secreta dele. Até agora, Angel e Josh estão levando tudo na boa, considerando todas as coisas.

— Você é um cretino, Quinn! — grita Josh, enquanto caminha na frente do sofá. Certo, eu menti quando disse que ele estava levando tudo na boa. — Você não só largou a Elissa anos atrás por esse falso romance de merda, mas quando descobriu que estava sentindo algo por ela novamente nem pensou em avisar Angel sobre a tempestade que se aproximava? Você é um maldito de um egoísta!

Liam balança a cabeça.

— Josh, entendo por que você está puto...

— Bom. Porque seus atos magoaram duas das mulheres mais incríveis que eu conheço, e se eu não fosse contra a violência física, agora estaria chutando sua bunda por todo este apartamento!

Quando ele para na frente de Angel, ela pega sua mão gentilmente.

— Josh, por favor, se acalme antes que Liam te esmague como um inseto. E você está falando alto demais. Você poderia me dar um analgésico?

Josh lança um olhar furioso para Liam antes de se dirigir para o banheiro. Angel esfrega as têmporas, e quando Josh volta com dois comprimidos e um copo de água, ela os engole rapidamente.

— Certo — diz ela, com um suspiro. — Então eu acho que precisamos descobrir o que fazer, né? Não vou mentir. Fico animada só de pensar em quebrar o contrato, mas sabemos que isso não pode acontecer. Não agora.

Josh se senta perto dela e coloca o braço no encosto do sofá.

— Então, qual é o plano?

— Particularmente — digo, pegando minha xícara de café —, acho que a escolha mais sábia seria encarar que *Angeliam* se trata de negócios, como sempre, até que o frenesi com as fotos se acalme. Quando o circo da imprensa for desarmado, pensamos em alguma coisa.

Liam cruza os braços no peito.

— Não gosto de ter que esperar, mas concordo que provavelmente é a melhor ideia. Preciso falar com Anthony sobre algumas possibilidades de escapatória, mas ele tem muito o que fazer agora. Ele já deixou seis mensagens pra mim hoje. Parece que temos mais de duzentos pedidos de entrevistas desde a coletiva de imprensa ontem à noite. Isso não vai passar tão rapidamente.

Josh franze a testa.

— Então, enquanto isso, você e Elissa acham que vão se esgueirar por aí, nos bastidores, e transar um com o outro sem ninguém saber?

— Sexo seria ótimo — Liam dá de ombros —, mas não estou contando com isso. Só sei que estive longe dela por seis anos e não vou ficar mais nem um dia sequer afastado.

— E você espera que Angel concorde com isso?

Liam olha para Angel, que ergue as mãos, entregando-se.

— Ei, não olhe pra mim. Contanto que vocês dois me poupem dos detalhes picantes, não quero saber o que acontece entre quatro paredes. Só me prometam que terão um cuidado redobrado. Todos vão nos observar atentamente a partir de agora, e eu já sou a namorada ingênua. Até a menor sugestão de outro escândalo vai fazer a imprensa nos cercar como moscas.

— Prometo, seremos discretos. — Ele dá um sorriso caloroso para Angel. — Obrigado por entender.

Angel fica de pé e dá um abraço nele.

— De nada. Pelo menos um de nós vai transar. Faz tanto tempo pra mim que eu já quase esqueci a aparência de um pênis.

Josh pigarreia.

— Posso te mostrar uma seleção de fotos de paus de alta qualidade e enviá-las diretamente pro seu celular? Elissa pode garantir que elas são muito artísticas.

Angel ergue uma sobrancelha para mim.

— Será que posso saber o motivo pelo qual você viu fotos do pau do Josh?

— Não — digo, gargalhando. — Você realmente não pode saber.

Liam faz uma careta para mim.

— Será que *eu* posso saber?

— Foi acidental, acredite. Agora, talvez você e Josh possam ir buscar algo pra gente comer. Temos de sair para o ensaio logo e gostaria que Angel descansasse antes.

— Claro. — Ele me dá um beijo rápido. — Vamos voltar logo. A menos que Josh decida me bater no caminho, o que... Bem... Vamos voltar logo.

Josh lança um olhar de desprezo a ele.

— Há muito trânsito em Nova York, Quinn. Não seria uma pena se o imbecil mais importante de Hollywood fosse atropelado?

Liam ri e abre a porta.

— Certo, valentão. Obviamente preciso comprar um bagel para você expurgar sua raiva.

— Um bagel *e* biscoitos — corrige Josh. — E um montão de café bem forte.

— Que acordo difícil. Certo. Pegue as chaves e vamos.

Liam desce as escadas e Josh se vira para Angel depois de pegar as chaves na mesa.

— Só pra você saber, eu estava meio que brincando a respeito das fotos do meu pau. Mas estou aqui se você precisar. Sei que você provavelmente está sofrendo com tudo isso e algumas vezes é melhor superar alguém ficando com outra pessoa, sabe? Sexo pra se recuperar pode ser bem catártico.

Angel inclina a cabeça, com um sorriso amargo e perplexo no rosto.

— Liam e eu nunca tivemos propriamente uma relação, Josh. Não há necessidade de me recuperar.

— É o que você diz. Mas o Magic Mike e eu estamos disponíveis se você decidir mudar de ideia.

— Magic Mike? — Quando minha risada escapa pelo nariz, ela ri. — Isso é... fofo, Josh. Obrigada.

— Sem problemas. A hora que quiser.

Quando a porta se fecha atrás dele, balanço a cabeça.

— Meu melhor amigo, senhoras e senhores.

— Você tem um ótimo gosto pra amigos — diz Angel, e boceja. — Olhe pra mim.

Ela esfrega os olhos e o apartamento é engolfado pelo silêncio. Sei que Angel parece estar concordando com a situação, mas se eu fosse ela teria uma boa dose de ressentimento com a coisa toda.

— Então — digo, quando me viro para ela. — Como você se sente sobre mim e Liam? Honestamente.

Ela dá de ombros e se afunda no sofá.

— Honestamente? Difícil dizer. Ainda estou muito bêbada.

— Você quer me bater?

— Não.

— Nem um pouquinho?

— E estragar minhas unhas? É loucura. — Ela sorri para mim. — Acima de tudo, estou brava comigo mesma por não ter adivinhado. Via que ele ficava estranho perto de você; só não sabia o motivo. Todo o tempo em que estivemos juntos, Liam se recusou a falar de relacionamentos passados. O mais perto que ele esteve disso foi em uma noite, quando estávamos muito cansados pelo fuso horário, e ele murmurou alguma coisa sobre ter feito algo imperdoável uma vez e perdido o amor da vida dele. Nunca suspeitei que ele tivesse chutado seu único amor verdadeiro pra poder fingir estar apaixonado por mim. Essa informação é nova.

— Você está brava?

— Não. Só desapontada por ele não ter falado nada sobre estar preso a você todos esses anos. Quero dizer, estivemos juntos em toda essa loucura desde o momento em que assinamos o contrato de *Rageheart*, e mesmo ele tendo enfrentado horas incontáveis comigo reclamando dos meus problemas com meu pai e minha irmã, nunca confiou em mim pra contar o que viveu com você, ou sobre ter dislexia. Isso faz eu me sentir um lixo, sabia? Pensei que éramos mais próximos do que isso.

Angel baixa os olhos. Coloco minha mão sobre a dela e a aperto.

— Sinto muito.

Ela toma um gole de seu café.

— Vou superar. Pelo menos essa brincadeira idiota está chegando ao fim. O único homem que esteve entre minhas pernas nos últimos anos foi Hernando, meu depilador, e ele é gay. Tenho inveja por Liam finalmente ter encontrado um alívio.

— Liam me contou que vocês dois tentaram... — Olho para minhas mãos. — Fazer dar certo uma vez?

Ela dá uma gargalhada.

— Nossa, foi tão ruim. Estranho demais. Quero dizer, Liam é lindo e tudo o mais, mas ele não me atrai. Eu o amo como a um irmão. Estranho, né?

— Não, na verdade. É exatamente assim que me sinto em relação a Josh.

Ela torce o rosto.

— Sério? Você nunca quis jogar aquele nerd gostoso na cama e foder com ele?

Agora é minha vez de rir.

— Nunca.

— Bem, isso é muito bizarro.

— Ei, você acaba de me contar que não sente nenhuma atração pelo Homem Mais Sexy em três anos seguidos, segundo a *People*, mas está surpresa que eu não queira dar pro meu melhor amigo?

— Bem, sim. Liam é bonitão e tal, mas Josh é um *tesão*. Estou pensando em aceitar a proposta dele para transarmos, mesmo que seja só pra interromper a minha seca. — Há um brilho malicioso em seus olhos, e eu já o vi tantas vezes que não dá para acreditar.

— Você me engana com tanta frequência que não tenho ideia se está brincando ou não.

Ela dá de ombros.

— Eu também não.

Eu lhe dou um abraço rápido e a puxo para ficar de pé.

— Vamos lá. Você pode dormir no quarto de Josh por um tempo. Eu te ofereceria minha cama, mas... bem...

— Seus lençóis estão cobertos com a evidência do amorrrr de Liam?

Eu faço uma careta.

— Angel...

— A semente salgada do desejo dele?

— Pare.

— A brancura grudenta da devoção infinita dele?

Eu coloco minha mão sobre sua boca.

— Pare de falar ou eu machuco você. Sério.

Ela dá uma risadinha enquanto a levo até o quarto de Josh. Não está superarrumado, mas Josh não é bagunceiro. Viver comigo despertou seu senso de limpeza.

Angel olha em volta.

— Hummm. A Caverna de Josh. Interessante.

Puxo a colcha e a faço se deitar.

— Vi Josh trocar os lençóis ontem, então você está segura. — Depois de ela se acomodar, puxo o lençol até seu queixo e lhe tiro o cabelo do rosto. — Tente descansar um pouco. Eu chamo você quando os meninos voltarem com a comida.

Quando me levanto, ela agarra minha mão.

— Elissa...?

— Sim?

Ela olha para minha mão e a acaricia.

— Sinto que também te devo desculpas.

— Pelo quê?

— Desde que nos conhecemos, eu tenho esfregado meu casamento mágico e meu noivo gostoso na sua cara. Eu até mesmo fiz você ir comprar o vestido de noiva comigo, caramba. Tenho sido uma completa imbecil. Espero que você não me odeie.

Dou risada.

— Na verdade, eu te amo, apesar de ter achado que você roubou o homem dos meus sonhos. Você é adorável.

— Bem, sim. Me conte algo que não sei. — Ela pisca algumas vezes, então seus olhos se fecham. — Só quero que você saiba que estou feliz por você e Liam terem encontrado a felicidade juntos. Vocês são incríveis e merecem isso.

Antes de eu dizer que ela também merece a felicidade, Angel pega no sono.

capítulo dezoito
LIDANDO COM OS PROBLEMAS

Quatro dias depois
Salas de ensaio do Píer 23
Nova York

— **Angel! Liam!** Por aqui! À esquerda!
— *Aqui, gente! Por favor! Aqui!*
— *Podemos ouvir uma declaração?! Como vocês estão hoje?*
— *Angel, você realmente perdoou Liam por ficar com outra mulher? O casamento ainda está de pé?*

Uma equipe de guardas corpulentos divide a multidão furiosa de repórteres que bloqueou a entrada do nosso espaço de ensaio pelo quarto dia seguido. Ainda assim, vans e caminhões de equipamentos das emissoras estão por toda parte, criando um congestionamento na frente do nosso prédio e travando a rua. Acrescente a isso as dúzias de fãs apaixonados que acreditam que gritar para seus ídolos vai salvar o relacionamento deles, e certamente dá para afirmar que nosso endereço é West Bedlam Street, na Malucolândia.

Antes mesmo de eu ter de pedir, Josh está no telefone com a delegacia local, chamando os policiais. Ele sabe o roteiro agora. Talvez tenhamos de viver com essa loucura, mas podemos ao menos mantê-la um pouco mais sob controle.

Angel e Liam forçam a passagem pela multidão com tanta compostura quanto podem, mas percebo que os dois estão achando mais difícil manter a farsa agora. Especialmente Liam.

— Vocês estão bem? — pergunto, enquanto os dirijo até o saguão e fecho as portas de vidro atrás deles.

— Ótimos — diz Liam, através dos dentes cerrados. Ele sorri e mostra o dedo do meio para os fotógrafos, que agora estão comprimindo suas lentes contra o vidro. — Ainda não soquei ninguém, o que garanto ser uma vitória.

Angel o pega pelo braço e o puxa escada acima.

— Sim, mas você está ficando com aquele olhar que significa que está perto disso. Só se acalme, cara. Isso não pode continuar por muito tempo. Quando os fofoqueiros forem embora, vamos nos desapaixonar num passe de mágica, seguir nossos caminhos e começar a dar em cima de pessoas com quem realmente queremos trepar.

Percebo que ela olha para Josh, no final do saguão, quando chegamos ao topo das escadas.

— Você tem alguém na cabeça em particular quando fala disso? — pergunto.

— Não — diz ela, com um movimento dos cabelos. — Apenas pessoas em geral. Ninguém que vocês conheçam.

Josh estica o pescoço e faz um movimento com o queixo em sua direção. O sorriso que se espalha pelo rosto de Angel é mais brilhante que o sol. Josh franze as sobrancelhas algumas vezes seguidas para ela. Com todo seu falatório, não acho que realmente tenha esperado que Angel pensasse duas vezes nele, e provavelmente acredita que ela só está lhe dando atenção agora como uma brincadeira. Estou tentada a contar para ele que Angel o acha gostoso, mas é muito divertido vê-lo se contorcer.

— Vejo vocês na reunião — diz Angel, olhando de relance para mim e para Liam, e vai falar com meu melhor amigo.

Logo que ela sai, Liam me surpreende agarrando meu braço e me puxando pelo corredor até meu escritório. Quando estamos lá dentro, ele tranca a porta e me empurra contra a parede, me beijando esmagadoramente. Por alguns minutos, somos uma confusão de mãos e bocas ansiosas, e quando ele finalmente se afasta, estamos ambos ofegantes demais, principalmente levando em conta que há outras pessoas no prédio.

— Não ver você toda noite está me matando — diz ele, acariciando meu rosto. — Anthony recebeu aquele memorando dizendo que me deve seis anos de Elissa? Por que ele está me torturando, merda?

Durante toda a semana, Liam e Angel têm feito hora extra para coletivas de imprensa. Por isso mal temos nos visto fora dos ensaios, e nenhum de nós está gostando da ideia.

— Tenho que te perguntar — diz ele, avaliando minha calça skinny e minhas botas de combate. — Seria viável eu te comer agora? Sei que temos a reunião em cinco minutos, mas prometo que posso terminar em dois. Talvez menos.

Dou um tapinha em seu braço.

— Sinto muito, mas o procedimento padrão é de *sete* minutos no paraíso.

— Não tenho certeza se consigo segurar tanto. Fantasiei com você a noite toda.

— Não foi estranho, considerando que você e Angel estavam num jantar romântico em público? Bem na janela de um dos restaurantes da moda de Nova York?

— Viu as fotos?

— Claro. Muito conveniente que os paparazzi soubessem que vocês estavam lá. Presumo que foi Anthony quem deu a dica? Aquele beijo foi muito crível, a propósito. E pareceu durar pra sempre.

— Engraçado é que nossas bocas nem mesmo se tocaram. Coloquei minha cabeça na frente da dela e fingi beijá-la enquanto conversávamos sobre como pôr você no meu apartamento sem ninguém ver. Chegamos à decisão de que você é pequena o bastante pra caber em uma mala. Podemos carregá-la no carro e levá-la à minha cobertura pelo elevador de serviço da garagem. Planejamos também uma cena de caçada pela cidade na qual paparazzi em motos nos perseguem antes de morrerem de maneira horrorosa. Além disso, não irrite Angel jamais, ou ela vai inventar um final aterrador pra você, que vai incluir ter de assistir a um musical da Broadway completamente composto com banjos e gaitas de fole. E ninguém merece esse tipo de tortura. Nem mesmo os paparazzi.

— Vocês falaram de tudo isso enquanto fingiam se beijar?

— Somos multitarefas.

— Prove.

Ele me beija novamente, e o modo como usa as mãos ao mesmo tempo me faz considerar seriamente aceitar sua proposta de dois minutos no paraíso. Ele está abrindo os botões da minha calça quando há uma batida seca na porta.

— Elissa? Está aí? É o Anthony. — Damos um pulo e nos separamos ao som da voz de Anthony. A porta chacoalha. — Olá?

Eu me endireito enquanto Liam olha em volta, procurando algum lugar para se esconder. Eu o enfio atrás da porta, então a destranco e a entreabro.

— Anthony, oi. O que posso fazer por você?

Anthony olha por cima da minha cabeça e franze a testa.

— Você está bem? Por que sua porta está trancada?

— Ah... Estou no telefone. Com o meu... ginecologista. — Eu me encolho involuntariamente, mas o que mais eu poderia dizer para não estimular mais perguntas? — Você precisa de algo?

Ele me entrega um papel.

— Só queria saber se você poderia fotocopiar esta agenda para nossa reunião.

— Claro. Sem problemas.

— E você viu Liam? Pensei tê-lo ouvido chegar alguns minutos atrás, mas agora não consigo achá-lo.

Uma de suas enormes e quentes mãos se fecha sobre meu seio esquerdo, que abençoadamente está escondido atrás da porta.

Minhas pálpebras tremulam quando Liam brinca gentilmente com meu mamilo.

— Ah... hum... não. Não vi. Não o vi, quero dizer. Ele está aqui. Eu o vi chegando. Mas não sei onde ele está agora. — A outra mão de Liam desce para minha bunda. Um suspiro me escapa.

Anthony me olha com preocupação.

— Elissa, está tudo bem? Espero que a ligação não tenha trazido más notícias.

Liam desliza a mão que estava no meu seio para baixo, entre minhas pernas e me acaricia da maneira mais excitante que pode.

— Não — digo, e minha voz se quebra. — Está tudo bem. Lá embaixo. Hum... — Aceno com o papel que ele me deu. — Então, vou copiar isso pra você e nos encontramos na reunião em alguns minutos, certo? Certo, tchau.

Fecho a porta e me apoio contra ela enquanto Liam continua fazendo sua mágica.

— Ao menos nem tudo que você disse era mentira — sussurra ele, e seus lábios roçam a minha orelha. — Tudo *está* muito bem aqui embaixo. Tão bem que quero arrancar esse jeans e deitar você sobre a mesa.

— Você é malvado — gemo.

Ele aperta com mais força e eu paro de respirar.

— Então parece que você tem uma queda pela maldade.

— Tenho. Ah, meu Deus. Eu tenho, eu tenho.

Estou apertando meus olhos fechados e esperando que meu orgasmo chegue quando subitamente Liam tira as mãos de mim e dá um passo para trás. Abro os olhos e o encaro, em choque.

— Mas é assim que a *verdadeira* maldade é: você precisa fazer suas cópias e precisamos ir. Anthony vai ficar puto se nos atrasarmos.

Levo um momento para perceber que ele está falando sério sobre me privar do meu orgasmo, então o empurro.

— Você é mau!

Ele dá uma risadinha quando me viro e tiro as cópias da agenda da reunião de Anthony.

— Nossa, você fica gostosa quando está brava — murmura ele, dando beijos suaves no meu pescoço. — Não deixe de me lembrar de irritar mais você.

Alguns minutos depois, Mary e Anthony chamam todos para a sala de reuniões. A reunião começa com Mary nos atualizando sobre a "crise" *Angeliam*. Como ela previu, as pré-vendas da peça explodiram graças à enorme quantidade de publicidade gratuita que recebemos.

— Com números como esses — diz ela, com um sorriso —, poderíamos estender a temporada por semanas. Até meses. Imaginem, poderíamos ficar por tanto tempo que daria pra fazer o casamento no palco. Isso não seria lindo?

O rosto de Liam escurece.

— Não.

Mary franze o rosto.

— Desculpe?

Lanço um olhar para Liam e ele deixa a cara feia de lado para dar um sorriso encantador para Mary.

— Desculpe, Mary. Isso foi rude. Quis dizer "nem fodendo". Obrigado.

Angel coloca a mão sobre a de Liam.

— O que meu amado está tentando dizer é que já sabemos o que queremos que aconteça nos próximos meses, Mary, e nos casarmos em um teatro não faz realmente parte do plano.

— É claro — diz Mary, amuada. — Entendo. Tenho certeza que vocês têm tudo planejado.

Liam me lança um olhar.

— Ainda não. Mas estamos bem próximos de ter exatamente o que queremos.

Quando entramos na sala de ensaios, faço o melhor que posso para não olhar para Liam. Desde nossa reconciliação, é assim que preciso agir. Não sou atriz, então não sei como impedir que cada emoção que ele desperta em mim apareça em meu rosto. Graças a Deus eu tenho Josh ao meu lado. Toda vez que ele me vê encarando por um tempo óbvio demais, ele me dá uma cotovelada gentil. Com esperança, o restante do elenco não pode perceber a frequência com que eu aterrisso na terra da fantasia.

No final do ensaio, Angel vem à mesa da produção. Josh e eu estamos recolhendo os materiais.

— Ei — diz ela, baixinho. — Tenho uma ideia. Se você quer passar um tempo com Liam sem acabar dentro de uma mala, siga minha dica.

— O quê?

Ela olha ao redor antes de dizer em voz alta:

— Ei, Josh e Elissa. Não acredito que vocês finalmente cederam e começaram a namorar. É incrível! Por que vocês não vêm à nossa casa hoje à noite pra comemorar comigo e com Liam? Sempre quisemos outro casal como amigos.

Liam nos olha em choque por alguns segundos, antes de captar a deixa de Angel.

— Ah… ah, sim. Venham. Os dois. Adoraríamos… passar um tempo com vocês. Com os dois.

Josh fica mais do que feliz de participar. Ele me abraça.

— Ah, obrigado, pessoal. Isso seria ótimo. Desde que Elissa cedeu à atração irresistível que sente por mim, ela está muito exigente. Sexualmente. Será ótimo deixar o quarto por uma noite.

O restante do elenco parece perplexo. Marco não poderia parecer mais confuso se tentasse.

— Não tenho ideia do motivo pelo qual vocês todos estão agindo como em um drama vitoriano, mas, por favor, parem. É desestimulante e errado.

Errado ou não, Angel acabou de dar a mim e a Josh a desculpa perfeita para sermos vistos entrando e saindo do prédio deles quando quisermos. Sem precisar de malas ou de perseguição de paparazzi.

Graças a Deus.

— Vejo vocês em algumas horas — diz Josh, quando ele e Angel saem do elevador no andar dela.

— Divirtam-se! — digo, esperando contra todas as possibilidades que esta noite seja aquela em que Josh tome a iniciativa e beije Angel pela primeira vez. Graças à cortina de fumaça de Angel, temos passado as últimas noites vindo aqui depois dos ensaios. É claro que Angel e Josh têm tesão um pelo outro, e ainda assim eles parecem incapazes de dar o primeiro passo. Eles têm se aproximado de um jeito estranho, como calouros num baile de formatura, e a tensão sexual atingiu níveis tão impressionantes que não sei como eles aguentam isso. Provavelmente da mesma forma como Liam e eu lidamos com a estreita proximidade antes de começarmos a nos ver nus.

Olho para Liam. Ele está fitando o chão, com uma ruga profunda no rosto.

Levo minha mão ao seu braço quando o elevador começa a se mover novamente.

Nos últimos dias, nossa rotina noturna tem sido uma bênção. O assistente de Liam ainda está na Inglaterra, cuidando do pai doente, então eu o ajudo com seus e-mails e correspondência, além de passar as falas quando necessário. Também o ajudo com orgasmos. Muitos, muitos orgasmos e em muitas posições diferentes.

Na maioria das noites, depois de tirarmos nossa luxúria imunda do caminho, pedimos comida e a comemos nus. Assistimos a filmes, ou conversamos, ou eu leio para ele. É a melhor fase da minha vida. Nunca percebi que poderia ser tão feliz. Estou tão enlouquecidamente apaixonada por esse homem que fico tonta. Mas esta noite é diferente. Por causa da agenda apertada da semana de ensaio técnico, que está próxima, esta será a última vez que nos veremos em seis dias, e o pensamento de voltar a não nos ver me faz querer socar as coisas.

— É só uma semana — digo, tentando convencer tanto a mim quanto a ele.

Ele deixa escapar uma risada seca.

— Você fala como se fosse possível. Seis anos? Sem problemas. Seis dias? Nem fodendo. Me conte de novo por que isso precisa acontecer?

— Você sabe como são as semanas de ensaio técnico. Josh e eu vamos ficar enfiados no teatro dia e noite. Temos de repassar cenários, figurinos, acessórios, luz, som. Basicamente, vamos nos matar de trabalhar para que quando você e Angel entrem em cena, desabrochando como os pentelhos de Hollywood que são, tudo aconteça sem problemas.

Ele passa a mão pelo meu cabelo e o agarra com força suficiente para me fazer gemer.

— Preferiria que o maldito cenário caísse na minha cabeça a ter de ficar sem você.

— Sim, mas Marco não pensa assim. Ele jamais gostaria que um cenário caísse na cabeça de suas estrelas. Ele é antiquado a esse ponto.

As portas do elevador se abrem e Liam pega minha mão antes de acelerar o passo pelo corredor.

— Ei, tenho pernas curtas — digo, me apressando para manter o ritmo. — Devagar.

— Não posso. Preciso de você lá dentro. E estar dentro de você. Imediatamente. Tão logo quanto possível. — Ele não desacelera, e sua determinação sombria faz minhas coxas formigarem.

Quando ele chega junto da porta, me pressiona contra ela, lutando com as chaves.

— Ótimo — diz ele, irritado. — Uma semana. Vou lidar com isso. Mas assim que Anthony voltar de Los Angeles, vamos definir quando queimar aquele maldito contrato. Assim que a peça estrear, ele acaba. — Ele envolve meu rosto com as duas mãos e me beija profundamente. Como sempre, senti-lo e saboreá-lo me deixa sem fôlego e em êxtase.

— Ótimo. Agora, abra essa porcaria de porta. E suas calças.

Ele abre a porta com um empurrão tão forte que ela bate na parede. Nenhum de nós liga. Ele me faz andar de costas e me beija novamente. Sua jaqueta de couro está morna nas minhas mãos quando eu o agarro. Acho que meu corpo já começou a sentir a sua falta, porque agora ele acendeu para a vida com uma intensidade renovada.

Assim que entramos, ele chuta a porta para fechá-la e me pressiona contra ela. Estou zonza e sem fôlego, de cabeça virada com o desespero dele e também com o meu. Quero dobrar o tempo à nossa volta e viver esses momentos longos quando ele se agarra às minhas roupas. Adoro quando ele se torna feroz e as desabotoa e as abre brutalmente, até que seus dedos sejam capazes de entrar em lugares que me fazem ofegar.

— Ah, Liam... — Agora ele já conhece cada segredo do meu corpo. Cada ponto doce e cada zona erógena. Ele faz cada um deles gritar por seu toque.

A tensão em espiral dentro de mim me faz gemer. Enfio as mãos em sua jaqueta, camisa, calça. Ele se junta a mim, desesperado para ter tudo fora do caminho, menos a pele nua.

— Eu te amo — diz Liam, com uma voz estrangulada e inspirações curtas. — Não posso esperar até que todos saibam disso. Até que eu possa sair com você em público e te exibir. — Ele arranca minha calcinha, seu jeans e a cueca. — Preciso mostrar a todos que você é minha. E eu sou seu. Finalmente.

Ele me pressiona contra a parede e puxa minha perna esquerda na direção de seu quadril. Quando ele dobra os joelhos e me penetra, tudo que sinto se duplica. Eu me penduro em seus ombros e seus beijos quentes aceleram meus gemidos.

— Meu Deus, Elissa. Uma semana sem isso? Impossível.

Ele se move para dentro e para fora, com arremetidas fortes. Cada uma delas me deixa mais tensa, e durante o tempo mais longo, eu me seguro, inacreditavelmente em êxtase, simplesmente esticando e esticando e apertando os olhos enquanto luto para respirar.

— Você sabe que me arruinou na primeira vez em que fizemos amor, certo? — diz Liam, aumentando o ritmo. — Olhe pra mim.

Não posso. Realmente não posso. Ele está me fazendo voar tão alto que estou aterrorizada de cair de volta na Terra.

— Liss. Olhe pra mim.

Com esforço, afasto a cabeça da parede e olho para ele. Seu rosto é magnífico. Ruborizado e glorioso.

— Veja o que você faz comigo. — Ele trava o maxilar, e é como se tentasse me mostrar como eu o afeto enquanto esconde aquilo de si mesmo. — Você é tudo pra mim. Sempre foi.

Ele me beija novamente, e então se mexe tão rápido e com tanta força que não consigo me conter mais. Grito enquanto a tensão acumulada explode, e o orgasmo mais intenso que já tive me atravessa.

— Porra, assim — murmura Liam. Ele geme quando arremete algumas vezes mais, então congela e geme na carne quente do meu pescoço.

Ficamos parados lá por alguns minutos até que nossas respirações se tornem menos ofegantes e se normalizem. Quando conseguimos nos mexer novamente, nos soltamos um do outro e das roupas meio retiradas.

— Está com fome? — pergunta ele, antes de dar beijos suaves em meus lábios.

Passo o dedo por seu cabelo, somente aproveitando a proximidade.

— Só de você.

— Cama, então?

— Sim.

Vamos para o quarto e desfrutamos um do outro, até que Josh me manda uma mensagem dizendo que é hora de ir. Depois de me limpar e de relutantemente me vestir, me dirijo à porta. Liam me segue, usando apenas cueca. Ele abre a porta bem quando Josh vai bater.

Josh deixa a mão cair e se vira para mim.

— Você está tentando fazer com que eu tenha um complexo de inferioridade? Ele não pode te dar tchau vestido?

Dou um tapa no braço dele.

— Cale essa boca suja. Por mim, ele nunca usaria roupas. — Viro para um Liam amuado e fico na ponta dos pés para beijá-lo. — Vejo você na semana que vem. Já sinto sua falta.

Ele dá de ombros.

— Hum, eu decidi que não vou sentir sua falta. Não é conveniente pra mim. Desculpe.

Dou risada e o beijo novamente, então vou para o elevador com Josh. Liam me observa da porta e grita:

— Eu ligo pra você.

Isso bem antes de a porta se fechar e me privar de sua glória seminua.

Fiel à sua palavra, Liam me liga diversas vezes por dia enquanto estou aprisionada no teatro. Ele me deixa uma quantidade ridícula de mensagens, e cada uma me faz sentir mais sua falta.

Quanto a mim e Josh, passamos cada momento em que estamos acordados trabalhando: conferimos a construção do cenário, limpamos e organizamos camarins, etiquetamos e classificamos acessórios e, é claro, sentamos no auditório por horas, anotando interminavelmente enquanto Marco e o iluminador mapeiam cada cena da peça.

No domingo à noite, estou exausta. Acabei de despencar na cama quando meu celular toca. Confiro o identificador de chamadas e sorrio.

— Ei, bonitão.

Ele expira de alívio.

— Oi. Meu Deus, eu sinto sua falta.

— Eu também.

— Como está tudo no teatro?

— Tudo bem. Muito trabalho, mas estamos prontos para os ensaios técnicos amanhã. Como foi seu dia?

— Bom. Algo assim. Finalmente convenci Anthony a almoçar comigo. Falei com ele sobre mim e Angel, que queremos romper o contrato após a estreia da peça.

Uma onda de nervosismo me atinge.

— E?

Ele suspira.

— Ficou em choque. Meio puto, eu acho. Ele tem orquestrado nosso caso de amor por tanto tempo que acho que vai realmente sentir falta dele.

— Mas ele concordou em conversar com os produtores sobre o contrato?

— Sim, mas acha que é um erro romper o contrato. Ele disse que vamos ser prejudicados porque o acordo é rígido. Eu disse que não ligo, que quero interrompê-lo e que vou fazer qualquer coisa pra conseguir isso.

O som de sua voz me acalma tanto que não consigo impedir meus olhos de se fecharem.

— Então, como acabaram as coisas?

— Ele disse que pensaria em algo. Afinal de contas, ele ainda trabalha pra mim. Tem de pensar nos meus interesses, certo?

— Certo.

Tento conter um bocejo, mas ele sai de qualquer maneira.

— Você deveria dormir — diz Liam, e mesmo querendo falar mais, não posso negar que mal estou consciente.

— Certo. Vejo você amanhã, sim?

— Sim. Estarei lá às nove horas. Provavelmente salivando ao te ver. Você chega cedo de novo?

— Aham. Sete da manhã.

— Certo, descanse um pouco. Amo você.

— Amo você também.

Desligo e começo a dizer a mim mesma para me levantar e escovar os dentes, mas pego no sono antes mesmo de terminar de pensar.

capítulo dezenove
UM PEQUENO PROBLEMA

Na manhã seguinte, Josh e eu acabamos de chegar ao teatro quando Marco me encontra nos bastidores e me pega pelo braço.

— Elissa, você precisa vir comigo. — A expressão dele é grave. Fico tensa, porque tenho a impressão de que algo está muito errado, e não tenho tempo para mancadas hoje. Sigo Marco até o escritório da produção, onde Ava e Mary esperam. Ava faz um gesto para a cadeira à sua frente na pequena mesa de reuniões.

— Elissa, sente-se.

Faço o que ela pede e Marco se senta ao meu lado. Agora estou realmente preocupada. Ava e Mary parecem ainda mais estressadas que Marco.

— Elissa, recebi um e-mail preocupante hoje pela manhã, de uma fonte anônima, e preciso esclarecer algumas coisas com você.

— Certo.

— Uma acusação foi feita contra você a respeito de seu nível de profissionalismo nessa peça. Agora, como você sabe, já estamos com problemas devido ao escândalo, então a última coisa da qual precisamos é que outras indiscrições sejam cometidas em público. Entende o que estou dizendo?

A pergunta me pega de surpresa. Assim que compreendo completamente o que ela disse, um grande nó de pânico se instala no meu estômago.

Olho de Ava para Marco e então para Mary.

— Ava, não sei ao que você está se referindo.

Ava entrelaça os dedos.

— É verdade que você tem visitado Liam Quinn em seu apartamento toda noite, após os ensaios?

A adrenalina percorre todas as veias. Perco as palavras. Sou sempre supercuidadosa para ser estritamente profissional em minhas produções, e nunca dei razão para ser questionada assim.

Bem, agora há razão. E se vazasse, seria o escândalo que ecoaria mundo afora.

— Josh e eu temos socializado depois dos ensaios com Angel e Liam — digo, sendo seletivamente verdadeira.

— Não é disso que estou falando. Perguntei sobre você e Liam sozinhos no apartamento dele. Isso está acontecendo?

Tenho o cuidado de manter o contato visual.

— Sim.

— Por quê? — pergunta Mary. É evidente que ela está nervosa com minha resposta.

Respiro fundo. Não posso falar para eles sobre o contrato, ou sobre a dislexia de Liam, ou que ele e eu estamos apaixonados. Nenhuma dessas coisas é um segredo meu para ser contado, e não quero que eles pensem que nossas estrelas são algo que não aparentam ser.

— Na nossa segunda semana de ensaios, o sr. Quinn admitiu que estava tendo problemas para memorizar suas falas. Ele me pediu que eu passasse as falas com ele à noite, para se preparar para o dia seguinte. Eu concordei.

Marco assente.

— Posso confirmar que Liam estava com problemas em suas falas. Depois da intervenção de Elissa, ele pareceu muito mais confortável.

— Por que ele precisaria que você passasse as falas? — pergunta Ava. — Certamente ele tem um assistente para esse tipo de coisa.

Aperto as mãos com tanta força que as juntas dos meus dedos estalam.

— O assistente dele teve de voltar à Inglaterra inesperadamente. O pai está doente. O sr. Quinn me pediu que o ajudasse na ausência de David.

Mary deixa escapar um suspiro de alívio.

— Ah, graças a Deus. Pensei por um minuto que estivéssemos com problemas. Sinto muito, Elissa. Não deveria ter duvidado de você.

Ava levanta a cabeça.

— Ainda não entendo o motivo pelo qual *você* teve de assumir uma tarefa que um grande número de pessoas poderia fazer.

— O sr. Quinn e eu já trabalhamos juntos. Acho que ele se sente confortável comigo. Estava hesitante em concordar porque sabia que pareceria ruim, mas Marco nos aconselhou a manter nossas estrelas felizes a qualquer custo, então não me pareceu apropriado recusar.

— E isso foi tudo o que fez? Passou as falas? Não havia nada mais acontecendo?

Sinto como se Ava tentasse ver dentro da minha alma.

Mantenho meu rosto impassível.

— Tentei com empenho manter nossas sessões tão curtas e profissionais quanto possível.

— E foi bem-sucedida?

Engulo em seco. Meu rosto está quente. Não posso me sentar aqui e mentir para essas pessoas. Não posso, realmente. Nunca seria capaz de viver comigo mesma.

— Não. Não fui.

O choque de Marco é notável. O de Mary também.

Ava parece satisfeita porque eu acabei de admitir algo que ela já sabia.

— Obrigada por ser honesta, Elissa. Deveria mencionar que o e-mail veio com este anexo.

Ela segura um iPad no alto e aperta o "play". Um vídeo de mim e de Liam nos beijando na chuva entra em foco. Parece ter sido gravada de algum lugar do outro lado da rua, mas o aplicativo gravou a cena com um zoom poderoso. O vídeo vai de uma tomada ampla para um close em segundos, e se houvesse alguma dúvida da identidade da "morena desconhecida" das fotos da revista, não há mais. Lá está meu rosto, claro como o dia. Quando Liam me pega e me aperta contra a parede, Marco abaixa a cabeça e esfrega os olhos.

Mary murmura um "merda" baixinho e balança a cabeça.

— O que deu em você pra fazer algo assim, Elissa? — pergunta Ava, incrédula. — Com um homem comprometido? Que está em uma peça em que você *trabalha*? Nunca soube que você se comportava de uma maneira tão descuidada e pouco profissional.

Olho para o chão e balanço a cabeça. Mesmo que eu pudesse contar a verdade a eles, não desculparia o que fiz. Quebrei cada uma das minhas regras de conduta no trabalho e agora estou pagando o preço.

— Sinto muito. — Odeio sentir a força da desaprovação deles flutuando pelo ar. — Eu me comportei vergonhosamente, e peço desculpas incondicionais por meus atos. Vocês todos confiaram em mim e eu os decepcionei.

Ava concorda.

— Agradeço por suas desculpas, mas, devido às circunstâncias, temo que você não possa continuar trabalhando nesta produção. Você está despedida.

Marco se encolhe.

— Ava, não. Preciso de Elissa. Apesar de sua confissão, ela ainda é a melhor diretora de palco disponível.

— Não temos escolha — diz Ava. — A ameaça no e-mail diz que devemos mandá-la embora ou então tornarão o vídeo público. Diga, o que será mais prejudicial para nossa peça?

— Então vamos ceder a ameaças anônimas agora?

— Como você sugere que devemos lidar com isso, Marco? Ignorar a ameaça e torcer para que não se realize? Liam vai ser prejudicado se vier a público que não foi um incidente isolado. Ele está tendo um caso com Elissa pelas costas de Angel há *semanas*. Todos aqueles ingressos foram vendidos porque as pessoas queriam ver um homem mudado, com seu único amor; eles vão ser *cancelados* em um piscar de olhos. As pessoas vão se afastar, em massa, e nossa peça vai ser encerrada. Você sabe disso tão bem quanto eu.

A minha garganta está fechada e respiro com dificuldade, mas me recuso a chorar. Fiz minha cama e agora preciso deitar nela graciosamente, sem me tornar uma babaca reclamona.

Coloco minha mão no braço de Marco.

— A peça vai funcionar bem sem mim. Tenho certeza de que Josh vai dar conta de tudo, e Denise pode assumir como sua assistente. Ele não vai decepcioná-los, garanto. — Marco não diz nada. Ele simplesmente cerra os dentes e concorda. Odeio vê-lo tão triste. — Sinto muito, Marco.

— Eu também, minha querida. Sentiremos sua falta.

Afago seu braço e fico de pé.

— Preciso de aproximadamente uma hora pra juntar minhas coisas e passar o trabalho pra Josh, depois vou embora. Não tenho dúvidas de que vocês terão uma temporada incrível. É uma peça maravilhosa. Todos vocês devem se sentir orgulhosos.

Quando me dirijo para a porta, Ava diz algo sobre uma rescisão, mas mal a escuto. Vagueio pelos bastidores, aturdida, até achar Josh.

— Ei, precisamos conversar.

Depois de eu explicar a situação, ele reage precisamente como eu previ.

— Que merda isso, Lissa! Eles não podem te demitir por trepar com um homem que nem mesmo está comprometido.

— Eles podem e me demitiram. E não os culpo. Com as informações que têm, eles estão fazendo a coisa certa. Para todos.

Ele se apoia contra a parede e solta outro palavrão.

— Mas você e eu somos uma equipe. Não quero dirigir esse espetáculo sem você.

— Você tem de fazer isso. É o único que pode. Agora, vamos. Temos muito a fazer e pouco tempo. — Tento me manter tão calma quanto possível quando passo todas as planilhas e os planos a ele. Josh escuta em um silêncio mortal quando explico as transições mais complicadas. Ele está tão furioso agora que sei que vai estar à altura do desafio.

Ele solta outro palavrão baixinho e se dirige à reunião para orientar a equipe antes do ensaio técnico. Acabo de transferir todos os meus arquivos para o computador dele quando ouço uma batida na porta do nosso pequeno escritório nos bastidores.

— Entre. — A porta se abre, e lá está Anthony Kent. Ele parece puto. Acho que ele já soube.

— Que *merda* você estava pensando?

— A resposta curta é: eu não estava pensando. A completa tem um monte de palavrões dirigidos a *você* por obrigar Liam a assinar aquele contrato estúpido em primeiro lugar.

— Gostando ou não, aquele contrato foi o que o tornou uma estrela. Você acha que ele estaria onde está hoje sem Angel e sua história de amor de contos de fadas? Ele deveria ficar de joelhos e me agradecer por aquele contrato. *Não* ficar resmungando sobre cancelá-lo e arruinar a melhor coisa que já lhe aconteceu.

— Mas onde isso vai parar, Anthony? Se ele continuar com o casamento falso, e depois com divórcio falso, *então* pode continuar com sua vida? Quando teremos alguma privacidade, para que ele possa ter algo real?

— *Nunca*. Ele é uma estrela. Elas não têm privacidade. — É evidente que ele está agitado. — Gostando ou não, Elissa, Hollywood é um negócio. É o *meu* negócio. Estou lá pra fazer dinheiro, e a única maneira de conseguir isso é garantir que meus clientes consigam a melhor oferta a cada contrato. Liam é a *minha* marca e vou fazer o que for necessário pra garantir que ele continue a ser rentável pra mim. Porque, com toda certeza, no momento em que se tornar um prejuízo, vou acabar com ele e com sua carreira num piscar de olhos.

Uma compreensão doentia me inunda.

— *Você* mandou aquele e-mail. Você me queria fora do caminho de Liam.

— Você pode ter toda certeza que fiz isso. Ele não vai arriscar tudo pelo que trabalhei simplesmente pra pegar uma ninguém que me dá zero notícias promocionais.

Nunca quis socar alguém antes, mas, cara, bem agora estou me coçando para esmurrar o nariz de Anthony Kent com meu punho.

— Por que você se preocupou em permanecer anônimo? Você é um agente com moral. Poderia ter exigido minha demissão.

Ele se inclina contra a moldura da porta e suspira.

— Poderia ter feito isso, mas então perguntas desagradáveis sobre a origem daquele vídeo surgiriam, e admitir que contratei alguém pra seguir Liam poderia parecer... Duvidoso, na melhor das hipóteses.

Liam estava certo. Estava sendo seguido. Ele simplesmente não sabia que seu agente tinha acertado as coisas para alguém segui-lo.

— Aposto que todos aqueles vídeos de Liam se metendo em brigas de bêbado foram vendidos à TMZ por você também, certo?

Ele dá de ombros, sem um pingo de vergonha.

— Alguém precisa lucrar com as migalhas. Que seja eu.

— Inacreditável. — Uma raiva quente sobe por meu pescoço e deixa meu rosto em chamas.

Anthony olha para mim com uma compaixão debochada.

— Você realmente pensou que essa coisa com Liam fosse dar certo, Elissa? Honestamente? — A condescendência de seu tom de voz me deixa mais brava ainda. — Você consegue se imaginar no tapete vermelho perto dele? Quero dizer, poxa. Você é bonita, mas irrelevante. Em cada uma das fotos você seria apenas aquela mão, cujo corpo foi recortado, porque as pessoas não ligam nem um pouco pra você. A melhor hipótese é ser ignorada, mas certamente você seria odiada. Todas as mulheres que desejam Liam a enxergariam como um obstáculo às suas fantasias.

— E Angel não é um obstáculo?

— Não, porque Angel *é* a fantasia. Você é a realidade. E deixe-me dizer que em Hollywood a fantasia vai ganhar todas as vezes. A melhor coisa a fazer agora é deixar tudo isso pra trás e esquecer Liam. O contrato permanece, o casamento vai acontecer, e se você fizer uma única coisa pra me foder, vou destruir Liam e levar você junto. E, no caso de você duvidar de mim, produzi esta pequena amostra pra você.

Ele bate o celular na mesa e aperta o "play". Uma montagem minha aparece na tela com a legenda: A MULHER MAIS ODIADA DA AMÉRICA. Ele teve o trabalho de produzir um noticiário completo, incluindo a locução.

A diretora de palco da Broadway Elissa Holt foi proclamada nesta noite a mulher mais odiada da América após a revelação de ter seduzido o superstar de Rageheart, Liam Quinn, convencendo-o a romper o noivado com a queridinha de Hollywood, Angel Bell. Membros da indústria dizem que a loira ambiciosa ficou obcecada por Quinn por anos, e durante os ensaios para sua última produção, ela o atraiu impiedosamente, a despeito da presença de sua noiva.

O vídeo corta para uma tomada que me mostra parada ao lado de Angel em um vestido de noiva. Depois há um close de mim com a cabeça de Angel no colo.

Angel, seu noivo é o homem mais gostoso no qual já pus os olhos. Ele é um espécime perfeito de homem. Se ele não estivesse comprometido com você, eu subiria nele como em uma árvore e transaria com ele como se fosse uma porta de tela em um furacão!

A bile sobe pela minha garganta. Ele cortou a parte em que Angel exige que eu diga tudo aquilo. Em vez disso, há um close em seu rosto banhado em lágrimas quando diz: "Por que você disse isso? Pensei que fosse minha amiga".
Ele me fez ficar parecendo uma vaca de primeira classe.
O próximo vídeo é de nós dois no bar. Toco o rosto de Liam e ele pega minha mão e a beija. Não importa que eu estivesse consolando-o por causa de seu irmão. Parecemos duas pessoas se pegando em um lugar isolado.

Fontes próximas a Quinn dizem que o astro não tem sido o mesmo desde que se associou com a mulher, e sugerem que os dois estejam ligados a drogas ilícitas. Qualquer que seja a razão, fica claro que a loira descarada tem uma grande participação na destruição do que alguns comentaristas chamam de "o casal mais icônico da história de Hollywood". Há rumores de que Quinn pode ter destruído sua car-

reira junto com seu relacionamento, já que muitos produtores agora estão relutantes em trabalhar com ele.

O vídeo termina, e estou muito chocada para falar. Me sinto doente. E furiosa.

Kent olha para mim, triunfante.

— Uma palavra minha e essa história vai chegar a cada banca de jornal da Costa Oeste em cinco minutos, além do vídeo de vocês dois no beco, claro.

— Você tirou tudo do contexto. Não é assim que as coisas são.

— Não importa como as coisas *são*, Elissa. O que importa é como elas *parecem ser*, e sou especialista em fazer as pessoas acreditarem no que quer que eu deseje.

— Você é nojento.

Ele ainda sorri, mas sinto o veneno em suas palavras.

— O que faço é para proteger Liam e a carreira dele. Se afaste dele. Se visitá-lo, saberei. Se ele te visitar, saberei. A única ligação que você tem permissão pra fazer é pra dizer a ele que acabou e que ele deve manter o contrato com Angel. Seja esperta, Elissa. Você sabe que é a única coisa que pode fazer. — Ele sai, fechando a porta atrás de si.

Fico sentada, olhando para a tela do computador por um longo tempo, quando uma fúria enorme me invade. Ser demitida foi muito ruim. Acrescente a isso ter a minha reputação profissional destruída, e eu já quero infligir quantidades enormes de dor física em Kent. Mas mais que isso, esse imbecil está mexendo com nossas vidas. Nossa felicidade. Ele precisa ser detido.

Uma razão pela qual sou tão boa diretora de palco é que eu sou excelente em encontrar maneiras para resolver problemas. Preciso me aproximar de Kent da mesma forma. No momento, ele domina a todos, e a menos que eu descubra como reverter isso, Liam, Angel e eu podemos esquecer nosso final feliz.

***

No momento em que termino de empacotar meus pertences do escritório, as notícias da minha partida já se espalharam pela equipe. Eles já foram informados de que estou saindo por "razões pessoais", e graças a Deus ninguém é corajoso o suficiente para perguntar quais razões são essas. Depois de me despedir de todos, vou ao camarim de Liam esperar por ele. Mesmo que ele esteja sendo seguido, pessoas não autorizadas não podem entrar no teatro. E não há muitos lugares nos quais um espião pago poderia se esconder, de qualquer maneira.

Quando Liam entra no camarim e me vê, seu rosto se ilumina, mas seu sorriso desaparece rapidamente quando faço um resumo dos eventos da manhã. Quando lhe conto sobre a conversa com Kent, ele treme de tanta raiva que temo pela segurança de Anthony.

— Se acalme — digo, e agarro o braço dele. — Vamos resolver isso.

— Não precisa — diz ele, quieto e intenso. — Sei exatamente o que fazer. Vou matar aquele filho da puta.

Puxo a cabeça dele e o beijo. Ele fica tenso por três segundos antes de me beijar de volta, e então ambos nos esquecemos de tudo, a não ser de nós mesmos, até que o alto-falante sobre a porta estala com a voz de Josh.

— Senhoras e senhores de *A megera domada*, falta meia hora para estarem em seus lugares para o ensaio técnico. Trinta minutos. Obrigado.

Faço Liam me olhar. Ele parece mais calmo, mas não muito.

— Não quero que você se distraia com isso — digo, olhando em seus olhos. — Você vai estrear em poucos dias, e precisa se concentrar. Certo?

— Não posso garantir isso.

— Você precisa. Você confia em mim?

— Claro.

— Você me ama?

Ele me puxa para ele e repousa sua testa na minha.

— Mais do que qualquer coisa.

Eu bato em seu peito.

— Então se concentre na peça, mantenha sua farsa com Angel e se afaste de mim por um tempo.

— Tudo bem para as duas primeiras coisas. *Nem fodendo* para a última.

— Liam, não podemos dar a Kent qualquer razão pra nos prejudicar. Só me dê algum tempo. Vou encontrar uma maneira de vencer aquele cretino ou vou morrer tentando. Se ele pensa que pode me ameaçar e intimidar a desistir do único homem a quem eu verdadeiramente amei, ele está se candidatando a um mundo de sofrimentos.

Beijo Liam novamente; é um bom beijo. Se esta é a última vez que o verei por um tempo, quero ter certeza de que ambos nos lembraremos disso.

capítulo vinte
RATO IMUNDO

Estou inclinada sobre meu laptop, buscando os podres de Anthony Kent na internet pelo terceiro dia consecutivo quando ouço a porta da frente bater. Cinco segundos depois, Josh entra no meu quarto e cai de bruços na minha cama.

— Como está indo?

— Maravilhoso. — As palavras dele estão abafadas pelo meu edredom. — A terceira prévia acabou e eu só ferrei com cinco deixas.

— Muito melhor que as nove da noite passada.

Ele se vira, deitando de costas.

— Acho que deveria ganhar um bônus ou algo assim. Para ser honesto, acho que minha escolha de não erguer o holofote de Liam na primeira cena foi ousada e inesperada.

— Tenho certeza de que Marco não esperava isso.

— Sim, ele gritou comigo. Muito. Viu, é por isso que gosto de ser o segundo a comandar. Quando estou nos bastidores, há menos pessoas me dando uma surra.

— Você já beijou a Angel?

Ele olha para mim e ri, com amargura.

— Você realmente está me perguntando isso? A mulher que me ensinou, desde que éramos adolescentes, que não tenho permissão pra ficar com garotas das peças que dirigimos? Só porque você não teve força de vontade pra resistir a não pular no Quinn, não significa que preciso despencar ladeira abaixo.

— Ela ainda mete medo em você, não é?

Ele coloca o braço sobre os olhos.

— Ela é simplesmente perfeita. É intimidante.

— Pobrezinho. — Termino de passar os olhos pelo artigo que estou lendo e resmungo, frustrada. — Droga! Qualquer um que seja tão podre quanto Kent deve ter algum segredo escondido, mas não consigo achar nada.

— Então seu plano de vingança ainda é um fracasso?

— Até agora. Mas vou chegar lá, não se preocupe. É só uma questão de como e quando. Você tem algo pra mim?

— Ah, sim.

Josh tira o celular do bolso e me entrega. Já que Liam e eu não podemos nos ver, e não temos ideia se o seu celular está grampeado, ele tem gravado vídeos no celular de Josh. Não é tão bom quanto uma chamada telefônica, mas ao menos posso ouvir sua voz e ver seu rosto.

Busco o último arquivo. Ele aparece na tela com o figurino. Deve ter filmado aquilo logo após sair do palco hoje. Uau, ele parece sexy naquele gibão de couro.

Oi, Liss. Espero que você tenha uma ótima noite. Sinto muito sua falta. Muito. Os ensaios estão indo bem, mas não é a mesma coisa sem você. E se Josh se esquecer de erguer meu holofote mais uma vez, vou matá-lo.

Josh resmunga e faz um gesto vago.

Se você estiver ouvindo, Josh, não estou brincando. Cara, se vira.

Dou um sorriso, enquanto Josh mostra o dedo do meio a ele.
Liam apoia os cotovelos nos joelhos e suspira.

De qualquer modo, não acredito que ainda preciso fingir com Angel quando saímos do teatro todas as noites. Ela mandou dizer oi, a propósito. Ela disse que sente sua falta e que está puta com a sua demissão. Também quer arrancar as unhas dos pés de Kent com alicates enferrujados. Manter a farsa não é mais divertido pra nenhum de nós, e não parece haver um final à vista. Pra piorar as coisas, Angel não para de falar em Josh. É um saco.

Josh se senta, ereto, e franze o cenho para o celular.
— Que mer...?

Josh está enlouquecido com essa informação, não é?

Tanto Josh quanto eu respondemos:
— Sim.
Liam dá uma risadinha.

Eu fico só imaginando. Agora que ele dirige a peça, está com um novo ar de autoridade, e acho que Angel o acha atraente.

Josh se infla como um pavão.
— Tenho um ar de autoridade? Muito bom.

Agora, Josh, preciso dizer algo a Liss a sós, então me faça um favor e caia fora daí, certo?

Josh dá um suspiro e fica de pé.
— Certo. Vou pegar meu ar de autoridade e sair. Imagino que posso ser bem atraente e autoritário em outro lugar.
Depois que Josh sai e fecha a porta, Liam suspira e olha para a câmera.

Espero que ele tenha saído mesmo ou isso vai ficar estranho. Eu sinto muito sua falta. Tudo em você. Sinto falta do seu rosto. Dos seus lábios. Do seu corpo. Meu Deus, Liss, estou louco pra ver você. Não quero nem transar. Só quero te abraçar. Não podemos nos encontrar em algum lugar por poucas horas?

Liam abaixa a cabeça.

Sei que não podemos, mas eu realmente quero muito. Você ficou sabendo que Kent organizou uma entrevista no domingo com a irmã da Angel, Tori? Um bate-papo ao vivo e exclusivo, pra que Angel e eu possamos reafirmar nosso amor e garantir a todos que estamos mais unidos do que nunca. Não acho que consiga fazer isso. De verdade. Estou tão cansado de fingir. Mal posso esperar pra que isso acabe e eu possa contar ao mundo que na realidade estou apaixonado por você.

Há um barulho atrás dele, e Liam olha por sobre o ombro.

O.k., preciso ir. Tenho que me trocar e dar alguns autógrafos na saída do palco com Angel. É exigência.

Ele olha de volta para mim e sorri.

Falo com você em breve, certo? Te amo.

Liam estica o braço para a frente e então a tela fica preta.
Deito de costas na cama e fecho os olhos.
Kent é um cretino sem tamanho por obrigá-los a fazer aquela entrevista. É como esfregar sal em suas feridas. Minha urgência em derrotá-lo aumenta.
A não ser por alguns posts incriminadores sobre ele em um site chamado *Agentes que se Comportam Mal*, minha pesquisa na internet foi um fracasso; então, se eu quero colocar esse cara no lugar dele, preciso pensar de forma criativa.

Dou um suspiro profundo e me concentro. Para pegar um rato, preciso pensar como um rato.

Se Kent fosse eu, o que ele faria?

Passo por diferentes cenários até que uma ideia minúscula me ocorre.

Ah. Uau. Será que isso realmente funcionaria?

Penso nela um pouco mais e, quando acabo, sinto que estou sorrindo. É tão simples, tão genial.

Dizem que você precisa combater fogo com fogo. Ótimo. É isso que vamos fazer.

Eu me sento e grito:

— Josh!

Em segundos, ele enfia a cabeça pela porta.

— Você chamou?

— Tenho uma ideia, mas é arriscada. E vai exigir o máximo de nós para executá-la.

Josh larga o corpo na minha cama com uma expressão excitada no rosto.

— Parece pervertida. Conte comigo.

capítulo vinte e um
A ARMADILHA

Dou os últimos retoques no meu batom e me afasto um pouco para avaliar o resultado.

Nada mal.

Quando Marco telefonou e disse que queria que eu fosse à noite de estreia, fiquei tão feliz que gritei. Investi muito trabalho duro nessa produção, fiquei devastada ao pensar que eu não conseguiria vê-la ganhar vida. Também fiquei feliz, porque me ajudou a solidificar meu plano contra Kent.

Ao decobrir que eu iria, Liam me enviou presentes. Muitos. O primeiro foi um vestido vintage Givenchy azul-escuro. De corpete. Saia farta. Absolutamente lindo. Também enviou um impressionante colar de diamantes e safiras com brincos combinando, uma bolsa brilhante que provavelmente vale mais do que o meu laptop, e sapatos de sola vermelha, que são tão bonitos que me sinto mal em usá-los; devem ficar em uma prateleira em algum lugar, para serem admirados.

Nunca ganhei nada tão extravagante. Com meu cabelo cacheado e minha maquiagem concluída, me sinto como em uma fotografia de "depois" em uma dessas transformações de cair o queixo. Embora eu saiba que Liam e eu não teremos muito tempo juntos esta noite, tenho de admitir que mal posso esperar para ver a reação dele. Acho que vai ficar satisfeito.

— Lissa! O carro chegou. Está pronta?

Jogo meu batom na bolsa e vou para a sala, onde Josh está me esperando. Ele está muito bonito em seu smoking, e seu cabelo está meticulosamente desarrumado. Muito elegante. Os olhos de Angel vão saltar para fora das órbitas.

Quando ele ouve os meus passos, se vira. Sorrio quando ele arregala os olhos e fica de queixo caído.

— Ah. Caramba. Vamos transar.

— Não acho que Liam concordaria com isso, mas obrigada pela oferta.

Ele me olha de cima a baixo várias vezes antes de falar novamente.

— Certo. Então, sim. Muito bem. Nível mais alto de sensualidade alcançado. Liam pode perder a compostura quando vir você. Melhor estar preparada.

Rio e pego minhas chaves.

— Vamos. Eles estão nos esperando.

Quando chegamos até a rua, uma limusine está nos esperando. Quando nos aproximamos, o motorista abre a porta, e Josh e eu entramos. Angel e Liam já estão lá e, quando ele me vê, sua reação é semelhante à de Josh, mas ainda mais extrema. Reajo a ele da mesma forma. Quando Josh e eu nos afundamos nos assentos de couro macio, diante de Liam e Angel, não consigo deixar de encará-lo. Embora o tenha visto dezenas de vezes de smoking em sites na internet, nunca o tinha visto vestido assim de perto e, acredite, o seu carisma em carne e osso é uma experiência totalmente diferente. Se a definição de gostosura tomasse a forma humana e caminhasse sobre a Terra, seria parecida com Liam agora. Junte a isso o fato de eu não poder ter intimidade com ele por uma semana, e não estou preparada para a violência com a qual meu corpo reage.

— Oi — cumprimento enquanto me perco em sua aparência. Cada gota de saliva em minha boca secou.

— Oi — responde ele, com a voz vacilante. Ele parece estar com o problema oposto. Engole em seco e tenta novamente. — Desculpe. Oi. — Sua voz vacila de novo. — Droga. Eu me sinto como um adolescente. Você está... — Ele balança a cabeça, em seguida, limpa a boca. — Na verdade, estou babando. É muito bom olhar pra você.

Angel faz uma careta.

— Meu Deus, Liam. Que nojento! — Ela estende as mãos e eu as seguro. — Ei, minha querida amiga. Senti tanto sua falta. E a propósito, você está deslumbrante. Mesmo que a babação de Liam seja nojenta, não posso culpá-lo.

— Obrigada, Angel. Você está incrível.

Ela realmente está. Usa um vestido justo e acinturado, coberto de cristais, que abraça seu corpo nos lugares certos. É incrível como é linda. Por dentro e por fora.

Angel aperta minhas mãos, e quando ela as solta, vira-se para Josh. Assim que coloca os olhos nele, seu sorriso se transforma em uma coisa mais luxuriosa.

— Olá, Joshua.

Ele se endireita e assente.

— Angela.

Angel respira fundo.

— Ninguém além do meu pai me chama de Angela.

— Decidi que vou te chamar assim. Acostume-se.

Droga. Josh tem chance com essa menina. Ar de autoridade, é isso aí. Angel pisca algumas vezes, então passa a língua nos lábios.

— O.k.

Assim, a tensão sexual explode. E nem me fale da expressão de Liam. Parece que ele está a cerca de três segundos de distância de transformar o vestido muito caro que comprou em confete.

Respiro fundo e solto o ar. Por mais sensacional que o deus que está à minha frente seja, nós não temos muito tempo, então, arrumo meu vestido e começo a trabalhar.

— Muito bem, então todos conhecem o plano?

Todos assentem.

— Você está com o meu pacote? — pergunta Liam a Josh.

Ele estremece.

— Por favor, reformule isso pra soar menos estranho.

Liam revira os olhos.

— Você está com a minha encomenda, aquilo que eu te enviei?

— Sim. Está tudo carregado e pronto. Até sei como usá-lo. Acho que todas aquelas horas no clube de áudio e vídeo no ensino médio estão, finalmente, dando frutos. — Ele lança um olhar para Angel. — Na verdade, esqueça que eu disse isso. Eu era legal demais para o clube de áudio e vídeo. Eles *queriam* que eu passasse a maior parte das minhas horas de almoço lá.

Angel tenta não sorrir.

— Você não deve se envergonhar. Nerds são sexy.

Josh inclina a cabeça.

— Verdade?

— Com certeza.

Depois de mais alguns segundos em que eles ficam olhando um para o outro, tusso.

— Bem, Angel, tem certeza de que está tudo bem participar disso?

— Absolutamente — responde ela. — Cara, eu deixaria o Kent se ferrar se isso significasse nos tirar dessa situação. Além disso, paguei caro por estes seios. Poderiam muito bem começar a valer meu dinheiro.

— E se ele descobrir nosso blefe? — pergunta Josh. — Você estará na linha de fogo dele.

Ela ri.

— Ah, não se preocupe com isso. Depois de ser salva por Liam em quatro filmes, fico feliz em bancar a vítima. Se Kent insistir em fazer qualquer coisa, além de matar *Angeliam* quando minha irmã nos entrevistar amanhã, me certificarei de que ele se arrependa por um bom tempo.

— Minha oferta de matar Kent está de pé — diz Liam, e seu rosto se contrai de raiva. — Tenho experiência em amassar concreto e muitos contatos na área da construção civil em Nova York. O corpo dele nunca será encontrado.

Olho para Angel.

— Podemos trocar de lugar?

— Claro.

Depois de uma confusão de vestidos e pernas no meio do carro, trocamos de assento e, quando estou ao lado de Liam, seguro sua mão entre as minhas.

— Isso tudo vai acabar logo — asseguro. — De uma forma ou de outra.

Ele leva minha mão à boca e dá beijos quentes nela.

— Eu sei. Só espero que isso funcione.

Todos estamos tranquilos quando a limusine se aproxima do teatro. Estamos pensando a mesma coisa. Tem de funcionar.

Não há outra opção.

Porque Josh e eu não podemos ser vistos confraternizando com as estrelas da peça, a limusine nos deixa nos fundos do teatro, antes de levar Angel e Liam para a multidão à espera, a imprensa e os fãs histéricos. No momento em que estacionamos na frente do teatro, a cobertura da chegada das celebridades e o tapete vermelho estão em pleno andamento. Não é tão exuberante quanto uma estreia de filme, mas a Broadway ainda sabe como fazer uma festa.

— Todo o seu equipamento está lá dentro? — pergunto, enquanto Josh estuda a multidão.

— Sim. Configurado e pronto pra funcionar. Assim que Liam e Angel terminarem com a imprensa, vou entrar e ficar a postos.

— Certifique-se de que ele não consiga te ver.

Ele faz uma careta.

— Você age como se eu nunca tivesse usado fotos secretas como chantagem antes disso.

Ficamos de lado e assistimos à elite de Nova York conversar e posar para as câmeras. Quando os garçons aparecem com bandejas repletas de taças de champanhe, eu quase quebro meu salto correndo até eles em tempo recorde.

— Lissa. Olhe. — Josh aponta na direção de Angel, que está avançando pelo tapete vermelho, ignorando os gritos que pedem para ela parar. Ela nos dá uma piscada.

— Hora do espetáculo — sussurra Josh, depois a segue em direção ao saguão do teatro.

Tomo meu champanhe rapidamente.

— Certo. Vamos fazer isso. A armadilha está armada. Agora só precisamos esperar pela nossa presa.

Estou na metade da minha segunda taça quando Anthony Kent surge ao meu lado.

É só falar no diabo que ele aparece.

— Srta. Holt. Não achei que você estaria aqui esta noite.

— Marco me convidou. Tudo bem? Ele deveria ter pedido sua permissão? Posso ir embora se você quiser.

Ele dá um sorrisinho, depois me olha de cima a baixo com uma expressão de predador.

— Pelo contrário. Fico feliz que esteja aqui. Você está deslumbrante.

— Obrigada. Você parece uma serpente de terno.

Ele ri e chega mais perto.

— Fico feliz em ver que você seguiu o meu conselho sobre ficar longe de Liam.

— Você não me deu muita escolha.

Um fotógrafo aparece diante de nós.

— Sr. Kent. Uma fotografia com sua acompanhante, por favor.

Estou prestes a cuspir que esse homem não é meu acompanhante, nem se alguém apontasse uma arma para minha cabeça, mas Kent põe o braço ao redor da minha cintura e me puxa para mais perto dele.

— Claro. Sorria, querida.

Acho que sorrio. Não tenho certeza. Talvez eu mostre meus dentes de um modo horroroso.

O fotógrafo dispara alguns cliques.

— Maravilhoso. Obrigado — diz ele antes de seguir para suas próximas vítimas.

Quando me contorço para longe de Kent, ele ri.

— Consigo entender o que Liam vê em você. Linda. Irascível. Inteligente. Gosto de você, Elissa. As circunstâncias atuais podem ser dolorosas, mas não há necessidade de as coisas ficarem desagradáveis entre nós.

Eu lhe dou o meu sorriso mais condescendente.

— Elas não precisam ser, mas são. É o que acontece quando você arruína minha reputação profissional, consegue que eu seja despedida, chantageia a mim e aos meus amigos, e tenta me manter longe de quem amo.

Ele dá de ombros.

— São apenas negócios. Nada pessoal.

Me inclino em sua direção e toco seu peito.

— Bem, já que negócios são tão importantes pra você, talvez fique interessado em uma proposta que tenho a fazer.

Ele olha para minha mão antes de se voltar para meu rosto.

— Estou ouvindo.

— Podemos nos encontrar amanhã de manhã? Na sala de conferências, no prédio onde ensaiamos?

Ele franze a testa.

— Pra que isso?

— Você terá de aparecer para descobrir. — Dou o que espero ser um sorriso sexy. — Mas prometo que valerá a pena.

— Bem, isso soa muito intrigante pra deixar passar. — Ele se inclina, seu rosto fica próximo do meu. — Estou ansioso pra descobrir mais.

Escondo meu desgosto quando Mary corre até ele.

— Anthony, onde será que a Angel está? Ela passou direto pelos jornalistas. Precisamos dela.

Mary sai correndo em pânico e Kent olha ao redor. Liam está na metade do carpete, sorrindo e cumprindo seu dever, respondendo perguntas e dando autógrafos para os fãs. Quando ele olha, um traço de preocupação passa pelo seu rosto, enquanto Kent pergunta:

— Onde está Angel? — Liam dá de ombros e balança a cabeça.

— Merda. — Kent puxa seu celular e digita o número de Angel. Ele bate na coxa, enquanto espera que ela atenda. — Angel? Onde você está? — Ele franze a testa e olha para trás, para o teatro. — Está estragado? — Ele olha para mim. — Certo, tudo bem. Espere aí. Vou pedir ajuda.

Kent desliga.

— O fecho do vestido de Angel emperrou. Você poderia ir ajudá-la?

Dou de ombros.

— Desculpe, mas eu não trabalho mais aqui. Acho que você pode consertar isso sozinho.

— Que droga, e eu entendo alguma coisa sobre fechos de vestidos?

Alcanço minha bolsa e retiro um alfinete e um pouco de fita dupla face.

— Isto conserta praticamente qualquer coisa, menos um motor de oito cilindros. Divirta-se, MacGyver.

— É coincidência você ter essas coisas em sua bolsa?

— Eu as carrego pra todos os lugares aonde vou. Diretora de palco, lembra? Sempre preparada. Há muitos problemas de figurino nessa função.

Kent sorri.

— Você realmente é notável, não é? Sabe, se está procurando um substituto pra Liam...

— Nem se você fosse o último homem na Terra.

Kent ri.

— Certo, divirta-se. Vejo você amanhã de manhã.

Enquanto se dirige para o teatro, sussurro:

— Sim, você vai ver — e dou o que espero que seja um sorriso maligno de mentor de um plano de mestre.

Dez minutos depois, Angel e Kent emergem no teatro, e ele a acompanha para ocupar seu assento do lado direito de Liam. Quando Kent vai embora, Angel olha para mim e sorri. Ergo a minha taça para ela. Poucos minutos depois, Josh sai do teatro e se aproxima de mim. Seu rosto está vermelho-vivo.

— Você está bem? — pergunto.

— Estou ótimo. — Sua voz está tensa e seus músculos do queixo trabalhando sem parar.

— Josh?

Ele solta um suspiro curto.

— As mãos dele estavam sobre ela, Lissa. Foi nojento. Missão cumprida, acho.

— Com ciúme?

— Claro que não. Mas começo a achar que Quinn teve a ideia certa quando pensou em assassiná-lo. Me dê apenas dez minutos sozinho em um quarto com ele. Eles teriam de usar os registros odontológicos para descobrir quem é o cadáver.

— Tem certeza de que não está com ciúme? — Ele me encara.

— Certo. Tudo bem. Mas você conseguiu filmá-lo sendo nojento com Angel, não é?

— Ah, sim. Querida, tenho mais nojeira do que um filme pornô.

Bebo o resto de meu champanhe e sorrio.

— Então, diga adeusinho a Kent. Ele está acabado.

capítulo vinte e dois
O ÚLTIMO CONFRONTO

Felizmente, a noite de estreia termina sem nenhum problema. Liam e Angel estão magníficos, e o público grita tanto que os faz voltar ao palco cinco vezes para mostrar o quanto amou a peça. O espetáculo é oficialmente um sucesso.

Na festa após a apresentação, tudo que desejo fazer é jogar meus braços em torno de Liam e dizer a ele como estou orgulhosa, mas sinto Kent observando cada movimento meu. Resolvo dar a Liam o sorriso mais amoroso que consigo quando ele olha para mim do outro lado da sala. Depois disso, Josh e eu vamos para casa mais cedo.

No domingo de manhã, estou tão nervosa como jamais estive. O que acontecer hoje assegura a felicidade para mim e para meus amigos ou separa completamente nossos mundos.

Estou apostando tudo na primeira opção.

Quando Josh e eu chegamos ao local do ensaio, configuramos meu computador na sala de conferências, e então ajeito um prato de rosquinhas antes de fazer um café fresco.

— Não posso acreditar que você trouxe doces pra esse canalha — diz Josh, com uma pontada de desgosto.

Dou de ombros.

— Tudo bem destruir um demônio desprezível, faminto por dinheiro, mas não precisamos agir como bárbaros.

Não demora até que Liam e Angel cheguem, mas não tenho tempo de abraçá-lo antes que Kent entre na sala. Ele olha para os outros.

— Elissa, estou desapontado. Pensei que fosse um convite particular. Estava ansioso por passar um tempo com você. — Juro por Deus, ouço Liam grunhir.

— Por favor — digo, mantendo meus olhos em Kent, enquanto coloco a mão no braço de Liam. — Sente-se.

Quando Kent senta, sirvo-lhe café e lhe ofereço uma rosquinha. Ele a mastiga e ergue uma sobrancelha de forma indagadora para mim.

— Certo, então, estou aqui. O que é isso? Precisamos nos apressar, porque ainda tenho de orientar Liam e Angel sobre a entrevista deles hoje à noite. — Ele nos dá um sorriso de satisfação. — Contra todas as probabilidades, a saga épica de amor continua.

— Na verdade, é sobre isso que viemos discutir aqui.

Aponto para Angel e ela dá um passo à frente.

— Anthony, sei que você pensa que está agindo pelos nossos interesses mantendo essa farsa da história de amor, mas já chega. Queremos usar a entrevista de hoje à noite para acabar de uma vez por todas com esse relacionamento mentiroso. Podemos dizer que nos afastamos. Que trabalhar e viver juntos cobrou seu preço. Vamos decepcionar os fãs gentilmente.

Kent para de mastigar e a encara. Depois, franze a testa.

— Hum... Tudo bem. Me deixe pensar nisso por um segundo. — Ele engole. — Não. Próximo assunto.

Liam dá um passo na direção dele, mas agarro seu braço. Ele aponta um dedo para Kent.

— Não somos seus animais de estimação, seu merda.

— Sim, vocês são — responde Kent, tão calmo que chega a enervar. — E vocês dançarão até que eu os mande parar ou me certificarei de que nunca trabalhem novamente. *Eu* fiz de você e Angel estrelas. *Eu.* Vocês dois ainda estariam fazendo propaganda de refrigerantes se eu não tivesse aparecido.

— E nós somos muito gratos, Anthony — diz Angel, no mesmo tom cruel que ele usa. — Mas nós também fizemos você. Você ficou *muito* rico nos explorando, então me perdoe se não me sinto mal em mandar você pastar. Está demitido.

Liam cruza os braços sobre o peito.

— Depois de hoje, nunca mais queremos vê-lo.

Kent ri. De verdade, ele *ri*, como se estivesse se divertindo.

— Não sei como dizer isso pra entrar na cabeça dura de vocês. Não, vocês não estão me demitindo. Não, de modo algum. NÃO. Em letras maiúsculas. Eu escreveria isso, mas Liam não conseguiria ler.

Todos ficam tensos na sala e Josh tem de segurar Liam, que grita para Kent.

— Seu canalha!

Fico na frente de Liam para acalmá-lo, mas, na verdade, gostaria mais do que qualquer outra coisa de vê-lo esmurrar aquele rosto desgraçado do Kent.

Em vez disso, respiro fundo e engesso um sorriso no rosto.

— Muito bem, Anthony, então é assim que vai funcionar. Ou *Angeliam* rompe hoje à noite em uma entrevista comovente exclusiva com Tori Bell, ou nós damos isso a ela.

Pressiono um botão no meu laptop, e um clipe começa. Kent não é o único que sabe como criar notícias falsas.

Hollywood está em polvorosa esta noite em meio a alegações de que o todo-poderoso agente de Hollywood Anthony Kent vem exigindo favores sexuais de seus clientes famosos. Depois de surgirem imagens reveladoras de Kent agarrando a megastar Angel Bell contra sua vontade, uma fonte em Hollywood revelou que Kent é conhecido por usar sua influência profissional para manipular jovens atrizes a saciarem o seu apetite sexual voraz.

Aparecem fotografias na tela mostrando Anthony e Angel no que parece ser um abraço íntimo. Uma das mãos dele está na nuca de Angel e a outra está agarrando o seu seio. A expressão no rosto de Angel sugere que ela não está gostando. Mais imagens aparecem, e em cada uma Kent parece mais agressivo.

O agente, muito conhecido e influente, foi pego aliciando a srta. Bell na noite de sua estreia na Broadway, apesar de o noivo de Bell estar apenas a alguns metros de distância. O fotógrafo que fez as imagens disse que Kent intimidou fisicamente a atriz antes do ato, acuando-a bruscamente. Depois de vários minutos de tensão, ele a deixou sair, e ela rapidamente fugiu, para voltar a seu lugar no tapete vermelho. Se essas alegações vierem a ser verdade, Kent poderia entrar na lista negra graças a suas estrelas femininas de grande nome, bem como ser alvo de diversas acusações criminais.

Quando me viro para olhar para Kent, fico muito feliz de ver que ele ficou tão branco quanto um papel.

— Isso é besteira — diz ele. — Eu estava ajudando Angel a arrumar o vestido. Nada mais.

Pauso o clipe em uma imagem particularmente incriminadora, em que parece que ele está puxando a cabeça de Angel para trás e lhe beijando o pescoço.

— Como um homem sábio me disse certa vez: não importa como as coisas *são*, apenas como *parecem ser*. Como você acha que as pessoas vão encará-lo depois disso?

Kent exala e passa os dedos pelo cabelo. Seu rosto passou de branco-fantasma para completamente vermelho, e pela primeira vez desde que eu o conheci, sua compostura caiu.

— Claro — diz Liam, com um sorriso —, você ainda pode ir embora com zero consequências *se* concordar em cancelar nosso contrato de relações públicas. É simples.

Kent olha para ele como se quisesse apunhalá-lo.

— Você não ousaria liberar esse vídeo. Se fizer isso, conto para todos que você está mentindo para eles há anos sobre o seu relacionamento com Angel. Você estaria na lista negra. Nenhum agente aceitaria você.

Liam dá um sorriso incrédulo.

— Não sei se você está ciente disso, mas há muitas, *muitas* pessoas em Hollywood que te odeiam. Muitas delas são seus colegas agentes. Tenho certeza de que se Angel e eu nos oferecermos para assinar com eles durante o processo de arrastar seu nome para a lama, eles nos aceitarão e ainda festejarão.

Posso ver as engrenagens de Kent girando. Ele está acostumado a ser o mais inteligente na sala. O único a dar todas as cartas.

Bem, você acabou de ser passado para trás, seu filho da puta.

— Na entrevista de hoje à noite — explica Liam com paciência —, *Angeliam* romperá o relacionamento, de uma forma ou de outra. Você escolhe se saímos em silêncio, respeitando os nossos fãs da melhor maneira possível, ou soltamos uma bomba gigantesca que o arrastará para o caminho mais caótico possível. Você decide.

— E se os meus parceiros de negócios não concordarem em anular o contrato?

— Eles vão concordar. Você me disse há anos que é o melhor negociador na praça. Convença-os de que é melhor para todos cancelarmos o contrato.

Angel dá um passo à frente.

— De qualquer forma, é melhor telefonar pra eles. Você está ficando sem tempo. Tori precisa das informações sobre o que vamos dizer na entrevista desta noite e acredite em mim quando digo que minha irmã *não* gosta de ficar esperando.

Kent olha para cada um de nós pegando seu celular e apertando alguns botões.

— Aqui é o Kent. Chame Davis. — Ele se levanta e vai para a porta. — Não me importa se ele está beijando o presidente. Passe o maldito celular pra ele. Agora!

A sala se enche de tensão quando ouvimos a voz de Anthony reverberar pelo corredor.

Quem quer que esteja do outro lado da linha está brigando.

Nenhum de nós fala coisa alguma. Olho para Liam. Seus ombros estão rígidos e suas mãos, enfiadas nos bolsos. Angel está perto dele, braços cruzados, olhando para o chão. Eles parecem prisioneiros no corredor da morte, esperando para saber se suas sentenças serão revogadas.

Depois de dez minutos de conversa tensa e alguns gritos, Kent volta para a sala. Seu cabelo, geralmente perfeito, está bagunçado, e ele tem um leve rastro de suor por todo o rosto.

— Está feito. — Ele guarda o celular no bolso. — Todas as obrigações foram cumpridas. Vão para o inferno se desejarem. De preferência juntos. Vou preparar a papelada e mandar pra vocês hoje, mais tarde.

Ele sai em direção à porta, mas me coloco na sua frente.

— Ah, mais uma coisa. Quando você sair daqui, espero que tenha uma conversa em particular com Ava, Mary e Marco, explicando sobre o relacionamento de Liam e Angel e limpando minha reputação profissional. Não preciso do emprego de volta, mas preciso que eles saibam que não sou a vagabunda ladra de homens que atualmente acham que sou.

Ele cruza os braços.

— Não vou admitir a chantagem.

— Não me importo com isso. Só limpe meu nome. E fique sabendo, se você *pensar* em começar uma campanha contra Liam e Angel, não teremos problemas em vazar rumores sobre você mandar seguir seus próprios clientes. E considerando que o que tem feito é ilegal, você terá muito mais a perder do que eles.

Ele aperta tanto o maxilar que está até tremendo.

— Vá se foder, Elissa.

Liam se adianta e põe o braço ao meu redor.

— Lamento, canalha. Esse é o meu trabalho. Agora, saia daqui antes que eu dê uma razão pra me processar por lesão corporal grave.

Kent nos encara antes de sair.

Depois de nós quatro soltarmos um suspiro de alívio, Angel grita de triunfo e puxa todos nós para um abraço coletivo.

— Caramba, uau. Conseguimos! Livres, finalmente!

Depois de muito pular e rir, Liam se vira e pega meu rosto entre as mãos.

— Você é brilhante. Sabe disso, não é?

Acaricio seu peito.

— Foi um trabalho em grupo. Parece que nós quatro formamos uma boa equipe.

— Sim, formamos. — Ele abaixa a cabeça e eu estou ansiosa, esperando seus lábios se juntarem aos meus.

Nos viramos para ver Josh pressionando Angel contra a parede e a beijando com ardor.

E, por sua vez, Angel o beija como se sua vida dependesse disso.

— Odiei ver as mãos daquele cachorro em você — diz Josh entre os beijos. — Quis quebrar todos os dedos dele.

Angel o agarra pela camisa.

— Então, me mostre o que você tem, Kane. Só Deus sabe que esperei muito pra você pôr *suas* mãos em mim.

Josh solta um gemido selvagem e a gira para deitá-la sobre a mesa de conferência. Angel abre as pernas e Josh se encaixa entre elas, antes de beijá-la de novo.

Liam e eu sorrimos um para o outro.

— Você acha que eles sabem que ainda estamos aqui? — pergunta ele em voz baixa.

— Não. E malditos sejam por pegarem aquela mesa imensa antes de nós. Eu tinha planos pra ela.

Liam pega minha mão e me leva embora, bem no instante em que Angel começa a tirar as roupas de Josh.

— Tenho uma mesa de jantar gigantesca no meu apartamento. Bem grande. Cara. Resistente. Me deixe te mostrar todas as maneiras que posso usá-la com você.

— Deixo.

Quase corremos escada abaixo para a rua e pegamos um táxi. Pode ser minha imaginação, mas antes de fechar a porta do carro, juro que ouço Angel gritar o nome de Josh.

capítulo vinte e três
EPÍLOGO

Seis meses depois
Catedral de St. Patrick
Nova York

Uma tempestade de nervosismo circula pelo meu corpo enquanto observo a igreja. Ela está cheia de amigos e familiares e, lá na frente, posso ver que minha mãe já está chorando.

Fala sério, mãe. É um dia feliz. Por favor, não chore ou chorarei também, e assim minha maquiagem ficará arruinada para as fotos.

Respiro fundo e olho para o buquê em minhas mãos. A beleza simétrica das flores me acalma um pouco, e quando volto a olhar para o altar, os olhos lindos de Liam me acalmam muito mais. Ele me fita com tanto amor que meu coração incha.

Me afasto da porta e viro para Cassie, que está esperando nervosa atrás de mim. Ela está absolutamente deslumbrante em seu vestido marfim, bem ajustado e com seu véu longo. Sempre soube que ela seria uma noiva maravilhosa.

— Todos estão sentados — digo, e seguro sua mão. — Pronta pra fazer do meu irmão um homem honesto?

Cassie assente e posso dizer que ela está lutando contra as lágrimas.

— Estive no palco diante de milhares de pessoas, ainda assim, nunca estive tão nervosa antes. Assim que vir Ethan no altar, vou chorar. Sabe disso, não é?

— Sim. Não se preocupe. Estarei lá com você.

Ruby, a melhor amiga de colégio de Cassie, se aproxima.

— Tenho lenços e um pouco de vodca. Não entrem em pânico, garotas. Vamos conseguir. — Ruby é um bom contraponto firme e eficiente a mim e a Cassie. Todas respiramos fundo e damos um abraço coletivo.

Quando a música começa, fazemos as inspeções de última hora e assumimos nossos lugares, depois é hora de caminhar até o altar. Vou primeiro, seguida por Ruby e depois por Cassie.

No fim do altar, meu irmão se vira. Assim que vislumbra sua noiva, seu maxilar fica rígido e seus olhos se enchem de lágrimas.

Ah, Ethan.

Olho para ele. Não consigo me lembrar da última vez em que vi meu irmão chorar. Ele costumava ser tão fechado e magoado, agora olhe para ele. Nunca pensei que um dia o veria em uma igreja, se casando, lindo em seu terno, com tanto amor em seu rosto que mal consigo acreditar.

Ao lado dele está Tristan, o outro melhor amigo de Cassie. Ele é imenso, exótico e maravilhoso, e nem mesmo está tentando esconder as lágrimas. Atrás de mim, ouço Cassie e Ruby chorando também.

Cara, vamos todos parecer guaxinins nas fotos do casamento.

Quando passo por Liam, estendo a mão e ele a aperta com carinho. Aquele pequeno toque faz tudo ficar mais vibrante. Como tenho sorte. Como meu irmão e Cassie têm sorte. Até mesmo Josh e Angel estão aqui. Enquanto caminho até o altar, vejo meus antigos amigos da Grove: Miranda, Aiyah, Lucas, Jack. Zoe está aqui com um garoto que também é meio famoso. Connor Bain, que amou Cassie por anos, parece ter uma nova namorada. Até mesmo Erika Eden, a diretora da escola de atuação Grove, está aqui. Ela agarra a mão de Marco e repousa a cabeça em seu ombro quando eles veem Cassie em toda sua glória.

Quando assumimos nossos lugares no altar, fico entre sorrisos e lágrimas durante toda a cerimônia. Ethan e Cassie recitam votos que eles mesmos escreveram. Quando terminam, não há um olho seco sequer em toda a igreja.

O que os casamentos têm que reduz todos nós a lágrimas românticas? É a presença de amor e felicidade incandescentes? O milagre de duas almas encontrando a perfeição uma na outra, quando o mundo é tão imperfeito e errado?

O que quer que seja, todos na igreja sentem isso hoje. Ter Liam a meu lado, depois de tantos anos de luta sem ele, faz com que eu entenda isso ainda mais intensamente.

Depois da cerimônia, todos se descontraem com vários abraços e risadas, e em seguida posamos para fotografias até que nossos rostos doam. Cassie e Ethan estão radiantes em sua felicidade, e mesmo agora, quando vejo os dois olhando um para o outro, sei que naqueles instantes ninguém mais existe no planeta, além deles.

Me sinto do mesmo jeito quando olho para Liam. É como se tudo se desvanecesse em um preto e branco enevoado enquanto ele se ilumina.

Horas depois, com meus braços em volta dele na pista de dança, me dou um momento para respirar fundo.

— Eu já disse o quanto você está linda hoje? — pergunta Liam, enquanto faz carinho em meu rosto.

— Algumas vezes — respondo. — Bem, vinte e sete com essa, mas quem está contando?

— Hum. Apenas vinte e sete? Estou decaindo.

Ele aperta os braços ao meu redor.

Nos seis meses desde que as notícias que quase quebraram a internet foram ao ar no horário nobre da televisão, foi uma longa estrada para chegarmos onde estamos agora. A vida ficou um caos depois que Angel e Liam "desmancharam". A entrevista que havia sido propagandeada como o momento de fênix do relacionamento deles acabou sendo o canto do cisne. Quando os dois assumiram que não se amavam mais, o país inteiro ofegou. Prometeram ser amigos a vida toda, mas anunciaram que o casamento tinha sido cancelado. Liam estava sendo sincero quando disse que sempre amou Angel. De certo modo, Angel é o Josh na vida de Liam. Ela sempre estará perto dele, aconteça o que acontecer.

Claro, as fãs ficaram arrasadas. Algumas das reações no YouTube foram extremas. Jogaram a culpa em tudo, mas principalmente em Liam. "Se ele não tivesse traído!", gritaram. Teorias conspiratórias floresceram, com alguns comentaristas inteligentes achando que o relacionamento deles nunca tinha sido real. E, no entanto, até hoje, alguns fãs inveterados ainda acreditam que o rompimento foi uma cortina de fumaça para encobrir o fato de que eles se casaram em segredo e estão esperando seu primeiro bebê.

Ah, doce ilusão.

— Ei, você está dormindo? — pergunta Liam, sorrindo enquanto acaricia minhas costas.

— Não. Apenas descansando meus olhos e pensando.

— No quê?

— Você. Eu. Você sabe, o de sempre.

— Humm. — Ele encosta o rosto na minha testa. — Você e eu é meu pensamento favorito também.

Abro meus olhos e sorrio para ele. Ele me recebe com o sorriso mais doce e excitante do mundo.

— Ah, consigam um quarto. — Viro a cabeça para ver Josh e Angel dançando ao nosso lado.

— Temos um — respondo. — Bem ao lado do seu. O que me leva a perguntar se é absolutamente necessário pra vocês dois fazerem tanto barulho quando estão transando.

— É tudo culpa do Josh — diz Angel, fazendo uma careta. — Tentei fazê-lo ficar quieto, mas ele faz tanto barulho, como se eu o estivesse matando, pelo amor de Deus.

Dou um sorriso irônico.

— Ah, com certeza. E como sei que o chama de sr. Britadeira já que é tão quieta?

Ela ri e se inclina para beijar meu rosto.

— Cale a boca. Você está me deixando excitada.

— Então, Lissa — diz Josh, tentando ignorar o fato de que agora sua namorada está mordiscando seu ouvido. — Você vai vestir seu uniforme e ficar ao lado do seu homem na arrecadação de fundos amanhã à noite?

Liam olha para mim.

— Boa pergunta. Você vai?

Outra coisa que a entrevista a Tori Bell fez foi permitir que Liam contasse ao mundo a respeito de sua dislexia. Agora, ele é fundador e diretor da Fundação James Quinn para a Pesquisa sobre a Dislexia, batizada com o nome de seu irmão gêmeo, e ele conseguiu o apoio de dezenas de outras celebridades que já seguiram seu exemplo em admitir a doença. O levantamento de fundos inaugural da fundação é amanhã à noite, e ele está tentando me convencer há meses de que eu o deixe me exibir, pela primeira vez, como sua mulher. Toda vez que penso nesse nível de escrutínio, no entanto, sinto calafrios. Adoro Liam com todo o meu ser, mas ao me revelar como a mulher que está substituindo Angel em seu coração, isso me renderá mensagens de ódio instantaneamente. Ainda assim, entendo que não podemos esconder o nosso amor para sempre. E quero estar lá para apoiá-lo.

— Já sei — diz Josh. — Vou levar Angel. Então juntos podemos atravessar o tapete vermelho, e todos vão perceber que vai tudo bem com *Angeliam*, e que os dois verdadeiramente seguiram em frente. Até me voluntario pra deixar Angel me dar um beijo de cinema diante de todos os paparazzi.

— Ah, é? — pergunta Angel, incrédula.

— Sim. Não sou egoísta.

— Que generoso!

— Venha aqui — diz ele e segura o rosto dela. — Devemos praticar.

Josh a beija profundamente e isso me faz sorrir. Estava começando a duvidar de que já o tinha visto tão apaixonado. Ele merece alguém incrível, e Angel é tudo isso e muito mais. Eu os amo como se fossem da minha família.

Quando olho para Liam, ele também está sorrindo para eles. Olha para mim antes de dizer:

— Ei, Josh. Voce se importa se eu roubar sua garota pra uma dança? Mal consegui ver a minha ex-noiva esses dias. Sinto falta dela.

Ele me beija antes de me passar para Josh, e admito que fico feliz em ter um tempo sozinha com meu melhor amigo. Sinto saudade dele.

Junto as mãos ao redor do pescoço de Josh e ele passa os braços pela minha cintura.

— Então, as coisas com Angel estão ficando sérias, hein?

— Acho que sim. Ela perguntou se vou me mudar para Los Angeles com ela na próxima semana.

Eu o encaro.

— Pra morar lá?

Ele franze o cenho.

— Sim.

Um nó se forma em minha garganta. Não consigo entender se estou feliz ou triste.

— O que você disse a ela?

— Que eu teria de pensar nisso. — Estou com problemas para decifrar seus sentimentos também. — Deixar Nova York. Deixar… você. Não sei, Lissa. Cada vez que penso nisso, fico nervoso e não sei o motivo.

— Mudar é assustador. O medo nos deixa nervosos.

— Acho que sim. — Ele fica quieto por vários segundos, depois dá um suspiro e diz: — Desde que eu me lembro, fui apaixonado por você. Sabe disso, certo?

Olho para o peito dele.

— Você sempre brincou com isso, mas eu suspeitava. Não sabe quantas vezes desejei sentir o mesmo por você.

— Mas não sentiu. E por um bom tempo isso não importou, porque o que tínhamos era o bastante pra mim. É por isso que eu namorava garotas com as quais sabia que não iria durar. Estar emocionalmente indisponível não importa quando não é nada sério. Mas então…

— Angel apareceu.

— A primeira vez que vi as fotos dela foi apenas desejo. Mas não estava preparado pra como ela fez eu me sentir quando nos conhecemos de verdade. Foi como... Meu Deus, como eu posso descrever isso?

— Como se houvesse uma estranha diante de você que o fazia se sentir em casa?

Sua expressão se desmancha em um sorriso.

— Exatamente. Você se sente da mesma forma em relação ao Quinn?

Assinto.

Ele baixa os olhos.

— Pensei que nenhuma mulher se igualaria a você, mas Angel se iguala. De tantas formas, ela é como você, exceto pelo fato de que realmente deseja pular em cima de mim com regularidade. Não sei se eu mereço alguém tão doce quanto ela, mas tenho certeza de que tentarei fazê-la feliz.

Eu o abraço.

— Conheço projetores que brilham menos que sua namorada. Confie em mim, você está se superando nesse negócio de namorar.

Balançamos no ritmo da música por algum tempo e sei que Josh está decidido a se mudar para Los Angeles com Angel. Fico feliz por ele, mas isso não significa que não sentirei saudades.

— Há algum modo de eu ir com Angel e ainda assim ficar aqui com você? — pergunta ele, em voz baixa.

— Não, mas tudo bem. Não importa que a vida nos leve por caminhos diferentes. Vamos sempre ficar juntos. Você é meu melhor amigo, Josh. Agora e sempre. Nem milhares de quilômetros de distância mudarão isso.

Dançamos em silêncio por um tempo, e quando a música termina, Angel e Liam aparecem ao nosso lado. A julgar por suas expressões, eles acabaram de ter uma conversa semelhante à nossa.

Liam decidiu passar a maior parte de seu tempo em Nova York agora. Estou muito feliz com isso, mas não tenho dúvida de que Angel sentirá falta dele.

Quando a próxima música começa, compartilhamos um abraço coletivo e dançamos juntos. Pode ser que esta seja a última vez que estaremos todos juntos assim, por isso precisamos aproveitar o máximo de cada momento.

Na manhã depois do casamento, abro meus olhos e encontro Liam já acordado. Ele está sentado na cabeceira da cama, apenas de cueca, parecendo ridiculamente sexy com seus novos óculos, enquanto franze a testa para um livro à sua frente. Sorrio quando vejo que ele está lendo *Vidas sem rumo*. É um dos meus livros favoritos da adolescência. A primeira vez que o li, amei tanto que comprei uma cópia para Ethan. Ele acabou amando cada pedaço do livro, assim como eu, talvez ainda mais. Então, quando Liam me disse que queria testar seu novo aparato para dislexia, óculos de alta tecnologia, lendo um livro pela primeira vez em sua vida, pensei em comprar um exemplar para ele. Fácil de ler e curto o bastante para não causar uma dor de cabeça, é uma introdução perfeita ao mundo da literatura clássica.

— Ei — digo com a voz rouca de sono.

— Olá, dorminhoca. — Ele se inclina para um beijinho. — Apenas pra você saber, tenho segurado o maior tesão na última meia hora, e pretendo transar com você e com cada centímetro do seu corpo logo, mas primeiro preciso ver o que acontece nessa cena. Os Socs acabaram de enquadrar Ponyboy e Johnny no parque, e se eles morrerem, juro por Deus que atirarei este livro do alto do Empire State.

Olho para o relógio. São só sete e meia da manhã.

— Há quanto tempo está acordado?

— Há algumas horas. Malhei. Tomei banho. Agora estou lendo.

Silêncio.

Sorrio e observo seus olhos correrem pela página. É difícil acreditar que esse é o mesmo homem que costumava evitar olhar para palavras impressas tanto quanto fosse possível. Seus novos óculos têm armação escura, e as lentes brilham com pouca luz. A diferença que eles fizeram em sua vida foi imediata e notável. Amo vê-lo ler. Quero dizer, qualquer homem que lê é sexy, mas Liam lendo é um tesão.

Eu me aproximo e beijo seu ombro.

— Está gostando?

— Quieta. Eles estão enfiando a cabeça de Ponyboy na fonte. Vão matá-lo, não vão? Riquinhos filhos da mãe.

Beijo seu ombro de novo e dessa vez de forma um pouco mais ousada.

Ele prende o ar.

— Ei, estou tentando me concentrar aqui. Você está tornando isso impossível.

— Pouparei seu tempo. Eles matam o Ponyboy e todo mundo fica triste. Fim.

Ele fecha o livro e me encara. O modo como suas lentes refletem seus olhos incríveis faz meu corpo todo esquentar.

— É melhor que você esteja brincando agora, senhorita. Sério. Vou me vingar.

Me inclino e beijo seu pescoço.

— Como se eu fosse arruinar a história pra você. Mas deixe te dar uma dica do que está prestes a acontecer nesta cama agora: eu vou beijar seu corpo. Todos os cantos dele. Prepare-se. — Começo pelo pescoço e, meu Deus, como ele é gostoso. Beijo todo o caminho até seu peito. Não deixo de notar sua respiração se acelerando e como sua cueca parece mais cheia agora.

— Hum... Isso vai acontecer sempre que você me apanhar lendo?

— Provavelmente. É muito excitante.

— Então nunca vou conseguir zerar minha lista de leitura.

— Ah, queridinho. Ninguém consegue fazer isso. Para cada livro que você terminar, acrescentará mais cinco na lista. É assim que funciona.

Ele geme enquanto corro os dedos por seu abdome até o cós de sua cueca.

— Nesse caso, talvez eu faça uma pausa.

— Ótima ideia.

Ele deixa os óculos cuidadosamente no criado-mudo antes de me atacar. Em questão de segundos, Liam arranca minha camisola e se põe entre minhas pernas.

— Agora, como eu devo puni-la por sua piada insensível sobre Ponyboy? — Ele pressiona seu corpo contra o meu. Está tão rijo. Tão excitante.

Engulo um gemido.

— Bem, geralmente a sentença pra acusações falsas sobre morte de personagens é sexo oral de tirar o fôlego. Só estou dizendo.

— É? — Ele rebola. Eu ofego e me agarro aos seus ombros. — Por que todas as suas punições são com sexo oral?

— Ei, eu não crio as regras.

— Para sua sorte, fico mais do que feliz em puni-la tanto quanto você gosta.

Ele me beija antes de descer pelo meu corpo, deixando cada pedaço de pele que toca com sua boca e mãos em chamas. Meus seios recebem atenção especial. Fecho os olhos e gemo. Esse homem é um gênio nas preliminares. Em segundos, meu corpo todo está ansiando por ele. Quando Liam começa a beijar entre minhas coxas, já estou na metade do caminho para o orgasmo. Quando fecha sua boca sobre mim, enterro meus dedos em seu cabelo e suspiro. *Uau*. Ele geme contra mim e tenho experiência o bastante para saber que, quando ele agarra meus quadris assim e me puxa para a beirada da cama, não há nada que eu possa fazer além de tentar continuar respirando e aproveitar até o fim.

Poucos minutos depois, estou me contorcendo na cama e gritando seu nome.

— Meu Deus, eu amo você — sussurra Liam enquanto puxa para baixo sua cueca e sobe em cima de mim. — Parece que eu te amo mais e mais a cada dia. Como isso é possível?

Ele está me deixando louca.

Quando Liam desliza para dentro de mim, nós dois damos um suspiro de alívio. Meu corpo inteiro parece derreter em torno dele.

Para nós, ficar juntos dessa forma não é opcional. É essencial, como respirar. Não há mais nada no mundo tão milagroso quanto ter Liam Quinn dentro de mim. Eu sabia desde a primeira vez em que fizemos amor, e sei disso agora. Como conseguimos sobreviver um sem o outro por muitos anos, nunca vou saber.

Liam não se apressa enquanto faz amor comigo. Nenhum de nós quer que isso acabe. Nós acabamos fazendo amor o dia todo. Paramos para comer, dormir e ler, mas mal passa um instante, já estamos tocando um no outro novamente.

No fim da tarde, tomamos um banho juntos e nos aprontamos para ir ao evento para a arrecadação de fundos da fundação de Liam. Ele está usando um smoking e está pronto para sair em cinco minutos. Levo mais de uma hora para fazer meu cabelo e maquiagem chegarem a um padrão aceitável no tapete vermelho. A pressão é muito alta, porque é a nossa primeira aparição pública como um casal. Só espero que não joguem tomates podres em mim.

Termino, e quando peço para Liam fechar meu vestido, ele dá beijos quentes e macios em meu pescoço e ombro.

— Tenho uma coisa que gostaria de te dar antes de irmos. Quando estiver pronta, venha para a sala de estar, combinado?

Me viro e dou um beijo nele.

— Combinado.

Isso me dá apenas poucos minutos para guardar as coisas essenciais em minha bolsa e calçar meus sapatos.

Quando finalmente chego à sala, há duas caixas de presente brilhantes sobre a mesa de centro.

Liam se recosta no sofá e me avalia enquanto sento a seu lado.

— O que é isso? — pergunto.

— Um jogo.

— Escolha uma caixa?

— Parecido com isso.

— Como funciona?

— Você escolhe uma caixa. Só isso.

— Ah. Parece chato. — Liam me dá um sorriso que diz que ele não está acreditando na minha indiferença. — Certo. Vou escolher a da esquerda.

— Você tem certeza?

— Acho que sim. — Liam assume um ar arrogante que está me deixando nervosa. Ele foi presunçoso quando o conheci e está sendo agora. Considerando como ele mudou a minha vida durante todos esses anos, não posso fazer nada além de perguntar que droga está acontecendo.

— E se a caixa da direita tiver alguma coisa surpreendente? — pergunta ele.

— Então a teria colocado à esquerda, porque é essa que estou escolhendo.

— Não quer mudar de ideia?

— Não.

Meu Deus, ele me comprou um carro, não é? Embora eu não tenha ideia do motivo pelo qual ele faria isso. Vivi em Nova York minha vida inteira. Não sei dirigir.

— Tudo bem, então. — Ele me passa a caixa da direita. — Antes de qualquer outra coisa, vamos ver o que você está perdendo.

Abro a caixa. Dentro tem um cheque de mentira no valor de um milhão de dólares e um cartão escrito com a caligrafia confusa de Liam: *Graças a Deus você não escolheu esta caixa. Ela é horrível. Sério. De todas as caixas do mundo, esta é a pior. P.S. Te amo.*

Olho para Liam e sorrio.

— Eu também te amo.

— Bom. Agora, você pode escolher entre ficar com aquele cheque de um milhão de dólares ou com a outra caixa.

Eu rio.

— Hum, me deixe pensar se devo manter o cheque fictício.

Ele não diz nada e sorri. Eu olho para o pequeno pedaço de papel.

— Ah, meu Deus, Liam, esse é um cheque de um milhão de dólares *de verdade*? Que merda é essa?

— Isso faz com que você mude de ideia sobre escolher a outra caixa?

Me abano com o cheque.

— Não.

— Tem certeza disso?

Estou prestes a gritar de frustração.

— Liam!

— Tudo bem, ótimo. Aqui. — Ele me passa a caixa. — Só se lembre, você recusou um milhão de dólares por essa caixa. Eu não poderia estar mais feliz com sua escolha. Só espero que você se sinta da mesma forma.

Respiro fundo e solto o ar. Quando abro a tampa e dou uma espiada, minha respiração falha.

Ah, meu Deus.

Dentro há uma caixa de anel, de veludo preto. Uma caixa de anel com uma aparência bem *cara*.

Olho para Liam e ele sorri.

— Pegue.

Enlaço meus dedos trêmulos ao redor da pequena caixa e a apanho.

Ah, meu Deus. Ele me comprou um anel. E conhecendo Liam e sua generosidade, ele será imenso.

Tudo bem, Elissa, apenas respire. Não desmaie quando vir que o que ele te trouxe faz o Hope Diamond, uma das joias mais caras do mundo, parecer o anel decodificador que vem de brinde nas caixas de cereal.

Respiro fundo e solto o ar.

Não estou preparada para isso. Nem um pouco. Não é que eu não tenha pensado em me casar com Liam, porque pensei. Ainda fico envergonhada sobre como, de forma bastante apaixonada, me imaginei caminhando lentamente para o altar da igreja até ele quando estava provando vestidos de noiva com Angel. Só não pensei que isso aconteceria tão cedo.

Liam se inclina e pressiona os lábios contra meu ouvido.

— Então, você vai abrir essa coisa ou apenas segurá-la o dia todo?

— Aquela presunção novamente.

Fecho meus olhos e abro a caixa. Quando faço isso, não consigo acreditar no que estou vendo.

— Hum... Uau. Tudo bem. — Não é um anel. É uma moeda de vinte e cinco centavos no lugar em que o anel deveria estar. — Estou tão confusa agora. Você disse que a caixa contém um milhão de dólares, mas está feliz de eu ter escolhido a que contém... vinte e cinco centavos? É só por ter economizado muito dinheiro, ou...?

Liam dá um passo à frente e pega a moeda. Então, ajoelha-se e tira a caixa do anel do bolso, e essa não tem uma moeda dentro. Ela traz o anel de noivado mais impressionante que eu já vi. Sou inundada pela emoção quando ele segura a minha mão e a beija.

— Elissa, eu te amo mais do que qualquer coisa no mundo e quero desesperadamente ser seu marido. Quero há muito tempo. E ontem, vendo você caminhar até o altar na igreja... Nunca vi nada tão bonito em toda a minha vida. Quero ser seu e que você seja minha. E mesmo que eu tenha certeza de que você quer isso também, sei que o seu lado sensato vai tentar argumentar que é muito cedo. Que o mundo não está pronto pra me ver comprometido com outra mulher. Então, vou te desafiar a deixar isso com o destino. O que pode ser mais aleatório do que um sorteio? Cinco jogadas. Se cair cara todas as vezes, você usará este anel no evento de hoje à noite. Não precisa fazer um grande anúncio ou qualquer coisa, mas se alguém perguntar, você responderá que estamos noivos. E se eu perder, bem, então...

Interrompo-o com um beijo. Do tipo que o informa que não estou interessada em tirar cara ou coroa para provar o quanto o amo. Meu amor não é baseado no acaso ou na sorte. É um fato. Sólido e irrefutável. Eu gritaria dos telhados, se ele quisesse.

— Ponha já esse anel no meu dedo — respondo, segurando minha mão enquanto dou um passo para trás. — Serei a mulher mais feliz do planeta por ser sua noiva.

Liam sorri para mim, e sinto como se meu coração e meus olhos estivessem prestes a transbordar. Com cuidado, como se estivesse lidando com uma coisa preciosa, ele põe o anel em meu dedo. Quando a joia brilha sob a luz, ele solta um suspiro trêmulo de alívio.

— Você está bem? — pergunto.

Ele assente e posso ver o quanto ele está emocionado.

— Não esperava que você não quisesse tirar a sorte. Estava certo de que teria de convencê-la, por isso tive problemas para conseguir uma moeda de duas faces iguais.

Olho para ele boquiaberta.

— Liam! E toda essa conversa sobre destino?

Ele me olha cheio de amor.

— Algumas vezes, destino é o que você faz dele, certo? E não há meios de eu querer correr risco a respeito disso. Quero ficar com você, Liss. Sempre. Até mesmo tenho praticado. "Oh, olá. Você conhece minha esposa, Elissa?" Vê como isso soa? Minha *esposa*.

Ouvi-lo dizer essas palavras me dá arrepios.

— Isso é muito sexy, sabe?

Sua voz está misteriosa e lasciva quando diz:

— Ah, acredite em mim, eu sei.

— Não parece justo para todas as outras esposas eu ter o marido mais gostoso do mundo.

Sua expressão se intensifica, e vejo seu pomo de adão se movimentar enquanto ele engole em seco.

— É melhor você não dizer isso de novo, ou não vamos sair do apartamento esta noite. Meus Deus, Liss.

Ele me puxa para seus braços, e quando nossos corpos ficam um contra o outro, consigo sentir seu coração acelerado, batendo sob sua pele. Seu ritmo combinando com o meu.

Para ser honesta, estou surpresa com a minha reação à sua proposta. Sempre me considerei uma mulher forte e independente, imune à idiotice dos estereótipos tradicionais de gênero. E ainda assim, ter a aliança que Liam pôs no meu dedo e saber que ela representa o seu amor e compromisso... Eu posso finalmente entender o motivo de toda essa euforia.

Acho que a aliança tem o mesmo efeito sobre ele.

— Eu nunca liguei para joias antes — diz ele, enquanto se afasta e acaricia a aliança. — Mas agora, estou tão duro quanto esse diamante.

— Se eu te comprasse um anel — digo —, você o usaria?

— Para que todo mundo veja que pertenço a você? — Eu nem sequer começo a responder e ele sussurra em resposta: — Caramba, sim.

Então, é a vez de Liam me beijar intensamente e eu nem mesmo me importo de que terei de refazer minha maquiagem antes de sairmos. Beijar Liam vale o trabalho.

Por muitos anos, lutei contra o que sentia por ele, em vez de lutar *por* isso, mas agora entendi.

Se há uma coisa que aprendi nos últimos anos é esta: você pode desistir de um monte de coisas na vida e ainda ser feliz. Pode decidir que correr é coisa do diabo, ou que o livro superpopular que todo mundo adora simplesmente não é para você. Ou pode pagar a mensalidade da academia mês após mês sem jamais pôr os pés lá. Mas a única coisa da qual você absolutamente não tem permissão de desistir é do verdadeiro amor. Quando você encontrá-lo, deve agarrá-lo com ambas as mãos e nunca deixá-lo ir embora, porque, apesar de não ser sempre fácil ou conveniente, vale a pena. Posso dizer que vale muito, com certeza.

Houve um tempo em que pensei que tivesse perdido minha chance no amor verdadeiro, e lamentei todos os dias. Mas agora, aqui está ele, enroscado em torno de mim na forma do homem mais notável, amado e talentoso que já conheci, e eu não poderia estar mais grata.

Se acredito que fomos unidos pelo destino? Talvez. Se alguém pudesse me fazer acreditar em destino, esse alguém seria Liam. Mas também acho que Liam está certo ao pensar que, por vezes, o destino é o que fazemos dele. Você consegue o amor pelo qual luta. O amor que você acha que merece.

Agora sei que mereço Liam Quinn e que ele me merece.

Nosso destino é continuar lembrando um ao outro disso, não importa a loucura que a vida imponha em nosso caminho.

Sempre.

AGRADECIMENTOS

Preciso agradecer ao um milhão de pessoas que me ajudaram a dar forma a *Coração perverso*. (Certo, tudo bem, talvez "um milhão" seja exagero, mas foi muita gente.)

Para começar, minha sensacional editora na SMP, Rose Hilliard, que me obrigou a bolar a história de Elissa e Liam e que me encheu de porrada até que eu tivesse terminado de escrevê-la; obrigada por toda sua inteligência.

Para minha maravilhosa e linda agente, Christina Hogrebe; ainda fico toda boba quando você me diz que gosta do que escrevo. E não acho que isso vá mudar em um futuro breve.

Para minha bela melhor amiga, Andrea, que é minha rocha e minha líder de torcida: obrigada por fazer com que eu me sentisse bem com meu trabalho mesmo quando, tenho certeza, estava tudo para lá de horroroso. Sua positividade e seu amor são parte das coisas mais importantes da minha vida.

Para minha querida Caryn, que me estimulou, desde o começo, a escrever e escrever bem. Você sempre teve fé em mim, mesmo quando eu abusava da pontuação e ficava de picuinha com o Ponto de Interrogação. (Aliás, isso nunca mudou. O Ponto de Interrogação sabe muito bem o que ele fez. Jamais o perdoarei.)

Para as primeiras pessoas da minha lista de pré-leitores, Natasha e Kristine — meninas, vocês são o que há. Quando eu estava prestes a roer todas as minhas unhas e tomar o maior porre do planeta, vocês me puxaram da borda do precipício. Suas palavras incríveis de apoio e incentivo mantiveram minha sanidade. Um dia, vou escrever uma *fanfiction* sobre uma vagina assombrada apenas para vocês. E talvez alguns contos eróticos sobre dinossauros.

Agradecimentos gigantescos ao meu marido espetacular, Jason, que lidou muito bem com minhas fases de recolhimento e silêncio, enquanto as personagens cresciam em minha mente. Que me apoiou quando eu me tranquei para reescrever cada uma das cenas 1.827.381.273.621 vezes até que tudo me parecesse bom. Que me vê de pijama, trabalhando às três da manhã, com o cabelo bagunçado e a cara toda amassada pela falta de sono, e que ainda assim diz que sou linda. Você é meu herói, querido. Sempre e para sempre.

Para os meus meninos, Xanny e Ky. Carinhas, vocês me fazem rir todos os dias, vocês me fazem amar mais do que jamais pensei ser possível, e suas lindas almas fazem meu coração sorrir e se maravilhar, cheio de orgulho. Obrigada por me permitirem ser a mãe de vocês. Agora, me deem um abração. E BEM FORTÃO! (Não se façam de engraçadinhos.)

Eu precisaria de mais páginas para agradecer aos blogueiros fantásticos e aos resenhistas que deram apoio a toda essa maluquice que criei, mas vocês sabem que se e quando nós nos encontrarmos, vou pagar bebidas para vocês e me derreter em elogios. Eu já consegui fazer isso com algumas das minhas favoritas (Vilma, Aestas, Nina, Kristine e Natasha — é com vocês que estou falando), mas todos merecem carinho e, um dia, vou fazer isso acontecer. Confiem em mim.

Para todas as Filets and Pams — vocês, senhoras, são o meu porto seguro e minha sessão de terapia, tudo junto. Obrigada por serem tão incríveis.

E por último, mas não menos importante, obrigada aos leitores que um dia apanharam um livro meu, leram de capa a capa e, ainda assim, decidiram que gostavam de mim. Vocês não têm ideia de como sou incrivelmente grata a todos vocês. Vocês validam a minha loucura, vocês fazem o processo de escrita valer a pena, e seus incríveis apoio e incentivo me fazem derramar lágrimas de alegria.

Sou muito abençoada por ter todos vocês em minha vida.

Leisa x

CONFIRA NOSSOS LANÇAMENTOS,
DICAS DE LEITURAS E
NOVIDADES NAS NOSSAS REDES:

🐦 @editoraAlt

 @editoraalt

🅕 www.facebook.com/globoalt

Este livro, composto na fonte Fairfield,
foi impresso em papel pólen soft 70 g/m² na Edigráfica.
Rio de Janeiro, Brasil, outubro de 2020.